Partido a 22

última línea
de narrativa

ANDONI LA RED

Partido a 22

última línea

Primera edición, abril de 2019

Strachan, 11
29015 Málaga
www.ultimalinea.es
editorial@ultimalinea.es

ISBN: 978-84-16159-78-9
Depósito legal: MA 487-2019
IBIC: JPWL, JPWJ

Impreso en España – Unión Europea

A la memoria de mi padre

ÍNDICE

PARTE PRIMERA

CAPÍTULO 1

CONJETURAS

8 de junio de 1998

Faltaban solo unas horas para el reencuentro con Pablo y no podía predecir cuál sería mi reacción al ver su cara de nuevo. Llevaba mucho tiempo pensando cómo enmendar mi error y el tiempo no iba a continuar sino hasta haber purgado mis pecados.

Desde aquel día, mi vida había cambiado por completo; mi único anhelo era recuperar esa bonita amistad que un día tuvimos. Quizás este propósito no fuera tan difícil como mi imaginación lo había supuesto. A lo mejor, ni siquiera se había dado cuenta de mi presencia aquella maldita noche.

A pesar de no obtener ninguna aclaración a estas y otras cuestiones relacionadas, el bombardeo incesante de preguntas prometía robarme el sueño una vez más. Todas las hipótesis posibles se me antojaban verosímiles.

Ya extenuado por tanta conjetura de ida y vuelta, decidí dejar de pensar en ello y dormir unas pocas horas. Al día siguiente, la reunión con Pablo sería temprano y no quería vestir la cara de zombi insomne que acostumbraba.

Hubo suerte y, tras cinco horas de sueño profundo y placentero, mucho más de lo habitual, y una ducha de agua fría revitalizadora, me sentí con fuerzas renovadas para afrontar ese ansiado día. Abandoné la insalubre habitación en la que me había hospedado esa noche y me dispuse a encontrar una cafetería cercana que haría calmar el feroz alboroto instalado en mi estómago a causa del hambre. Mi desconocimiento de la ciudad y lo temprano de la hora convertían en tarea prácticamente imposible la localización de un café abierto. No era la primera vez que estaba en Madrid, pero estas grandes ciudades, con sus kilométricas avenidas y sus calles de trazado imposible, tenían por costumbre atropellar mi orientación hasta anular casi por completo mi brújula interna. Tras un largo paseo, por fin localicé un local dispuesto a saciar mi apetito. Eran las siete de la mañana. Aún faltaban tres horas para la cita con Pablo y mi ansiedad aumentaba según la espera disminuía.

Antes de entrar, me acerqué a una parada de autobuses situada enfrente del bar con el propósito de informarme sobre la ubicación exacta de mi futuro encuentro. Tan solo dos jóvenes de aspecto asolado descansaban en el incómodo banco de plástico duro y sin respaldo de la parada; esperaban de manera paciente el medio de transporte que les acercara a casa después de una larga noche de juerga. Uno de los muchachos, el joven de largas patillas y ojeras más pronunciadas, me informó tan amable y pausadamente como su estado catatónico le permitió hacerlo, de la proximidad del lugar donde nos reencontraríamos: estaba a apenas diez minutos a pie. Ahora sí, tranquilizado con su respuesta decidí tomarme con calma el desayuno.

El local no era muy acogedor, pero sí lo suficiente como para ofrecerme un café con leche y unas tostadas aceptables. Una vez que me acostumbré a aquel ambiente repleto de humo estancado, me acomodé en uno de los taburetes altos de madera próximos a la barra, donde permanecí unos minutos anclado, a la espera de ser atendido. El suelo estaba cubierto de serrín, que seguramente ocultaba la falta de higiene provocada por la suciedad acumulada durante la jornada precedente. Yo era el primer cliente del día, de eso no había duda. Habrían pasado, al menos, seis horas desde su cierre la noche anterior, pero aun así, el humo continuaba allí amenazando con no dejar respirar a mis atolondrados pulmones. Un hombre salió entonces de la puerta del baño y, ruborizado ante mi presencia, enseguida me preguntó: «¿Qué deseas tomar?». El camarero parecía un buen tipo y mi concepto de aquel bar cambió en cuanto le vi: unos cuarenta años, corpulento y con una entrañable cara de niño recién levantado. Desorientado aún por la temprana hora, se demoró unos minutos en traerme su producto estrella: «el desayuno castizo», como él mismo denominó a mi chocolate con porras. Pasamos la siguiente media hora charlando sobre los diversos temas que se le iban ocurriendo al simpático tabernero: deportes, cultura, el tiempo y, sobre todo, las nuevas tecnologías. Sin duda, ese era su tema estrella. Por supuesto, como el noventa y nueve por ciento de la gente mayor de cuarenta años, el tasquero estaba en contra de internet y del espacio que estos novedosos artilugios amenazaban con ocupar en la vida del hombre. «Lo de la película esa de *Terminator* no lo veo yo tan lejano; el día menos pensado tenemos sublevada a esa nueva inteligencia artificial», aventuró con tono serio y voz desgastada. Una vez digerido el desayuno y analizadas las desventajas que nos proporcionaba el nuevo mundo, la seca garganta de mi reciente amistad se tomó un respiro y comenzó a limpiar una pila de vasos que había ido acumulando en el fregadero, momento que aproveché para mirar el reloj de pared que tenía a mi espalda. Antes de que el tiempo se me echara encima y me marchara de aquel palacio de la sabiduría, pregunté por la dirección de mi cita al camarero, quien me explicó, esta vez con todo lujo de detalles, cuál debía ser mi itinerario. Había quedado con Pablo en la puerta de unos grandes almacenes y al parecer solo cuatro manzanas me separaban de él. Pagué mi desayuno, dejé una buena propina y salí a su encuentro.

Recorrí las céntricas calles de Madrid sorteando a cientos de transeúntes que comenzaban a poblar el corazón de la ciudad en un sábado soleado y cálido desde su inicio. El acelerado paso de la multitud me llevó a mi cita con sobrada puntualidad y, cuando apenas cincuenta metros me separaban de aquel coloso del consumismo, avisté su inconfundible figura entre la gente.

Era él. Tan solo unos segundos me bastaron para reconocerlo. Estaba anclado como un témpano de hielo en el lateral izquierdo de la puerta central, esperando inmóvil a que yo apareciese. Por sus gestos parecía impaciente. Seguía teniendo la misma cara que cuando le conocí con diez años. Esa primera imagen provocó altas dosis de nerviosismo en mi interior. Los viejos fantasmas y los malos recuerdos de aquella fatídica noche regresaron a mi mente en el peor momento posible.

Conseguí reponerme sin apenas espacio por delante y, al avanzar a su encuentro, nuestras miradas se cruzaron. Una sonrisa en su rostro me trajo de nuevo la tranquilidad y la calma que necesitaba.

No podía saber nada, de eso estaba seguro. ¿Por qué, si no, habría aceptado acudir a la cita vistiendo su cara con una sonrisa tan abrumadora a modo de bienvenida?

CAPÍTULO 2

CÁBANOS

15 años antes

—No entiendo por qué yo no puedo quedarme en casa como hace Noelia —protesté airadamente mientras embutía la mochila en el maletero.

—¿Tal vez porque eres un mocoso de diez años? Además, tu hermana ya sabe cuidarse solita, no como tú —contestó mi padre mientras adoptaba un tono de voz impaciente.

Papá llevaba veinte minutos sentado en el coche preparado para salir, esperando a que mamá se dignara a aparecer. Había aparcado justo enfrente del portal de casa para ahorrar tiempo y facilitar el transporte de las maletas que llevaríamos al pueblo. Yo acababa de hacer acto de presencia y pensé que se trataba de un buen momento para dejar caer una de mis quejas recurrentes, pero mi madre aún tardaría diez minutos más en presentarse. Seguro que había estado aleccionando a mi hermana sobre qué podía hacer y qué no durante nuestra ausencia.

—¡Ya está bien, Carmen!

—Bueno... ¡No protestes tanto! Noelia tenía algunas dudas sobre la cocina y no podía irme sin aclarárselas —replicó mi madre antes de montarse. Era la primera vez que Noe se quedaba al mando de la casa durante las vacaciones y esta situación provocaba en ella cierto nerviosismo.

El tedioso verano estaba a punto de comenzar para mí y coincidía con el inicio del desplazamiento: paisajes monótonos de aspecto seco y llano perecían entre las montañas rocosas que se disipaban a ambos lados de la carretera. Cientos de parcelas de vides desalineadas abrumaban la vista debido a su anárquica, aunque controlada, distribución. Como ocurría cada verano, bajé del coche totalmente derrotado. Estaba dispuesto a hacer notar mi enfado y para ello decidí cerrar la puerta del Renault Once rojo de mi padre con un sonoro portazo. Sin embargo, antes de transformar en golpe mi disgusto, mamá adivinó mis intenciones y, con un simple «¡Isma, no empecemos!» acompañado de una sonora colleja, desbarató mi previsible e ineficaz plan. A menudo me cuestionaba por esa extraña cualidad que poseía mi madre de adelantarse a mis actos.

Hasta aquel verano de 1983, las estancias en Cábanos no eran especialmente divertidas para mí; más bien todo lo contrario. En cambio, para mis padres, el tiempo que allí pasaban lo significaba todo. En el pueblo se mostraban felices. Era el único lugar donde podían ser ellos mismos realmente. Naturalidad rural convertida en pura mimetización para ambos. Cábanos está situado a una hora escasa de nuestra casa de Vitoria y, debido a la cercanía entre ambos lugares, cada vez que teníamos un día libre, no podíamos faltar a nuestra obligada cita con el aburrimiento.

Mi padre, Julián, se transformaba al llegar. Sus ojos transmitían plena felicidad cada vez que se reencontraba con su verdadero amor: su viñedo. Le entusiasmaba la idea de tener su propia bodega y todos sus esfuerzos los direccionaba hacia ese punto. El subsuelo de este pequeño paraíso del vino estaba repleto de bodegas particulares. Nada de producción para la venta al por mayor, tal y como hacían en la práctica totalidad de los pueblos cercanos. Sin embargo, creo que más que el vino en sí, lo que realmente le fascinaba era fardar con los parroquianos del bar sobre la calidad de sus propios caldos. Apenas solía obtener quinientos litros por temporada, pero para él era suficiente, su mayor tesoro. En ocasiones, cuando le observaba sonreír mientras dormía la siesta en el sofá del salón, me divertía imaginarlo en sueños correteando entre grandes racimos de uvas dispuestas a ser prensadas.

Mamá no compartía con papá la pasión por el vino, aunque nunca le escuché quejarse de tal absorbente práctica. Supongo que le molestaba que papá dedicara todo su tiempo y esfuerzo al único *hobby* que tenía, por lo que, para contrarrestar su permanente soledad, dedicaba cada obligado momento libre del que disponía a transformar el pequeño terreno que teníamos en la parte trasera de nuestra casa en un pequeño jardín. Unos quince metros cuadrados de parcela tapiada resultaron suficientes para su fin. Allí albergaba desde unas simples hiedras enredadas sobre el arco de la puerta de acceso a la casa hasta las más exóticas plantas visibles de la zona. Era su rincón especial, un auténtico espectáculo visual y olfativo al que todo el pueblo acabó bautizando como «El jardín de Carmen».

El mes de agosto era, indudablemente, el menos tedioso para mí. Las familias que vivían en ciudades lejanas, aprovechaban las vacaciones de verano para dejarse ver por casa de sus familiares. Esta situación provocaba mayor ambiente que de costumbre en el desértico pueblo, enclavado a medio camino entre la sierra de Cantabria y el río Ebro, a su paso por la Rioja Alavesa. Durante ese mes, la población crecía considerablemente: pasaba, incluso, de los trescientos habitantes, mientras que los residentes fijos apenas alcanzaban la treintena; ancianos en su inmensa mayoría. Precisamente para todos aquellos que vivían en Cábanos durante el resto del año, agosto era, con mucho, el peor de todos los meses. Los forasteros se adueñaban de los mejores asientos de la plaza, estorbaban al colocar sus coches repletos de enormes bultos por descargar en lugares donde normalmente solo estacionaba el aire e, incluso, torpedeaban sus interminables partidas de cartas con un bullicioso y turbador alboroto en el bar.

Los más viejos del lugar recordaban a menudo otras épocas en las que Cábanos lucía repleto de vida, donde decenas de chiquillos correteaban por las calles a la salida de la escuela y sus padres trabajaban en las potentes fábricas industriales de la zona, al mismo tiempo que dedicaban el resto del tiempo a las tierras que les daban de comer. Incluso los vendedores ambulantes se agolpaban en la plaza en busca de negocio.

Naturalmente, esas historias sonaban imposibles a mis oídos. De ser ciertas aquellas leyendas sobre el vigoroso pasado de Cábanos, el pueblo se había convertido en una sombra de lo que fue, ya que lo realmente conocido por mí distaba mucho de aquella realidad que los buenos de los ancianos locales narraban. La antigua escuela mixta cerró sus puertas hacía más de una década. Ya ningún joven trabajaba en el pueblo y, para la totalidad de los habitantes de la zona, los recursos naturales provenientes de la tierra eran el principal, aunque en ningún caso el único, soporte económico. No existía nada en lo que ocuparse fuera de los límites de las huertas o de los viñedos. De las viejas fábricas textiles ubicadas en las afueras, que tantos empleados aglutinaron en su día, solo quedaban sus grandes esqueletos a medio derruir.

Álvaro ocupaba el puesto de líder indiscutible de la única pandilla de mi edad del pueblo. Sergio, Ander, Marcos y Xandra (hermana melliza de Sergio) la completaban. Mi relación con ellos no era demasiado amistosa. En raras ocasiones compartíamos entretenimiento, debido a lo incompatible de nuestros gustos. Fundamentalmente, su incurable obsesión por el fútbol se convirtió en el principal objeto de desencuentro. Mientras que yo veía el deporte rey como un juego aburrido e insatisfactorio, Álvaro y compañía tenían de él el concepto contrario, y solo dejaban de propinar patadas al balón mientras comían, dormían o discutían sobre las reglas de ese estúpido juego. Ignoro el motivo de mi enemistad con el fútbol, pero mi animadversión llegaba a tal punto que ni siquiera toleraba verlo unos segundos sin que me entraran deseos de quemar la televisión.

Años atrás, cuando nos conocimos, la pandilla de Álvaro solía venir a casa diariamente a las cuatro de la tarde con la intención de compartir todo el tiempo posible dando patadas a un esférico de cuero. Accedí tres días, ni uno más, ni uno menos: tres. Prefería dar largos y solitarios paseos en bici por los alrededores del pueblo descubriendo nuevos lugares, antes que recibir molestos golpes en las espinillas y alaridos varios del tipo «¡Pasa!», «¡Esta es tuya!» o «¡Chuta!». Álvaro y compañía continuaron con insistencia tocando a mi puerta varios días más, hasta que, aburridos ya de mis continuas negativas, cejaron en su persistencia. Para entonces, ya se referían a mí como «el A.F.» (anti-fútbol).

La obsesión monotemática del resto de niños no era la única razón que me separaba de ellos. Álvaro era demasiado dominante. Siempre empeñado en llevar la voz cantante, abordaba al resto del grupo como si de sus súbditos se tratara. Tan solo atendía con especial delicadeza a Xandra. Quizá por pura atracción o tal vez porque no veía en ella una competencia real para arrebatarle su insultante liderazgo. Sergio, Ander y Marcos competían continuamente entre ellos por ocupar el puesto de mejor amigo de Álvaro, posición que alternaban constantemente al convertirse, momentáneamente, en el más sumiso de los tres.

Afortunadamente, el día de mi octavo cumpleaños Dios vino a verme. O mejor dicho, uno de sus emisarios acudió presto a mi auxilio para concederme el deseo de no morirme de aburrimiento el resto de mis días en Cábanos. Gracias a Matías encontré la forma de entretenerme el mayor tiempo posible sin necesidad de la compañía de ese bruto de metro cincuenta y sus secuaces.

Eran las doce del mediodía cuando se presentó en mi casa con un regalo para mí.

—¡Felicidades, Isma! —soltó en cuanto descubrió mi figura tras la puerta.

—¡Gracias! —respondí tímidamente, mientras mis ojos no lograban apartarse de la pequeña caja que sujetaba con su mano derecha.

—Te he traído un pequeño regalo. Espero que sea de tu gusto y que le des mucho uso.

Antes, incluso, de acabar la frase, mi codicia ya se había adelantado a mi educación, y le arrebaté la pequeña caja de las manos en cuanto tuve la oportunidad. Rompí el papel de periódico que envolvía el obsequio y levanté la tapa superior para descubrir su interior. Era una pequeña pelota blanca de tacto áspero y piel rugosa. En un principio, por el tamaño, supuse que se trataba de una pelota de tenis. La dejé botar en el suelo de la entrada y entonces me di cuenta que esta era mucho más dura y pesada.

—Es una pelota para jugar en el frontón —se apresuró a aclarar Matías al ver la expresión de desconcierto que debía reflejar mi rostro—. Como sé que no eres muy amigo de dar patadas al balón, he pensado que podría enseñarte a jugar a pelota mano. ¡Quizá te guste! —concluyó esperanzado.

—¡Muchas gracias! —repetí visiblemente emocionado.

La pelota en sí no era la culpable de mi conmoción; lo que agradecía de verdad era el interés que el religioso más carismático de cuantos habían pasado por el pueblo mostraba por mí con aquel compasivo acto.

Matías era el optimista y voluntarioso cura del pueblo. Bueno, en realidad era el cura de todos los pueblos de alrededor. «Ya nadie quiere esta vida tan sacrificada; encima ahora uno tiene que hacer el trabajo que antes hacían cinco», solía comentar en tono sereno y jocoso. A sus treinta y seis años ya llevaba cinco ejerciendo de sacerdote por la zona. Cuando le ofrecieron la plaza en Cábanos para sustituir al difunto padre Herminio no dudó ni un segundo en aceptarla. Su familia vivía en Logroño, así que este destino no le quedaba demasiado lejos. Con su carácter risueño y bondadoso, enseguida se hizo con el cariño de todo el mundo, especialmente de las mujeres. No solo debido a su cara angelical y poderoso físico (metro ochenta y cinco de estatura, hombros anchos como muros de hormigón y brazos musculosos e interminables; tan solo una leve aunque visible cojera en la rodilla izquierda debido a una vieja lesión mal cicatrizada representaba el único lastre de su cuerpo: un diez, en opinión de las feligresas locales), sino también por su abrumadora e innegociable simpatía. Matías sabía escuchar tan bien como expresarse, condición indispensable para ser cura en un pueblo pequeño. Yo le consideraba como algo más que el párroco de la iglesia o un simple amigo. Para mí, era algo así como mi hermano mayor.

Al día siguiente comenzó a enseñarme los entresijos de la pelota vasca. Me explicaba pacientemente las reglas del juego, las partes del frontón, quiénes eran los especialistas en cada disciplina; incluso tuvo en consideración llevarme a ver un partido de profesionales al frontón Adarraga de Logroño. No podíamos poner en práctica la teoría que él me enseñaba por culpa de su lesión, pero yo, lejos de resignarme a no ejercitar lo aprendido, intentaba probar mis avances, aunque fuera en solitario.

El frontón se encuentra situado en la plaza mayor, a escasos veinte metros del único bar que hay en el pueblo. La verdad es que no sabría decir si el frontón se encuentra enclavado en la plaza o si la plaza es el frontón en sí. Dos viejos asientos de piedra, los preferidos por los abuelos, junto a una fuente con forma de cabeza de león (que había dejado de dar agua hacía ya unas cuantas primaveras) y otros cuatro bancos más oxidados de metal, pintados de verde huerta, como no podía ser de otra forma, enfrente de la pared larga del frontón, completaban el dibujo de la plaza. Este era el centro vital al que nadie podía faltar diariamente. Los abuelos mataban sus horas sentados en los asientos y los adultos bebían y charlaban en el bar mientras los niños jugaban en el frontón. Nadie escapaba a los ojos de la vieja plaza.

Álvaro y compañía ocupaban diariamente el frontón practicando el sempiterno deporte, situación que comenzaba a irritarme sobremanera, debido a que ello me imposibilitaba practicar mis lentos pero firmes avances deportivos. Solía pasar las horas con la pelota guardada en el bolsillo del pantalón esperando el momento en que los demás niños se tomaran un descanso. Era entonces cuando aprovechaba enérgicamente para dar libertad a mi mano y estampar el cuero de mi querida pelota contra los viejos muros de piedra que formaban la cancha.

Mis días en Cábanos se habían convertido en pura rutina, pero por primera vez se trataba de una rutina apetecible. Alternaba los solitarios paseos matutinos con las tardes en el frontón, mientras aguardaba, esta vez con menos urgencia, el final del estío. A finales de ese verano de 1983, según Matías ya me había convertido en un pequeño experto de mi nuevo deporte favorito.

Faltaba una semana para el final del descanso y el tiempo comenzaba a cambiar en la Rioja Alavesa. Los interminables días de sol y calor asfixiante daban paso a otros más confusos y tristes. Con la marcha del verano también llegaba la vuelta a casa y el regreso al colegio, pero no me importaba. Cualquier cosa resultaba más divertida que el pueblo. Pero, entonces, mis días de rutina y aburrimiento terminaron.

Acabé de comer a eso de las tres de la tarde. Como cada sábado solicité a mi madre cincuenta pesetas para comprar mi capricho semanal: un helado de postre. Para disfrutar del delicioso placer congelado debía recorrer andando los cinco minutos en línea recta (dejando atrás una manzana de casas antiguas, las más viejas del pueblo) que separaban nuestra casa del bar. Sin embargo, a pesar de la cercanía, bajé a la bodega y rescaté del aburrimiento a mi bici verde de paseo. Al subir las escaleras me di cuenta de la desacertada idea que suponía utilizar la bicicleta como medio de transporte si quería traer el helado de vuelta sano y salvo. Entonces volví a aparcarla en la entrada y partí hacia el bar, saboreando ya en mi mente el helado que degustaría en unos minutos. Solo quedaban unos cincuenta metros de camino cuando avisté un rostro desconocido.

Por la apariencia debía tener más o menos mi edad. Estaba sentado en la pequeña escalinata que daba entrada a una de las casas más viejas del pueblo, en concreto a la de Paqui. Su nariz ancha y achatada le confería un aspecto de boxeador en tamaño miniatura. Su estatura era, al menos, un palmo inferior a la mía. Excesivamente delgado, sus ojos eran pequeños y negros, como cucarachas aplastadas sobre un fondo blanco; las cejas, gruesas y pobladas con abundante bello. Su boca, pequeña y redonda, y unas orejas grandes y despegadas resaltaban sobremanera en su pequeña cabeza de cabello moreno rapado. La primera impresión me provocó simpatía y curiosidad en dosis exactas; por ello, enseguida resolví acercarme a él y entablar sin más dilación nuestra primera conversación.

—Hola, ¿quién eres? —pregunté directamente.

—Soy Pablo —respondió con voz entrecortada. Sus ojos trasmitían extrema timidez cuando nuestras miradas se entrelazaron, como si fuera la primera vez que hablaba con alguien en el idioma que había propuesto como modo de comunicación.

—¿Y qué haces en la casa de Paqui?, ¿la han comprado tus padres? —solté necesitado de respuestas mientras me sentaba a su lado.

—Paqui era mi abuela y ahora la casa es de mi madre —contestó sin ánimo de continuar la conversación.

Sonreí al pensar que su voz aflautada hacía justicia a su aspecto.

El fallecimiento de su abuela coincidió con el terrible temporal de nevadas y fuertes vientos del invierno pasado. Mis padres lo justificaron con uno de esos dichos populares tan sabios como acertados: «A ciertas edades, cualquier catarro puede ser fatal». La anciana había vivido toda la vida con su marido en el pueblo, hasta que este falleció, mucho antes de que yo naciera. La dejó sola y sin demasiados recursos para sobrevivir. Nunca hubiera imaginado que Paqui tuviera un nieto. Ni siquiera conocía la existencia de familiar alguno. En mi recuerdo, figuraba como una anciana simpática y atenta con los niños. Rememoraba con especial cariño cómo, cada vez que nos encontrábamos, terminaba obsequiándome un azucarillo y esperaba a que me lo metiera en la boca antes de irse. No recuerdo la primera vez que me ofreció uno, pero debí comérmelo con exagerado ímpetu, ya que ella, desde entonces, debió pensar que me fascinaban, cuando no hacer un feo a aquella dulce anciana era la única motivación que tenía para comerlos mientras forzaba en mi rostro la mejor de mis sonrisas de agradecimiento. Pero, ¿de dónde sacaba tanto azucarillo? Siempre me formulé esa pregunta. Una vez incluso golpeé la puerta de su casa con la firme intención de descubrirlo. Pensé que cuando abriera la puerta, me inventaría alguna excusa que me permitiera echar un vistazo al interior de la casa y comprobar si guardaba los terrones de azúcar en cajas (seguramente apiladas en el pasillo o en la cocina, así me lo solía imaginar). ¡Seguro que tendría cientos de cajas! ¿Cómo, si no, iba a llevar siempre alguno en el bolsillo? Mi duda no se resolvió, ya que ella no abrió la puerta en esa ocasión.

—Si no tienes otra cosa que hacer —comencé dubitativo, sin saber cómo acabar la frase—, ¿te gustaría venir conmigo a jugar un rato? Si quieres, podemos ir al frontón y echar un partido de pelota mano —concluí decidido.

Pablo arqueó una de sus pobladas cejas en señal de desconcierto y contestó inseguro:

—¿Pelota qué...?, ¿qué juego es ese?, ¿te lo has inventado tú?

Por supuesto, no tenía ni idea de qué diantres le estaba hablando. Su perplejidad no me sorprendió en absoluto. Yo mismo, hasta unas pocas semanas antes, tampoco sabía de la existencia de tal deporte.

Para entonces, debido a lo novedoso y extraordinario de la situación que me ocupaba, ya había olvidado por completo el sensacional postre que me esperaba en la cámara frigorífica del bar.

—Si lo prefieres, podemos ir a mi casa. Te enseñaré un video de un partido entre profesionales y así podrás ver si te gusta o no.

—De acuerdo —murmuró sin abandonar el tono ligeramente apagado, que había mantenido durante toda la conversación.

—También, si quieres, te puedo enseñar el pueblo. Bueno, aunque no sé si te vas a quedar mucho tiempo. ¿Cuándo te vas? ¿De dónde eres?

Apenas acababa de contestar una pregunta, ya le había formulado dos más. Sin saber por qué, me encontraba excesivamente alterado. Necesitaba todas las respuestas y las quería cuanto antes. Parecía como si Pablo fuera a desaparecer en cualquier momento y debía, por ello, aprovechar el tiempo que me quedaba antes de que su ausencia se hiciera real. Podía haber encontrado un escudero y no podía desaprovecharlo.

Pablo golpeó la puerta de la casa de Paqui, ahora suya, suavemente con los nudillos de la mano derecha provocando un sonido vago y hueco en la madera. Enseguida, el enorme portón de entrada se abrió, descubriendo así a una bella mujer de treinta y pocos años de edad. Sus ojos verdes parecían el reflejo de unos bien cuidados prados. Vestía un largo delantal rojo con una gran flor blanca en el centro y unas botas marrones de cuero poco apropiadas para las fechas que corrían. Del cuello le pendía una cadena de plata con un bonito colgante del mismo material en forma de lágrima que hacía resaltar su prominente escote.

—¿Qué quieres, Pablo? —preguntó aún sin percatarse de mi presencia.

—¿Puedo ir a casa de este niño a ver un partido de pelota brazo? —propuso mostrando un tono más entusiasta esta vez en busca de consentimiento.

La madre de Pablo, cuyo único parecido con su hijo debía ser su apellido, dejó caer su mirada sobre mí y, con una sonrisa acompañada de un movimiento afirmativo de cabeza, dejó clara su permisividad. Esa sonrisa me llegó al alma. Nunca había visto una señora tan guapa y mucho menos sonriéndome. No pude siquiera corregir el garrafal error nominativo que Pablo acababa de cometer al designar el noble deporte que estaba a punto de unirnos como «pelota brazo». Era la primera vez que me ponía así de nervioso ante la presencia de una mujer. ¿¡Pero cómo no estarlo, si era la mujer más dulce de la tierra!? Su largo pelo caía sobre los hombros y frente de forma tímida, como pidiendo perdón por el pecado que cometía por cubrir un pequeño fragmento de esa preciosa cara. La forma triangular de su rostro destacaba sobremanera sus labios carnosos. Con ella descubrí que una mujer podía estar guapa incluso vistiendo un horroroso delantal de flores.

—¡No vengas tarde a cenar! —advirtió.

Su casa quedaba situada apenas a tres manzanas de distancia de la mía. El camino fue bastante frío, ya que Pablo no abrió la boca durante el corto recorrido. O era muy tímido, o no sabía cómo romper el hielo. Así que decidí tomar el papel protagonista, una vez más, y aprovechar el trayecto restante para formularle algunas preguntas interesantes; al menos lo eran a mi modo de entender.

—¿Cómo se llama tu madre? —solicité para comenzar de este modo el interrogatorio.

—Gloria.

—Y, ¿cuántos años tiene?

—Cumple los treinta y tres en octubre.

—¡Ah, muy bien! —aprobé—. ¿Y en qué trabaja?

—Es cocinera en un colegio. Pero, ¿por qué te interesas tanto por ella? Yo ni siquiera te he preguntado por tu nombre y a ti solo te falta saber cuál es el número de pie de mi madre —concluyó, harto de mi repentino interés.

Aunque me intrigaba cualquier dato acerca de su madre, como por ejemplo cuál sería su número de pie, no insistí en hacer más preguntas y continuamos en silencio el camino.

Al llegar a la puerta de casa comprobé, aliviado, que mis padres no estaban. Probablemente estarían en las viñas, admirando el proceso que seguían sus amadas uvas. Abrí la puerta con la llave que mamá siempre guardaba debajo de la maceta situada más próxima a la puerta para solventar situaciones como esta. La bici había desaparecido de la entrada. Mamá la habría bajado de nuevo a la bodega y seguro que luego me tocaba soportar otra de esas soporíferas charlas sobre el lugar que debían ocupar los objetos dentro de la casa.

—¡Pasa, Pablo, esta es mi casa! —confirmé con los brazos abiertos en señal de bienvenida.

Subimos escaleras arriba hasta llegar a la segunda planta donde se encontraban los dormitorios. «A la izquierda de las escaleras, el de Noelia; a la derecha, el de mis padres; y al fondo del pasillo, el mío», iba anunciando. Entramos en mi habitación y comencé a buscar diligentemente el video en los cajones de la cómoda que había junto a mi cama. No hubo suerte (lo que sí encontré fue una peonza, regalo de mi difunta abuela Dolores, que creía haber perdido hacía ya algún tiempo). «No hay mal que por bien no venga», pensé. Continué mi búsqueda por las estanterías rojas que mi padre había colocado junto a la ventana ese mismo verano, cuando me pareció escuchar la fina voz de Pablo a mi espalda.

—¿Quién es este niño? —preguntó desconcertado, mientras señalaba con su dedo índice la foto que reposaba sobre la cómoda—. ¿No serás tú, verdad?

—Claro que soy yo. Si no, ¿por qué iba a tener la foto de otro niño en mi cuarto? —zanjé rotundo.

Las dudas de Pablo sobre la fotografía eran razonables. En esos dos últimos años había adelgazado más de diez kilos (doce exactamente) y también mi altura se había desarrollado sensiblemente. Incluso otros rasgos de mi cara eran diferentes: en la foto mis orejas parecían enormes. Sin embargo, en ese tiempo, el resto de las partes de mi cara habían igualado en tamaño a estas, creciendo de una forma mucho más controlada y uniforme. Se puede decir que en poco tiempo había sufrido una mutación total.

Encontré la grabación en el interior de una caja de cartón llena de juguetes que guardaba bajo la cama. Una vez en la sala de estar, observé cómo Pablo reparaba en todos los detalles que nos envolvían: las viejas fotografías del casco antiguo de Vitoria que colgaban en la pared, el sofá de imitación a piel, la pequeña mesa redonda de cristal a la altura de las rodillas... Todo, por común que fuera, llamaba poderosamente su curiosidad. Pero, sin duda, el lugar donde más tiempo detuvo su mirada fue en el mueble de roble situado enfrente del sofá, donde estaban insertados el video y la televisión. Examinó todas y cada una de las fotografías familiares que adornaban las baldas. Era como si él no tuviera fotos en su casa. O peor aún, como si no tuviese familia. Los ojos se le llenaban de emoción con cada foto y algo me decía que no debía intervenir, pues estaba a punto de presenciar cómo las lágrimas comenzaban a escapar de sus ojos para darse a conocer.

—Ismael —interrumpí al silencio.

—Mi nombre es Pablo, ¿no lo recuerdas? —preguntó abandonando el estado melancólico que había adoptado.

—No, yo me llamo Ismael. Antes me dijiste que no sabías mi nombre. Pues bueno, ahora ya lo sabes. ¿Puedo ahora seguir preguntando cosas de tu madre? —bromeé.

—No —sentenció aparcando la broma definitivamente.

Una vez realizadas las presentaciones, indiqué a Pablo la parte del sofá que debía ocupar mientras yo introducía la cinta en su debida ranura. Pulsé el *play* del viejo video Beta y nos sentamos ambos en el sofá de la sala. Pronto comencé a apabullar al mini boxeador con mis conocimientos sobre el juego. Matías y yo habíamos visto juntos el partido decenas de veces. Era su partido preferido y me lo había regalado para que tuviera como referencia a unos profesionales, en vez de a un cura cojo. Se trataba de la final del campeonato manomanista de 1980: Retegui II contra Xala II. «El comienzo de un mito», apuntaba siempre Matías. Retegui era para él lo más parecido a un ídolo. «Si Dios no hubiera llamado a mi puerta, habría adorado a Julián (Retegui) sin duda alguna», solía bromear.

Pablo se mantuvo callado durante la hora y cuarto que duraba el video, soportando mi continuo aluvión de interrupciones técnicas: «¿Ves?, ahora ha cambiado de pelota. Esa es mucho más rápida que la anterior y tiene el bote más largo. ¡Fíjate en el saque!». Pese a todos los esfuerzos que imprimí en captar su atención, tan solo pareció interesarle de verdad el final del partido.

—¿Cuánto tiempo duran estos partidos? —preguntó a veinte minutos del final mientras se frotaba los ojos con ambas manos.

—No hay tiempo límite. El partido acaba cuando uno de los dos pelotaris llega a los veintidós tantos.

—Partido a veintidós, entiendo.

—Sí, a veintidós.

El video terminó y Pablo apoyó los brazos en el sofá dejando caer toda la fuerza sobre estos para, mediante un impulso, incorporarse a la verticalidad.

—Tengo que ir a cenar. Ya es tarde y no quiero que mi madre se enfade. Mañana quizá te apetezca enseñarme el pueblo. O si lo prefieres, podemos jugar un partido de pelota —invitó antes de perderse por el pasillo y abandonar la casa.

CAPÍTULO 3

LAS RUINAS

Mis padres llegaron al poco tiempo de la salida de Pablo. Se sorprendieron al encontrarme con gesto dichoso y risueño (estampa poco frecuente), mientras disfrutaba de una serie familiar que la televisión emitía a esas horas. Una sensación de que algo importante acababa de ocurrir se había apoderado de mí. Parecía que por fin tendría un compañero de juegos en aquel deprimente pueblo y eso me alegraba enormemente. Durante la cena de esa noche informé a mis padres sobre el positivo hallazgo de mi nuevo amigo y, después de que mi madre me recriminara el haber dejado la bici abandonada en el pasillo esa tarde, comenzaron a hablar entre ellos sobre las peculiaridades de la familia de Pablo como si yo no estuviera presente; ya se sabe, en los pueblos nada se puede ocultar bajo la alfombra de la discreción y menos aún si hablamos de jugosos chismes dignos de una buena tertulia rosa. Por lo que pude sacar en claro esa noche, Paqui renunció a su papel de madre poniendo en la calle a su propia hija en cuanto se enteró de que esta había quedado encinta de un sujeto cuyo nombre Gloria nunca quiso revelar. Desde entonces, madre e hija no volvieron a hablarse. Ni tan siquiera el nacimiento de su nieto, Pablo, ablandó el corazón de la anciana, quien continuó disgustada con su única hija hasta separarse sin remedio. Según mi madre, ya antes de que todo esto ocurriera, la fama de la que Gloria era presa dentro del pueblo no era muy buena. «Ya la trataban de puta *pa'rriba* por las mechas rubio platino que se había puesto por aquel entonces, imagínate lo que tuvo que soportar cuando el resto del pastel salió a relucir», recordó, y siguió compartiendo con mi padre cuantas anécdotas recordó referentes a la época en la que Gloria aún vivía en el pueblo, mientras yo desfilaba hacia la cama ajeno a aquel embrollo familiar, el cual sin duda me superaba.

—¡Vamos, hijo, levanta! Te ha venido a buscar Pablo y tú todavía en la cama —anunció mi madre mientras avanzaba, rotunda, por la habitación con el objetivo de subir las persianas sin el mínimo tacto exigible. Va a pensar que eres un vago, ¿es eso lo que quieres?

La luz incomodó a mis aún ausentes ojos y atravesó la ventana, ganando terreno a toda velocidad a la oscuridad instalada en la habitación. La potente claridad aventuraba otro día caluroso. Me vestí con la ropa que el día anterior había dejado sobre la silla y, sin perder tiempo, bajé a saludar a mi nuevo amigo. Esa mañana no desayuné. Al fin y al cabo, ya lo hacía todos los días. En cambio, que acudiera a mi encuentro un nuevo amigo no era plato habitual en mi solitario y deprimente menú social.

La mañana pasó más rápida que de costumbre en buena compañía. Según transcurrían las horas, nuestras conversaciones se volvían más fluidas, nuestras miradas más cómplices y, lo que era más importante, comenzaba a tolerar su tono de voz. Incluso Pablo parecía estar abandonando esa timidez contagiosa que transmitían sus apagados ojos. Aquella primera mañana en su compañía me bastó para olvidar la suerte que había tenido Noelia al quedarse sola en nuestra casa de Vitoria. Supongo que la amistad no es un valor realmente importante para el que no la tiene, hasta que llega el momento en que la encuentras sin realmente buscarla. Desde ese momento, conservarla se debe convertir en la máxima prioridad.

Había ejercido de guía para Pablo al enseñarle lugares que suponía conocer solo yo. Dejé por descubrir para la tarde mi rincón favorito.

—¿Seguro de que no estamos ya demasiado lejos del pueblo? —preguntó Pablo, y mostró la preocupación normal de quien desconoce el destino de su paseo.

—No te preocupes, llegaremos enseguida y estaremos de vuelta en casa antes de que anochezca.

—De acuerdo —contestó con la voz entrecortada, producto del cansancio, mientras asentía con la cabeza al ritmo de los pedales.

Partimos en dirección a la antigua carretera del norte, hoy convertida en camino de tierra, polvo y piedras, y ascendimos la pequeña pendiente de la salida de Cábanos, junto a la antigua fábrica textil. Yo estaba más que acostumbrado a andar sobre dos ruedas por esos caminos de árido polvo. En cambio, noté que Pablo se sentía inseguro e incómodo encima de la bicicleta de mi hermana, la cual le había prestado. Aunque evité como pude la carcajada, la estampa de Pablo encima de una bici de niña y tragando todo el polvo que flotaba por el ambiente resultaba ciertamente cómica. Una vez pasada la pendiente, atravesamos un camino serpenteante rodeado por incipientes flores verdosas que brotaban en la vereda de la carretera, y altos matojos que impedían la visión hacia ambos lados. Llegamos a una senda flanqueada por decenas de pinos de Alepo, únicos en la zona, desde donde ya se divisaban a lo alto varios muros de piedra que aún se mantenían en pie desafiando al paso del tiempo. Una colonia de buitres leonados planeaba sobre nuestras cabezas. Daba la sensación de que querían acompañarnos hasta nuestro destino. Ascendimos la dura y áspera cuesta final apenas sin fuerzas, para llegar finalmente a mi escondite favorito: las ruinas.

Las mejillas sonrojadas de Pablo delataban como ningún otro síntoma su cansancio, aunque él se empeñaba en hacerse el duro diciendo que apenas se había fatigado. Bajamos de las bicis y las dejamos apoyadas sobre el verde césped que cubría aquel abandonado paraje, testigo mudo del paso del tiempo.

—Subamos a esa tapia, ya verás: las vistas desde aquí arriba son inmejorables —avisé.

Ascendimos a lo alto de uno de los muros, de los tres que se conservaban en pie, apoyándonos e impulsándonos sobre los huecos que encontrábamos en la pared. Escogí el que menos altura levantaba del suelo (unos dos metros) y el uno junto al otro comenzamos a disfrutar de las vistas. Desde allí se podía observar la total superficie de Cábanos, rodeada por abundantes caminos de arena y piedra que morían en sus calles, así como incontables parcelas dedicadas a la uva que envolvían su entorno.

—Las casas del pueblo se ven diminutas desde aquí, parecen de juguete —dijo al admirar las vistas por primera vez, mientras se tomaba unos segundos para recobrar el aliento perdido por el camino.

—¡Mira, la iglesia se distingue perfectamente! ¿Ves la torre ahí? Y eso de al lado debe de ser el campanario —señalé hacia delante.

—Como para no verla con esa altura. Esos puntos gordos y negros que se ven entre las casas del fondo son personas, ¿verdad?

—Sí, lo son y eso es la plaza. ¿Dónde, si no, hay más de tres personas juntas en el pueblo? —sonreí—, ¿ves cómo se mueven? Si desde aquí puedes distinguir a alguien de los que están en la calle ahora, te prometo que el próximo día te traigo en los hombros todo el camino.

—¡Eso es imposible! Además, ¿para qué iba a querer que me trajeras en hombros? Sería incómodo para los dos. —Bajó la mirada y apoyó su cara sobre las palmas de las manos—. A mí lo que me gustaría de verdad es que esta vista fuera así siempre.

—No te entiendo, ¿qué quieres decir?

—Quiero decir que me gustaría que... —se tomó unos segundos más de respiro, no tenía claro cómo decirlo, pero sí el mensaje que me quería hacer llegar—, que aunque te miren de cerca o de lejos, la gente viera que todos somos iguales, como esos puntos —señaló a las personas agrupadas en la plaza del pueblo—, que todos son iguales. Desde aquí no podemos distinguir quién es quién; en cambio, cuando estás cara a cara con la gente, enseguida salen las diferencias entre los unos y los otros.

Después de esa reflexión, tenía claro que tras el aspecto débil de Pablo se escondía un genio. Ese tipo de pensamientos tan profundos no era propio de niños de nuestra edad. En cualquier caso, tras la declaración de intenciones de Pablo, este había recuperado ese halo triste al que poco a poco iba acostumbrándome a apreciar en sus ojos.

Giré ciento ochenta grados. Primero mis piernas, y el resto del cuerpo me siguió después; esperaba que Pablo copiara mis movimientos con el objetivo de mostrarle otra peculiaridad de las ruinas. Solté un clamoroso grito que de primeras sorprendió a Pablo, para entusiasmarle después al reconocer la respuesta del eco que a través de aquellos muros recibimos.

—Mi padre dice que aquí no debería haber eco y que en realidad lo que se escucha son las voces de espíritus que intentan imitar nuestros sonidos —dije mientras bajaba el tono de voz para crear así mayor tensión alrededor de la historia que inventaba sobre la marcha—. Cuentan que en otra época esta casa la ocuparon hechiceros y brujas, hasta que fueron asesinados de forma violenta por los habitantes de los pueblos cercanos, hartos de tanto hechizo y embrujo. También dicen que intentaron derribar la casa, pero nunca fueron capaces de echar abajo estos muros que todavía hoy se mantienen en pie.

Pablo había seguido mi relato con gran interés y asentía en todo momento con ojos aterrados. Incluso ladeó la cabeza con gesto incrédulo cuando le conté que nunca pudieron derribar esos muros. Se lo había tragado de principio a fin, así que decidí no descubrir aún la verdadera historia de las ruinas y dejé que mi mentira calara un poco más en su interior.

—Lo que no entiendo es cómo no pudieron tirar abajo los muros. Seguro que no lo intentaron con dinamita —adujo montándose en la bicicleta visiblemente preocupado—. La dinamita seguro que habría convertido en polvo estas paredes por muy duras que parezcan.

El sol se escondía lentamente tras las nubes tal y como era de esperar. En pocos minutos comenzaría a anochecer y debíamos emprender el camino de vuelta antes de que la luna se convirtiera en la única luz que tímidamente iluminara nuestro camino. El viento soplaba a favor, lo que provocó que completáramos el regreso sin demasiado esfuerzo.

El día estaba siendo inmejorable. El mejor de cuantos alcanzaba a recordar. Hasta que al llegar a la plaza nos topamos con Álvaro y Sergio. Estos insistieron en hacernos parar, agitando los brazos y gritando mi nombre a pleno pulmón, hasta que detuvimos la marcha a escasos metros de distancia respecto a ellos.

—¡Qué sorpresa, Isma! Así que es verdad lo de tu nuevo amiguito. Qué callado te lo tenías... Aunque no me extraña, con esa cara que tiene, es normal que lo mantengas en secreto. Lo que no sé es cómo no lo guardas en la caseta del perro —lanzó duramente Álvaro en tono desafiante—. ¡Ja, ja, ja!

—¡Ya te digo! —apreció Sergio con su frase favorita, entre carcajadas.

No contentos con insultar a Pablo desde la distancia, ambos se alzaron del suelo del frontón, donde apuraban las últimas chucherías antes de ir a cenar, para mofarse de él en su cara.

—Entonces, ¿tú eres el nuevo amigo del anti-fútbol? ¿Sabías que en directo eres más feo todavía? —desafió Álvaro, mientras acercaba cada vez más su rostro al de Pablo.

Sergio continuaba asintiendo lealmente las divertidas palabras que, a su juicio, emitía su íntimo. Pablo, mientras, daba la sensación de no estar pasando un excesivo mal rato. Con la cabeza gacha y la mirada clavada en el suelo, esperaba paciente a que el abusón de turno y su perrito faldero cesaran de arremeter contra él. Por su saber estar, parecía que mi amigo estaba más que acostumbrado a este tipo de situaciones.

—¡Basta ya! —exploté—. Este es Pablo y es mi amigo —anuncié ante la perplejidad del resto—, ¡mi mejor amigo! Así que deja de meterte con él y déjanos en paz —concluí descontrolado.

Agarré el manillar de Pablo y, empujándolo con fuerza hacia delante, le obligué a reanudar la marcha. Esquivamos la figura de Sergio y, montados en las bicicletas, nos perdimos en un abrir y cerrar de ojos por el exterior de la plaza, hasta llegar a la casa de Paqui. Las exageradas carcajadas que Sergio nos brindó en nuestra despedida estuvieron a punto de hacerme tropezar.

Jamás había contestado de esa manera a Álvaro y después de hacerlo me sentía mejor que nunca, lleno de fuerza, como si hubiera aspirado una gran bocanada de aire y se hubiera hinchado mi interior. Sentí que había ganado una batalla que nunca quise librar.

Pablo había ascendido ya el pequeño escalón de la entrada cuando retrocedió un paso y, sin previo aviso, se fundió en un sentido abrazo conmigo. La señal de afecto se prolongó tan solo durante unos pocos segundos, pero esta fue, sin duda, la más sincera de las que jamás me habían regalado hasta entonces. Comprensiblemente, no pudo reprimir la alegría tras ver que alguien como yo le defendía de injustos calificativos y comentarios fuera de lugar, que a buen seguro no era la primera vez que escuchaban sus grandes y despegadas orejas.

—¡Muchas gracias!

—No tienes por qué dármelas. Mientras estés conmigo, no dejaré que nadie te trate mal —prometí sinceramente, instantes antes de separarnos después de un gran día de desenlace no deseado.

El final de las vacaciones llegó acompañado del tiempo revuelto que pronto terminaría por asentarse en la zona. Tanto Pablo como yo abandonaríamos esa mañana el pueblo; Pablo hasta el verano siguiente (¡qué suerte!); en cambio, yo estaría de vuelta a más tardar en quince días, recuperando mi rutina solitaria de Cábanos.

El viento apenas soplaba y el aire olía a rastrojo quemado cuando nos montamos en el coche. Papá y mamá se aseguraron de que no se olvidaban nada necesario en casa y nos marchamos con el coche repleto de botellas de vino, como cada año.

El curso escolar transcurrió sin sobresaltos y terminó tal y como había comenzado: con total desinterés por mi parte. No tenía problemas para aprobar todas las asignaturas, pero cada vez me aburría más la rutina del estudiante pasivo. Solía aprovechar las interminables horas que pasaba en el pupitre de clase para dejar volar la imaginación, abstrayéndome así del infinito aburrimiento escolar.

Comenzaba pensando en el momento de entrar en casa de Paqui, ahora de Pablo, para continuar imaginando con todo lujo de detalles cómo sería esta por dentro. Seguro que todavía conservaban en alguna parte de la casa alguna caja repleta de azucarillos. Otras veces, mi pensamiento volaba hasta las clases de pelota de Matías: no entendía nada, todo había cambiado en mi relación con Cábanos. Había pasado de aborrecer el pueblo a añorar sus veranos. Sin duda alguna, todo se lo debía a la aparición de mi nuevo amigo, el pequeño Pablo.

CAPÍTULO 4

STAND BY

El fuerte viento del noroeste y la intensa lluvia que por sorpresa atacaron con extrema violencia la zona norte peninsular a principios del verano de 1984 provocaron que el grueso de veraneantes retrasara su llegada al pueblo unas semanas hasta que el temporal hubo, por fin, remitido. Como consecuencia del viento, la temperatura había descendido notablemente y ocasionó numerosos desperfectos en los viñedos de la zona, incluido el de mi padre. Las flores del normalmente bien cuidado «jardín de Carmen» tampoco soportaron esta inusual tempestad veraniega que nos visitó por sorpresa a mediados de junio. Las casas más bajas del pueblo se llenaron de agua y barro, mientras que el aspecto que presentaban la mayoría de las calles y la plaza del pueblo era desolador debido a la extrema suciedad adherida a ellas.

Liberado mi padre de los quehaceres diarios a los que acostumbraba, consumía la práctica totalidad del tiempo en socializar con el resto de habituales del bar (entre tinto y tinto). Si el tiempo siempre ha sido un tema recurrente y socorrido, en aquellos días alcanzó el nivel de único en la vieja tasca. Que si cuándo se irá el temporal, que seguro iban a perder la uva, que no recordaban nada igual... En aquellos días, todo el pueblo vestía el disfraz de meteorólogo. Pronto me di cuenta de que en el mismo bar valoraban de distinta forma las opiniones de unos y otros. El que más galones aportaba a las interminables tertulias climatológicas era Goyo. El exageradamente arrugado abuelo de Álvaro había dedicado toda su vida al pastoreo y presumía de adivinar el tiempo que haría los próximos días solo con observar el cielo durante unos segundos. Puede que en anteriores ocasiones su acierto fuera pleno, pero, a pesar de su intachable currículum, ese verano no realizó mérito alguno para seguir engordándolo. «Clarísimamente mañana viene el cambio o, como mucho, pasado mañana». «Mañana ya tendremos buen tiempo», era lo que no se cansaba de repetir diariamente, sin permitir que sus continuos fallos le desanimaran lo más mínimo.

Mi presencia en aquel infierno del *poteo* incesante se producía de forma esporádica y obligada en dichas fechas. Mi asistencia solía estar vinculada con algún recado para papá de parte de mi madre. El mismo tres de julio, el último día de notable mal tiempo, mamá me ordenó bajar al bar sobre las nueve de la noche. Debía comunicar a mi padre que se requería su presencia inmediata en casa, ya que la cena reposaba en la mesa esperando ser degustada.

A pesar de que las calles se volvían intransitables por momentos, intenté concluir el camino sin mojarme demasiado, pero no hubo suerte. Las alcantarillas se veían superadas por la abundante cantidad de agua. No podían dar abasto por sí solas para aspirar toda la lluvia. Al llegar, me di cuenta de que mi reloj se había parado. Su redonda esfera estaba encharcada y sus dígitos habían desaparecido como por arte de magia; efectos indeseables de la tecnología pasada por agua.

—Papá, dice mamá que vayas a casa. La cena ya está preparada desde hace rato —anuncié tímidamente.

Una docena de personas copaban la práctica totalidad de los taburetes de la taberna en ese momento, todos hombres, de los cuales mi padre era el más joven. En fila de a uno llenaban prácticamente toda la longitud de la barra repleta de vasos de chiquito, formando un semicírculo que dejaba libres las cuatro mesas con sus sillas ubicadas a sus espaldas. El lugar lucía un aspecto lúgubre y embarrado, destilando un fuerte olor a alcohol, humo y humedad desde su entrada. Loren despachaba tras la barra con la insana tranquilidad que le caracterizaba, mientras los clientes charlaban y debatían acaloradamente. Avancé por la amplia y rectangular entrada interrumpiéndolos con mi comparecencia.

—Dile a tu madre que voy enseguida —replicó sin prestarme atención.

En cuanto contestó, rápidamente volvió a ocupar su lugar en el grupo, girándose hacia la barra mostrándome nuevamente la espalda. Con ese gesto, papá pretendía dejar clara su desaprobación a mi presencia, lo que, en efecto, consiguió. Reanudaron entonces la conversación dando por sentado el final de mi breve intervención.

—Si esto sigue así, este año nos va a comer el mildiu —aventuró, pesimista, Amancio, el mayor viticultor del pueblo.

—Con mildiu o sin él, lo que es seguro es que no va a salir otra cosecha como la mía de 1975. Esa sí que fue fabulosa y no la porquería que estamos sacando estos últimos años. —Papá mostraba gestos que se volvían más bruscos según avanzaba su exposición—. Mañana traigo una botellita, por si habéis olvidado su gusto y aroma —adujo efusivamente, mientras el resto de los presentes criticaba airadamente tal fanfarronería.

Cuando entré en el bar no había reparado en ello, pero tras esa célebre frase estaba seguro: mi padre había bebido más de la cuenta. Normalmente, cuando acababa embriagado, recordaba siempre su triunfal cosecha del 75, de la cual aún conservaba contadas botellas guardadas como oro en paño en la parte alta de la bodega. En casa nunca disfrutaba de tan exquisito caldo por temor a acabar con sus existencias; en cambio, cuando abusaba del alcohol, terminaba prometiendo botellas como si no tuvieran valor alguno para él. Que papá hubiera rememorado su gloriosa cosecha no era más que uno de los múltiples síntomas de su evidente melopea. Había cambiado su normal tono pálido por otro más rosado, movía con exagerada rapidez el ancho y cuidado bigote negro que le distinguía del resto y sus grandes ojos marrones parecían más hundidos y brillantes que de costumbre.

Lejos de renunciar a regresar solo a la cena, me acerqué una vez más al nutrido grupo de beodos asiduos. Mi cabeza aún contemplaba la esperanza de hacer juntos el camino de vuelta a casa y con esa intención me dirigí a mi padre, convencido de que este cambiaría de opinión ante mi insistencia. Me acerqué lenta y sigilosamente hasta encontrarme con su vasta figura. Alcancé con dos dedos el reverso de la camisa vaquera que vestía y, atrayendo hacia mí su mano, una y otra vez a modo de tirones, intenté llamar su atención. Su corpulenta figura necesitó que la fuerza de las sacudidas fuera en aumento hasta darse cuenta de que alguien requería su interés.

—¿Qué haces todavía aquí? —Arqueó las cejas hacia abajo y adoptó un semblante más serio, a la vez que se acercaba a la barra para posar el vaso de chiquito que sostenía en la otra mano. Su voz se había vuelto más grave y tangible esta vez—. ¡No me obligues a decirte otra vez lo que tienes que hacer!

—Es que la cena ya está lista y...

El tono plomizo que abandonaba mi garganta en esta situación comprometida no acertó siquiera a concluir una frase lógica. Adiviné la desesperación en su cara y decidí retirarme a tiempo antes de que mi osada conducta acabara sacándole de su ser.

—Este chaval tiene conocimiento justo para acabar el día. ¿Me va a decir a mí cuándo tengo que ir a casa? —lanzó al aire disgustado a modo de reproche.

Se acercó a la barra. Recuperó el hueco perdido entre los parroquianos y solicitó otra ronda al huesudo y poco despierto camarero.

Abandoné el lugar sabiendo perfectamente que a mamá no le iba a hacer ni pizca de gracia que atravesara solo la puerta de casa.

Aquel verano, ella parecía especialmente triste. En un principio supuse que su cambio de humor era producto del deterioro que había sufrido el jardín, pero según el tiempo avanzaba comprendí que esta no era la única razón. La continua ausencia de papá estaba agotando su paciencia, al igual que las fuertes lluvias y graves rachas de viento habían acabado con sus dalias, pensamientos y rosales. Mientras Julián se bebía el mal tiempo, mamá superaba su falta mirando, que no viendo, concursos televisivos, u observando, tras la ventana, el aspecto caótico que presentaba su embarrado huerto floral. Solía apreciar con ilusión la vigorosa apariencia de las petunias, que orgullosas se mantenían hermosas y erguidas frente al resto de sus marchitas compañeras de aquel tapiado jardín, convertido aquellos días en fangosa charca debido a los constantes aluviones mal absorbidos.

Mamá no probó ni un bocado de la cena. Era una gran cocinera y esa tarde se había esmerado especialmente en preparar una generosa sopa de marisco y lubina al horno con patatas asadas, que seguro no tenían nada que envidiar a los platos de esos famosos cocineros de la tele. Sus ojos escondían frustración y rabia al ver cómo, nuevamente, yo era el único comensal que disfrutaba del esfuerzo dispuesto en la mesa.

Papá entró en casa dos horas después de mi fracasado intento de traerlo de vuelta conmigo. Mamá y yo, en esos momentos, descansábamos recostados en el sofá del salón entreteniéndonos con una serie policíaca que emitían diariamente en la televisión. Al escuchar el sonido de la puerta cerrarse, mamá me obsequió con una mirada fulminante. La señal fue lo suficientemente clara como para decidir marchar hacia mi cuarto, confiando en que la previsible controversia que se avecinaba no llegara hasta mis oídos. Ascendí las escaleras de dos en dos tan rápido como pude y antes de entrar en la habitación me acerqué al baño para lavarme los dientes y vaciar la vejiga por última vez ese día. Dos minutos más tarde abandoné el baño con ambos objetivos cumplidos y, antes de encerrarme en mi habitación hasta el día siguiente, escuché un fuerte estruendo proveniente del salón. Deslicé mi cansado y adormilado cuerpo escaleras abajo y me detuve en el único peldaño donde podía observar lo que sucedía en el interior del salón sin ser descubierto. Agazapado en el escalón, ladeé la cabeza para apoyarla finalmente en un refuerzo vertical de la barandilla que subía hasta el pasamanos e, intrigado por lo que sucedía dentro, invadí la privacidad de mis padres tanto como pude. La visión que obtuve no era muy buena, pero era la mejor a la que podía aspirar. La distancia de unos tres metros a la que me encontraba no era el mayor impedimento para mi visibilidad. La puerta del salón entornada a medio camino me imposibilitaba la captura de todas las imágenes; en cambio, percibía el sonido de una forma nítida y clara.

—No tienes vergüenza. Llegas tarde, borracho y, encima, entras avasallando —enfatizó mamá.

Por el sonido de las sillas arrastrándose supuse que en ese momento mi madre debía estar recuperando la verticalidad.

Desconocía cuál era el motivo por el cual había alcanzado el suelo. Preferí no interrogarme por ello y acepté como buena la hipótesis del tropezón con la propia silla. Percibí pasos alejándose a ritmo lento. Segundos más tarde, me alcanzó una densa neblina gris que avanzaba empujada por una ráfaga de viento, abriéndose paso por el hueco que la puerta permitía y alcanzando con extrema rapidez el techo de la casa. El olor a tabaco negro, que ocasionalmente fumaba papá, abofeteó mi olfato de la misma manera que la mentira de un niño golpea ingenuamente la inteligencia del adulto que la recibe. Papá debía haber abierto alguna de las ventanas del salón. Una nueva ventolera provocó, esta vez, que la puerta terminara de cerrarse.

—Perdona, Carmen, pero no saques las cosas de quicio. Ya sabes que estoy un poco nervioso con el tema de la recogida de la uva y.... ha venido Amancio al bar, ha empezado a comentar algunas cosillas interesantes y no le iba a dejar con la palabra en la boca, mujer.

Desde mi puesto había perdido algo de audición, así que reconsideré mi posición. Acabé de bajar los escalones, acoplé mi oreja izquierda a la puerta y continué escuchando, ahora con el riesgo multiplicado de ser descubierto.

—¿Ah, sí?, ¿y qué era eso tan interesante que os contaba? Seguro que algo tan sumamente atractivo como para hacer que tú y los paletos como tú pasen de sus familias olímpicamente —gimoteó mi madre, abatida.

—Tranquilízate y no hagas un drama de esta tontería. Amancio es quien más entiende del tema de la uva y nos ha recomendado una serie de cosas. Nos ha dicho que hagamos una vendimia muy selectiva, que con toda la humedad que se ha creado se ha retrasado mucho su maduración. Además, si las cosas siguen así, se puede complicar mucho más la situación. ¿Entiendes ahora por qué me he quedado un rato? —apuntó papá mientras intentaba ocultar su embriaguez tras argumentos lógicos.

Mamá resoplaba con cada excusa que él esgrimía.

—Tú crees que soy tonta, ¿verdad? Tú sabes todas esas cosas desde hace muchos años. ¡Ya no quiero más historias, por favor! Hoy es esta excusa, ayer fue otra y mañana será otra distinta —introdujo decidida.

—He intentado razonar contigo, pero se ve que no estás por la labor, así que se acabó la conversación. No tengo por qué darte más explicaciones. Hago y haré lo que me dé la gana…

—Muy bien, solo te faltaba volverte a poner chulo conmigo —cortó mi madre, dolida con la actitud que mantenía papá.

—Será mejor para los dos —recuperó su turno de palabra alzando la voz muy por encima de la de ella—, aunque sobre todo para ti, que no me busques más las cosquillas y te vayas a la camita —desafió Julián, aceptando como propio el tono más chulesco que jamás había escuchado salir de su boca.

Intuí el pronto desfile de mi madre hacia el exterior, así que repté escaleras arriba para no provocar ruido alguno que me delatara. Alcancé mi habitación con un ansia similar a la que siente un carnívoro hambriento que se acerca a su presa. Me rebocé como una croqueta entre las sabanas e intenté alcanzar un sueño que no llegaba. Las lágrimas cubrían una y otra vez mis ojos al recordar el doloroso episodio que acababa de presenciar. Aquella fue la primera noche que en secreto lloré la maltrecha relación que comenzaba a descubrirse entre mis padres.

Por fin soplaban vientos estivales en Cábanos. No se me ocurrió una mejor forma de dar la bienvenida al sol que vestirme con el uniforme veraniego habitual: camiseta gris sin mangas y bermudas azules hasta las rodillas. No me costó mucho tiempo encontrar dicha ropa en mi limitado fondo de armario. Tras la ventana descubrí merodeando por el tejado a unos divertidos pájaros llenos de vida y color que, tras un tiempo desaparecidos, volvían a aletear felices. Incluso el jardín parecía recobrar el pulso perdido días atrás. Ataviado ya con mi ropa preferida, crucé la puerta y partí hacia casa de Pablo, como cada día. Confiaba en que la llegada del buen tiempo hubiera traído consigo la vuelta de mi amigo al pueblo, pero al llegar a su residencia veraniega volví a toparme con la misma respuesta que el resto de días anteriores: persianas completamente bajadas, ausencia de ruido tras la puerta de entrada, el timbre desconectado y ni rastro del viejo Ford Fiesta blanco de Gloria por los alrededores. El vetusto inmueble de piedra gris oscura y aspecto melancólico aguardaba indiferente la vuelta de vida humana que alegrara su monótona paz interior. Apesadumbrado por el evidente abandono al que estaba siendo sometido por parte de Pablo, regresé al hogar para consolarme, al menos un rato, e improvisar una partida en mi nuevo y flamante Sinclair ZX Spectrum.

Papá trabajaba como representante en la zona norte de una famosa marca encargada de introducir la primera gama de ordenadores lúdicos en España. Su trabajo consistía en convencer a las tiendas de electrodomésticos de que los productos representados por él se convertirían en imprescindibles para toda tienda que pretendiera estar a la última en artículos tecnológicos. «El producto que os traigo no va a hacer falta ni que os insista para que lo compréis. Será tan útil a partir de ahora, que se va a vender solo», era la frase estrella de Julián. Por esta razón, el ordenador cayó en mis manos antes incluso de su puesta a la venta en las tiendas españolas. En cuanto vi por primera vez aquella máquina, enseguida comprendí que el pueblo sería el lugar idóneo donde debía ubicar ese autómata negro con teclas de goma. En concreto, en la desocupada y desaprovechada habitación de Noelia. De esta forma, mis días de soledad en Cábanos pasarían más rápido y de una forma más entretenida.

Mi contacto inicial con la informática no fue tan maravilloso como había imaginado la primera vez que descubrí el ordenador. La logística que debía llevar para su funcionamiento suponía un verdadero problema: no contenía ningún tipo de pantalla incorporada, con lo cual necesitaba un televisor que hiciera las veces de monitor. Para cargar los juegos era necesario conectarle también un casete. Pero lo realmente insoportable y desesperante llegaba en el momento de cargar los juegos. Los programas tardaban varias decenas de minutos en ser leídos y, frecuentemente, cuando por fin la carga había alcanzado el nivel de «completado», aparecía un desolador aviso: «fallo en la carga», con lo cual se debía empezar de nuevo todo el ritual anterior desde el inicio. A pesar de todos los inconvenientes, las primeras veces que logré completar con éxito la carga del único juego que poseía, *Androide*, fueron momentos mágicos. Los gráficos eran desastrosos, pero tan solo con escuchar la robótica música que acompañaba al juego me sentía en otro mundo, en uno mucho más adelantado a la época que me había tocado vivir. Al principio, apenas lograba comprender el objetivo del juego, pero a raíz de aprovechar la totalidad de horas muertas que me dejaba el binomio pueblo-mal tiempo logré hacerme con el manejo de mi nuevo pasatiempo.

Esa mañana, 8 de julio de 1984, alcancé el máximo nivel de *Androide*. Aniquilé con éxito a todo bicho, viviente o no, que osaba cruzarse en mi camino y logré ver el rótulo final: «Juego completado». Me costó tres horas y varias reprimendas de mi madre pasarme el juego, pero sin duda mereció la pena.

Los ánimos en casa se habían enfriado bastante. Las palabras volvían a ser cordiales entre mis padres y solo en la mirada dura y fría como el hielo de mi madre se podía intuir cierto resentimiento. Con el buen tiempo los hábitos de ambos retomaron la cotidianeidad. Papá comenzó a eliminar las vides dañadas y mamá comenzaría esa misma tarde la repoblación del jardín.

Encontré diferente a Pablo a su llegada. Había engordado algún kilo, desprendiéndose así de su antigua apariencia famélica, y lucía un pelo tipo *beatle* mucho más largo que el verano anterior. El nuevo *look* disimulaba el tamaño de sus orejas, a la vez que le reportaba un aire más saludable y menos infantil.

—Hola, señora Carmen, ¿está Ismael en casa o ha salido a dar una vuelta? —preguntó Pablo a mi madre, en cuanto ella descubrió la puerta.

—Pasa, Pablo, ahora mismo le aviso —invitó ella—. ¿Qué tal todo por Madrid, ¿bien, hijo? ¿Y tu madre también bien?

Pablo respondió con un «todo bien» a ambas preguntas.

—Me alegro, voy a avisar a Isma, que estará jugando al ordenador en la habitación de su hermana.

—No hace falta, mamá —advertí entrando en escena.

Echando un vistazo por la ventana del salón había visto la llegada de Pablo. Bajé a saltos la escalera mientras escuchaba cómo mi amigo y mi madre despachaban cortésmente. Aquel verano de 1984 por fin empezó para mí, con casi un mes de retraso.

CAPÍTULO 5
SANTA CLARA

Pablo y yo abandonamos la casa acompañados por Julián. Atravesamos el umbral de nuestra propiedad y descubrimos que una preciosa tarde, virgen en cuanto a actos realizados se refiere, nos esperaba para que disfrutáramos de ella. El sol parecía estar más cerca que de costumbre. El cielo espectacular y totalmente despejado invitaba a observarlo sin descanso.

—¡Hombre, chaval! Ya has llegado, ¿eh? Tenías a mi crío que ya no sabía qué hacer. Todos los días iba a buscarte, pero nada, que te has hecho de rogar, pájaro. Bueno, ¿y qué tal el viaje?, ¿habéis tardado mucho? —preguntó, socarrón, mi padre.

—Hemos tardado un montón. —Pablo se llevó el dedo pulgar al labio superior y con ojos concentrados tardó unos segundos en continuar la frase—. Seis horas por lo menos desde que salimos de casa —continuó—. Mamá no tenía el coche en condiciones y hemos tenido que venir en autobús hasta Logroño. Allí nos estaba esperando Matías, que nos ha traído finalmente hasta aquí.

Mientras Pablo apuntaba las características del viaje, papá introdujo la llave en la cerradura del coche y se dispuso a entrar. Con la mano que le quedaba libre comenzó a frotarse la parte superior de la cabeza. Era un gesto típico que solía reproducir cuando el aburrimiento lo alcanzaba. Seguro que papá solo esperaba un lánguido y escueto «el viaje bien» por parte de Pablo y ahora se arrepentía de haber preguntado.

—Bueno, chavales, pues lo dicho —cortó impaciente mi padre—, a pasarlo bien, que otros, mientras, tenemos que trabajar un poquito.

Se despidió propinando un golpe en la espalda de mi amigo y desapareció, no sin antes obsequiarnos con el sonido agudo y fragoso del claxon a modo de despedida.

Pablo detuvo la marcha apenas avanzamos diez metros. Giró su cabeza noventa grados hacia la derecha y mostró una sonrisa pícara para acabar destapando finalmente:

—Acompáñame a casa, tengo una sorpresa para ti que me gustaría que vieras.

Pablo se mostraba ansioso por llegar y fui conducido a toda velocidad por los inertes caminos que separaban nuestras casas. Ignoraba cuál sería la sorpresa que me tenía preparada, pero yo me contentaba tan solo con el hecho de poder entrar a un lugar tan enigmático para mí como lo era la casa de Paqui. Ansiaba fisgonear un poco en su interior y saciar así la inmensa curiosidad que se agolpaba en mi mente sin permiso alguno. Me sentía como una maruja profesional a punto de descubrir un chisme del más alto nivel.

Pablo cerró la mano izquierda y llevó su puño con fuerza sobre el portón de madera. Aporreó sonoramente la puerta con golpes secos y cadenciosos, mientras con la mano derecha empujaba levemente la cerradura de forma estudiada. Noté en su mirada pícara y risa floja que a Pablo le entusiasmaba la idea de tener una sorpresa que ofrecerme. Sin duda disfrutaba manteniéndome intrigado. La tosca puerta cedió finalmente y se abrió como por arte de magia, sin que desde el otro lado nadie hubiera facilitado nuestro acceso. El vestíbulo quedó descubierto por fin, mostrándome el inicio de la única planta sobre la cual se levantaba esta antigua y esquelética edificación. La entrada oscura (carente de luz natural) y no demasiado extensa no representaba más que el comienzo de una sorprendente visita. Una puerta de roble acristalada, cerrada al fondo de la estancia, impedía el acceso libre al resto de la vivienda. En el techo, una enorme y antigua lámpara repleta de telarañas ocupaba una buena parte de la total superficie de la bóveda, que de un modo un tanto siniestro daba la bienvenida. Durante aquellos primeros instantes en casa de Paqui, creí estar visitando una casa fantasma o un castillo del horror típico de las ferias. No me hubiera sorprendido en absoluto que una familia entera de murciélagos, o incluso de vampiros, hubiera hecho planes de futuro en aquel «hogar». Aun así, intenté disimular mi asombro y continúe la visita con más interés, si cabe, que cuando había comenzado. Al segundo intento logramos que cediera la resistencia opuesta por la puerta acristalada y, sin mayores problemas, atisbé un pasillo de unos cuatro cuerpos de largo por dos de ancho que se abría paso a partir de esta. El lugar en conjunto era poco más grande que mi bodega. Por la apariencia de su estructura exterior ya se podía intuir un tamaño escaso, pero una vez dentro este se hacía tan reducido que costaba encontrar acomodo en su interior. La estrecha galería, a partir de la cual se distribuía la casa, no presentaba un mejor aspecto que la anteriormente descubierta. Debían estar preparando algún tipo de obra o reforma, ya que en la mitad del pasillo acumulaban un buen número de herramientas y diversos tipos de materiales de corte constructivo. Pablo sorteó con un salto unos pequeños tubos de aluminio que dificultaban el acceso a la habitación más cercana a la entrada. Antes de que mi amigo brincara para ganarse el acceso a su dormitorio, me invitó a esperarle en el salón. Esquivé unos cuantos botes de pintura que imposibilitaban mi normal discurrir por el pasillo y accedí al espacio más amplio de la casa. No tuve demasiados problemas a la hora de encontrar por mí mismo el destino al que me dirigía. Tras dejar atrás el baño y la cocina en el lado derecho del pasillo, no había duda: tenía que ser la única habitación que quedaba ubicada en el ala izquierda. El lugar, aún con grandes limitaciones y carencias, superaba con creces la media de habitabilidad y confortabilidad del resto del dominio. La práctica totalidad de la casa estaba inspeccionada. Era el momento de admitir mi fracaso: ni rastro de los azucarillos por ninguna parte. Varios olores cohabitaban en la sala: perfume mentolado de mujer experimentada en el arte de vivir, difícilmente sería el de Gloria, y tufo a comida de puchero sin especificar. Por separado, ambas fragancias no tenían nada en común, pero enseguida reconocí aquella mezcla de olores como el característico de Paqui. Era curioso, hacía casi dos años de su muerte, pero aquel salón aún la recordaba y mantenía viva su esencia a modo de homenaje póstumo. Las paredes habían sido pintadas de blanco marfil recientemente. El resto de la casa también precisaba de un lavado de cara urgente, pero aún su turno de maquillaje no había llegado. Encontré acomodo en una de las tres sillas negras de plástico duro que ocupaban el espacio alrededor de la alta mesa de madera que presidía la sala. Los muebles eran bastante discretos en su conjunto (una alacena más antigua que el habla, dos cuadros de paisajes costeros, uno a cada lado…), exceptuando un precioso y detallado enser de coleccionista que destacaba por encima de cualquier otra cosa: el escritorio ubicado debajo del amplio ventanal y situado frente a la mesa. Debía ser carísimo. Con apenas un metro de altura, su elegancia eclipsaba sobremanera al resto de muebles de la habitación. El frontal de este debía ser de madera de roble, las patas habían sido torneadas en forma de espiral y estaban unidas entre sí por un travesaño en forma de H. Dos grandes cajones con tiradores de metal dorado me llamaron la atención, obligándome a descubrir su interior. En el cajón inferior tan solo encontré tumbada una pequeña tetera de cobre y latón, claramente con un largo desuso en su historial. Más interesante fue, sin duda, el hallazgo que localicé en el departamento superior. Decenas de cartas sin abrir se amontonaban unas encima de otras. Creaban una vasta pila de papel difícil de ignorar. Tomé la primera del montón y averigüé que su remitente era Gloria. Giré el sobre ciento ochenta grados y comprobé que la persona a quien iba destinada era su madre. Costaba comprender por qué nunca habían sido leídas aquellas cartas. Al menos había quince iguales en el fondo del cajón y todas permanecían originalmente lacradas. Escuché pasos acercándose por el pasillo, la llegada de Pablo era inminente y no podía permitir que me cazara espiando en su propia casa. Me arrepentí desde el mismo momento en que lo hice, pero sin tiempo material para decidir una salida, doblé el sobre y lo guardé en un bolsillo de mis bermudas. Debí haber obviado tan suculenta intriga y olvidarme de secretos extraños, pero la curiosidad pudo esta vez al respeto a la intimidad ajena. Cerré los cajones con extrema rapidez y volví a sentarme en una de las sillas. Había estado tan concentrado husmeándolo todo que había olvidado por completo la sorpresa que me tenía reservada Pablo.

—Aquí tienes nuestro nuevo y flamante uniforme de pelotaris —dijo Pablo posando sobre la mesa un par de camisetas blancas de manga corta.

No tenía ni idea de dónde había sacado la palabra «flamante» un niño de doce años, pero me pareció una gran idea devolverle la palabra inmediatamente.

—Entonces, nuestro *flamante* nuevo uniforme, ¿son dos camisetas completamente normales? —comenté defraudado—. Te habrá llevado mucho tiempo hacerte con esta maravilla —ironicé.

—¡Dales la vuelta, listo! —invitó Pablo exhibiendo aún su orgullosa sonrisa.

Separé mis manos de las rodillas y, ante la atenta e impaciente mirada de mi amigo, giré una camiseta seguida de la otra para descubrir así su parte posterior.

—¡Están geniales, Pablo! ¿Las has hecho tú?

—Claro, aunque también ha ayudado mi madre —presumió orgulloso.

Estaba realmente sorprendido y emocionado. Había dibujado en el dorso de las camisetas los nombres de los protagonistas de la mítica final del manomanista del 80. Al parecer, el video que vimos al final del verano pasado en el salón de mi casa, cuando nos conocimos, no había pasado inadvertido para Pablo. Me encontraba realmente conmocionado. Imaginaba a Gloria y a Pablo afanosos pintando la camiseta en su casa con el único objetivo de sorprenderme. Esa imagen en mi cabeza me hizo sentir altamente avergonzado, a la vez que humillado en mi dignidad debido al contenido que albergaba dentro de mi bolsillo. Arrepentido o no, ya era demasiado tarde para devolver aquel pedazo del corazón de Gloria que había sustraído para mí en secreto. Habían trazado en color azul los nombres de los jugadores y coloreado minuciosamente de rojo el interior de las letras. El resultado final era tan bueno que podrían haber pasado por auténticas camisolas de profesionales, o al menos eso queríamos creer.

—Podríamos ir cambiándonos las camisetas en función de quién sea el ganador de los partidos que juguemos. El que gane se queda con la de Retegui, y el perdedor con la de Xala hasta que vuelva a ganar —sugirió.

No me había recuperado aún emocionalmente, cuando mi sorprendente amigo amenazó con seguir asombrándome. Recogió una bolsa de plástico que anteriormente había depositado en el suelo e introdujo la mano en ella. Extrajo lentamente un fino y pequeño libro de pasta dura y color rojo de su interior.

—Este libro contiene todas y cada una de las reglas de la pelota mano —comentó al atraer hacia mí la portada—. Ya he empezado a leerme lo más básico y no creo que me vaya a costar mucho tiempo aprender a jugar. De todas formas, seguro que nos será de gran utilidad cuando practiquemos en el frontón.

—¿De dónde has sacado el libro? No creo que sea fácil encontrar un libro de pelota vasca en Madrid, ¿verdad?

—Gloria se lo encargó a Matías y este me lo mandó coincidiendo con mi cumpleaños —resolvió.

Me alegró comprobar cómo Matías ayudaba a la integración de Pablo en Cábanos, tal y como había hecho conmigo cuando yo lo había necesitado.

Pablo abandonó de repente el estado alegre y divertido que había mantenido durante toda la tarde. Apoyó la planta del pie izquierdo en el alto soporte horizontal de la silla que me aguantaba. Arqueó en forma de «L» el brazo, situó su codo izquierdo en la rodilla de la pierna levantada y asentó su cabeza en la palma de dicha mano en tensión. Sus ojos despiertos se clavaron durante un segundo en los míos, hecho que al principio me hizo sentir incómodo, hasta que comenzó a regañarme.

—Por cierto, muy gracioso con tu bromita sobre las ruinas —apuntó, sin abandonar ese aspecto de torturador nazi, en espera de la definitiva confesión inculpatoria del prisionero que dicha postura le otorgaba.

Permití que se escapara entre mis labios una corta carcajada al recordar la pequeña historieta que improvisé aquella tarde en las ruinas.

—No tengo ni idea de a qué te refieres —mentí de nuevo con el objetivo de conocer su versión antes de destapar la verdad.

—Deja de hacerte el tonto, ¡hombre! Ya sé que no es una antigua casa de brujas, ni de magos, ni nada de eso. —Levantó la barbilla, despegó su brazo de la pierna apoyada y optó por un tono más suave de reproche esta vez—. Las ruinas, como tú las llamas, no es más que una casa abandonada por un viejo cazador de la zona. Mi madre estuvo riéndose de mí desde que se lo conté, por lo menos hasta Navidades.

—Igual ese cazador era mago, o su mujer bruja. Entonces tendríamos razón los dos —sugerí en tono jocoso, pero con rostro fiable.

—Sí, claro —empujó levemente la silla, aunque apenas noté el movimiento que produjo su inapreciable roce—. ¡No sigas, acéptalo, te he pillado la mentira y ya está!

No quería añadir el adjetivo «mentiroso» a mi creciente lista de defectos, así que improvisé una excusa de urgencia para suavizar el momento.

—Se me olvidó contarte la verdad. Perdona, solo fue una broma sin malicia. Mi padre me hizo lo mismo hace unos años y estuve meses sin acercarme por las ruinas…

Pablo intentó seguidamente, contagiado por la dinámica tramposa en la que nos encontrábamos, endosarme la clásica broma de la pierna de madera. Inventó una rocambolesca historia cuyo final coincidía con la pérdida de su pierna izquierda y la colocación de una nueva de madera que sustituía a la natural. Lamentablemente para él, su intento fracasó desde el inicio. El objetivo de esta broma es hacer creer al inocente receptor que el sonido provocado del contacto, ciego a los ojos de la supuesta víctima, entre el puño y la parte de abajo de la mesa más cercana es en realidad el sonido resultante del mostrado y evidente golpe propinado entre la otra mano y la rodilla supuestamente implantada. El detalle más significativo por el cual fue descubierta dicha chanza fue el hecho de haber golpeado el hule de caucho que cubría la mesa en vez de la madera en sí.

Los siguientes minutos pasaron entre carcajadas, solo interrumpidas por otras aún más fuertes y duraderas, cada vez que recordábamos nuestros intentos baldíos de engaño. Si algo nos quedó claro en esa tarde, aparte de la gran amistad que me demostró Pablo con su sorpresa, era que si alguno de los dos queríamos volver a quedarnos con el otro, deberíamos trabajarlo con más detenimiento.

Terminado entonces nuestro muestrario de risas varias, Pablo propuso acertadamente refrescarnos con un sabroso helado. Dejamos la semirruinosa casa sin dar con el paradero de azucarillo alguno y nos pusimos en camino con el riesgo que suponía ser encontrados por Álvaro y compañía y sus tan atrevidas burlas de pésimo gusto. El bar estaba desierto.

Por el camino tampoco nos topamos con demasiadas almas rurales; la mayoría debían estar paseando por el pueblo y sus alrededores, incluidos los pequeños fútbol maniacos, quienes increíblemente no ocupaban el frontón con sus balonazos en ese momento. El reclamo del recién llegado calor veraniego había logrado desalojar a todo el mundo de sus hogares, así como de cualquier lugar cubierto o cerrado donde pudieran hallarse.

Loren, el camarero, mataba el tiempo en soledad releyendo un periódico de hojas amarillentas, probablemente debido a la humedad, cuya fecha de publicación debía de haber sido actual hacía ya unas cuantas primaveras. Quizás el noticiario llevaba impresa alguna noticia importante para él y tan solo recordaba la forma en que la prensa la había tratado. Aunque conociéndolo, seguramente existiera alguna extraña razón que únicamente una mente perturbada como la suya alcanzaba a comprender. Loren era el tipo extraño de Cábanos por excelencia. A sus más de cincuenta años continuaba viviendo en casa de su madre, dueña del bar desde su inauguración y única persona que, al parecer, comprendía todas sus extravagantes locuras. Nunca se le veía relacionarse con nadie y, cuando alguno se atrevía a iniciar una conversación con él, este siempre la concluía con frases ilógicas, referentes a incomprensibles ocurrencias imposibles. Normalmente tendía a mostrarse malhumorado en presencia de los niños del pueblo. Supongo que percibía nuestro desconcierto al enfrentarnos a su disparatada persona. En aquella ocasión, sin embargo, ante nuestra presencia como clientes, mostró su cara más desconocida y amable a la hora de atendernos. Tan solo se limitó a ofrecernos un servicio correcto y sereno acompañado de una tranquila sonrisa en todo momento. Ni siquiera apuntó ningún comentario final extraño como regalo adicional a nuestra compra. Dejamos de nuevo en soledad al larguirucho camarero de nariz achatada y pelo rizado para degustar aquel maravilloso final de tarde sentados en la plaza, charlando sobre la inminente llegada de las fiestas patronales del pueblo que se celebrarían, como cada año, en honor a Santa Clara.

Los siguientes cálidos días se presentaron y despidieron tan rápido como si de uno solo se tratara. Enfrascados en nuestro nuevo entretenimiento, Pablo y yo pasábamos una nada desdeñable media de seis horas al día enclavados en el confortable y fresco frontón. Por alguna razón que aún a día de hoy desconozco, Álvaro y compañía no habían tomado como suyo este emplazamiento, hecho que nos permitió instalarnos (¡y de qué manera!) en sus entrañas. Allí procurábamos alcanzar un acuerdo sobre las normas que deberíamos seguir para atender a un mismo juego en aquella reducida cancha donde se iniciaron nuestros peculiares comienzos deportivos.

—Se realiza un tanto cuando uno de los jugadores, en su turno, no consigue que la pelota toque la pared delantera por encima de la chapa (parte metálica que delimita la parte jugable de la no apta) —comentaba entusiasmado, dividiendo de forma mecánica su vista en dos claros objetivos: primero leía la información que su libro aportaba para, al instante siguiente, detenerse a observar las peculiaridades del frontón.

—Siempre saca el equipo que hace tanto —su voz se convertía en más aguda cuanto más le sorprendía lo interpretado.

—La pelota solo puede botar una vez en el suelo antes de ser golpeada. Si rebota más de una vez —se permitía un espacio de tiempo (variable dependiendo de la dificultad que entrañara la pauta descifrada) entre norma y norma para afianzarla en su mente y, en cuanto ya intuía haber comprendido la anterior, continuaba con la siguiente—, tanto si el bote se realiza fuera de los dominios útiles del frontón en su primer bote como si no, se considera punto del equipo contrario al que lo haya arrojado fuera.

De esta forma y sin interrupciones por mi parte, Pablo extrajo sin descanso una a una todas las reglas, por mí ya conocidas, hasta que la totalidad de ellas habían sido comentadas y releídas para su completa comprensión.

Aquellos días los dedicamos en exclusiva a discutir, como forma de diversión, sin alcanzar acuerdo alguno. Pablo se empeñaba en seguir fielmente la letra de su aburrido libro *Leyes y reglas de la pelota vasca* sin aceptar variación alguna como posible o aceptable. Mi amigo había pasado de ser un profano en cuanto al concepto de pelota vasca se refiere, a convertirse en un ser aburridamente estricto y respetuoso con el reglamento oficial de la federación pertinente, cuestión imposible en un frontón no profesional de dimensiones reducidas como era el que nos ocupaba. Lo único que faltaba para cubrir todos los aspectos habidos era protegernos la mano como profesionales, situación que seguro no llevamos a cabo, porque su particular *biblia* no lo contemplaba. Estoy seguro que Pablo, al contrario que yo, disfrutaba más con el ritual que envolvía al deporte que con el juego en sí.

Afortunadamente para nuestro entendimiento, Matías tomó la costumbre de visitarnos diariamente a eso de las once de la mañana. Charlábamos un rato y, de paso, hacía de mediador entre nuestras pequeñas y afables trifulcas reglamentarias. El atento y amable cura no había pasado por alto nuestro tenaz empeño por alcanzar el pleno conocimiento del juego. Así que generosa y altruistamente se ofreció como voluntario para ayudarnos a mejorar diferentes aspectos que precisaban apoyo. Después de presentar a Pablo los múltiples términos existentes en el vocabulario pelotari (clavos, sotamano, *txoko*, de aire...) nos obsequió un gran consejo que haría mejorar nuestra relación entre el juego y el lugar donde lo practicábamos. La sugerencia precisaba de un pequeño esfuerzo por nuestra parte, aunque una vez finalizado mereció la pena con creces tal sacrificio. Teníamos que pintar (de verde) las tres líneas de juego más importantes y utilizables de la cancha: la línea 4, de saque; la línea 6, inicio de carrera para el saque; y la línea 7, del pasa (la bola debía botar una vez antes de esta línea en cada saque). Si queríamos acostumbrarnos a las distancias reglamentarias, debíamos cubrir nuevamente con pintura las gastadas e inapreciables marcas, que el paso del tiempo y las pisadas se habían encargado de borrar del maltratado suelo del frontón. Pablo continuaba mostrándose estricto a la oficialidad e insistió en dibujar la totalidad de las líneas. Por suerte, uno de los convincentes argumentos de Matías volvió a ser suficiente para hacer recapacitar a mi exigente amigo, ahorrándonos así un duro y costoso trabajo. El resultado final fue espectacular: no solo habíamos pintado la parte que tocaba del suelo, sino que también prolongamos las líneas sobre la pared más larga donde las marcas terrestres morían (en metro y medio de altura) y pintamos en su final, o punto más alto, el significado de estas (saque, carrera y pasa) junto a su número correspondiente en color negro.

Concentrados en tan didácticos y productivos momentos, alcanzamos el señalado día diez de agosto sin apenas darnos cuenta. El inicio de las fiestas mayores era inminente. A las cuatro en punto, como cada año, lanzarían el ensordecedor cohete de aviso para, media hora más tarde, dar la bienvenida a los cabezudos (especialmente violentos en Cábanos) con los que se darían por comenzados los festejos en honor a Santa Clara. Para aquel entonces, Pablo y yo nos habíamos convertido en una atracción más del pueblo, como los autos de choque o el tiro pichón, debido al protagonismo que habíamos alcanzado entre los abuelos por culpa de nuestros duros e igualados partidos. Una media docena de animados ancianos, acomodados en los bancos de la plaza, acostumbraba a apostarse los cuatro duros sobrantes de su pensión a modo de entretenimiento. Mataban el tiempo intentando adivinar quién sería el ganador y por cuántos tantos de diferencia vencería el afortunado competidor a su oponente. Mi amigo y yo nos sentíamos auténticos profesionales. No solo por tener público, sino también porque ayudaban lo suyo las camisetas tan logradamente parecidas a las auténticas que vestíamos como uniforme. Los cualificados apostantes mantenían en silencio las apuestas que realizaban hasta una vez finalizados nuestros encuentros. Puede que lo hicieran por evitar nuestras tentaciones de reventar los partidos al aliarnos en favor de unos u otros, o sencillamente la razón principal podía ser no crear en nosotros una rivalidad extra innecesaria. Si alguna mención especial acude a mi mente sobre aquellos días con extraordinaria simpatía son los amables comentarios de nuestros habituales espectadores al realizar puntos especialmente trabajados. Aunque si algún recuerdo perdurará en mi memoria más que ningún otro será el de la fina voz de Pablo al recordarme, tanto a mí como al resto de asistentes, la duración del partido que daría comienzo justo después de su frase más característica: «¡Partido a 22!», exclamaba siempre, sin pasarlo por alto ni una sola vez, segundos antes de atravesar el aire con uno de sus potentes saques. Aunque Pablo había mejorado mucho en su juego y conocía mejor que nadie las reglas, continuaba pareciéndole curioso y divertido el hecho de finalizar los partidos al llegar al punto 22.

Cábanos lucía durante sus 72 horas festivas el aspecto más divertido e informal posible. Olvidaba de este modo su monótona y serena costumbre de vivir el día a día. Sus diminutas y estrechas calles se vestían de informalidad y despiste durante unas pocas y soleadas horas al año, debido a la divertida competición de originalidad que se había acomodado años atrás entre los vecinos del pueblo. Estos colocaban adornos provisionales, variados según la calle en la que te encontraras; tan solo cuatro, las más amplias, entraban a concurso debido tanto a la escasa participación popular como a la alta media de edad de los habitantes. Organizados en grupos, distribuidos según la cercanía de sus viviendas, los vecinos debían formar diseños originales y llamativos. Usaban elementos decorativos comunes que luego exponían en sus respectivas calles a modo de muestra. Para ello, unían el espacio abierto entre una casa y la de enfrente mediante cuerdas atadas en lo alto. El objetivo no podía ser otro que incorporar una decoración inhabitual formada por tonalidades varias. Estas cuerdas cubrían completamente el ancho de las calles y colgaban sobre ellas globos, serpentinas, botellas de agua pintadas a mano, banderines de colores o cualquier otro objeto vistoso, lo cual formaba finalmente un divertido ambiente carnavalesco en pleno mes de agosto. Al final de las fiestas se realizaba una votación entre los lugareños y visitantes. En esta cena y votación popular se decidía el vencedor del racimo de oro, premio simbólico otorgado al grupo vecinal que más papeletas favorables hubiera recaudado al final de la noche. El preciado galardón debía ser expuesto en algún punto visible de la calle ganadora hasta la celebración de un nuevo certamen. Esta ubicación solía resultar problemática en no pocas situaciones. Ya se sabe: los Óscar, los Pulitzer, los Nobel, el Racimo de oro…, todo gran premio suele suscitar ciertas envidias entre los desafortunados. Tan curiosa costumbre arraigada en Cábanos desde hacía décadas requería una dedicación que en aquellos años solo los escasos jóvenes del pueblo lograban desempeñar con soltura. Gracias a ellos se conseguía sacar adelante una vistosa y curiosa forma de engalanar las principales calles.

Por la expresión desencajada que se descifraba fácilmente en la cara de Pablo al presenciar los primeros azotes que los cabezudos propinaban a su atrevido público, pronto deduje que esta, con total certeza, no sería una de sus actividades favoritas dentro de las anunciadas en el poco actualizado programa festivo. Niños y jóvenes aún por escaldar se dieron cita con estricta puntualidad a las cuatro y media en la plaza durante la tarde más calurosa de aquel extraño verano. La misma misión rondaba por la cabeza de todos nosotros en los momentos previos: correr tan rápido como fuera posible para esquivar con máxima destreza los porrazos que unos cuantos jóvenes del pueblo, vestidos con atuendos que trataban de imitar la indumentaria propia de los más comunes gremios (policías, bomberos, cocineros...) y enormes cabezas hechas de cartón piedra, intentaban asestarnos con sus atizadoras tripas de cerdo especialmente curtidas para tal evento. La salida del nutrido pelotón no se hizo esperar y, pasados tres minutos de la hora indicada, hicieron su aparición estos disfrazados abusones de cabeza desproporcionada. El recorrido era sencillo: se transitaría por todo el pueblo y acabaría, veinte minutos después, en el lugar inicial (el centro de todo). Lo asfixiante de la temperatura bien quedaba reflejado en la corta y escasa vestimenta de todos los corredores. Reparé por un momento, antes de la estampida inicial, en el calor que debían estar sufriendo los pobres cabezudos debajo de esas acartonadas caretas y no pude más que compadecer la suerte en forma de sudor que les tocaba correr. Un ligero zumbido, convertido en estruendo segundos más tarde, indicó el inicio de las fiestas en general y de la actividad en particular, lo que provocó un naciente movimiento alrededor del frontón.

Pablo y yo empezamos juntos la andadura, confiados en finalizarla de igual modo. El recorrido comenzó sin percances ni sobresaltos a nuestro alrededor. Galopamos en dirección a la casa de Pablo. Parecía que no habíamos atraído la atención de ningún cabezudo, hasta el momento. Seguro de su supuesta lejanía, rebajé un poco la velocidad con el objetivo de esperar a Pablo. Debido a la menor velocidad de su trote parecía haberse rezagado un poco respecto a mí. Sin detener el paso por completo, giré un momento la cabeza hacia atrás y comprobé cómo el cabezudo disfrazado de bombero aparecía detrás de un grueso árbol situado junto a la casa de mi amigo para comenzar a atizar el trasero de Pablo con unos sonoros porrazos. La actitud divertida que habitualmente mostraban los corredores atropellados por los cabezudos no se asemejaba en nada a la expresión atemorizada que Pablo mantenía cuando fue alcanzado. Estos golpes rápidos y bien dirigidos provocaban cierto escozor en la parte trabajada, pero difícilmente lograban causar un severo dolor físico. El rostro normalmente amable de mi estimado compañero de juegos, reflejaba en esta ocasión tal malhumorado gesto que su castigador particular optó por liberarle de su penitencia y perseguir a otra víctima. Por criterio de cercanía rápidamente me convertí en su siguiente damnificado. Emprendí una rápida y ágil huida y atravesé algunas de las estrechas calles del ala oeste del pueblo, donde se encontraba la casa de Álvaro. Pablo había desaparecido de mi reducido campo de visión hacía ya bastante rato. Mi velocidad punta era mucho mayor que la de mi perseguidor así que, consciente de la ventaja que mis alargadas piernas me proporcionaban, me dediqué a aflojar y acelerar el ritmo en función de la distancia que nos separaba. En una de las provocaciones manifiestas que emitía a modo de frases cortas como «¡Venga, corre un poco más que así no alcanzas ni a mi abuela!», mi constante depredador de cabeza abultada lanzó un ataque con su brazo derecho que a punto estuvo de conquistar mi baja espalda. Comenzaba a notarme cansado y pensé entonces en la forma de abandonar la actividad antes de ser alcanzado. Giré hacia la izquierda en la primera calle que encontré, avancé unos cincuenta metros en línea recta antes de volver a la derecha y me metí así en la amplia calle que llevaba a la iglesia. Lejos de zafarme del marcaje al que era sometido, lo único que conseguí fue toparme con la figura de otro cabezudo: «el cocinero», en esta ocasión. Con dos perseguidores a las espaldas, apuré más aún los últimos metros hasta llegar al único punto donde sabía perfectamente que estos tenían prohibida su entrada: la casa del Señor. Alcancé la puerta del sagrado templo, volví la vista atrás y comprobé cómo mis poco atléticos perseguidores procedían a retirarse. «Muy listo, el año que viene no te escapas, muy listo, sí señor», advirtieron antes de desaparecer.

Accedí al interior de la iglesia en riguroso silencio. En cinco minutos, una vez acabada la primera actividad enmarcada en las fiestas, marcharía a la búsqueda de Pablo y juntos comentaríamos, entre risas, su innegablemente nefasta toma de contacto con los cabezudos. Recorrí el espacio ocupado por las filas de los asientos dedicados a los feligreses y pasé entre ellos haciendo zigzag. Ascendí los cuatro escalones que me separaban del altar y, una vez allí, detuve mis pasos. Sin presencia adulta a la vista, la tentación de enredar en un lugar tan enigmático se me antojaba irresistible. Armado con altas dosis de respeto y otras tantas de cautela, comencé por inspeccionar la mesa del altar, seguido del ambón (donde Matías había colocado una Biblia abierta que seguramente leería solemnemente en la especial eucaristía de fiestas). Nada de esto me produjo un especial interés, hasta que a lo lejos descubrí algo novedoso: una imagen de la Virgen María con el niño Jesús en brazos situada a dos metros del confesionario llamó poderosamente mi atención. Nunca había reparado en su presencia y sentí la urgencia de observarla de cerca. Abandoné el presbiterio impresionado por lo detallado del sufrimiento fielmente reflejado en el Cristo crucificado de madera presente en lo alto del altar y me aproximé lentamente a la hermosa figura virginal. Los colores, sumamente vivos y tan bien plasmados en la tierna imagen, habían provocado un hipnótico efecto imán en mi persona. Escasamente había reparado en los primeros pormenores de la figura cuando la voz de Matías se hizo fuerte en el interior de la iglesia y llenó mis oídos con su eco.

—¡No te preocupes por eso, sabes que cuentas con mi total discreción, como siempre! —destacó.

Descubrí su poderosa silueta mientras abandonaba la amplia sacristía acompañado por una mujer. La puerta de acceso a la sacristía estaba lo suficientemente escorada de mi posición para no ser descubierto si estos decidían finalmente abandonar la iglesia. Estático por completo y con el confesionario como escudo visual, contemplé cómo sus figuras se acercaban más y más hacia la salida y dejaban atrás los últimos asientos donde los fieles acostumbraban a orar y escuchar la palabra de Dios. Confiado en que la ausencia de Matías y su acompañante se hiciera real tempranamente y ante la escasa posibilidad de ser destapado, ladeé mi cuerpo unos centímetros y me aparté un palmo del confesionario de madera para descubrir la identidad de aquella mujer hasta entonces anónima. Joven, de complexión delgada, alta, pelo largo y liso: Gloria. No distinguía completamente los detalles de su vestimenta, pero su aspecto en general parecía más descuidado que de costumbre. La preciosa madre de Pablo ya había avanzado el pie izquierdo al exterior en el momento que retomaron una última y breve conversación antes de salir por completo del templo.

—Gracias por todo, siempre eres de gran ayuda —gratificó Gloria en un tono más serio del habitual—, pero no sé si voy a ser capaz de revivir de nuevo la misma historia. Espero que el señor me conceda las fuerzas necesarias —confió abatida. Su voz sonaba sesgada a causa del seguro llanto derramado minutos antes.

Matías correspondió a las sentidas palabras de Gloria con un emotivo abrazo, prolongado durante al menos un minuto.

—No te preocupes… Todo —enfatizó esta palabra— termina por arreglarse —la tranquilizó el cura con su habitual tono sereno, antes de despegarse.

Por sus palabras y el modo en que estas fueron expresadas, Gloria debía sentirse profundamente desesperada, como si se encontrara superada por algún acto no deseado que al parecer de nuevo se presentaba en su vida. Debía haber acudido a Matías en busca de ayuda. Aunque, al parecer, el auxilio hallado no había supuesto un suficiente desahogo para su persona. Desconocía la faceta creyente de Gloria, pero no me sorprendió. La mayoría de los humanos, en sus más bajos y desesperados momentos, sacamos a relucir nuestra parte más espiritual y la fe suele ser el primer pilar al que nos aferramos.

Localicé a Pablo sentado en uno de los oxidados bancos de metal ubicados junto al frontón. Habían pasado ya unos veinte minutos desde los golpes recibidos, pero aún mantenía su rostro pálido. Después de intercambiar las anécdotas acontecidas en la lúdica actividad anterior, comenzamos a contemplar las diferentes acciones que, enclavadas en nuestra habitual zona de esparcimiento, estaban a punto de comenzar: jóvenes bailarines con *txapela* y faja roja (*dantzaris*) bailaban al son del *txistu* y el tamboril. Los cortadores de troncos (*aizkolaris*) y los levantadores de piedra (*harrijasotzailes*) aguardaban su turno mientras calentaban los músculos más utilizados en estas actividades a escasos metros del espectáculo. La totalidad de las tareas programadas para estos festejos sucedían, como no podía ser de otra forma, en la plaza y centro vital del pueblo. Tan solo la verbena y la minúscula feria que cada año aterrizaba en Cábanos tenían permiso para acampar en un lugar diferente: un amplio solar situado en la explanada detrás de la iglesia, previamente pavimentado para este uso. Debido a su gran tamaño podía perfectamente albergar tanto la verbena como la feria (compuesta por una *txozna* –bar pequeño con forma de caseta–) y otras atracciones recreativas de distinto signo. En las fiestas patronales no solo los habitantes y veraneantes del pueblo participaban de una forma activa. Visitantes y vecinos de las localidades más próximas también acudían a Cábanos para disfrutar de la diversión que estos días llevaban consigo.

Conforme los cortadores de troncos culminaban su labor con una rapidez meteórica, yo invertía mi tiempo en examinar el atento y estupefacto rostro de Pablo. Parecía estar maravillado al contemplar la agilidad natural con la que estos deportistas se desenvolvían encima del tronco con un hacha pegada en sus agrietadas y callosas manos. Aunque lo intenté con empeño, no pude recordar la primera vez que acudí a un espectáculo similar, pero seguro que la cara de admiración que adopté no debía ser muy diferente a la que en ese momento vestía Pablo.

El cohete avisador del inicio de la verbena (todo acto comenzaba con un potente estallido en fiestas) nos sorprendió a mi madre y a mí con el final de la cena aún por terminar. Aquel año, mamá había decidido de forma unilateral nuestra inasistencia a la cena popular que cada año se celebraba al aire libre en los aledaños de la feria, justo antes de que la verbena del sábado, la más multitudinaria de las que se celebraban en fiestas, diera comienzo. La verdad es que a mí no me importó demasiado faltar a la cita, ya que estas comidas me hacían sentir desplazado del resto. La ausencia de rostros afines con los que poder conversar mantenía mi presencia en un plano prácticamente testimonial. Cada año en este evento social, ya antes de los postres y con unas cuantas botellas de vino ya vacías por completo, los semblantes sonrojados de los hombres adultos alertaban de que inminentes momentos de vergüenza ajena estaban cerca. Estos comenzaban alegremente, y sin ningún tipo de rubor ni mujeres que actuaran de freno, a interpretar todo tipo de canciones populares, empujados por el líquido mágico que previamente habían vaciado de sus recipientes originales. Uno de estos bebedores, por distracción y entretenimiento más que por sed, era mi padre. Papá, apegado una vez más a las costumbres populares más que a su familia, no quiso perderse tal acontecimiento; con lo cual se presentó en solitario a la cena, después de una nueva discusión matrimonial.

Paralelamente, mi madre y yo, como colofón a un magnífico inicio de noche, culminamos el convite con una exquisita tarta casera que mamá había preparado con chocolate, galletas y algún otro desconocido ingrediente de textura cremosa.

En las últimas fechas, el ambiente entre nosotros se había vuelto más distendido que de costumbre. Cada vez congeniábamos más. Una simple sonrisa que le ofreciera o una muestra gratificante por mi parte a su siempre exquisito comportamiento maternal que saliera de mi boca eran suficientes para provocarle una agradecida mueca de felicidad o un tierno y protector beso de orgullosa madre. Una vez degustado el postre, salimos al encuentro de Pablo y su madre, con quienes habíamos quedado para acudir a la verbena. Gloria y su hijo ya estaban esperando en el exterior de su casa para cuando mamá y yo alcanzamos ese punto. Gloria, elegantemente engalanada para la ocasión, se entretenía tarareando una canción que tímidamente se escuchaba, procedente del recién iniciado baile. Entre tanto, Pablo se divertía propinando enérgicas patadas a una lata de refrescos vacía que había caído de uno de los adornos colocados en lo alto de la calle.

—¡Qué guapa te has puesto, Gloria! Aunque, la verdad, no te hace falta arreglarte mucho para lucirte. ¡Qué envidia! —suspiró mamá.

—No seas exagerada. Además, nunca se sabe dónde puedes encontrar el amor y ya se sabe: hay que estar un poco vistosa por si la persona idónea pasa a tu lado y se fija en ti —comentó coqueta Gloria mientras completaba un giro de 360 grados para ser observada por los ojos de mi madre desde todos los ángulos—. ¡Claro, como tú ya lo tienes bien atado no te tienes que preocupar por estos detalles! —apuntó mostrando cierta envidia.

—Mejor no hablemos de lo que tenemos y no tenemos, ¡por favor! —suplicó mamá cabizbaja—. Hoy no me gustaría acostarme muy tarde, así que en marcha —agarró por el brazo a Gloria y comenzaron a andar por delante de nosotros a paso de caracol obeso—. Mañana no me gustaría perderme la procesión de santa Clara, asisto cada año y me parece tan emotiva... Deberías acompañarme, Gloria —invitó fugazmente, al tiempo que con una mirada dirigida a Pablo y a mí nos puso en camino.

La procesión a la que se refería era la del desfile anual que, encabezada por la imagen de la patrona del pueblo, salía de la iglesia seguida por los fieles. Los devotos, al son de rezos y cánticos religiosos, recorrían un itinerario por el pueblo para volver al templo en medio del fervor popular.

Mientras nuestras madres agotaban el camino hablando de sus cosas, Pablo y yo lo empleamos en rememorar nuestras más celebres gestas deportivas. Por supuesto, cada uno defendía que los mejores tantos eran los propios. Lógicamente, sin admitir en ningún caso la superioridad del otro en ninguno de los posibles golpes planteados.

—Ninguno de tus puntos tiene nada que hacer si lo comparamos con las dos paredes que te hice ayer —presumí seguro de mi proeza.

—¡De eso, nada! Sin duda alguna, el mejor de todos fue cuando me venía la pelota de aire, ¿te acuerdas? —Pablo se mostraba alterado y emocionado al revivirlo, como si estuviera a punto de ocurrir de nuevo en su cabeza—. Tú pensabas que yo iba a romperla hacia atrás con fuerza, ¿verdad? —Su brazo continuamente encontraba el roce con el mío en busca de complicidad—. Entonces, tú comenzaste a correr hacia el fondo del frontón a toda velocidad para alcanzarla y yo te hice una dejada imposible de llegar —alzó la voz entusiasmado—. Ahí, bien ajustada a la chapa, donde más duele. —Pablo obtuvo por mi parte una respuesta afirmativa asintiendo con la cabeza, otorgándole toda la razón que le asistía—. Estoy seguro de que todavía te escuece un poco. ¡Menudo engaño que te colé, amigo! —Los ojos de Pablo brillaban de orgullo al recordar aquella jugada como su mayor logro deportivo.

Las bombillas de colores y los potentes focos colocados sobre el humilde escenario iluminaban la entrada al recinto ferial. La música había incrementado su volumen dentro de mi cabeza hasta ocupar un excesivo e irritante hueco en su interior. El sonido que los potentes bafles arrancaban de los instrumentos conectados a ellos enmudecían por completo al resto de ruidos que cohabitaban pacíficamente en la extensa explanada. La explosiva mezcla de colores fosforitos y fluorescentes que los sentidos percibían nada más acceder al recinto solo eran comparables al destello que debía provocar caminar sobre el mismo centro del arcoíris. Las tómbolas que prometían premio seguro, las atracciones de niños pequeños, el tiro al pichón, el puesto de chucherías (con el algodón dulce como producto estrella) y el tren de la bruja completaban, junto al escenario, una estimulante y variada oferta visual. ¡No faltaba nada!

Tres hombres y dos mujeres, todos ellos de mediana edad y vestidos de forma llamativa, componían la orquesta Momentos. Treintañeros de oficio ambulante y gusto discutible a la hora de vestir eran los encargados de amenizar la noche principal de las fiestas de Cábanos; ellos prolongaban la diversión de pequeños y mayores hasta altas horas de la madrugada. Armados con altas dosis de música popular y algún que otro retazo de melodías actuales, los músicos lograrían, como cada año, convertirse en el centro de atención de todos los presentes.

La temperatura que flotaba en el ambiente era ideal para disfrutar de una agradable noche al aire libre. A pesar de las cálidas temperaturas acomodadas en la Rioja Alavesa, uno nunca podía prescindir de un fino jersey anudado a la cintura pues, alcanzadas ciertas horas, la noche podía adquirir los clásicos vicios de tornarse fresca.

Tras probar suerte en las estrábicas escopetas del tiro al pichón, madres e hijos tomamos acomodo en un espacio abierto a medio camino entre las atracciones y el escenario. La extensión dedicada a los espectadores de la verbena presentaba una capacidad de medio aforo. Su apariencia incompleta no tenía nada que ver con la falta de asistentes; más bien, la razón principal de tal efecto eran las exageradas dimensiones de este solar. Casi todo el pueblo estaba presente en la actividad preferida por la mayoría. Disimulado entre la multitud avisté a mi padre, a unos diez metros a nuestra izquierda. Borracho como una cuba y acompañado por Ernesto (el padre de Sergio y su habitual compañero de fatigas) agasajaba y cortejaba jovencitas forasteras ante la impasible mirada de mi madre, como si fueran adolescentes ansiosos por descubrir el misterioso sabor del placer carnal. Cerca de tan bochornoso espectáculo se encontraban, formando un círculo sobre ellos mismos, mis rurales coetáneos. Por sus semblantes inexpresivos deduje que no pasaban un momento especialmente divertido. Se les notaba distantes.

La pintoresca banda de músicos ya había gastado el clásico repertorio de todos los años y se disponían a innovar poniendo en escena sus más actuales piezas. Hasta ese momento nos limitamos a cantar en silencio la letra de las populares canciones, acompañadas por un leve y arrítmico movimiento de pies.

Sonaba, de una manera un tanto desfigurada, *Me colé en una fiesta* de Mecano cuando Xandra, con pasos firmes y rápidos, abandonó su posición en el aburrido círculo donde se encontraba y se acercó hasta la nuestra. La espigada y pálida hermana de Sergio, en un amable e inesperado gesto, condujo su larga y huesuda figura hasta nosotros, obsequiándonos con una bonita y duradera sonrisa. Llevaba el pelo recogido en dos coletas sujetas con sendas gomas verdes. Cubría su cuerpo con un vestido largo hasta los tobillos, a juego con las gomas del pelo, que ocultaba a la perfección su vasta y habitual apariencia varonil. Más guapa de lo habitual (parece que esta cuestión la hacía más segura), ladeó su fino e interminable cuello hacia Pablo, olvidándose del resto de los presentes para centrar su atención en él desde ese momento. Apartó de su camino una mosca con un débil manotazo e, instantes antes de tomar la palabra, inhaló todo el aire que encontró a su alrededor.

—¡Hola, Pablo! Ya sé qué es un poco extraño porque no hemos hablado nunca y eso, pero... —La vergüenza se apoderó de Xandra durante unos breves instantes, transformando en coloradas sus hinchadas y blancas mejillas—, ¿te gustaría bailar conmigo estas últimas canciones? —soltó, antes de cerrar los ojos en señal de incertidumbre, a la espera de una respuesta de Pablo—. Si no, olvídalo, qué tontería…

—Claro que quiero —respondió Pablo precipitado, al ver la derrota anticipaba que ya asumía Xandra.

La (a mis ojos sorprendente) nueva pareja se apartó de nuestro lado hasta encontrar acomodo en un espacio amplio, más cerca del escenario. Pablo comenzó a bailar junto a Xandra al ritmo frenético y descompasado de la ocurrente y jovial canción de Mecano, siempre bajo la atenta y orgullosa supervisión de Gloria.

Canciones cada vez más rápidas se sucedían una tras otra y yo continuaba sin comprender lo que acababa de ocurrir: Xandra, la supuesta futura novia de Álvaro, había acudido en busca de la compañía de Pablo, desecha en amabilidad para con nosotros. ¡En fin, cosas de mujeres!

La vocalista de cabellos brillantes y ondulados de voz aterciopelada anunció la última canción de la noche antes de agradecer a los asistentes su fantástico comportamiento. La melodía correspondía al último trabajo del roquero grupo gallego Siniestro Total. Mi adormilada expresión añoraba la cama tanto como el animal enjaulado lo hace con su libertad. Me costaba un serio esfuerzo mantener la cabeza erguida mientras los jóvenes del pueblo expresaban su frenesí y apuraban los últimos acordes.

—¡Vamos a bailar esta canción! —invitó Gloria con una maravillosa forma de atacar a cañonazos mi somnolencia—. ¡Parece muy animada!

Bailar era, sin duda, la actividad que menos podía apetecerme realizar en aquel momento, pero cómo negarle algo a esa mujer de sonrisa amable y expresión bondadosa. La dulce madre de Pablo agarró mis manos suavemente y posó una de ellas sobre su estilizada cintura. En ese momento me sentí por primera vez un hombre completo. Agarrados y bajo el ritmo roquero de aquella canción, comenzamos unos torpes e imprecisos pasos de baile repletos de pisotones. Me ruboricé al pensarlo, pero Cábanos nunca me pareció tan hermoso como aquella noche. En absoluto me hubiera importado que en aquel momento el tiempo se ralentizara de tal manera que aquellos cortos minutos se cambiaran por horas, incluso por días. La respiración se me aceleraba a pasos agigantados. Noté cómo un nudo se formaba en mi estómago cada vez que calculadamente me acercaba a su figura. Con nuestros cuerpos en movimiento pude apreciar mejor y más cerca que nunca el intenso olor que su perfume abandonaba en su piel. La combinación de su olor corporal y la fragancia al juntarse proporcionaba una refrescante mezcla digna de conservar en frasco pequeño y venderse en las mejores perfumerías de París a precio de oro. La blusa blanca de generoso vuelo y escote pronunciado que vestía, así como la fina falda larga, formaban un conjunto ideal para ejecutar el noble arte de la danza. En uno de los giros que Gloria me inducía a acometer, noté cómo la oscilación de su colgante en forma de lágrima estuvo a punto de introducirse en mi ojo derecho, pero ni siquiera mil sucesos como ese hubieran podido empañar un momento tan especial.

El baile concluyó y con él uno de los instantes más felices de mi infancia. Los espectadores brindamos una sonora ovación a los músicos de la orquesta en su despedida. Los enérgicos aplausos de la totalidad de los activos espectadores contrastaban con la sólida expresión de tristeza que presentaba mi madre escondida bajo su tez. Mi sensación fue la de sentirme un mal hijo por no haber reparado en ello antes. Al mismo tiempo que yo me divertía, la había dejado a ella en la más absoluta de las soledades. Ni siquiera durante las fiestas había logrado hacer olvidar a mi madre su actual infeliz existencia.

—Bueno, pues esto se ha acabado y aquí ya no pintamos nada —concluyó mamá, azotándome una cariñosa palmada en el trasero.

—Isma, vete a avisar a Pablo de que nos vamos, que ya es hora de recogerse. Además, seguro que prefiere que vayas tú a decírselo a que vaya su madre. Sobre todo ahora que está comenzando el modo cortejo —argumentó Gloria.

—Nosotras vamos de camino. ¡No tardéis demasiado! —advirtió mamá antes de ponerse en marcha.

Pablo continuaba charlando con Xandra a unos diez metros de distancia. No me gustaba tomar el papel de aguafiestas, pero

Gloria me había otorgado esos galones y no la podía defraudar. Avancé tres pasos, tan solo, hacia mi objetivo, cuando una pequeña pero vigorosa mano me alcanzó el hombro izquierdo desde atrás y frenó en seco mi previsible progreso. Giré la cabeza para descubrir al propietario de la enigmática mano y allí lo encontré, cara a cara, por primera vez aquel verano: un antiestético indicio de bigote sobre el labio superior, el cual lo dotaba de una imagen mucho más áspera y severa, comenzaba a brotar en su cara.

—Escúchame un segundo. ¡No tengas tanta prisa, amigo! —murmuró irónicamente.

Acercó su boca a mi oído derecho con la mayor de las sutilezas e inició uno de sus tan apreciados discursos incendiarios.

—Una cosa es que te eches un amiguito *español* y desprecies a los que podías tener aquí, pero lo que no voy a consentir de ninguna manera es que una rata extranjera con cara de mono venga a quitarme a mis amigos, ¿entiendes? —A pesar de lo inoportuno del momento no pude evitar imaginarme el aspecto que presentaría una bestia con cuerpo de rata y cara de mono—. Así que —su mano apretaba cada vez con más intensidad mi tenso hombro según proseguía con su amenaza— ya puedes decirle a tu amiguito que no vuelva a acercarse a mis amigos, en especial a Xandra.

Álvaro me liberó tras escupir la amenaza y, enseguida, perdí su figura al mezclarse con la multitud que poco a poco abandonaba los aledaños del escenario. Alcancé finalmente a Pablo y le conduje hasta casa sin más explicaciones. Pensé que aquella noche repleta de extraños acontecimientos no era el momento más indicado para tratar lo ocurrido.

Llegué a casa y me metí en la cama; estaba agotado. Papá todavía no había llegado. El sueño no tardó ni diez minutos en venir a recoger mi cuerpo.

Era la hora de comer y papá acababa de levantarse. Su resacoso aspecto no era diferente al de todos los años después de la noche grande de las fiestas. Ojeroso y desganado, sentó su trasero en la silla y apoyó los brazos en la mesa a la espera de que mamá nos trajera la comida.

—Papá, ¿puedo hacerte una pregunta?

Pedí permiso colocándome en la silla más cercana a la suya.

—Hijo, ya la estás haciendo. ¡Mira, hoy estoy generoso y te permito hacerme otra! Pero que no sean muy difíciles. —El hilo de voz que mi padre lograba expulsar de su garganta no era demasiado fuerte, pero me era válido para escuchar su respuesta.

—Papá, ¿somos españoles? —Necesitaba saber por qué Álvaro tenía tanto empeño en odiar a Pablo y quizás esa respuesta fuera el hilo conductor que me llevara hasta su despiadada animadversión.

Mi padre despegó su trasero del asiento. Parecía sorprendido por mi pregunta. Sacó su cartera del bolsillo del pantalón vaquero y extrajo el documento nacional de identidad de uno de sus apartados.

—¿Qué pone aquí? —dijo al señalar el apartado donde indica la nacionalidad y repitió impaciente—: ¿Qué pone aquí?

—«Nacionalidad española».

—Muy bien, hijo, pues ya te has contestado. ¿Es que alguien te ha dicho lo contrario? —preguntó curioso.

—No, solo es que he escuchado en la televisión algún comentario sobre esto y quería preguntártelo, nada más. No te preocupes —le tranquilicé, y me dirigí hacia la cocina para echar una mano a mi madre en la tarea de poner la mesa.

Ni un solo comentario en toda la comida. El tintineo de la cuchara al chocar con el plato se erigió como el sonido más repetido durante la comida. Mi madre no hablaba con mi padre. Mi padre no hablaba con mi madre. Yo hablaba con los dos, pero estaba demasiado ensimismado repitiendo en mi mente una y otra vez las palabras de Álvaro. A veces nos interrogamos de forma excesiva sobre cuestiones que no tienen una explicación determinada, pero es inevitable. A menudo intentamos dotar de lógica a acciones que nunca la tuvieron, solamente por el mero hecho de resultarnos incomprensibles. Supongo que solo se trata de una reacción normal del ser humano ante hechos inusuales. Queremos entender todo lo que pasa a nuestro alrededor y eso nos lleva a emitir valores erróneos en numerosas situaciones. Aun comprendiendo la argumentación anterior, seguía interrogándome el porqué de la actitud de Álvaro. Mi amigo era tan amable y atento que era imposible no quererlo. Nadie, excepto él, lo odiaba. Solo alguien sumamente retorcido, o desprovisto de sus facultades mentales, podría hacerlo.

CAPÍTULO 6

MALAS NOTICIAS

No acababa de acostumbrarme a la parte negativa de mi nuevo aspecto. Montones de pelos, puestos de acuerdo por miles, invadieron mi cuerpo imberbe el año en que cumplí los catorce. Me sentía inseguro e intimidado con la exagerada cantidad de vello que surgía de un día para otro en los lugares más inesperados. Era como estar cautivo en un cuerpo extraño. Temía que nunca dejaran de aparecer más y más pelos nuevos y me dotaran así de una imagen más cercana a la de una bestia que a la de un humano. Ni siquiera me atrevía a informar a mis padres sobre estos nuevos hallazgos, así que comencé en solitario una búsqueda de información que me aclarara el porqué de mi nueva situación. Esto me llevó a hallar consuelo en una de las múltiples enciclopedias que reposaban en el salón de casa. Elegí una que trataba el cuerpo humano como tema principal para buscar información. Indagué en el interior de este tesoro del conocimiento humano hasta descubrir que mi *enfermedad* se trataba del, al parecer normal, tránsito a la adolescencia. Según los síntomas que describía el libro, debía encontrarme en la primera fase. En más de una ocasión supliqué al cielo para que aquel verano de 1987 fuera el más invernal de la historia. Entonces no tendría por qué mostrar mi velludo aspecto a nadie. Necesitaba un verano frío en el que nadie pudiera salir a la calle sin abrigarse. Pero, debido a un desajuste en la línea de comunicación celestial (o eso quería pensar yo), mis plegarias no fueron debidamente atendidas.

La más calurosa de las estaciones llegó y trajo consigo un clima tórrido y tremendamente seco. No recuerdo precipitación alguna durante todo el verano. Tímidamente, alguna inocente nube mostraba intenciones de acomodarse en tan despejado y azul firmamento, pero enseguida pasaba de largo sin descargar.

La mañana del 25 de junio, los pajarillos comenzaron su concierto matutino especialmente afinados. Como cada mañana, encaramados en lo más alto de los tejados, posaban coquetos ante la atenta mirada de los vecinos más madrugadores. Era tan hermosa y brillante la melodía conformada que dejé volar la fantasía y los imaginé ensayando bajo la luz de la luna mientras los humanos dormíamos ajenos a semejante espectáculo. Seguro que los coloridos pájaros volaban hacia zonas apartadas del mundanal ruido para llevar a cabo sus ensayos y, acomodados en robustos árboles, acoplaban sus tonos más refinados hasta alcanzar la magnífica armonía con la que nos sorprendían cada mañana. Estaba convencido de que aquella mañana, para mi deleite, estrenaban pieza melódica.

Este año, la presencia de Pablo no se hizo de rogar tanto como en anteriores. La noche previa a la soleada mañana que vivíamos había escuchado a mi padre decir que el coche de Gloria ya reposaba en su lugar habitual.

Desde nuestro primer encuentro habían pasado cuatro años. En todo ese tiempo Pablo y yo habíamos desarrollado un concepto verdaderamente sólido y sincero alrededor de la palabra «amistad». Pasara lo que pasara, siempre estaríamos juntos, o eso parecía. Nuestra relación se encontraba muy por encima de ostentaciones afectuosas a modo de abrazos o besos fraternales. El mutuo respeto que nos profesábamos y la total ausencia de un marcado líder parecían las únicas claves de nuestra sincera camaradería. Ni siquiera necesitábamos regalarnos los oídos con palabras bonitas para saber que siempre nos tendríamos el uno al otro. Tan solo era eso: amistad en estado puro. ¿Qué más se podía pedir a los catorce años?

Las desagradables palabras ofrecidas por Álvaro aquella noche de fiestas en 1984 nunca llegaron a oídos de Pablo. Xandra no volvió a compartir ningún otro momento íntimo con él, aunque sí acostumbraban a intercambiarse intensas y penetrantes miradas cómplices cada vez que sus caminos se cruzaban. Por supuesto, siempre a espaldas de Álvaro, con quien Xandra había entablado una aparente relación seria. El vínculo que manteníamos por esas fechas con la pandilla «B» (de basura, como los llamábamos) era cordialmente inexistente: saludos obligados desde la distancia, sonrisas falsas y poco más. Cada uno iba a lo suyo y con eso todos parecíamos convivir cordialmente.

A las diez y media de la mañana, Pablo se presentó en mi casa y planteó la posibilidad de ir a las ruinas. Quería utilizar para ello las bicis de paseo aparcadas en la bodega. En un principio rechacé la idea, para adoptarla como buena a los pocos minutos tras la desmedida insistencia de mi amigo. «Me gustaría estirar las piernas. Las tengo agarrotadas desde el viaje de ayer. Si lo digo por necesidad más que por placer…», dijo. Pablo me había alcanzado en altura y su silueta se había ensanchado también de forma notable. De repente, yo pasé a ser el endeble del dúo. Ambos habíamos sufrido evidentes cambios físicos, pero los pelos me los había quedado yo en exclusividad. Él había pegado el estirón y yo había mutado de piel. Reparto equitativo, aunque injusto a mi modo de ver.

Montamos en las bicicletas. Nos condujimos primero hacia el bar para tomar provisiones. Queríamos abastecernos con tantas golosinas como pudiéramos con veinticinco pesetas que logramos reunir entre los semivacíos bolsillos de ambos. Una vez encaramados en lo alto de las ruinas, seguro que vendría bien un poco de azúcar para contrarrestar la energía perdida durante el cansado y difícil trazado. No dispusimos ni siquiera de la oportunidad de apearnos de las bicis. El bar estaba cerrado. Creo que era la primera vez que lo veía cerrado a esas horas. Desprovistos del edulcorado elixir pretendido, continuamos sin más dilaciones el camino hacia nuestro particular mirador de Cábanos. Al ascender la primera pendiente me noté más sofocado que en anteriores ocasiones, pero no quería mostrar mi cansancio ante Pablo, ¡maldita vanidad! Acabábamos de entrar en el amplio y largo camino de árido polvo cuando empezó para nosotros el habitual pique de velocidad al que estábamos acostumbrados. Esta disputa se desarrollaba mientras el camino asfaltado conservara su amplitud, antes de convertirse en una senda mucho más estrecha e inestable. Jugábamos a adelantarnos tantas veces como nuestras piernas permitieran. Comencé rebasándolo con un arreón digno del mismísimo Anquetil.

—Vamos, Pablo, acelera, que si yo quiero no me alcanzas en todo el camino —presumí engañosamente, pues alardeaba de una frescura que no poseía.

Tomé la delantera unos metros hasta que Pablo aceleró su paso y me alcanzó por el costado izquierdo. Esta vez mi amigo no me adelantó y acopló su ritmo al mío.

—¿Puedo preguntarte algo? —consultó serenamente.

—Claro, Pablo. ¡Dispara!

—¿Has pensado alguna vez qué te gustaría hacer cuando dejes de estudiar? —distanció su presencia unos segundos para librar un bache del suelo y regresó junto a mí—. Me refiero a si tienes algún sueño o si te gustaría trabajar en algo especialmente —prosiguió con toda la claridad que la falta de una respiración normalizada permitía.

—Supongo que nunca me he parado demasiado tiempo a pensarlo. Pero creo que no tengo ningún sueño en especial. Trabajar, solo eso, como todo el mundo. El futuro no me preocupa. Creo que no hay ningún momento mejor que el presente. O eso dice siempre mi padre. «Solo existe el presente, acuérdate siempre», me repite a menudo.

Pablo apartó la mirada de mi bici y dirigió su vista hacia el frente. A lo lejos, ya se atisbaba la silueta difuminada de los devastados muros de piedra a donde nos dirigíamos. Se desplazó lateralmente un par de metros. Su rostro no mostraba cansancio. Si alguna virtud poseía Pablo respecto a la práctica del deporte era su pronta, casi milagrosa, recuperación física. Un minuto de descanso le bastaba para recuperar una hora de ejercicio. Era fascinante: en tan solo sesenta segundos su cara volvía a la aparente normalidad. Resultaba milagroso que en este mínimo espacio de tiempo desaparecieran todos los síntomas evidentes de fatiga de su rostro.

Aceleré nuevamente el ritmo. Mi amigo comenzaba a escabullirse y debía darle caza. Apreté los dientes, sujeté con fuerza el manillar y, en pie sobre la bici, avivé el paso hasta alcanzarlo. Atrapé su figura al mismo tiempo que comenzaba la bella senda flanqueada por una vetusta y frondosa arboleda.

—Aún no me has contado cuáles son tus sueños de futuro —introduje de nuevo el tema pues confiaba en que el habla frenara un poco su escapada.

Pablo se acopló de nuevo a mi costado. Apoyó su mano izquierda sobre mi hombro derecho, sin aflojar en ningún momento la marcha. La senda continuaba siendo lo suficientemente ancha y clara como para que esta postura no supusiera ningún peligro físico para ambos. Clavó sus ojos en los míos y comenzó:

—Quizá te parezca ridículo o demasiado soñador lo que te voy a contar. Me gustaría dedicar mi vida a ayudar a los más desfavorecidos —anunció en voz baja mientras su aura se volvía aún más dulce a mis ojos—. Me parece que no hay nada más bonito y gratificante que ayudar a las personas que no han tenido tanta suerte en la vida como nosotros. ¿Entiendes qué quiero decir?

Asentí maravillado a su altruista declaración de intenciones. Me sentía plenamente orgulloso de tener un amigo con tan nobles sentimientos.

—Me parece perfecto —admití.

—¡Quien llegue primero a las ruinas será el encargado de elegir todos los juegos de la semana!, ¿de acuerdo? —propuso alegremente.

Parecía más feliz desde que su idea de futuro me había convencido. La suya no fue una reacción extraña. Quien más, quien menos, todos necesitamos apoyo para sentirnos seguros de nuestras decisiones. No entiendo la razón por la cual, tan a menudo, precisamos que nuestro entorno bendiga constantemente las acciones que planeamos llevar a cabo, pero lo cierto es que lo necesitamos. Es como si al asegurarnos la complicidad de alguien a nuestra causa, afianzáramos nuestra propia opinión.

Adopté un ritmo parsimonioso. Ni siquiera empleé todas las fuerzas que me asistían en la carrera. Resolví no castigar más los viejos pedales de mi bici y librarlos de una presión excesiva e innecesaria y, de esta forma, dejar que Pablo acumulara para él todos los méritos de la victoria. Deseaba contemplar su rostro de felicidad completa al conseguir el triunfo.

—¡He ganado! —Lanzó al aire, con los brazos en alto en señal de victoria—. Tranquilo, no seré muy duro con la elección de los juegos.

—¡Enhorabuena! —felicité a la vez que mostraba un exagerado agotamiento—. Tú ganas, esta semana haremos lo que tú digas.

Apoyamos delicadamente las bicicletas sobre el seco y áspero césped. El suelo estaba ardiendo. Quemaba, tan solo, admirar su amarillento aspecto. Esta vez pretendíamos encaramarnos a lo más alto del muro de mayor altura. El interés por el riesgo crecía proporcionalmente con la edad. Ascendimos a la base superior. Recuperamos la verticalidad al apoyarnos el uno sobre el otro a modo de soporte (el más seguro al que podíamos amarrarnos). Nos disponíamos a disfrutar de las vistas cuando observamos cómo un vehículo se aproximaba al pueblo por el este a gran velocidad; se trataba de una ambulancia. Desde nuestra posición avistábamos a la perfección el tramo de carretera procedente de Logroño por la cual se acercaba. Segundos más tarde comenzamos a escuchar la sirena. Aquel sonido activó alguna señal de alarma en la cabeza de Pablo. Bajó del muro como una exhalación. Me recordó al impacto de un meteorito en el momento de colisionar con la tierra: ¡Boom!

—Creo que deberíamos volver al pueblo —recomendó de manera eléctrica—. Sí, será lo mejor.

La incertidumbre se había apoderado de la totalidad de sus expresiones. Su rostro se había congelado por completo.

—¿Estás bien, Pablo?

—Sí, he tenido una sensación extraña al ver a la ambulancia acercarse. Tan solo me gustaría regresar y comprobar que todo está bien. Solo eso.

—De acuerdo. Pero no te preocupes, será solo que alguna de las viejas del pueblo ha tenido una mala caída.

Totalmente enmudecidos, ejecutamos el camino de vuelta en riguroso silencio. El calor se hacía más insoportable según avanzaba la mañana. Me sentía asfixiado debido a las altas temperaturas y al enorme esfuerzo que supuso el viaje de vuelta. En cambio, la expresión seria a la vez que confundida en el rostro de Pablo no se había alterado ni lo más mínimo, a pesar de tener en su contra los mismos factores que a mí me aquejaban.

Pablo llegó antes que yo a la plaza. Unos diez metros me separaban de la adelantada posición de mi amigo. Debido a la numerosa cantidad de curiosos agolpados en la larga recta que enlaza el frontón con el vetusto sendero flanqueado por las casas más viejas del pueblo, nos vimos forzados a apearnos de las bicis. Nos hicimos hueco entre el primer grupo de personas y ni rastro de la ambulancia. Tampoco encontramos pistas sobre ningún herido. Me parecía sentir cómo las señoras mayores murmuraban a nuestro paso. Giramos bruscamente hacia la derecha. Alzamos la cabeza casi de forma sincronizada y por fin divisamos la ambulancia. Estaba estacionada, rodeada por fisgones ansiosos por captar alguna morbosa imagen, junto al automóvil de Gloria. Entre empujones, logramos plantarnos en el epicentro de la acción.

Pablo no paró de correr hasta llegar a la misma puerta. Ejercí de fiel sombra, una vez más, y seguí su trote tan rápido como pude. Fuera lo que fuese lo que había ocurrido, se encontraba en el interior de su casa. En aquel momento y de una manera totalmente egoísta hubiera dado lo que fuera por localizar el sufrimiento en rostros ajenos. Deseaba que se hubieran equivocado de lugar, que fuera un error. Quería escuchar que el herido hubiera sido llevado hasta casa de Pablo por cercanía o porque se había desplomado allí mismo. En realidad, me servía cualquier excusa, por rocambolesca que fuera. Cualquier cosa, menos destapar el sufrimiento de un allegado. Pero la inquietud de los vecinos según Pablo se acercaba a su casa no hacía presagiar nada bueno. En los aledaños descubrí numerosos rostros conocidos al borde del llanto, prudentemente disimulado a nuestro paso. Goyo, Santiago, Rafael, Aurori..., todos los vecinos parecían afectados por igual medida. Loren, abrazado a un árbol, enfrente de la casa de Pablo, expresaba la incertidumbre de una forma más vehemente que el resto, actitud poco extraña en él. O estaba desconsolado por el hecho de no conocer las noticias habidas en el interior o la información de la que disponía no era muy esperanzadora. El bucólico camarero no solía prestar demasiada atención a su aspecto; sin embargo, aquella mañana se le apreciaba especialmente aseado e impecablemente vestido. En la tosca puerta de madera estaba situado Matías, de espaldas a la calle. Con su vasto cuerpo impedía tanto la visión como el acceso al gran número de curiosos apiñados en el exterior. El bonachón y siempre atento cura, con una reacción algo torpe y tardía, no pudo evitar que tanto Pablo como yo nos coláramos en el espacio íntimo de la casa, mediante un enérgico e inesperado envite ante el que nada pudo hacer.

Atravesamos el vestíbulo rápidamente. Matías suplicaba desde la distancia que detuviéramos nuestro avance. No hicimos caso. Mi cabeza, bombardeada con todo tipo de maquinaciones, necesitaba respuestas y estas estaban allí dentro.

Continuamos corriendo por el pasillo. Las reformas que en estos años habían llevado a cabo en el interior eran notorias. El suelo estaba cambiado, había mejorado su aspecto y uniformidad. Las paredes recién pintadas. Los marcos de las puertas estaban relucientes. Todo había cambiado su apariencia desde la última vez que entré, pero esos detalles no eran significantes en aquel momento. Llegamos juntos al salón. No podía abandonar a Pablo, aunque estaba tan aterrado que estuve tentado de hacerlo en más de una ocasión durante el camino. En su interior se encontraban mis padres junto al personal sanitario trasladado hasta allí. La pareja de médicos permanecía inmóvil. Para mi sorpresa, no estaban socorriendo a ningún herido, tan solo charlaban con mi padre. Sus rostros sorprendidos enmudecieron tan rápido como se dieron cuenta de nuestra precipitada aparición.

—¿Cómo habéis entrado? —consultó extrañado papá—. ¡No deberíais estar aquí!

En un principio, ningún extraño suceso llamó mi atención. Entonces escuché un lamento roto y sesgado procedente de la garganta de Pablo, a quién había perdido el rastro por un segundo. Mi padre intentó impedir, usando su cuerpo como pantalla, que mis ojos alcanzaran la misma visión que las dilatadas pupilas de mi inconsolable amigo acababan de captar. Desgraciadamente no lo consiguió. Ladeé la cabeza para esquivar el grueso escudo visual que suponía su cuerpo y vi la imagen prohibida. La peor de todas las que haya contemplado a lo largo de mi vida. Aunque todos los indicios apuntaban en la misma dirección, no fui capaz de predecir que, tras acceder a la sala de estar, la vida de mi mejor amigo cambiaría para siempre. La triste protagonista de aquella funesta escena era Gloria. Su cadáver descansaba sobre la mesa. Estaba desnuda de cintura para arriba, aunque cubierta con una fina manta marrón. Supuse que le habrían despojado de su ropa para intentar reanimarla. La recién fallecida presentaba un aspecto frío y rígido que a día de hoy todavía mantengo fresco en mi memoria. Su piel blanca parecía de escayola y su figura en la forzada posición del ángel (cuerpo hacia arriba, piernas juntas y brazos estirados en cruz) quedarían grabadas a fuego en mi mente. Para ser sincero, aún no he conseguido borrar esa terrible fotografía de mi memoria. El mundo parecía haberse parado dentro de aquella habitación y dejado a Pablo dueño de la expresión más desolada que jamás haya contemplado. Durante unos segundos permaneció inmóvil a un metro escaso del cadáver, hasta que su cuerpo se desplomó de repente. Por suerte, mi madre sujetó su peso antes de alcanzar el suelo. Se había derrumbado al igual que lo hace un castillo de arena al contacto con la crecida marea. Hasta ese momento no fui consciente por completo de la dimensión de lo ocurrido. Mamá propinó unas suaves palmadas en la cara de Pablo y este recuperó la consciencia en cuestión de segundos. Al recuperar la vitalidad, mi amigo se abalanzó sobre el cuerpo de su ya ausente madre. Ante la permisiva y lastimosa mirada de mis padres, Pablo zarandeó la figura inerte de Gloria en busca de una respuesta imposible. Sus dedos recorrían la cara de su madre una y otra vez. Acariciaba su pelo detenidamente. Acercaba su cara junto a la de Gloria y cubría sus mejillas con sentidos besos. Las lágrimas de Pablo se mezclaban con su saliva y dejaban un rastro líquido en la cara de su madre.

—¿Por qué, mamá? ¿Qué ha pasado? —masculló Pablo al oído de su madre.

El personal sanitario manifestó su deseo de poner fin a tan rompedora imagen, sin obtener resultado alguno en su primer intento.

Junto al pie derecho de Pablo, reposaba en el suelo un frasco oscuro desprovisto de su tapón de cierre. Se trataba de un pesticida. Uno de esos que utilizan los jardineros para controlar las plagas en los jardines. Ese tipo de productos me resultaban cercanos, ya que en más de una ocasión había visto a mi madre en poder de botes similares.

Pablo aumentó el dramatismo del momento pronunciando constantemente el nombre de su madre entre desgarradores sollozos. Su paciencia innata se rompió en cientos de pedazos y la tomó con el personal sanitario.

—¡Vosotros tenéis la culpa! —Pablo comenzó a propinar golpes secos y poco certeros al médico situado más próximo a su posición—. ¡Se supone que vosotros deberíais haberla curado! —censuró nuevamente, e incrementó el volumen de sus lamentos—. ¡Pues curadla ahora! ¡Vamos, curadla, aún estáis a tiempo!

—Tranquilo, chico. Cuando hemos llegado, tu madre ya había muerto. Solo hemos podido constatar su fallecimiento. ¡Lo sentimos mucho! —replicó el más corpulento de los sanitarios.

—De verdad que lo sentimos —zanjó el médico objeto de los golpes—. Intentamos reanimarla pero no pudimos hacer nada. ¡De verdad!

Mi padre abrazó a Pablo y lo alejó tanto como pudo de la fúnebre escena. Pablo continuaba profiriendo gritos. Ahora que mi amigo había dejado visible la figura de Gloria, pude comprobar cómo su boca presentaba restos de alguna sustancia parecida a la espuma de afeitar. Unas burbujas blancas y secas conformaban la áspera textura de aquel jugo. La mayor parte posaba en la comisura de los labios, seguramente a causa de haber ingerido el brebaje tóxico al que apestaba toda la habitación.

La desesperación y el pánico lograron apoderarse por completo de mi amigo. En brazos de mi padre no halló consuelo. No cejó de emitir lamentos ni un solo instante. Papá se deshizo por un momento del peso de su cuerpo y Pablo cambió la expresión de su cara. Una pizca de optimismo se abrió en sus ojos al mirar desde una mayor distancia a su madre. «¡Está viva!», susurró. No podía aceptar que Gloria lo hubiera abandonado; menos aún que lo hubiera hecho, como todo indicaba, voluntariamente. Realmente yo tampoco alcanzaba a comprender nada de lo ocurrido.

¿Por qué Gloria habría hecho algo así? ¿Habría tenido algo que ver con la conversación que escuché aquella tarde en la iglesia? Seguro que Matías disponía de más datos que el resto. El momento en el que se produjo la muerte de Gloria también se me antojaba como un aspecto sumamente extraño a tener en cuenta, ya que tan solo había pasado un día desde su llegada el pueblo. ¿Lo habría planeado de esta forma? Es decir, ¿quería suicidarse en el pueblo por alguna razón en particular? Tal vez decidió hacerlo en Cábanos para llamar la atención sobre algo, o a lo mejor se trataba de su forma de lanzar un mensaje macabro póstumo a unos vecinos que la habían maltratado más que nadie a lo largo de su vida. Aunque esa opción no me cuadraba en absoluto: demasiado rebuscada para Gloria. ¿Cómo imaginármela planeando su propia muerte? Me inclinaba, más bien, por creer que algún suceso imprevisto precipitó el fatal desenlace. Tenía que haber sido repentino: un momento de negación irrecuperable, sin oportunidad de partido de vuelta. Lo hecho en estos oscuros momentos no tiene remedio ni arrepentimiento posible. Una vez consumado el irresponsable y cobarde acto se acabó todo.

Todo en Pablo era diferente, en ese contexto, a lo que yo conocía de él. Sus movimientos eran mucho más eléctricos, y su mirada completamente inexpresiva y desencajada. Hasta tenía tics nerviosos constantes en su cara... Incluso su voz parecía haberse rasgado definitivamente. Sorprendido ante esta nueva imagen de Pablo, pude contemplar horrorizado cómo se zafaba del condescendiente marcaje de mi padre y lograba amarrarse de nuevo al inerte cuerpo de Gloria.

—¡Está viva! ¿No lo veis? ¡Está viva!

El equipo médico lo apartó de una forma más violenta esta vez.

—Se acaba de mover. Tú lo has visto, ¿verdad, Isma?

Pablo buscó mi complicidad mientras un médico lo apartaba enérgicamente del cadáver.

La versión más atemorizada de mi persona no se había movido del costado de la puerta desde que habíamos entrado. Nadie reparaba en mi presencia. Ni si quiera mis padres, y no era de extrañar, ya que me encontraba congelado por completo. Tampoco me creía con fuerzas de abrir la boca, por lo que así continué inmóvil y en silencio. Me sentía impotente ante la pregunta de mi buen amigo, pero no me atreví a contestar nada. De haberlo hecho, hubiera tenido que reflejar que aquello no era más que una falsa esperanza, contemplada solo por su desesperada mente.

Matías abandonó su posición en la puerta y entró definitivamente en escena.

—Ya he avisado a su prima. Mañana mismo estarán aquí a primera hora —avisó en tono solemne.

—Perfecto. Matías, encárgate tú de los niños, ¡por favor! —suplicó mi padre—. Seguro que a ti te prestan más atención y desconectan un rato de esta pesadilla. Ya sabes que estos dos sienten una debilidad especial por ti.

—No te preocupes. Ahora mismo me los llevo a la iglesia. Por la noche te los devuelvo para la hora de cenar, pero hasta entonces yo me encargo de ellos. Si necesitas algo para el papeleo o para lo que sea, avísame —ofreció Matías—. ¡Que dios te bendiga! —exclamó dirigiéndose al cadáver.

—¡Que Dios te oiga! —concluyó mi madre, desolada.

Matías comenzó a trabajarse la destructiva resistencia de Pablo y, milagrosamente, consiguió una serena y anestésica retirada por su parte. Antes de que nuestra ausencia se hiciera real, me volví hacia Gloria y observé su cuerpo, marcado probablemente por las bruscas embestidas de Pablo y su dulce y preciosa cara por última vez. Matías nos condujo a la iglesia ante el murmullo generalizado del pueblo. Cualquier lugar, por muy desmoralizador que fuera, resultaría menos traumático que el que dejábamos atrás. Me alegré sobremanera de abandonar aquella sala donde el tiempo transcurría infinitamente despacio.

Matías hizo que tomáramos asiento en el banco más cercano al púlpito y cerró la iglesia para evitar visitas inoportunas. El cura se postró de cuclillas enfrente nuestro y ofreció un clínex a Pablo, quien secó sus ojos de lágrimas con el pañuelo de papel. El joven cura apoyó la palma de sus manos en las rodillas de Pablo y, en tono calmado, tomó la palabra. Frases repletas de sentido, aunque carentes de él a oídos de un niño, fueron usadas intencionadamente para consolar a mi huérfano amigo. Todo en vano. Los argumentos planteados cada vez tenían un tono más religioso en su fondo.

—Seguramente ahora no lo entenderás. Incluso te parecerá imposible de asumir, pero tenemos que aceptar lo que Dios ha elegido para Gloria. No podemos culpar a nadie por nuestra mala suerte. Solo debemos aceptar lo que Dios ha dispuesto para cada uno de nosotros desde la fe. Como ya sabes, Gloria era una muy buena cristiana y le hubiera gustado mucho que tú siguieras sus pasos.

Pablo, ausente en todo momento, se dedicó a asentir a cada comentario. Nadie podía mitigar esa tristeza. Entonces, Pablo alzó repentinamente su mirada del suelo y la dirigió a los ojos de Matías.

—No me despedí de ella. ¿Sabes qué es lo último que hablamos? —detuvo un instante su exposición para comprobar nuestra negativa a su pregunta y prosiguió—. Discutimos. Nunca discuto con mamá, pero hoy quería poner col para comer. ¡Con lo que sabe que la odio! Y... —sus ojos volvieron a llenarse de lágrimas— no debí haber discutido con ella. Ahora está muerta y ya no puedo hacer las paces, ni pedirle perdón.

—Tengo una idea, Pablo. Vamos a despedirnos de tu madre ahora. Su alma estará a punto de entrar en el cielo y seguro que está deseosa de escuchar a su hijo despedirse de ella. ¡Hagámoslo juntos!

Matías sonaba realmente extraño haciendo las veces de enviado del Señor ante nosotros. Estábamos acostumbrados a verlo como a un amigo, no como a un contenedor de palabras sagradas y frases reparadoras. Por la descripción de Dios que recibí aquel día, me formé una impresión clara respecto a Él. Debía ser un ser superior, aún más importante e influyente que el mismísimo presidente de los Estados Unidos. Cuánto de importante debía ser que, sin demostrar científicamente su existencia, la humanidad entera y su voluntad giraba en torno a su mensaje. Los minutos pasaban y el voluntarioso cura continuaba buscando un consuelo que nunca llegaría al alma de Pablo. Seguramente, todavía no se han inventado las palabras que consigan apartar a un hijo del camino del dolor tras la muerte de su joven y sana madre. Su congoja estaba más que justificada. Matías lo abrazaba cada vez que rompía a llorar, pero tampoco existían abrazos suficientemente fuertes en el mundo que pudieran consolarlo.

Pablo pasó aquella fatídica noche en mi casa, la primera sin Gloria. Mi madre retiró las sábanas de la cama de Noe y las cambió por otras nuevas, sin olor a humedad, antes de la hora de dormir. Su presencia pasó inadvertida durante la cena. Seguía distante. Apenas probó un par de bocados. Ninguna palabra. Solo una profunda ausencia. Antes de ocultar mi tristeza en la soledad de mi habitación, abracé a mi amigo y le deseé buenas noches. Vaya absurda pretensión. ¡Cómo iba a pasar una buena noche, precisamente la peor de todas ellas! Despegué mi cuerpo del suyo y fue entonces cuando noté en sus ojos que algo se había roto en su interior.

La luz del sol no trajo reparación alguna a su dañado corazón. No resultaría sencillo recuperar al antiguo Pablo. Quizá ya no existía.

—Cariño, hoy vienen a buscarte tus padrinos, Inés y Germán —anunció mi madre mientras calentaba leche en un cazo—. Te llevarán a su casa. Ya verás cómo con ellos estarás a gusto.

—¡No, por favor, con ellos no! Ellos no me quieren —protestó Pablo—. No les gustan los niños.

Mi madre se acercó a la mesa de la cocina, donde mi amigo y yo esperábamos pacientes el desayuno. Acercó el cazo caliente a las tazas y comenzó a verter el blanco líquido humeante en su interior.

—Gracias, Carmen, pero no voy a desayunar —advirtió, y tapó la parte superior de la taza para bloquear la entrada de la leche—. Tengo el estómago cerrado.

—Tienes que comer algo. Ayer tampoco cenaste y, si sigues así, no vas a tener fuerzas ni para hablar. Sé que estás triste y expectante por el cambio que va a sufrir tu vida, pero ten por seguro que tus padrinos te quieren. Además, yo me encargo de que los veranos sigas viniendo aquí para seguir jugando con Isma.

Pablo aceptó desayunar. Apartó suavemente la mano del recipiente y espolvoreó de cacao la taza a medio llenar antes de untar en leche unas cuantas galletas.

—De verdad que no les gustan los niños. ¿Por qué, si no, crees que no han tenido hijos? —argumentó Pablo—. No nos soportan. Siempre se lo decían a Gloria: «Nunca tendremos hijos, hay que tener mucha paciencia y nosotros no la tenemos». ¿No podría quedarme con vosotros? —Sus ojos tristes buscaron desesperadamente complicidad en los de mi madre—. Prometo que no os daré problemas. Ni os enteraréis de que existo.

—¿Puede, mamá? Vamos, di que sí —solicité con cara de niño bueno.

—Lo siento, Pablo, pero no puedes quedarte. —Mamá se acercó de nuevo a la mesa y aposentó su figura en una silla frente a la de Pablo para desayunar con nosotros—. Si de mí dependiera, te quedarías, pero tus padrinos tienen la obligación y el derecho de hacerse cargo de tu custodia hasta que cumplas los dieciocho. No te preocupes, estarás bien —supuso, y alargó el brazo hasta dar con una de sus manos—. Dales una oportunidad.

Inés llegó junto a su marido a eso de las doce del mediodía. Los allegados parientes de Gloria no estaban dispuestos a demorar ni un solo minuto más de lo necesario su vuelta a Madrid. Junto a ellos marcharía Matías, en el coche de Gloria, como único representante del pueblo en las celebraciones fúnebres.

Nuestra despedida no pudo ser más emotiva. Germán e Inés esperaban que Pablo entrara en el coche con notoria ansiedad. Su ahijado y yo, anclados en la puerta de mi casa y a escasos metros del coche de Germán, intentábamos, mientras tanto, despedirnos lo más íntimamente posible. Mi más fiel y bondadoso amigo logró apartar durante unos segundos su inseguro y melancólico estado para dedicarme el abrazo más lleno de verdadera amistad de cuantos haya recibido. Parecía haber olvidado todo lo malo sucedido en las últimas horas para centrarse en mí, en su mejor amigo. Las lágrimas se desplazaban a su antojo por nuestros rostros, mezclándose unas con las otras en un auténtico mar de tristeza. Nuestros brazos no abandonaban el empeño de mantenerse unidos al cuerpo del otro. Algo nos decía que aquel feliz capítulo de nuestra infancia estaba cerrándose en aquel momento con ese abrazo. Permanecimos unos intensos segundos más adheridos el uno al otro. Esta vez, sin lloros ni lamentos. Solo un amigo abrazando a otro sin hacer de ello un drama, como adultos sólidos emocionalmente estables, hasta que la impaciente prima de Gloria hizo sonar el claxon. Al separarnos, ambos comprendimos el final de aquella maravillosa etapa.

—Siempre amigos —ofrecí justo antes de romper a llorar.

—Siempre amigos —aceptó.

En los días sucesivos, las noticias y rumores sobre la muerte de Gloria y el estado en que quedaba Pablo tras la irresponsable conducta de su madre corrieron como la pólvora por Cábanos. Estoy seguro de que la mayoría de ancianos disfrutaba con el aparatoso ritual que conllevaba una muerte trágica ocurrida en el pueblo. Sus rostros expresaban un rotundo y riguroso dolor. Pero por dentro, seguro que el morbo que sentían por haber sido testigos de tal suceso era sumamente placentero. Este comportamiento tan marcadamente hipócrita me consumía. Más que demostrar su dolor por la pérdida de un vecino, lo que pretendían con sus exageradas actuaciones y habladurías era hacerlo público. Dicen que a veces no es tan importante el ser como el aparentar y, seguramente por ese motivo, se veían obligados a mostrar un dolor que probablemente no existiera. Las mismas viejas cotillas que en su día habían consumido una parte de sus vidas en criticar a Gloria, en aquellos días competían por saber cuál de todas le echaría más en falta. ¡Comediantes! El luto por Gloria y sus derivados eran los únicos temas posibles en el pueblo. Cualquier otro asunto estaba apartado de la actualidad, desfasado. Contagiado por tantas habladurías y especulaciones hospedadas en el pueblo, me dio por pensar en las razones que Gloria tendría para abandonar de esa forma el mundo de los vivos. Empleé horas, incluso días, en conjeturar posibilidades, pero solo logré perder el tiempo. Llegué a la conclusión inconclusa de la inexistencia de razón válida alguna que pudiera hacerla tomar ese camino. Todo termina por arreglarse (como le transmitió sabiamente Matías en aquella ocasión en la iglesia a una apagada Gloria).

Continuamente imaginaba a Pablo en su nueva vida. A buen seguro permanecería encerrado en sí mismo, consolándose en sus propias lágrimas llenas de dolor, rabia y tristeza. Solo, siempre solo. ¿Cómo iba a desnudar sus sentimientos ante personas a las que no amaba y apenas conocía? De no haber abandonado el pueblo, al menos me tendría a mí como apoyo en el que poder refugiarse. Pero estaba en Madrid, alejado de Cábanos; ya nada podía hacer por el bueno de Pablo.

Matías regresó cuatro días después de su marcha. Llegó sobre las nueve y media de la tarde cuando el sol comenzaba a apagarse. Descansó toda la noche y, una vez recuperado del viaje, acudió en mi búsqueda a la mañana siguiente. Tenía la necesidad de compartir conmigo lo que había presenciado durante los tres días en los que había estado ausente. Sintió la obligación moral de transmitirme todas las novedades acontecidas en compañía de Pablo y su nueva familia y yo se lo agradecí de corazón. Subimos a mi habitación, solos él y yo: Matías quería intimidad. Encontró acomodo en la pequeña silla de mimbre ubicada junto a la cama y me invitó a tomar asiento a su lado.

—¿Cómo está Pablo? —me adelanté a su pensado discurso—. ¿Se encuentra mejor?

—Bueno, como es de entender, continúa triste. Es normal, solo han pasado cinco días y todo está muy fresco en su cabeza. Hay que darle tiempo. Seguro que en unas semanas, o en unos meses a lo sumo, volverá a ser el mismo Pablo de antes.

—¿Qué tal se portan sus padrinos con él? ¿Son buenos?

—Ellos quieren lo mejor para Pablo, lo que pasa es que nunca han tenido demasiado contacto con niños y no se creen capaces de encargarse de él. Pablo se encuentra distante con ellos, al principio es normal. Aunque el verdadero problema de Pablo es que no quiere admitir que ahora ellos son su nueva y única familia. Todo sería más fácil si lo hubiera asimilado —masculló.

El cura recuperó la verticalidad. Se le intuía nervioso. Parecía molesto sentado en la silla. Como si el asiento estuviera lleno de chinches y quisiera liberarse de ellas con una sacudida. Se sentía incómodo con el discurso que debía comenzar. Tenía la cara de malas noticias.

—Durante el entierro, Pablo no se separó ni un solo segundo de mi costado —comentó, y se apoderó de la gastada pelota que reposaba hasta entonces en una de las baldas rojas de mi habitación—. Decía que se sentía más seguro conmigo. —Su rostro se iba tornando cada vez más obtuso y melancólico—. Continuamente estuvo contándome vuestras anécdotas. No quería que te preocuparas por él, ni que estuvieras triste por lo ocurrido, ¿sabes? Me hizo prometerle que te haría llegar un reto.

—¿Cuál? —corté intrigado.

—Me dijo que te había ganado el privilegio de elegir todos los juegos de esta semana, ¿no es así? Pues que te lo perdona, pero en cuanto venga el año que viene os lo jugaréis de nuevo a un partido de pelota. Creo que me dijo algo de que sería a 22. Sí, eso es. —Lanzó la pelota al aire para que la interceptara antes de que alcanzara el colchón—. Insistió varias veces en que te dijera «a 22», lo cual me extrañó porque todos los partidos son a 22 —apostilló el cura.

Matías se giró y me dio la espalda. Aunque no alcanzaba a ver su rostro, supuse que las lágrimas comenzaban a escaparse de sus ojos. Llevó su mano hacia la zona húmeda de su cara. Secó su principio de llanto y se volvió hacia mí.

—¿Qué pasa? ¿Qué más tienes que contarme? —pregunté sentado en mi cama, expectante y necesitado de la información omitida hasta entonces.

—Antes de que abandonara Madrid, Inés me transmitió las intenciones reales que tienen para el futuro inmediato de Pablo y... —Dirigió la mirada al suelo, supongo que buscaba el modo menos duro de darme la noticia.

—¿Qué futuro es ese? ¡Dímelo ya, por favor!

Matías se arrodilló junto a mí. Se sujetó a mis rodillas. Adoptó de nuevo la misma postura con la que intentó consolar a Pablo el mismo día de la muerte de su madre. Su mirada abandonó el suelo para dirigirla al mismísimo centro de mi alma. Suspiró y lo soltó del tirón.

—Van a llevarlo a un internado a Inglaterra. Dicen que le vendrá muy bien el cambio de aires. Lo siento mucho, Isma. —El comprometido cura comenzó a disculparse como si él tuviera la culpa de los designios qué Inés había decidido para mi amigo—. Según Inés, ellos no pueden hacerse cargo de Pablo. —Aquellas palabras sonaron en mis oídos a simples excusas: Pablo tenía razón, sus padrinos no lo querían y esa era el auténtico motivo. Lo demás eran falsas justificaciones—. Trabajan los dos prácticamente durante todo el día y apenas tienen tiempo para nada.

—¿Cómo que a un internado? ¿Tendrá que estar encerrado en un colegio durante todo el año? Al menos, supongo que podrá venir los veranos, ¿verdad?

—No, Pablo. Lo mantendrán interno hasta que cumpla los dieciocho. Me temo que la próxima vez que os veáis, ya seréis adultos.

Matías cerró los ojos para contener las lágrimas. No quería que yo contemplara su tristeza. Como si por verlo fuera a perderle el respeto o a tomarlo por débil. Finalmente, el sollozo traspasó las barreras oculares, hartas de agolparse inmóviles en su interior, y comenzaron a extenderse por sus coloradas y redondeadas mejillas. Su labio inferior temblaba al ritmo de la respiración. Entonces comprendí que la emoción había alcanzado a ambos corazones por igual. Obviamente, Matías no quiso recuperar la palabra en ese instante, ya que hubieran salido demasiado espesas de su boca. El llanto había precipitado el final de su discurso. Alcé mi figura y Matías hizo lo propio, con unas décimas de segundo de retardo. Compartimos miradas desamparadas y nos soldamos en un fuerte y reparador abrazo.

Durante las siguientes semanas permanecí, casi en exclusiva, sentado frente a la pantalla de la computadora. *Androide* había vuelto a recuperar protagonismo en mi devastada vida rural. Ya no se me antojaban divertidas las peripecias fantásticas a las que me enfrentaba, aunque paradójicamente el fin de este repetitivo artilugio informático era el de entretener. Conocía de memoria cada una de las pantallas del único juego que poseía, incluso podía llegar a pasármelo entero dos veces en una tarde. Aquellos días, el sopor y la apatía fueron, sin duda, la seña principal. Así pasaron uno a uno, la totalidad del verano. Hasta que, a falta de una semana para el fin de la época estival, decidí rescatar del olvido a mi buena y fiel amiga: la pelota. La guardé en el amplio bolsillo de mis bermudas y partí hacia el frontón. Deseaba enfrentarme a mi estado de ánimo y comprobar si era capaz de superar la desidia al golpear repetidamente mi mano contra el seco cuero de mi desgastada pelota.

La falta de color en mi piel evidenciaba, de inmejorable manera, los escasos momentos que aquel verano de 1987 había dedicado a la atractiva opción de callejear por el pueblo. Una vez más había vuelto a perder mi desafío con el aburrimiento. Antes de amistarme con Pablo encontraba interesante, incluso divertido, el hecho de practicar con la pelota en solitario, pero ahora no podía seguir haciéndolo. No le encontraba sentido. Una vez probado el sabor dulce, resulta casi imposible volver a comer insípido. Faltaba un golpe de Pablo a cada uno de los que yo lanzaba. No había respuesta a mis saques, ni a mis boleas. Tampoco hallé su sonrisa a mi espalda, ni aquellos comentarios socarrones que siempre acompañaban a sus puntos ganadores. Los abuelos dejaron de agolparse en la plaza con la intención de apostar y pasar la tarde. Evidentemente, a nadie le interesa un partido con un solo jugador, como tampoco a nadie le gusta una silla coja o un cuadro sin terminar. La imagen estaba incompleta, le faltaba lo más importante: Pablo. Nunca volví a jugar en aquel frontón. Recogí la pelota del suelo y, sin levantar la vista de este, intenté encontrar mi estado de ánimo por la superficie y emprendí el camino de vuelta a casa con la intención de permanecer en ella hasta que llegara el momento de regresar a Vitoria.

Rehíce nuevamente los pasos de aquel tenso último viaje que Pablo y yo realizamos la fatídica mañana del 25 de junio. Los recuerdos acudían a mi memoria. A cada paso, una imagen. Alcancé la esquina donde descubrimos la ambulancia. En esta ocasión, el hallazgo también fue un vehículo motorizado, aunque algo más pequeño esta vez: una furgoneta blanca, de estas que los trabajadores de cualquier gremio utilizan para cargar peso. Aumenté la velocidad de mi paso, a la vez que crecían las ganas por conocer la causalidad de aquel vehículo en tan especial emplazamiento. A lo mejor Pablo había regresado con sus padrinos. Seguro que mi amigo se había salido con la suya. Habría insistido tanto en regresar al pueblo que no les habría dejado otra opción que complacerlo. Detuve el movimiento junto a la furgoneta. Estaba cargada hasta los topes. Reconocí en su interior algunos muebles de la casa y objetos personales, tanto de Gloria como de Pablo. Aguardé unos minutos antes de golpear la puerta.

—¡Hombre, tú eres el amigo de Pablo! ¿Cómo era tu nombre?

La respuesta que obtuve no fue la esperada. Era Vicente, el padrino de Pablo. Vestía buzo azul y botas de trabajo. Su largo y sudado cabello presentaba un aspecto especialmente descuidado.

—Me llamo Ismael. ¿Ha venido Pablo contigo?

—No, Pablo se ha quedado en Madrid con Inés. Ni siquiera sabe que yo estoy aquí. En realidad, solo he venido para recoger unas cuantas posesiones de Gloria que quedaban aquí. A Pablo le gustará conservar estos recuerdos de su madre una vez que todo esto pase.

—Pero, te estás llevando también los muebles —comenté extrañado—. ¿Es que no pensáis volver?

—¡Ja, ja! Espera un segundo.

Vicente perdió su figura en lo íntimo de la casa. Dos minutos después apareció de nuevo con un pequeño cartel en sus manos.

—La verdad es que tenemos la intención de vender la casa —prosiguió a su vuelta, mientras pegaba un cartel rojo con el lema «Se vende» y un número de teléfono en letras negras en medio de la puerta—. Pero no te preocupes, Israel, le daré tu dirección a Pablo para que te escriba. De esta forma no perderéis el contacto.

—Me llamo Ismael, no Israel —censuré.

Vicente cerró la puerta convertida en anuncio inmobiliario y montó en la furgoneta para desaparecer en cuestión de segundos. Cuando el rastro del vehículo se hubo esfumado, despegué el anuncio de un tirón seco y rápido. Nadie compraría esa casa si nadie sabía de su puesta a la venta. Las palabras del padrino de Pablo sonaron a vacío en mi interior. ¿Cómo iba a darle mi dirección a Pablo correctamente, si no se había molestado en pedírmela?

Entré en casa con un claro objetivo entre ceja y ceja. Saludé a mi madre plantándole un sonoro beso en la mejilla y ella me comunicó que comeríamos en media hora. Ascendí a mi cuarto y opté por consumar un acto que hasta aquel día me había resistido a realizar: leer la carta de Gloria. En el interior de la furgoneta de Germán descubrí la figura del magnífico escritorio de madera de roble que tantas cartas como la mía guardaba en su interior. Esta fugaz visión del pequeño mueble me aportó altas dosis de curiosidad por descubrir su contenido. Tumbé mi cuerpo sobre el frío suelo de mi habitación. Repté unos centímetros por debajo del catre. Alargué el brazo izquierdo y alcancé la vieja caja de cartón repleta de recuerdos y trastos poco servibles. La deslicé como pude hasta mi posición y la aupé al mismo tiempo que alzaba mi figura de la superficie. Apoyé la caja en el somier. Despegué el precinto que mantenía las tapas unidas y descubrí su interior. Aparté algunos juguetes que me impedían alcanzar el texto anhelado. Tomé el sobre, aún lacrado, en mis manos y volví a guardar en la caja el resto de artilugios no deseados en esta ocasión. Cubrí la tapa de la caja con el viejo y desgastado precinto como adherente e hice ocupar a esta su antigua ubicación bajo la cama. Tendí mi cuerpo sobre el colchón y apoyé la cabeza sobre la rígida almohada para otear por última vez la conveniencia o no de abrir el sobre. Moralmente mi actitud era altamente censurable, pero aun así decidí hacerlo. «Espero que no te importe, Gloria», murmuré para mis adentros.

El sobre debía haber sido cerrado con pegamento. No pude despegar la parte del adhesivo, así que me vi forzado a rasgarlo por uno de los laterales. Sustraje de dentro unas hojas que a buen seguro habían permanecido encerradas por largo tiempo. Sujeté con dos dedos las páginas escritas por Gloria, mientras con la otra mano apartaba el sobre a uno de los costados de la cama. Por un momento tuve la sensación de estar acariciando a Gloria, en vez de a simples hojas de papel escrito. Al fin y al cabo, la madre de Pablo había sido la última persona que había tocado ese papel. Eran dos páginas sacadas de una de esas libretas cuadriculadas de tamaño mediano. Seguramente las habría arrancado de uno de los cuadernos que Pablo utilizaba en el colegio. Aún conservaban los colgajos de papel que quedan sujetos a las hojas cuando son arrancadas. Percibí un ligero olor a polvo, normal después de todo el tiempo que había permanecido descuidado. El aspecto del papel era el que posee cualquier hoja de este formato. Lisas por completo, ninguna arruga. Su tacto era fresco. Solo un defecto: la esquina inferior izquierda de la segunda hoja estaba incompleta, un pequeño trozo había sido arrancado. Quizá sucedió en el mismo momento de extraerla del cuaderno. La letra de Gloria era tangible. A mi parecer era una letra bonita. Comparada con mi deficiente caligrafía se podría definir como magistral: redondeada, muy clara y con los suficientes espacios entre palabras, requisito imprescindible para que no se amontonara demasiado su lectura. «Perdona por entrar de esta forma en tu intimidad», susurré justo antes de comenzar la lectura.

Madrid, 15-11-1980

Querida madre:

Con estas breves líneas pretendo hallar una comprensión que hasta ahora me ha sido negada por tu parte. Desconozco el paradero del resto de las cartas que te he escrito directamente desde el corazón. Ni siquiera sé si las has leído o las has utilizado para avivar el fuego de la chimenea.

Comprendo el dolor y la vergüenza que tras mi embarazo has debido soportar en el pueblo. Pero, como ya te he explicado, no fue un hecho buscado por mi parte. ¡Por Dios, madre, no pude hacer nada por evitarlo! Además, estoy segura de que tratas mejor al verdadero culpable de esta situación que a tu propia hija.

Si te puede la vergüenza, no te preocupes: no seré yo quien vaya al pueblo para abochornarte delante de tus venenosas amigas. Solo te pido que vengas tú a Madrid unos días. ¡Por favor! Tienes un nieto al que no conoces todavía. ¡Paqui, no seas injusta! Pablo pregunta constantemente por su abuela y no sé cómo decirle que no quieres saber nada de nosotros.

Ahora te toca a ti, madre. Ya no hay nada en mis manos que pueda hacer para poder recuperar nuestra relación. En cartas anteriores ya te he explicado quién es el padre de Pablo y te he dado, también, todos los detalles de cómo sucedió todo. Ahora tú decides si, aun conociendo la verdad, olvidas para siempre a tu familia o si, por el contrario, quieres recuperarnos.

Si tampoco respondes a esta, mi última carta, tendré que olvidarme de tu existencia para siempre. Supondré que todas mis explicaciones no habrán servido de nada y continuaré mi vida sin mi única y amada familia.

Siempre te querrá:

Tu hija, Gloria.

En la siguiente hoja venía escrita en letras mayúsculas su dirección postal junto a una foto de Pablo en la que tendría unos seis o siete años. Era una fotografía tomada en un parque infantil. Pablo posaba en lo alto de un tobogán con una sonrisa inmensa. Su cara era realmente parecida a la del preadolescente Pablo.

Introduje los folios en el interior del sobre nuevamente. Sentía que había entrado a cañonazos en sus secretos familiares. Imaginé que Gloria esperaba, impaciente, una respuesta que nunca llegó a tener entre sus manos. Su cara al volver al pueblo y comprobar que su madre no había leído ninguna de sus cartas debió haber sido todo un poema. La rabia debió corroerle por dentro al conocer que su madre había muerto sin conocer su verdad. Una verdad que comenzaba a intrigarme más que ninguna otra cosa.

El arroz con leche que mi madre había preparado me resultó un tanto insípido. Mamá no parecía muy concentrada últimamente y eso se notaba en sus comidas. Mi madre y mi padre abandonaron la cocina minutos antes que yo. Al contrario que mis padres, yo acostumbraba a reposar por un corto tiempo después de haber llenado el estómago. De repente sentí el sonido de una puerta abrirse en la primera planta.

—¡Ismael, por favor, ven un momento al salón. —Distinguí la voz de mamá desde la distancia—. Tenemos que contarte algo.

Aquel «tenemos que contarte algo» vino acompañado de un escalofrío. Todas las malas noticias, en mi casa, solían comenzar de forma parecida. Subí las escaleras de dos en dos y me adentré en la sala. Allí no solo me esperaba mi madre, también encontré a mi padre con cara de circunstancias sentado en el sofá.

—Siéntate, cariño —ofreció mamá.

Al mismo tiempo que tomaba asiento, mi padre se levantó del mismo para ocupar posición junto a mi madre enfrente de mí. No recordaba haberlos visto tan juntos desde hacía meses.

—Mira, hijo —comenzó mamá—, tras meditarlo mucho y de mutuo acuerdo..., creemos que es lo mejor para todos… —comenzó a enredarse—, y no creas que por eso no te queremos, ¿eh? —prosiguió dubitativa sin concluir frase alguna con éxito.

—Carmen, ¡al grano, hostias! —cortó papá mientras le obsequiaba con una mirada intensa e impaciente—. Que Isma ya no es un niño, ¿acaso no ves que ya tiene más pelo que un felpudo o qué? —Tomó de nuevo mi cara como destino exclusivo de su mirada y continuó—. Lo que queremos decirte es que tu madre y yo nos vamos a separar —sentenció papá, sin contemplaciones.

PARTE SEGUNDA

CAPÍTULO 7

CAMBIO DE RUMBO

Octubre de 1989

Samuel llevó su fina y rugosa mano izquierda hasta el panel de mandos del ascensor. Pulsó el botón más alejado del suelo a través de una de sus amarillentas yemas y el elevador comenzó a desempeñar su función. No llevábamos ni cinco segundos encerrados, pero ya comenzaba a sentirme incómodo. Tenía la sensación de que todo el aire puro había decidido quedarse fuera en esta ocasión. De haber sabido el ambiente que me aguardaba en el interior, yo también hubiera hecho lo mismo. La percepción de cierta esencia seca, pegajosa y repulsiva procedente del cuerpo de mi canoso vecino no tardó en acudir al encuentro de mi normalmente atrofiado olfato. Samuel era uno de mis nuevos vecinos. Un buen hombre, quizás el más amable de cuantos residían en el bloque, pero aquel día desprendía un olor tan desagradable que apenas pude soportar su presencia. Tal vez sus refinados zapatos de cuero, que de forma tan elegante combinaban con su traje negro, habrían pisado alguna deposición canina en el parque más próximo al edificio. Incluso cabía la posibilidad de que portara algún producto alimentario en estado de avanzada descomposición en la bolsa de plástico que sujetaba con su mano derecha; no lo sé. Fuera como fuese, aquella fragancia me hizo sentir realmente molesto. Seguramente hubiera soportado aquel aroma en cualquier otro lugar más abierto al tránsito del aire, pero encerrados en aquella caja de cerillas no pude disimular la creciente repugnancia y me limité a saludarlo y despedirlo cuando la ocasión lo demandó. Eso sí, de una manera correcta y educada, a pesar de encontrarme más próximo al vómito que a la inocente e inofensiva náusea avisadora. Normalmente, Samuel y yo compartíamos, en no pocas ocasiones, breves conversaciones amenas e interesantes acerca de cualquier tema opinable en el breve espacio de tiempo que el ascensor nos permitía. Poseedor de un diálogo elástico y cultivado, a menudo acostumbraba a regalarme sabiduría en forma de sesudas reflexiones para acabar siempre con un divertido y sencillo juego que consistía en adivinar una palabra con base en su definición o al revés. Samuel preguntaba por el significado de una palabra cualquiera y yo negaba conocer su definición para, segundos más tarde, advertir de su gastada voz: «Con Samuel te encontrarás y una palabra nueva aprenderás», una rima un tanto simple y sonrojante, tras la cual procedía a descubrir el significado completo del término anteriormente mencionado, a menudo con ejemplo incluido. Sentía que Samuel me trataba de una forma demasiado infantil para la edad que tenía y ello chocaba a menudo con mi bravo orgullo adolescente. Aunque, por otra parte, agradecía el trato cercano y directo que me dispensaba, independientemente del lenguaje pueril que utilizaba en estos momentos.

Anuncié mi llegada nada más entrar en casa. Mi madre y mi hermana conversaban en la cocina mientras preparaban la comida: patatas a la riojana; mi plato favorito. No hizo falta acercarme a la cocina para comprobarlo. El penetrante aroma a chorizo y laurel que impregnaba el diminuto vestíbulo no dejaba demasiado margen a la confusión. Antes de presentar mi obligada voluntariedad para acondicionar la mesa adecuadamente, tal y como hacía cada día, me acerque a mi dormitorio con el objetivo de desprenderme del pesado lastre que suponía la repleta mochila escolar para mis hombros. Abandoné la carga educativa sobre la mesa de estudios y recosté mi cuerpo en la cama durante unos reparadores minutos. Aquel lecho de aspecto juvenil no representaba para mí un simple lugar de descanso. En cierta manera, también simbolizaba mi nueva y desestructurada vida. Conocía tanto los recuerdos a los que por tanto tiempo permanecí aferrado, como los nuevos anhelos que aspiraba alcanzar. Era mi confesionario particular. No acertaba a desahogar mis males y penas en otro lugar. Desprovisto de hombros amigos en los que refugiarme, opté por el llanto interno y el desgaste propio como terapia regeneradora.

Desde la muerte de Gloria y el posterior abandono forzado de Pablo, pasé los siguientes dos años enterrando sentimientos postrado en aquel colchón de medidas reducidas y comodidad cuestionable. Alejado de mi padre y de su peculiar mundo en Cábanos, intenté encontrar razones que me llevaran a la socialización con un mundo nuevo para mí, pero todos los ensayos resultaron desastrosos. El don de gentes y la superación personal nunca fueron características primordiales de mi carácter. Por lo tanto, decidí recluirme en mi habitación, convertida en cómoda prisión, confiando en que tiempos mejores llamaran a mi solitaria puerta en cualquier instante. Simplemente asumí la inexistencia del exterior para mí. Había optado por dar la espalda a un mundo que, consideraba, había hecho lo propio conmigo. Durante aquella insípida etapa, acostumbraba a repasar una vez tras otra el inventario de seres perdidos en tan corto espacio de tiempo: mi padre, Gloria, Pablo, Matías. Eficaz manera de aumentar y alimentar, de manera inconsciente, mi apático y depresivo estado. Ya no existía para nadie.

Mi padre acudía en mi busca una vez al mes (una cuarta parte de lo que la ley le permitía). Nunca subía a recogerme a casa. Notaba en su cara que le aterraba encontrarse con mi madre y arrepentirse de su decisión de abandonarla. Además, Noelia había dejado de hablarle tras la separación, así que supongo que no asomarse a la boca del lobo era lo mejor que podía hacer.

Papá siempre se abstenía de hacer ningún comentario relacionado con Cábanos durante sus visitas. Supongo que ni siquiera reparó en que podría estar interesado en conocer la evolución de las personas que hasta entonces habían sido habituales en mi vida. Sus visitas relámpago normalmente constaban de dos partes: película de cine, normalmente de acción, y cena en la hamburguesería del mismo recinto. En cuatro horas estaba de vuelta en casa. El tiempo que pasábamos juntos era escaso, insuficiente para una relación normalizada entre padre e hijo. Aunque conocía el esfuerzo que le debía suponer aparcar sus múltiples hábitos rurales, no podía reprocharle su actitud. Al fin y al cabo, la exclusividad de su presencia se la debía únicamente a sus tan amados viñedos.

Gracias al dinero que mi padre cedía mensualmente a mamá para mi manutención y al nuevo empleo de mi madre como cajera en el supermercado del barrio, pudimos afrontar sin demasiados apuros los nuevos gastos que había supuesto el alquiler de nuestra vivienda y la alimentación tanto de mi madre y mía, como la de Noelia, quien se resistía a abandonar la residencia matriarcal por falta de oportunidades laborales.

Tras el divorcio, mamá no necesitó demasiado tiempo para encontrar un alojamiento digno donde volver a echar raíces. Se trataba de un pequeño apartamento situado en la céntrica calle Eduardo Dato (antigua calle de la estación). El exterior del edificio era realmente hermoso. La elegante forma arqueada de su portón de entrada, así como los amplios ventanales acristalados de la fachada, reflejaban claramente su glorioso pasado. Acomodados en una de las zonas más pudientes de la ciudad, nuestra posición en esta casta era meramente figurativa. El apartamento que mi madre descubrió gracias a una antigua conocida de nuestro anterior barrio, la señora Petra, pertenecía a uno de los dos áticos de este señorial edificio. En otros tiempos (finales del siglo XIX y principios del XX) las últimas plantas de estos edificios solían ser acondicionadas como viviendas para el personal de servicio, sirvientes que las nobles familias de la zona requerían para su atención permanente, debido a que estas enormes y lujosas viviendas necesitaban de lavados de imagen constantes para mantenerse impecables. A pesar de su honorable pasado, nuestro domicilio representaba fielmente la humildad de un minúsculo apartamento dentro de un bloque acostumbrado a albergar las más excéntricas ostentaciones. El actual dueño del edificio había decidido transformar las amplias y lujosas viviendas que albergaba su interior en un bloque de pisos de limitado espacio. Sin duda menos glamurosos, pero mucho más beneficiosos económicamente. Nuestro apartamento, de escasos cincuenta metros cuadrados, no disponía de ningún lujo. Es más, comparado con nuestra anterior vivienda (la cual pasó a ocupar mi padre en solitario) no era más que una simple cuadra acondicionada. Mi madre contempló como buena la idea de que cambiara también de instituto por razones de cercanía, aprovechando el cambio de residencia. Como siempre, su intención era buena, pero, al echar la vista atrás, creo que aquella decisión no fue la más acertada de cuantas pudo tomar en consideración por aquella época.

Pronto me rodeé de compañeros y profesores ajenos a mis circunstancias, los cuales me ayudaron sin querer a descuidar los estudios de forma casi definitiva. Por aquel entonces no lograba concentrarme completamente en un solo pensamiento por mucho tiempo. Varias ideas acudían a mi mente en un mismo momento sin poder evitarlo. Mi concentración resultaba tan dispersa que a menudo no lograba recordar cuál había sido el pensamiento original de mis finales devaneos. Si empezaba a discurrir sobre un problema matemático del colegio, a los pocos segundos ya estaría recordando la trama del libro que leí la noche anterior, para luego transportar mi mente a lugares familiares como las ruinas, el frontón o algún lugar que, en definitiva, me aportara algún bienestar.

Noelia presumía de saber la causa de mi problema de descentralización de ideas: el tamaño de mi cabeza. Mi hermana solía esmerarse en razonar, de forma malintencionada, por supuesto, cómo una cabeza de medidas (a su juicio) tan extensas como la mía no podía conformarse con el usual y ordenado funcionamiento del resto de cabezas «normales».

—¡Ismael! —voceó mi madre—, ¿has puesto ya la mesa?

—No, mamá, sigo en el cuarto. Ahora mismo la pongo.

—Date prisa o no llegarás a tiempo al colegio —avisó desde la cocina.

Coloqué el mantel de color ocre que cubrió por completo la superficie de la mesa del salón. Debido a la cercanía de la hora de regreso al instituto, transporté sin demasiado cuidado tantos cubiertos, platos y vasos como pude de una sola vez. Estaba tan acostumbrado a hacerlo cada día que, si me lo hubiera propuesto, hubiera sido capaz de hacerlo con los ojos cerrados sin ningún esfuerzo. Una vez completada la correcta apariencia de la mesa, proclamé mi reciente hazaña: «Ya está todo colocado», y esperé durante unos segundos a que mamá y Noelia tomaran asiento. Noelia acomodó su esbelta y cuidada figura a mi lado izquierdo mientras que mi madre tomó posición enfrente mío. Por la cara que lucía Noe parecía no haber tenido uno de sus mejores días. Últimamente, aquella imagen apagada en el rostro de mi hermana empezaba a ser lo habitual. Al parecer, Sergio, su simpático y fornido novio, había sido cazado en actitudes más que simpáticas con otra señorita aún no identificada. Este inquietante suceso no era la primera vez que ocurría. Venía sucediendo con una frecuencia de una vez al mes. En cuanto al resto de la secuencia, ya era más que conocida por mí. Pasarían dos traumáticos días el uno sin el otro. Sin contacto visual o lo que era mucho peor: sin contacto físico. Quedarían al día siguiente para formalizar una separación amistosa y, antes de finalizar ese mismo día, la reconciliación ya se habría producido.

—Mamá, no olvides que esta tarde, después de clase, vendré a casa con un compañero —recordé antes de llenar mi boca de comida.

—No lo había olvidado, cariño.

—Esto sí que es una noticia —introdujo Noelia mientras apartaba del plato los pequeños trozos de tocino que flotaban sobre el denso y rojizo caldo—. ¿Y para qué vas a traer a casa a un compañero de clase? —preguntó a medio camino entre la sorpresa y la incredulidad—. ¿No sería más lógico que os fuerais a dar una vuelta por ahí, o a jugar al fútbol, o a hacer lo que sea que os guste hacer a los críos de tu edad?

—Lo que más nos gusta hacer a los de mi edad es quedar con chicas, mientras nuestras novias están en casa sin enterarse de nada fantaseando con estupideces del tipo que les queremos mucho y cosas así —ironicé con el único objetivo de importunar.

—Mamá, sabes que este niño es tonto, ¿verdad? ¡Mira, niño —Noelia siempre utilizaba la palabra «niño» en modo despectivo para referirse a mí; lo hacía únicamente para sacarme de mis casillas. Si algo enfurece a un adolescente en etapa de desarrollo es que lo llamen o traten como a un niño—, estoy ya más que harta de tus tonterías! ¡Como vuelvas a meterte conmigo o con Sergio te vas a arrepentir, niño depresivo!

Sus amenazas no iban en serio. Tan solo formaban parte de nuestro enfermizo juego de amor-odio. Un extraño divertimento que tan bien nos salía después de tantos años de continuo perfeccionamiento. Creo que no éramos capaces de tratarnos de otra forma que no supusiera un continuo desgaste para ambos. Realmente disfrutábamos con aquellas hirientes discusiones. Me agradaba encender su genio con mis sarcásticos comentarios. Puede que esta actitud tuviera un punto masoquista en su interpretación. Aun así, considero que era una muy eficiente forma de conocer realmente el interior de las personas. De este modo se consigue traspasar el protector envoltorio de piel y huesos que nos recubre, hasta dar con el auténtico carácter de cada cual, con su punto más íntimo y oscuro. Siempre he considerado que no conoces realmente a las personas hasta que no descubres el límite de aguante que cada cual posee. Y yo, el de Noe, lo conocía a diario.

—Ya está bien, chicos —reprendió mamá, que se puso de pie y comenzó a retirar de la mesa los platos hondos ya semivacíos—. Tu hermano va a traer a ese chico a casa porque tienen que acabar un trabajo para clase, ¿no es así?

—Sí —asentí, mientras levantaba mi cuerpo de la silla—, se trata de un trabajo sobre la Revolución Industrial. Mamá, mientras tú recoges los primeros, iré trayendo los segundos platos. Así ganaremos tiempo.

—¡Qué planazo! —comentó Noe a mi vuelta—. Al menos, no tardaréis mucho con el dichoso trabajo, ¿no?

—Tranquila, no creo que tardemos demasiado —aduje al tiempo que dedicaba a Noe una de aquellas miradas asesinas que tan bien lograba.

—No hagas caso a tu hermana. Ya sabes que a ella le da igual lo que tardéis. Solo lo dice para incomodarte un poco —tranquilizó mi madre innecesariamente—. Además, me parece perfecto que vuelvas a tratar con amigos después de tanto tiempo —argumentó, y se acomodó de nuevo.

—No es mi amigo —aprecié mientras alcanzaba un pedazo de pan de la cesta de mimbre ubicada en el centro de la mesa—. Solo es un compañero de clase.

—Si dices eso, es porque no te llevas muy bien con ese muchacho —cuestionó Noe, inmersa en pleno proceso desmenuzador del gran pedazo de filete de ternera que acababa de introducirse en la boca—. Si te llevaras bien con él, no contestarías de esa forma.

—Te equivocas de nuevo, hermanita. En realidad es con quien mejor relación tengo de todo el instituto. Aunque eso tampoco es muy difícil. Estoy seguro de que el resto de la clase ni siquiera conoce mi nombre —mascullé para mis adentros, mientras generaba una vez más incomprensión ante mi patética y solitaria figura.

Había estado observando durante toda la clase el brillo de los rubios y rizados cabellos de Irene cuando me vi sorprendido por el estridente y metálico sonido del timbre. Eran las cinco y media y las clases habían concluido puntualmente, como cada día. La mayoría de mis distantes compañeros de libros correteaban hacia la salida y proferían gritos plenos de dicha y felicidad por el fin de otro rutinario y poco didáctico día de clase. Otros, los menos y más estudiosos, se apiñaban en torno a la mesa del profesor, ansiosos por contrastar y compartir apuntes antes de encerrarse en sus casas para afianzar los nuevos datos obtenidos en las últimas clases. Cada lección, no importa cuál fuera la materia tratada, requería de una puesta en común para todos ellos. Yo, en cambio, permanecí inmóvil, fiel a mi rutina, contemplando concienzudamente cómo Irene abandonaba el aula acompañada de aquel hipnótico y tan característico movimiento de melena. Confiaba que se diera la vuelta antes de ausentarse por completo y fantaseaba con que me obsequiara con una de sus sonrisas que tan furtivamente acostumbraba a regalarme, pero esta vez no hubo suerte.

Un ligero golpe impactó en mi nuca. Décimas de segundo más tarde, una hoja de papel arrugada hasta su completa deformación alcanzó el suelo.

—¡Cuidado, que la vas a desgastar de tanto mirarla! —apuntó Julio, en tono jocoso.

Antes de intentar engañarle contundentemente, me pregunté durante unos segundos si el resto de compañeros se habrían dado cuenta al igual que Julio de la atracción que producía en mí la más bella de mis compañeras. ¿Sería tan evidente? ¿Lo habría descubierto la propia Irene? Sentí morirme de la vergüenza ante la posibilidad de que mis sentimientos hubieran sido destapados.

—Yo no miraba a nadie —aduje, mientras comprendía la pérdida de tiempo que suponían mis falsas palabras. La mirada pícara de Julio no dejaba lugar a la duda—. Tan solo tenía la mirada perdida.

Julio avanzó un par de metros hasta alcanzar mi posición. Alzó mi mochila del suelo. La colocó sobre mi pupitre y, en tono apagado para no ser escuchado por nadie más, comentó:

—Es normal que te guste Irene. La verdad es que es una chica muy guapa —murmuró, y acompañó su débil hilo de voz con un leve toque entre su codo y el mío—. Tienes suerte de que no sea mi tipo. No dudes que, si lo fuera, ya estaría comiendo de la palma de mi mano.

Introduje en la mochila el material que aún permanecía sobre el pupitre y, todavía avergonzado por el secreto develado, dirigí mis pasos junto a los de Julio en la dirección correcta.

La tarde no era soleada, pero tampoco llovía. El cielo había permanecido despejado durante todo el día. La temperatura no era excesivamente baja, aunque la lejanía del sol daba sensación de frío. Gracias a las continuas bromas que Julio inventaba sobre mi enamoramiento de Irene, consiguió rescatar algo que creía haber perdido para siempre: la sonrisa. Julio solía mostrarse simpático conmigo en la mayoría de las ocasiones. Seguramente, de no haber sido por él, mis comienzos en el nuevo instituto hubieran sido incluso más insufribles de lo que aun así fueron. Pero aquella tarde de octubre su predisposición hacia mí fue muy superior a la mostrada anteriormente. Sin duda aquel día actuó de forma especialmente educada y divertida. Por aquel entonces, Julio representaba para mí una tremenda incógnita envuelta en un aspecto atrevido y despierto. El rotundo carácter que se empeñaba en mostrar ante la práctica totalidad de los compañeros de clase, demasiado agrio en numerosas ocasiones, lo utilizaba normalmente para neutralizar su débil apariencia física de tipo canijo y flaco desde la cuna (como él mismo asumía a menudo). Un fuerte carácter utilizado como mero escudo protector. A pesar de no poseer un cuerpo envidiable, numerosas chicas habían mostrado interés en conocerlo de una manera «especial». El color completamente rubio de su pelo y sus intensos ojos azules le otorgaban un aspecto angelical por el que muchas jovencitas se sentían atraídas. Esta apariencia tan poco común le impedía pasar inadvertido en una ciudad tan pequeña como Vitoria, que acostumbraba a contemplar como natural el patrón del ciudadano alto y moreno de ojos oscuros y pelo negro.

Como abordar el trabajo supuso mayor dificultad que la consecución del mismo, mi madre había obsequiado nuestra presencia con la elaboración de cuantiosos minibocadillos rellenos de diversos productos alimentarios típicos en la habitual dieta de cualquier joven, como paté, embutidos y morcilla.

—No tenía por qué molestarse, señora —agradeció Julio—. Aunque la verdad es que viene bien tomar un bocado antes de comenzar el trabajo.

—No me ha costado ningún esfuerzo. Si los acabáis y queréis más, solo tenéis que pedirlos —invitó ella.

—¡Mamá, no acabaríamos todos estos bocadillos aunque estuviéramos comiendo sin parar hasta mañana!

Mi madre parecía encantada con la exquisita educación que mostraba mi sorprendente y versátil compañero. Tras llenar el estómago, Julio tomó la iniciativa en el trabajo. Alcanzó el estuche situado entre la bandeja de bocadillos y su figura y extrajo de su interior un rotulador negro y un bolígrafo azul de punta fina. Acomodó entre sus dedos el rotulador y escribió sobre un folio en blanco «La Revolución industrial» en unas gigantes y coquetas letras. «Por Ismael Korta y Julio

Roa», añadió en letras menos ostentosas a pie de página. Julio apartó la cabeza del papel que lo mantenía entretenido e inspiró sonora y profundamente, antes de continuar con expresión orgullosa:

—Bueno, esto ya está casi acabado. Ja, ja, ja...

Los siguientes minutos no fueron precisamente productivos por la contagiosa risa facilona que se había apoderado de Julio. Una vez superado este memorable y divertido ataque, comenzamos por fin la aburrida tarea. Debido a su jubilosa inventiva y a mi tenaz disposición al trabajo, completamos la labor de obligada entrega en poco más de hora y media. Al término de la tarea, Julio declinó la hospitalaria oferta de quedarse a cenar, la cual mi madre, amablemente, había lanzado. Eso sí, el rechazo se produjo de una manera tan exquisita que ella lo agradeció más, incluso, que si hubiera aceptado: «Gracias por la invitación, pero hoy no debo quedarme. Sin embargo, estaría encantado de volver otro día; claro, si tiene la amabilidad de volver a invitarme». Aquella misma tarde comencé a detectar en la excesiva zalamería de Julio una efectiva y embaucadora táctica para con sus nuevos conocidos. Si realmente la primera impresión es lo que cuenta, este lo tenía todo ganado con su eficaz sistema. El «efecto Julio» había abandonado sobre mi familia un efluvio tan agradable como persistente. Tan predecible como real, al fin y al cabo. Mi compañero pasó a ser en un visto y no visto el único tema existente tras su marcha. Inevitablemente, en la cena de aquella noche soporté un intenso y trabajado esfuerzo por parte de mi madre para conseguir incluir a Julio en mi despejada lista de amigos. No hubo manera de conseguir que su nombre y sus exquisitas maneras se apartaran, ni siquiera por un puñado razonable de segundos, de aquel incipiente y reiterado mensaje.

—¿No crees que deberías darte una oportunidad con Julio? —sugirió, recién finalizada la ligera cena que acostumbraba a tomar—. Puede que acabéis siendo grandes amigos. Pero esto no será fácil si continuas con esa actitud emocionalmente esquiva que sueles mantener. ¿No crees que ya es hora de superar lo de Pablo?

—¡Déjalo, mamá! No quiero seguir con esta conversación —introduje con la esperanza de conseguir zafarme de la situación sin más explicaciones—. ¿Puedo irme ya al cuarto?

—No tengas tanta prisa, cielo. Escúchame un par de minutos y luego te marchas. Sabes que nadie te obliga a nada, pero escúchame, por favor.

—No necesito dos minutos más. Llevas horas hablando de lo mismo. Desde que se ha ido Julio no has sido capaz de tratar otro tema.

Inspiré marcadamente y asumí como bueno el pronto final de conversación prometido por mi madre.

—Pero bueno, si con dos minutos más de aburridos consejos voy a poder irme a la cama, adelante: te escucho.

Noelia entró en escena. Había estado escuchando nuestra conversación desde su cuarto. Siempre hacía lo mismo, nunca estaba presente en las conversaciones, pero siempre acababa enterándose de todo. Hasta entonces había optado por no inmiscuirse en este tema en concreto, pero entonces cambió de parecer. Eliminó en cuatro largos pasos la distancia que nos separaba. Reposó sus manos en mis hombros de manera enérgica a la vez que cariñosa. Comenzó a masajearme la zona alcanzada con tacto suave y, una vez obtenida mi total atención, inició su exposición de manera sosegada:

—No seas cabezota y escucha. El hecho de que tengas otros amigos no quiere decir que estés renunciando a tu amistad con Pablo. Haz caso a mamá y plantéale a Julio la posibilidad de volver a quedar otro día sin trabajos de clase de por medio —sugirió Noe—. Además, por lo que mamá me ha contado parece un buen chico.

—Solo prométeme que lo pensarás —propuso mi madre.

—De acuerdo —accedí tímidamente—, lo prometo. ¿Puedo irme ya a la cama o va a prolongarse mucho tiempo más vuestro lavado de cerebro?

Tan solo unas horas después de haber finalizado aquella conversación, me encontraba a las puertas del instituto dispuesto a hablar con Julio. No quería dejar pasar ni un solo minuto más sin conocer su reacción a mi forzada propuesta de amistad. Alcancé la entrada del recinto pensando en cómo abordar el asunto. No parecía fácil proponer algo así sin aparentar desesperación. Aún no había resuelto cómo expresarme cuando su silueta me alcanzó por sorpresa.

—Buenos días, Isma.

—Buenos días.

—Supongo que no habrás olvidado el trabajo, ¿no?

—¿Qué trabajo? —inquieté durante escasos segundos—. Tranquilo, hombre, solo era una broma. —Su cara de profunda incomprensión ante mi fallido chiste, enseguida alertó a mi debilitado sentido del humor de la necesidad de no mostrarse de nuevo en público—. Lo tengo aquí, en serio. Antes de salir de casa lo he comprobado.

Ascendimos los minúsculos y desgastados escalones de acceso al interior del recinto a ritmo pausado. El elevado y luminoso vestíbulo hacía las veces de distribuidor de la planta baja del centro. Dos largos pasillos se abrían paso desde este punto, uno a cada lado de la escalera central de imponentes dimensiones y vetusta apariencia. Consulté la hora en el inmenso reloj de agujas colocado a lo alto de la entrada y, a pesar de la inminente hora del inicio de las clases, nos encaminamos hacia el aula con la cadencia natural de quien no tiene demasiado interés en alcanzar su meta. Avanzamos por la galería que quedaba a la izquierda de las escaleras. Normalmente todas nuestras clases tenían lugar en esta zona. Debíamos dejar atrás cinco aulas hasta llegar a nuestro destino: el laboratorio. Creí que la vergüenza iba a arrastrarme de nuevo a las viejas y conocidas aguas de la soledad inevitable, cuando me sorprendí a mí mismo deteniendo el avance de Julio mediante un ligero estirón en su chaqueta. Tragué saliva ante su atenta mirada. Atusé mi flequillo varias veces en un segundo y resolví apurarlo antes de mi previsible arrepentimiento:

—Quizá podríamos quedar una tarde de estas para dar una vuelta por ahí —solté velozmente, como si no fuera capaz de hacerlo de otra forma—. A no ser que no te apetezca, claro.

Ya estaba hecho. Sinceramente, ni siquiera me importaba su respuesta. Ya había cumplido con mi promesa. Una sensación de alivio recorrió todo mi cuerpo en cuanto solté aquella propuesta. Mi madre ya no podría seguir reprochándome mi conformismo solitario. Yo lo había intentado y ahora todo dependía de la predisposición que tuviera la otra persona. Por mi parte, nada más podía hacer, o eso le gustaba pensar a mí enorme conformismo. El anzuelo ya estaba en el agua.

—¡Claro que me apetece! —apuntó Julio mientras alcanzaba con su mano la pálida puerta del laboratorio—. Esta misma tarde he quedado con un par de amigos. Si te interesa, podrías venir conmigo. Será divertido.

Sus ojos parecían sinceros al encontrarse con los míos.

—Seguro que sí —asentí mientras nos introducíamos en la ya repleta clase, ante la retadora mirada del profesor—. Pero, ¿no les parecerá mal a tus amigos?

—No te preocupes por eso —comentó en voz baja—. Me paso por tu casa sobre las seis. ¿De acuerdo? —consultó al mismo tiempo que se alejaba de mí.

—Espero no tener que esperar mucho tiempo a que los caballeros tomen asiento —señaló el normalmente amable profesor de química, en esta ocasión armado de altas dosis de incomprensión ante nuestra actitud despreocupada—. Como pueden observar, el resto de sus compañeros ya lo han hecho. Así que siéntense y el próximo día que lleguen un minuto tarde se abstienen de entrar.

Me dejé conducir dócilmente por Julio. Atravesamos de principio a fin la avenida Gasteiz hasta llegar a uno de los verdes parques situados en las afueras que hacían las veces de pulmones de la ciudad. Aquella zona del sur de la ciudad era completamente desconocida para mí. Aunque tenía curiosidad por conocer nuestro destino final, no pregunté por él en ningún momento. Prefería desconocer la ubicación exacta del lugar a parecer ansioso en nuestro primer encuentro. Tardamos unos veinticinco minutos en presentarnos en aquel abandonado emplazamiento. Cualquier entorno habitable quedaba relativamente lejano de nuestra situación. Tampoco ninguna señal de actividad comercial parecía próxima. La singular zona cementada donde detuvimos el paso había sido construida en forma similar a la de un rectángulo. Un muro de hormigón, de aproximadamente dos metros de alto por medio de ancho levantaba de la superficie bordeando el pavimentado suelo de su interior. Aquel muro me recordó a los propios de una cárcel. Bordeamos la amurallada plaza de amplia extensión. No existían entradas ni pasadizos en su cuerpo. Tampoco ninguna fisura en las paredes permitía el acceso al amplio interior de la inconclusa plaza rectangular. Debía tratarse de una obra a medio hacer, una construcción inacabada de utilidad desconocida donde, seguramente, decenas de jóvenes, como Julio y sus amigos, mataban las horas entre bebidas alcohólicas de alta graduación y cigarrillos de bajo coste. Accedimos al interior del patio a través de unas tablas de madera colocadas a conciencia en una de las esquinas del muro. Junto a los tablones dispuestos a modo de rampa reposaba una placa oxidada que sin éxito recordaba la prohibición de rebasar aquella pared con un directo mensaje: «Prohibido el paso a todo personal ajeno a esta obra».

El aspecto interior de las paredes distaba mucho de la apariencia inofensiva mostrada desde el exterior. Decenas de pintadas de toda índole convivían sobre estas paredes concebidas en su momento para cualquier fin diferente al prestado en la actualidad. Mensajes políticos, grafitis suburbanos, declaraciones a amores imposibles..., numerosas horas de oscuro trabajo callejero se concentraban en aquellos tabiques. En el centro de la plaza descansaba un extraño laberinto de amasijos de hierro ennegrecidos, rodeados de multitud de botes de *spray* vacíos. Necesité aproximarme unos metros más para asegurarme de qué se trataba. Era el esqueleto calcinado de lo que debió ser algún día un vagón de tren. ¡Sorprendente! Cómo podía haber acabado aquel viejo vagón en este recóndito y cercado lugar escapaba totalmente a mi comprensión.

Por el crujiente sonido a madera hundida que advertí a mis espaldas intuí la pronta aparición de los amigos de Julio. Giré el cuello instintivamente y descubrí su presencia en lo alto del muro. Eran Saúl y Sabin. Por lo poco que Julio me había contado de ellos, supuse que el muchacho más alto y delgado sería Saúl. Y el otro, mucho más corpulento y feo, con aire de perdonavidas, Sabin. Lo primero que llamó poderosamente mi atención fue, sin duda, su forma de vestir. A pesar de ir embutidos en ropa deportiva más o menos corriente, no vestían como el resto de muchachos de su edad. Aunque las prendas que utilizaban eran realmente similares a las de cualquier joven (zapatillas de monte, pantalones de chándal de colores oscuros, camisetas con rayas horizontales y pequeños bolsos amarrados a la cintura), la combinación que hacían de ellas les otorgaba un aspecto mucho más agresivo e inusual. Especialmente llamativas me resultaron las idénticas sudaderas que ambos lucían a medio atar, ambas de color azul oscuro con capucha, cremallera, un bolsillo a cada lado y sin ningún logotipo ni emblema apreciable a simple vista. Resultaban demasiado sobrias para alguien de tan corta edad. Sobre todo porque, por aquel entonces, los gustos de la mayoría de los jóvenes se inclinaban por sudaderas de colores más vivos y con enormes letras bordadas en el pecho con emblemas cortos e incomprensibles para la mayoría, normalmente en inglés, del estilo *Go, You, In...*

Tomamos asiento en la parte del carruaje menos castigada por el fuego, el escalón metálico de acceso al vagón. Julio anunció mi presencia al resto de forma tímida. Tuve la sensación de que se sentía incómodo por mi presencia. Era como si hubiera volado por los aires, con mi asistencia, una norma interna del grupo. Una de aquellas reglas que se pactan entre amigos y que, por ejemplo, impiden enseñar a cualquier persona ajena al grupo tu escondite secreto.

—Bueno, chicos, me gustaría presentaros a Isma, un compañero de clase. Bueno, no es simplemente eso. Es el único amigo que tengo en el instituto —introdujo Julio antes de desviar su mirada hacia mí y proseguir—. Isma, estos son dos de mis mejores amigos: Sabin y Saúl —señaló a ambos individuos al tiempo que pronunciaba sus nombres.

—Encantado de conoceros —proclamé.

Un mutismo escrupuloso se apoderó del ambiente durante los instantes siguientes a mi presentación. Esto me recordó a los primeros días de amistad con Pablo, cuando el completo desconocimiento de la otra persona convierte en silencio la mayor parte de los momentos en común. Minutos más tarde, por suerte, Saúl rompió el momento más tenso de la tarde al elevar su figura del frío escalón de aluminio y acercarse hasta mí. Extendió su mano derecha con intención de ofrecerme su primer saludo, a lo cual respondí de inmediato estrechándola junto a la mía.

—Puedes llamarme Bela. Todo el mundo me conoce de este modo. Es una abreviación de mi apellido: Belakortu —comentó Saúl antes de dirigirse a Sabin con tono penalizador—. Y tú qué, ¿no piensas presentarte como es debido? —suspiró—. ¡Perdónale, Isma, siempre actúa igual en presencia de desconocidos!

La amabilidad manifiesta con la que Saúl me había recibido contrastaba con la actitud esquiva y arisca que Sabin mostraba ante mi presencia; parecía inquieto, incómodo por tener que compartir su tiempo de ocio con alguien como yo. En el transcurso de aquella tarde no conocí siquiera el sonido de su voz. Un espectro hubiera tenido más presencia directa que él. Tan solo me percaté de su existencia por las meditadas y penetrantes miradas de desaprobación que me regaló en, al menos, un par de ocasiones.

—¿Bela, eh? Pues debajo de mi casa hay una tienda que se llama de la misma manera —comenté al recuperar el turno de palabra, temeroso de que otro incómodo silencio quisiera introducirse de nuevo en el ambiente—. ¿No te unirá ningún parentesco con los dueños?

—Hamacas Bela, producción propia desde 1940 —presentó con voz fingidamente aguda—. Sí, es de mi familia. En realidad, se podría decir que ese pequeño comercio es la mismísima columna vertebral de nuestra familia. Ningún Belakortu ha sido capaz, hasta el día de hoy, de escapar a las garras de este adictivo negocio. Mis bisabuelos...

Un potente resoplido procedente de los labios de Julio obligó a Saúl a cesar su exposición.

—¿No serás capaz de aburrirnos otra vez con la historia de la tienda? —Julio me obsequió con una mirada cómplice antes de proseguir—. Hemos escuchado tantas veces tus historias que incluso yo mismo podría confeccionar una hamaca con mis propias manos si me lo propusiera. Además, no aburras a Isma en su primer día.

—Tranquilo, Julio. No me aburre —repliqué—. A decir verdad, siempre me ha llamado la atención la existencia de una tienda dedicada en exclusiva a la venta de hamacas en una ciudad tan poco agraciada por el buen tiempo como lo es esta.

—Venta y producción de hamacas artesanales. Fabricadas manualmente por mi madre y por mi abuela —matizó Saúl—. ¡Todo a mano!

—Se te ve muy orgulloso del negocio familiar —continué con el tema, consciente del poco pie que necesitaba Saúl para continuar comentando las peculiaridades del negocio—. ¿Has pensado en trabajar con tu familia en la tienda o pretendes formarte en otra disciplina?

—No, yo nunca trabajaré con mis padres —contestó rotundo—. Aunque me parece un negocio muy digno, me gustaría encontrar un trabajo —remarcó— fuera de las telas, lanas, cordeles y todas esas cosas de mujeres.

Julio abandonó su posición a mi lado y ocupó lugar junto a Saúl. Ya de pie, alcanzó su cuello con el antebrazo y adujo a escasos centímetros de su rostro:

—Por mucho que reniegues de ello, todos sabemos que acabarás trabajando con tus padres en la tienda. —Tomó mis ojos como referencia de su mirada, para comenzar a explicar detenidamente—. Mira, Isma, Bela dejó los estudios el año pasado y aún no ha trabajado ni un solo día. Todos los trabajos que le ofrecen le parecen humillantes. Unos los desecha por ser demasiado físicos y otros porque su sueldo es demasiado bajo. El hecho es que no parece existir un trabajo acorde con sus expectativas. Por cierto —dirigió nuevamente la palabra a su espigado amigo—, ¿no tenías esta mañana una entrevista de trabajo?

La nueva posición que Julio ocupaba desde que decidió alzar su figura del escalón había supuesto la modificación del dibujo inicial y me otorgó una ubicación mucho más incómoda y tensa que la anterior habiendo colocado al desconfiado Sabin a mi lado quien, lejos de superar la reticencia inicial a mi presencia, continuaba analizando minuciosamente cada uno de mis gestos en un silencio realmente tenso. Tenía la sensación de ser estudiado a conciencia. Y por la cara de insatisfacción que se negaba a abandonar su rostro, no debía estar suponiéndole una lección divertida.

—Ni me lo recuerdes —dijo mientras colocaba sus manos en la cabeza; mostró incredulidad con su gesto—. La de hoy sí que ha sido buena. Querían que trabajara diez horas al día en un taladro. ¡De pie —enfatizó Saúl— y cobrando el salario mínimo! —Julio, una vez más, buscó mi rostro con mirada malintencionada, como asumiendo que las palabras que acababa de pronunciar Saúl ratificaban todo lo anteriormente comentado acerca de su actitud—. Lo mejor de todo es que este no me ha dado la oportunidad de mandarle a freír espárragos. No habíamos concluido la entrevista cuando va y me dice el jodido empresario: «Lo siento, pero buscamos otro tipo de perfil para el puesto de trabajo». Entonces, lógicamente, yo pregunté: «¿Y qué perfil es ese que buscáis, que yo no dispongo?». —Saúl se tomó un respiro para añadir mayor intriga al final de su historia—. Y vosotros creéis que va y me responde el muy inútil: «Estamos buscando un perfil de trabajador real, no un prototipo de obrero sin experiencia de ninguna clase».

Las risas interrumpieron por unos segundos el divertido relato de Saúl. Incluso parecía que Sabin había transformado su aspecto rudo y serio por otro algo más risueño. La verdad es que era difícil contener la sonrisa ante la vehemente y gesticular forma de explicarse de la que era dueño. Antes de continuar con el final de su exposición, Saúl pidió un favor a Sabin en forma de cigarrillo. Lo posó entre sus labios. Sacó un encendedor del bolsillo más pequeño de su diminuto bolso y comenzó a expulsar de su boca un humo espeso y oscuro, propio de los cigarrillos negros a los que la mayoría de los jóvenes estaban habituados por aquel entonces debido a su bajo precio.

—Aunque no penséis que yo me quedé callado ante eso —dijo para recuperar el tema—. En cuanto tuve capacidad de reacción le respondí: «Pues espera sentado si crees que vas a encontrar un trabajador de verdad dispuesto a trabajar por un sueldo de mentira». —Alardeó orgulloso de tal respuesta—. ¿Con quién pensaba que hablaba ese explotador?

Tan solo una hora más tarde de que Saúl se me hubiera presentado, ya creía tener un criterio más o menos claro sobre su personalidad. Siempre me ha gustado psicoanalizar a los demás y, evidentemente, no hice una excepción con mis nuevos amigos. Por su manera de expresarse parecía un muchacho astuto, amable y antipático a la vez, dependiendo de la ocasión: el prototipo de inconformista decidido a complicarse la vida por mera diversión, consciente de la existencia de un grueso y cómodo colchón (conformado por su pudiente familia) donde poder amortiguar sus continuas y previsibles caídas.

La oscuridad se había apoderado del encapotado cielo de Vitoria una noche más y la excursión del día tocaba a su fin. Aquel lugar se convertía en intransitable de noche al estar desprovisto de luz artificial. Había rebasado en varias decenas de minutos mi hora de llegada a casa. Aun así, estaba tranquilo. Era consciente de que mi madre priorizaría mi novedosa compañía a mi tardía aparición.

El regreso a casa lo inicié con Julio a mi lado. Comentamos los diferentes aspectos que nos habían ocupado durante aquella tarde con especial interés, aunque sin detenernos demasiado en los pormenores. Alcanzamos la civilización después de tres horas enclavados en un lugar perdido entre muros de cemento y amasijos metálicos. Mis ojos se habían acostumbrado de tal manera a aquel desértico paraje que, al recuperar los corrientes paisajes urbanos, creí haberlos olvidado por completo. Mientras tanto, Julio continuaba mostrando un gran interés por conocer mi primera impresión sobre dos de sus mejores amigos.

—No sé qué concepto te habrás formado sobre Sabin, pero no te dejes llevar por el comportamiento reservado y escéptico que ha mostrado hoy —recomendó, y posó la palma de su mano sobre mi hombro—. Una vez seas un rostro habitual para él, seguro que te acepta como a uno más.

—Le concederé el beneficio de la duda —apunté—. No puedo juzgar a nadie tan solo por haber coincidido con él unas cuantas horas.

—Ahí donde ves a Sabin, con ese carácter tan intratable, que sepas que estamos hablando del don Juan del grupo —arqueó los labios mostrando un leve indicio de sonrisa—. Lo único que su especialidad son las mujeres maduras —matizó.

—¿Cómo de maduras?

—Quizá más que maduras, caducadas. Ya me entiendes, ¿no? —Su mirada buscó y halló complicidad en mi sonrisa de interlocutor—. Ya sabes, me refiero a las mujeres en edad de no merecer. Vamos, el tipo de mujeres a las que tú y yo no les prestaríamos atención.

Antes de separar nuestros caminos, me comprometí con Julio a quedar el siguiente fin de semana con él y su pandilla, esta vez al completo, para hacer una pequeña incursión por los bares del casco antiguo. Desconozco por qué accedí, pero Julio había puesto tanto interés en ello que no creí ser capaz de defraudarlo. El resto del camino al hogar levantó ampollas en mi interior. Los variados pensamientos agolpados en mi cabeza habían desatado en mí un torbellino de emociones. La excitación y esperanza por encajar en un nuevo grupo de amistades peleaban en el interior de mi mente con la incertidumbre provocada por lo desconocido. Estaba confuso, ¿solo se trataba de sentimientos encontrados o había algo más en mis dudas? Algo no acababa de convencerme en aquella postal. Algo me decía que no era posible mi acople a un grupo ya completado, al igual que una pieza nueva jamás podría encajar en un puzle ya concluido.

CAPÍTULO 8

INICIACIÓN INESPERADA

«El mundo se despierta hoy con una guerra entre las manos, y esa guerra a estas horas continúa. Sadam Husseim afirma que esta batalla, la madre de las batallas, no ha hecho más que comenzar», descubrió el archiconocido presentador de los informativos Jesús Hermida, momentos antes de conectar en directo con el reportero especial enviado a Abu Dhabi: «Más de ocho mil toneladas de bombas y un centenar de misiles de crucero han caído ya esta tarde sobre objetivos militares, químicos y económicos en Iraq y Kuwait», informó un joven e intrépido Pérez Reverte.

La mañana del dieciocho de enero de 1991 amanecí profundamente impresionado a causa de las imponentes imágenes que llegaban a través de la pantalla del televisor. ¡Parecía una película! Uno de aquellos filmes bélicos de costosa producción y baja calidad que los americanos acostumbraban producir casi a diario por aquel entonces. Pero, desgraciadamente, estas imágenes no pertenecían a la inofensiva ficción hollywoodiense. Se trataba del inicio de la Guerra del Golfo, la primera contienda televisada casi en directo por todas las televisiones del planeta. Mientras el reportero intentaba transmitir lo más fielmente posible la última hora de la batalla, el televisor escupía la realidad del horror de la guerra en tiempo real, donde potentes destellos luminosos alumbraban el cielo kuwaití, acompañados por continuos ecos silbantes que acababan transformándose en fuertes estruendos en fracción de segundo. Me estremecía imaginar lo que se escondía detrás de aquellos cegadores destellos. Automáticamente pensé en muertes, escombros, víctimas inocentes que quedaban desamparadas, incertidumbre por doquier, miedo a raudales; en resumen y simplificándolo mucho, el rostro de un país que comenzaba a ser destruido.

La contundente y solemne música de la cabecera de los informativos atrajo de nuevo mi atención y consiguió centrarme de nuevo en mi confusa realidad, lejos de tanques, misiles, granadas y demás parafernalia militar. Apagué el televisor y continué recostado en la cama varios minutos, mientras Ángela preparaba café en la cocina.

A eso de las seis de la tarde del día anterior, como de costumbre, había acudido al bar, en donde cada tarde nos solíamos reunir desde hacía ya varios meses Julio y el resto de los chicos. Allí hallábamos acomodo para desquitarnos de los quehaceres diarios y tomábamos unos cuantos botellines de cerveza. Se avecinaba otra noche fría y seca, así que decidí resguardarme cuanto antes en el interior de la taberna con la única intención de calentar tímidamente el organismo antes de acomodarme en el siempre apetecible calor del hogar. Como de costumbre, los clientes habituales del bar ocupaban los mejores asientos de las pegajosas y añejas mesas de roble macizo del local. No tardé demasiado en avistar entre el gentío la esbelta figura de Saúl. Charlaba con un individuo enjuto de cabeza gigante en una de las mesas del fondo. Se encontraban congregados en torno a varias jarras semivacías de cerveza y *kalimotxo* e inmersos en una inmensa nube de humo transitoria. Alguien más debía estar acompañándoles en la mesa, ya que se me antojaba demasiado alcohol para solo dos personas. Recién procesado este nuevo dato, una hermosa joven procedente del baño alcanzó el taburete más próximo a Saúl con movimientos estudiadamente pausados y se sentó junto a él. Creí estar contemplando un espejismo. «Incluso, a veces, en el infierno también se puede encontrar algún ángel», pensé sorprendido ante la inesperada y destacada aparición de aquella chica de tan hermosa silueta entre tanto imperfecto varón.

Bastaron unos segundos para quedar encandilado sin remedio por su fina cintura de avispa y sus caderas esculpidas a la perfección. No solo poseía una figura concebida para el pecado, también sus movimientos destilaban secretismo y curiosidad en cantidades peligrosas. En aquel momento, cada poro de mi juvenil e inmadura piel transpiraba apetencia carnal. Antes de hacer mi presencia visible ante el resto, decidí acercarme a la barra y pedir mi primera consumición de la tarde. Llamó poderosamente mi atención la inusual rapidez con la que fui atendido y despachado, así que agradecí el meteórico servicio al melenudo y maloliente camarero antes de proyectar mi cuerpo hacia la dirección correcta. Tomé con una mano el casco de la cerveza mientras que, con la otra, comencé a abrirme paso entre la gente hasta alcanzar físicamente mi propósito.

—¡Buenas tardes, Isma! —saludó efusivamente Saúl—. Coge un taburete y siéntate. ¡Mira —señaló hacia la derecha con su dedo índice—, allí veo uno libre!

El hedor a alcohol era categórico. Apoyé la consumición sobre la atestada mesa que ocupábamos e hice amago de abandonar la bebida momentáneamente con la intención de alcanzar el asiento anhelado. Entonces, el tipo de la cabeza gigante alzó su figura y me ofreció el suyo.

—Quédate con esta, si yo ya me iba.

Saúl imitó su gesto al incorporarse. Redujo a centímetros la distancia entre sus cuerpos y se despidió de él con un vigoroso y aparentemente sentido apretón de manos. «¡Cuídate! Nos vemos pronto, compañero». Nunca antes había advertido la presencia de aquel tipo en el año y medio escaso que llevaba en el grupo. En cambio, Saúl parecía conocerlo de toda la vida. Incluso mostraba ante él un respeto del que jamás le había observado hacer gala.

—Isma, esta es mi prima Ángela —presentó el más joven de la saga Belakortu.

La llamativa prima de Saúl arqueó su cuerpo hacia mí para besar mis ruborizadas mejillas con formidable suavidad.

—Encantada.

Cada uno de los finos y ondulados cabellos de su enmarañada melena hasta los hombros parecía albergar vida propia al contacto con el aire. Su fina cara alargada y sus negrísimos ojos fugitivos evocaban un misterio indudablemente atrayente. Vestía ropa informal, probablemente de mercadillo, pero lograba conjuntarla con un estilo y acierto realmente asombroso. Sin duda, me resultó atractiva desde el principio. Sus mejillas redondas y rosadas, su cuello fino y estilizado y, sobre todo, sus sensuales y herméticos labios figuraban claramente entre las características más destacables de su bonita figura.

En mi interior continuaba perdidamente enamorado de la serena y prudente Irene, pero para entonces ya había perdido toda esperanza de conquistar su corazón debido a la actitud esquiva con la que había decidido obsequiarme. Paradójicamente, las mínimas muestras de aprecio y complicidad que con tanta perseverancia había logrado conquistar de Irene, fueron retrocediendo exactamente a la misma velocidad que avanzaba mi relación con Julio, a ritmo constante y firme.

—Perdona que te lo diga, Saúl, pero para ser de tu familia no os parecéis demasiado —aprecié al tiempo que nos acomodábamos nuevamente en los engorrosos minitaburetes—. No quiero decir que tú me parezcas feo, solo es que....

—No te preocupes, estoy acostumbrado a escuchar que Ángela no parece de la familia. Parece ser que mi prima acaparó sin piedad la totalidad de la belleza dedicada a los Belakortu y nos dejó al resto en este estado semimonstruoso, el cual puedes advertir perfectamente en mi persona.

—¡Qué exagerado eres! Además yo te veo bien guapo —apreció Ángela con la boca pequeña.

—Ya, pero eso es gracias al alcohol. ¡Bendita aliada la bebida! —adujo, y alzó uno de los *katxis* ubicados en la mesa—. Si por mí fuera, el estado normal de las personas sería el ebrio. ¿Te imaginas levantarte de la cama ya completamente borracho? ¡Sería fantástico! ¡La de tiempo y dinero que ahorraría! —fantaseó con evidentes síntomas de la melopea que su cuerpo había macerado durante toda la tarde en su interior.

Tomamos, al menos, cuatro rondas más hasta que Saúl nos dejó solos. Para entonces, los rostros de la gente de nuestro alrededor habían variado en numerosas ocasiones. Cuanto más alcohol absorbían nuestros sufridos hígados, nuestras miradas se volvían más suspicaces. En el momento que Saúl logró levantarse, tras tres intentos fallidos, Ángela me guiñó un ojo pícaramente. Solo entonces comprendí que estaba a su merced. El arte de la seducción nunca ha sido mi fuerte, por lo que me sentía realmente cómodo y agradecido al adoptar el papel de cautivado. De no haber sido así, estoy completamente seguro de que no hubiera sucedido nada entre nosotros.

Después de la evidente señal de conquista de Ángela, continuamos unos minutos más charlando animadamente hasta que, empujado por su aparente e infinita simpatía, me propuse pasar a la acción de la manera más fingida y disimulada posible, aunque de nuevo Ángela volvió a adelantarse. No pretendía una relación con ella, pero cada minuto que pasaba a su lado, el deseo por probar el sabor de sus labios iba en aumento.

—Tal vez te apetezca tomar otra copa —sugirió Ángela sin demasiado entusiasmo—; aunque creo que yo ya estoy servida para toda la noche —rectificó.

—Basta ya de alcohol o acabaremos pareciendo heridas más que personas. ¿Te gustaría dar una vuelta conmigo? Nos vendrá bien tomar un poco el aire. Llevamos tanto tiempo encerrados en este antro que creo haber olvidado cómo es la luz exterior.

Ángela asintió y de un rápido impulso se puso en pie. Al incorporarse de aquella forma tan decidida, y como reflejo de su avanzada embriaguez, su rodilla impactó contra la mesa y provocó que un vaso de cristal emplazado junto a mí cayera al suelo y se rompiera en mil pedazos, no sin antes derramar sobre mi pantalón vaquero la totalidad del líquido alcohólico incoloro que aún reposaba en su interior. La pringosa situación provocó en Ángela un importante ataque de risa contagiosa, del cual no pudimos librarnos hasta minutos después de haber abandonado el local.

La noche era fría y extremadamente oscura. La casa de los padres de Ángela se encontraba en la misma dirección que la mía, por lo que comenzamos el camino sin reparar en absoluto en la dirección que estábamos tomando, tan solo seguimos una misma trayectoria. Recorrimos aproximadamente la mitad del trayecto sin apenas mediar palabra. Parecía que cierto bajón postembriaguez comenzaba a hacer mella en la prima de Saúl. Además, todas las situaciones relacionadas con el cortejo eran novedosas para mí y cómo manejarlas suponía un intrincado dilema para mi calenturienta mente virginal. Consciente de que el frío ambiente existente en la calle parecía estar congelando nuestra, hasta entonces, animada locución, opté por entretenerla contándole mi triste y agitada vida, a falta de otro tema mejor con el que poder romper el hielo. Hablé hasta que la boca se me secó por completo. Inicié mi relato con mi infancia en Cábanos. Describí detenidamente a Pablo, a Matías… Continué tratando por encima la separación de mis padres y la extraña relación de amor-odio que mantenía con Noelia. Para concluir la historia, abordé mi situación actual y cómo había logrado independizarme, un par de semanas atrás. Ángela, con la mirada perdida, se limitaba a asentir periódicamente sin demasiado interés aparente. Exactamente no podía entender por qué me hallaba borracho como una cuba, en medio de la calle y contándole mi vida a una extraña. Además, probablemente no habría escuchado ni una sola palabra de todo lo que le había estado contando, pero aun así lo hice. Le revelé todos mis secretos como nunca antes lo había hecho. Probablemente hubiera hecho cualquier cosa por asegurarme su atención. Hubiera inventado todas las historias que hubieran sido necesarias antes de tomar la iniciativa. Por suerte para mi titubeante determinación, no tuve que seguir esforzándome en entretenerla mucho tiempo más. Ángela detuvo mi lento avance mediante un enérgico estirón en el antebrazo derecho de mi abrigada cazadora de cuero. Centró su mirada en mis inquietos ojos y se me acercó lo suficiente como para poder comprobar la frenética actividad de mi hiperactivo corazón por sí misma.

—¿Aceptarías mi compañía esta noche? A decir verdad, no me entusiasma la idea de dormir sola.

Tras esa frase supe que aquella noche me haría un hombre.

Me detuve delante de la puerta. La abrí y la invité a pasar. Aún persistía en el interior de la casa el agradable aroma que la colada había esparcido por todo el hogar. Antes, incluso, de que hubiera presionado el interruptor de la luz del pasillo, Ángela ya se había despojado de la gruesa y colorida chaqueta de lana que vestía y dejó únicamente una minúscula camiseta gris de tirantes cubriendo su deseable y reducido pecho. Me sentía eufórico. Ningún flirteo anterior había llegado tan lejos. Nervioso como un torero el día de su alternativa, intenté atraerla hacia la cocina para llenar el estómago antes de entregarnos al ejercicio físico. Pero entonces descubrió el dormitorio a su espalda. Acarició mi mano suavemente, antes de amarrarla enérgicamente y conducirme a paso ligero a la cama. El tacto de su suave y cálida piel disparó al instante mis niveles de libido. Se sentó decidida sobre la manta y depositó los gigantes aros que llevaba por pendientes en la mesita de noche. Permanecí de pie junto a la cama con mi mejor cara de niño bueno, observando cómo Ángela se despojaba lentamente del resto de la ropa. Al descubrir desnudos aquellos muslos esculturales y perniciosos solo quise sucumbir ante ellos. Sin embargo, logré mantenerme firme, esperando una vez más a que ella tomara la iniciativa. «¿Es que vas a quedarte mirando todo el tiempo?», susurró mientras arrancaba de su interior un finísimo y sensual hilo de voz. Sus finos brazos desnudos rodearon mi cabeza. Luego, sus labios se acomodaron en los míos pausadamente con una precisión milimétrica. La violencia de su revoltosa lengua fue en aumento progresivo, mientras mi boca intentaba, sin éxito, amoldarse a su ritmo. Besaba con la ansiedad de cien mujeres a punto de perder su inocencia. Por un momento pensé que mi cuello caería lesionado a causa de tal frenético movimiento. Segundos más tarde, y una vez que mi boca no guardaba secreto alguno que no hubiera sido previamente explorado, Ángela me tumbó en la cama y comenzó a desnudarme de forma activa y vivaz. Concluyó su tarea en tiempo récord y fijó su cuerpo junto al mío. Ni siquiera el aire osaba a entrometerse entre nosotros. Precisamente fue en aquel momento cuando comencé a percibir el afrutado aroma que su piel emanaba y que tanto tiempo logró mantenerse impregnado en mis sábanas. Acaricié y besé frágilmente sus poco pronunciados pechos; tenía miedo de hacerle daño con mis bastas y ásperas manos de mecánico. Enseguida, Ángela correspondió a mi caricia con su particular repertorio de estas, a cada cual más placentera. Su respiración agitada y su cuerpo estremeciéndose delataban placer a simple vista. Repasé su cuerpo de arriba a abajo con mis manos y mi boca. A la altura de su ombligo cesé mi avance, alcé la vista por un momento y me ruborizó comprobar que estaba a punto de acceder a sus entrañas en la misma cama donde yo había sido engendrado.

No hubo fuegos artificiales sobre nuestras cabezas al concluir mi primer, breve y torpe episodio sexual. La llama se había apagado tras el primer acto; pronto, muy pronto. Ángela no tenía culpa de nada, pero ni siquiera me apetecía dormir a su lado el resto de la noche. Además de que nunca antes había dormido acompañado por una mujer, no era su rostro el que ansiaba ver junto al mío una vez despertara. La hubiera echado del lecho en aquel preciso instante. Sin embargo, no hubiera sido demasiado cortés por mi parte ponerla de patitas en la calle después de haber sido abrasado por el sabor y olor de su intimidad minutos antes. No hacía falta ser un genio, ni un amante experimentado curtido en mil batallas amatorias, para concluir que la reacción a la cual me estaba enfrentando era la natural de un enamorado añorando a su utópico y verdadero amor tras haberse entregado a la lujuria con otra mujer; no podía significar otra cosa. Por mucho empeño que pusiera en engañar a mi corazón, no sentía nada por Ángela. Solamente se trataba de una atracción física pasajera. De haber podido dar marcha atrás un par de horas, sin duda nuestros solitarios barcos sin rumbo nunca hubieran atracado en el mismo puerto. Aunque Irene obviara mi existencia, mi romántico y estúpido corazón no pudo sino sentirse culpable. Estaba traicionando mis sentimientos y probablemente también los de Ángela.

Apagué la televisión aceleradamente. La descomposición estomacal, derivada de la cantidad abusiva de alcohol ingerida la noche anterior, me visitó al poco tiempo de despertar. «Si yo me encuentro así, ¿cómo se encontrará el estómago de Ángela?», pensé mientras depositaba en el baño el género sobrante. El penetrante aroma a café recién hecho y Ángela cubierta únicamente con una de las camisetas de publicidad que tan solo utilizaba para andar por casa, me esperaban en la cocina. A pesar de mi lastimoso estado gástrico, tomé dos tazas largas de café solo. Ángela ya había desayunado para cuando yo aparecí. Su cara parecía completamente diferente a la de la noche anterior; tenía la sensación de que su rostro se había hinchado como un globo durante la noche. Tal vez se tratara de una reacción alérgica, o quizá solo fuera una percepción particular; no le di más importancia. Su cara no era lo único que parecía haber empeorado con la llegada del nuevo día. Su conducta también había cambiado en la misma dirección. Ángela ya no se exhibía tan amable como se había mostrado unas horas antes y comenzaba a tomarse más confianzas de las permitidas.

—Esta cocina esta impresentable. Deberíamos dedicar la mañana a darle un buen repaso a este suelo —expuso con total naturalidad antes, incluso, de desearme unos buenos días.

Nada más desayunar tuve la certeza de que mi arranque sexual supondría problemas a corto plazo. Ángela debía pensar que por el simple hecho de haber pasado la noche en mi casa y haber estado practicando sexo durante la friolera de diez minutos ya le asistían plenos poderes para poder hacer y deshacer a su gusto sobre mis dominios. «¡Demasiadas licencias para tan minúsculo botín!», pensé.

Despaché a Ángela lo más amable y educadamente que supe:

—Tal vez deberías regresar a casa. Seguro que tienes preocupados a tus padres —propuse objetivamente.

Alivié tensiones al tomar una larga ducha y me presenté a comer, un poco más temprano de lo habitual.

Mamá había preparado sus deliciosas empanadillas rellenas de carne en las habituales cantidades industriales.

—Mamá, no hace falta que hagas comida para toda la ciudad —observé mientras ella cubría de besos mi cara—. Además, ya sabes que esta semana Noelia no vendrá a comer porque tiene que doblar turno en el trabajo. Y ahora, ¿qué piensas hacer con toda la comida sobrante?

—Llevo toda la mañana haciendo empanadillas para que mi hijo se las lleve a su casa y las cene cuando llegue cansado de trabajar —replicó fingidamente dolida—. Pero si te parece mal las congelo y tú no te preocupes que ya encontraré yo algún estomago agradecido por ahí —prosiguió al mismo tiempo que amenazaba con esconder un táper rebosante de empanadillas en uno de los compartimentos del frigorífico.

Mis habilidades culinarias eran limitadas, por lo que continué acudiendo fielmente a la llamada de las copiosas y caseras comidas que únicamente mi madre sabía ofrecerme.

A pesar de no vivir ya en su casa, mi rutina de poner la mesa diariamente no había cambiado. «El mantel ocre, cubiertos, vasos, servilletas, cesta del pan, botella de agua, vaso de vino para ella, el frutero; ya está todo», repasé mentalmente antes de sentarme a esperar la estelar aparición de mamá con la comida.

—¡Garbanzos de primero! —celebré vehementemente al descubrir la tapa de la cazuela de barro donde cocinaba sus múltiples potajes—. No te merezco madre, ¿lo sabes, verdad?

Carmen sonrió orgullosa.

—No seas zalamero y empieza a comer —dijo, y tomó asiento; probó una cucharada para dar ejemplo—. Está a la temperatura perfecta, así que no dejes que se enfríe y tómatelo ya, por favor —prosiguió con aires de gobernanta mientras esperaba impacientemente una crítica satisfactoria acerca de uno de sus platos estrella.

—¡Excelente, madre! ¡Te has vuelto a superar!

—Muchas gracias, hijo —replicó satisfecha—. Pero hazme un favor, cuéntame qué tal te desenvuelves tú solo en una casa tan grande. ¿Ya has mandado a arreglar el grifo del baño?

Recuerda que tienes que pasar la revisión de la caldera la semana que viene. Apuesto a que nos echas de menos a tu hermana y a mí más de lo que imaginabas. ¿Y el trabajo qué tal?

—Sí, os echo mucho de menos. Para ser sincero, a ti un poco más que a Noe. Y en el trabajo me encuentro realmente integrado. El fontanero vendrá el lunes y de la caldera ya me ocuparé de anular la cita a tiempo. Prefiero que vengan más adelante, cuando haya cobrado. Así que todo está bien y no te preocupes gratuitamente, mujer.

Como cualquier buena madre, no podía evitar interesarse por mi nueva vida, aunque para ello tuviera que pasar por encima de mi paciencia en un número ilimitado de ocasiones. Lo quería saber todo: cuántas veces comía, cuántas horas dormía, si tenía frío por las noches, si en el trabajo me respetaban...; cualquier pequeño detalle se le antojaba trascendental.

En un principio, mi madre se opuso frontalmente a mi mudanza a la casa que mi padre iba a desocupar por su traslado definitivo a Cábanos. Él se había jubilado de manera anticipada y, como era previsible, la ciudad no iba a convertirse en su espacio natural una vez que dispusiera para él solo de todo su tiempo libre. Mi madre intentó retenerme con cuantas artimañas maternas se le ocurrieron, pero no hay manera de detener a quien no tiene freno. Estaba deseoso por comenzar mi andadura en solitario recién cumplidos los dieciocho y, a falta de otros objetivos más ambiciosos en los que centrar mi vida, mi independencia se había convertido en una obsesión imperiosa. Además, ya llevaba unos cuantos meses trabajando como mecánico en un conocido concesionario de coches situado en las afueras, por lo que el dinero no suponía ningún obstáculo para mi supervivencia.

Accedí al mercado laboral gracias a un contacto de mi padre. No se trataba del tipo de empleo con el que uno sueña cuando es niño, pero no tenía argumentos notables como para quejarme. La tarea por desempeñar no me suponía un gran desgaste físico y la remuneración que percibía me permitía mantener un nivel de vida sumamente desahogado. Asimismo, el horario no podía ser más cómodo: trabajaba cinco días a la semana, de ocho de la mañana a una del mediodía y de tres a cinco de la tarde. Inicié mi andadura por el taller realizando las funciones clásicas destinadas al chico de los recados: que si «tráeme esto», «llévate eso para el otro lado», «estaría bien que buscaras lo otro»..., tareas insignificantes. Afortunadamente, a los dos meses de haber empezado, el encargado del taller y conocido de mi padre depositó su confianza en mí y me otorgó el importante papel de comprobar el correcto funcionamiento del coche. Me convertí, así, en el último eslabón antes de la entrega de los vehículos recién comprados a sus nuevos propietarios.

Fui consciente, desde el primer momento, de que la decisión de abandonar los estudios prematuramente supondría una profunda decepción para mi madre. Y en efecto, mamá lo tomó como un drama, casi como una sensación de derrota personal, pero yo creí estar haciendo lo correcto. El instituto me resultaba soporífero y continuar perdiendo el tiempo de ese modo me hacía sentir estúpido. La única razón sincera por la cual había demorado tanto mi decisión de abdicar académicamente había sido ella: Irene. Sabía que si cortaba el último lazo de unión entre nosotros, estaría renunciando a ella definitivamente.

Mi último día de clase resulta bochornoso y sangrante para mi memoria. Me presenté en el aula con una nota manuscrita, en donde de manera inofensiva descubría a Irene mis sentimientos por ella. Me sentía resuelto a entregarle la nota en mano y afrontar mis sentimientos como un verdadero hombre. Sin embargo, actué fiel a mi estilo: de la forma más cobarde posible. Aproveché un instante a la salida del aula y, en cuanto Irene se despistó un segundo, introduje el pequeño texto en el interior de su mochila. Desde entonces su ausencia se hizo cada vez más presente en mi nueva e incompleta vida. Aquella mañana gris, la luz de su presencia dejó de alumbrar mi corazón.

—No quiero más fruta, gracias —repetí ante la insistencia de mamá—. Ya he comido suficiente. Es más, si no comiera nada más durante el resto del día estoy seguro de que no lo echaría en falta —vaticiné con notable seguridad.

—Aprovecha para comer aquí, que a saber qué comerás tú cuando estás solo —censuró.

—Pues comida, madre. Así que, muchas gracias por otra de tus deliciosas y artísticas comidas —lancé con el objetivo de avanzar la despedida—. Mañana me tienes aquí a la misma hora.

—¿Ya estás otra vez con prisas? Desde que vives solo parece que te falta el aire en esta casa. ¿Tan desagradable te resulta mi compañía, hijo?

—¡No digas tonterías! Ahora no me puedo quedar más tiempo porque he quedado con los amigos para tomar el café —apunté, y recogí la mesa apresuradamente—. Mañana vendré a comer sin prisa y te prometo que charlaremos en la sobremesa. Un último favor, ¿podrías guardarme hasta mañana las empanadillas en la nevera?

—Aunque sé que no es cierto, me quedo con tu promesa —asumió resignada—. Anda, deja los platos en la mesa y marcha, que se te ve muy ocupado últimamente. —Alcanzó el envase de plástico de la mesa y las guardó antes de mi marcha—. Ya me encargo yo de recoger —prosiguió en tono de víctima.

Encontré a Samuel esperando mi llegada a las puertas del ascensor. Algo no funcionaba debidamente en su organismo, de eso no había duda. En cuestión de meses, su piel parecía haberse oxidado y sus movimientos se habían convertido en torpes y descompasados. Como suele suceder en estos casos, los vecinos habían convertido este tema en el punto fuerte de toda murmuración vecinal. En un principio comentaron que el deterioro físico se debía a una enfermedad incurable. Más tarde dijeron que su declive había sido originado por una turbulenta relación extramatrimonial. También se escuchó que mantenía un idilio con las drogas; todo habladurías... Lo único realmente cierto en todo aquello era que daba lástima comprobar la famélica apariencia de su cada vez más inoperante silueta huesuda. Al margen de su aspecto cadavérico, su privilegiada cabeza parecía marchar en perfecto estado. Aunque últimamente el insólito pasatiempo al que nos solíamos entregar ya no me agradaba tanto como al principio. Me daba la sensación de que salía al rellano deliberadamente solo para soltarme su acertijo. Era como si conversar fugazmente conmigo fuera para él un acto de suma importancia. Me negaba a creer que todos nuestros encuentros pertenecían al ámbito de la casualidad. Resultaba increíble tanta coincidencia. Además, actuaba especialmente extraño por aquellas fechas. Desde mi emancipación, las palabras que Samuel escogía, con el objetivo de descubrir su significado ante mi ignorante persona, siempre tenían entre ellas un denominador común: la manipulación. Por supuesto, el rápido e incómodo trayecto vertical y descendente recién iniciado no supuso una excepción:

—¿Sugestionar?

—No tengo ni idea —contesté esquivo.

—Dominar la voluntad de las personas —descubrió tajante al final del trayecto.

En aquel momento no comprendía su actitud. En cambio, transcurrido un tiempo, entendí que Samuel había sido lo suficientemente inteligente como para haberse dado cuenta de mi situación antes que nadie. Había intuido la tormenta antes incluso de que yo descubriera las primeras nubes negruzcas sobre mi cabeza.

Era sábado y, a pesar de lo temprano de la hora, supuse que algún miembro de la cuadrilla ocuparía nuestro lugar preferido en el local de costumbre: la taberna del Basajaun, el mismo lugar donde la tarde anterior había conocido a Ángela.

Era un local de escasas dimensiones, distribuido al mismo tiempo de manera embarullada y ordenada: en el ala izquierda, y encumbrado sobre un altillo, se hallaba colocada media docena de viejísimas mesas de madera, cada una de estas asociadas a cuatro taburetes de aspecto estrafalario y tamaño ínfimo. En la parte derecha, una alargada y fina barra cumplía a la perfección con las poco ambiciosas expectativas de los sedientos jóvenes que cada fin de semana completaban su aforo. La decoración de la taberna estaba dedicada monotemáticamente a uno de los personajes más emblemáticos de la mitología vasca: el Basajaun (el señor del bosque). Se trata de un ser sobrecogedor que habitaba en los bosques de la zona cantábrica, de prodigiosa talla (tan grande como un oso) y fuerza descomunal. Su apariencia era casi humana, aunque con la peculiar característica de poseer en uno de sus pies una pezuña de toro. Sobre este mítico personaje se había llegado a escribir que entre sus principales cualidades podían hallarse la de ser tan ágil como un corzo, arrollador como un huracán o ser tan inexorable como el mismísimo destino.

La pared más visible y espaciosa, la de enfrente de la barra, lucía un vasto y colorista dibujo de dos metros de ancho por tres de alto donde se podía apreciar con todo lujo de detalles al coloso y peludo Basajaun de espaldas, momentos antes de adentrarse por completo en un frondoso bosque. El resto de paredes continuaban leales a la temática exclusiva y alojaban en su seno numerosas ilustraciones en blanco y negro, siempre con este fabuloso personaje como referencia única.

Con el tiempo, esta solicitada y pintoresca tasca vino a ser nuestro ruidoso y lleno de humo campo base. Un lugar de reunión como cualquier otro. Hasta tal punto logré acostumbrarme a este espacio que el ambiente rancio y lúgubre que se respiraba en su interior acabó por parecerme un entorno de lo más acogedor, prácticamente insustituible. En cambio, no siempre había sido así. La primera vez que atravesé su amplio y cavernario portón de entrada pensé que estaba penetrando en las mismísimas profundidades del abismo: infinidad de jóvenes se agrupaban en torno a la barra donde movían sus cuerpos de modo espasmódico, gracias a los radicales ritmos y a las letras reivindicativamente suicidas de una música que imposibilitaba cualquier arranque de diálogo posible debido a su elevadísimo volumen. La mayoría de los presentes parecían estar borrachos, fumados, colgados o, incluso, las tres cosas a la vez. Cualquier mínima actividad cerebral en el interior de la tasca se estimaba como poco probable. El interior del local mantenía un aspecto realmente agitado y descuidado desde primera hora, en especial los aseos, que rebasaban con creces el límite de insalubridad existente en el resto del bar. El concurrido y rectangular baño del Basajaun olía casi tanto a orina estancada como a vómito reciente: ¡pura delicia! Sus paredes recordaban a un tablón de anuncios de tamaño gigante. Resultaba prácticamente imposible encontrar un espacio original del tabique que no estuviera cubierto por las múltiples pegatinas con motivos *abertzales* y emblemas independentistas que, en perfecto estado, se conservaban adheridas en su relieve. Aquella, mi primera noche en el grupo, entré al bar a las ocho de la tarde y, para las diez de la noche, mi hígado ya pedía auxilio.

Tras aquel impactante primer encuentro, transcurrieron varias semanas hasta que volví a aparecer por el local. Necesitaba asimilar y digerir la forma de diversión de mis nuevos compañeros antes de decidir si regresaba o no a aquel mundo tan radical como ambiguo y contradictorio, donde la predisposición absoluta a las borracheras descomunales, el amor por el *punk* (rock marginal) y el odio enfermizo a la policía se suponían los requisitos mínimos obligatorios. Tardé en tomar la decisión, pero mi absoluta soledad decidió por mí y al final regresé. Volví una y otra vez, hasta que aquel lugar dejó de parecerme sombrío y anormal.

Completé el camino entre la casa de mi madre y la taberna en unos veinte minutos. Julio emitió un silbido bajo, pero agudo, con el objetivo de orientarme acerca de su ubicación tan pronto como advirtió mi silueta en el interior del bar. Sabin, Saúl, Ibón (llamado «el Pinceles» debido a sus notables aptitudes para la pintura) y «Bolo» (de quien desconozco la raíz de su mote) se encontraban en ese momento sentados junto a él. En este ambiente era de lo más frecuente el uso de apodos. Estas curiosas desviaciones nominativas solían surgir espontáneamente, como las cosas realmente importantes de la vida, en los momentos menos esperados. Nunca se escogían de manera meditada.

Pedí un café solo doble y tomé asiento junto al resto. Desde el principio noté el ambiente grupal un tanto burlesco. No me hizo falta devanarme los sesos concienzudamente para darme cuenta, por sus malintencionadas miradas, de que mi aparición había generado una gran expectación. No soltaron prenda en varios minutos. Hasta que, por suerte para mí, el alegre y sociable carácter de Saúl pronto mostró la auténtica razón de aquel mutismo sepulcral.

—¡Vamos, Isma!, ¿no tienes nada interesante qué contarnos? No sé... Saquemos temas al azar; por ejemplo, ¿qué hiciste anoche? Anda, no te hagas más de rogar y desembucha. Ya sabes: entre la familia no debemos ocultarnos nada. Los secretos son para los desconocidos.

Al escuchar la palabra «familia», Saúl guiñó marcadamente su ojo izquierdo, mostrándome lo evidente. Todos estaban enterados de mi escarceo amoroso de la pasada noche.

—¡Sí, cuéntanos! ¿Cómo es su prima en la cama? —preguntó Bolo, sumamente apasionado—. Tiene pinta de ser un terremoto, ¿me equivoco?

Permanecí en silencio mientras el resto especulaban con la intensidad de Ángela en el terreno íntimo. La ansiosa curiosidad por conocer cada detalle íntimo por parte de Bolo fue, sin duda, el detalle que más llegó a sorprenderme. Bolo era un tipo tremendamente apático e insensato, cuya única responsabilidad ineludible era la de respirar. De complexión fuerte y estatura media, resultaba bastante repulsivo físicamente debido a un problema en el parto que afectó principalmente a su antiestético y semideformado rostro. Su faceta de fumador compulsivo de marihuana lo hacía incapaz de retener cualquier información en su interior, por muy pequeña que esta fuera, hecho que convertía en imposible cualquier intento de conversación medianamente interesante con su persona. A pesar de ser poseedor de semejante perfil intelectual, Bolo era un tipo respetado por todo nuestro entorno. La única razón era que su hermano había sido detenido por integración en grupo terrorista. En estos ambientes, tener un pariente o conocido en prisión por este motivo te convertía automáticamente en mejor que el resto. Si al caso de su hermano recién encarcelado, le añadimos el hecho de que Bolo provenía de una larga dinastía de «soldados vascos» (es así como les gusta autodenominarse a los miembros de ETA), el respeto lograba convertirse en admiración con suma facilidad.

—Un momento —interrumpí molesto con el cariz que comenzaba a tomar la escena—, ¿vosotros de dónde habéis sacado lo de... —titubeé por un instante—...Ángela? —proseguí ansioso por saber.

—Ella misma nos lo ha comentado. Estuvo aquí hará quince minutos y nos comunicó la feliz noticia de vuestro noviazgo. ¡Enhorabuena, Isma! —felicitó efusivamente Pinceles—. ¡Hay que ver lo contenta que se le veía! Pero contéstame una cosa, ¿cuál es el secreto para ser el último en llegar al grupo y, por el contrario, ser el primero en «encajar»? —entrelazó los dedos de sus manos entre sí con cierta sorna.

Pinceles, con sus veintidós años, era el mayor. Se trataba del sujeto más extravagante de todos, a la vez que auténtico. Su apariencia tosca e inusual, a medio camino entre rastafari de postal y culturista en horas bajas, podía llevar a más de una conclusión errónea sobre su sereno carácter. Era un auténtico seguidor a ultranza del arte de disfrutar la vida sin preocupaciones, nunca suponía problema alguno para nadie, excepto para Bolo, a quien su estética siempre le había parecido «un fraude y un insulto hacia el mundo rastafari». «No eres más que una deshonra para tu estereotipo. ¿Dónde se habrá visto a un rasta que no fume hierba?», solía censurar. Puede que esté equivocado, pero a mi modo de entender, Pinceles era un artista desaprovechado. No solo poseía un don especial para la pintura, sino que también era un virtuoso de la guitarra. En sus manos cualquier nota parecía poseer alma. Disponía de todas las cualidades innatas necesarias para triunfar en el arte, excepto una de las más importantes: la constancia. Tipos menos válidos, pero más disciplinados que él, conseguían vivir sin problemas de sus trabajos artísticos. Si algún día se hubiera adueñado también de esta aptitud, no tengo dudas de que sus tremendas habilidades no hubieran caído en saco roto.

—Voy a pedirme algo. ¿Queréis alguna cosa? —consultó Pinceles con semblante presumido antes de solicitar su bebida.

Aunque fumar no se encontraba entre sus vicios preferidos, el alcohol sí se hallaba en esa lista. Al parecer, sentía una afición incurable por la bebida. Ingería alcohol de forma impulsiva. Cerveza, pacharán, vino, ginebra, ron, cualquier líquido depresor era bienvenido en su organismo. Tragaba como un camello tras una larga travesía por el desierto. Como si cada trago que tomara pudiera ser el último. Realmente se me hace difícil imaginar sus manos sin un vaso de cristal o un botellín de cerveza bien amarrado en estas.

—No acabo de comprender por qué Ángela habrá llegado, ella solita, a la conclusión de que somos pareja. Pero lamento comunicaros que eso no es cierto. No voy a negar lo evidente, pero el que anoche ella y yo tuviéramos un encuentro...—volví a dudar cómo continuar— ...cercano, no significa que seamos pareja, ni muchísimo menos.

Estuve tentado de proclamar mi verdadero amor por Irene a quien lo quisiera escuchar. «¿¡Cómo voy a ser pareja de Ángela, si a la única persona a la que deseo con toda mi alma es a Irene!?», imaginé descubrir, pero ese no era mi estilo.

—Lo que faltaba por oír. Un patán como tú renegando de la compañía de un pedazo mujer como Ángela. ¡Ver para creer! —murmuró Sabin, con su habitual mirada perversa y tono ofensivo.

Su simpático comentario debería enmarcarse en la particular campaña de acoso y derribo que fijó sobre mi persona desde el mismo instante en el que descubrió mi existencia. Aún en silencio, Sabin poseía la irritante habilidad de mantenerme en vilo en todo momento. Ni siquiera si llevara al límite mi imaginación acertaría a comprender, ni un solo segundo, lo que pasaba por su cabeza. Nunca conseguí recibir de su parte sentimiento positivo alguno; solo resentimiento y desprecio. Solía engañarme al pensar que, en el fondo, no me odiaba. Prefería pensar que sencillamente no me consideraba uno de los suyos. Con el tiempo aprendí que el mejor sistema de defensa a sus continuos comentarios envenenados era utilizar la sufrida táctica de las arenas movedizas: más te hundes en ellas cuanto más empeño pones en combatirlas; o dicho de otra forma, hacer caso omiso a cada comentario. De esta forma conseguí que sus incendiarias palabras no me afectaran ni lo más mínimo.

—¡Déjalo, Sabin! Si Ismael dice que no está saliendo con Ángela, será porque no está saliendo con ella; es así de sencillo. Además, mejor será que no nos inmiscuyamos en los escarceos amorosos de cada cual, ¿no crees? —Julio fulminó a Sabin con una de sus clásicas miradas de líder supremo que solo él sabía fijar, a lo que mi déspota enemigo íntimo respondió agachando la cabeza de manera sumisa—. De lo contrario, también podríamos sacar a debate tus seniles conquistas —argumentó, respaldándome una vez más antes de abandonar la taberna sin previa explicación.

Todavía a día de hoy sigo sin comprender por qué Julio, el tipo más parecido a un genio que jamás haya conocido, parecía feliz inmerso en un mundo tan mediocre como aquel. Por aquel entonces tenía por costumbre ausentarse del Basajaun sin previo aviso. Las enigmáticas desapariciones protagonizadas por Julio finalizaban escasamente media hora después de haberlas comenzado, momento en el que inesperadamente regresaba al bar, aparentemente turbado y desconcertado. Durante estas ausencias solía sentirme tan frágil como un jarrón de porcelana en manos de un malabarista inexperto. En la figura de Julio había encontrado al aliado perfecto, una especie de hermano mayor dispuesto a responder por mí en los momentos más difíciles. Sin embargo, cuando él no estaba, la implacable realidad se hacía patente ante mis ojos y me mostraba sin tapujos la nula relevancia que había alcanzado dentro del grupo. Extraña situación que no interiorizaba de coincidir en solitario con Saúl o con el Pinceles. A menudo, me preguntaba si la sensación de desamparo que sentía en aquellos momentos era provocada por mi propio miedo al rechazo o si realmente era el grupo el que creaba voluntariamente un espacio insalvable entre ellos y mi persona.

—Pinceles, ¿qué te has hecho hoy en el pelo? Te lo noto especialmente cuidado —detectó Saúl con gesto serio—. ¡Ah, sí, ya lo sé! —Comenzó a palparle bastamente las rastas—. Has utilizado un ventilador como peine, ¿no es cierto? —prosiguió alegremente, con su gesto cada vez más cercano a la carcajada—. Te queda fantástico —apuntó como pudo antes de estallar con una risa impetuosa y ruidosa.

—¡Quita tus zarpas de mi obra de arte! —recomendó el propietario de estas, y apartó la mano de Saúl con un sonoro manotazo.

Bolo y Saúl prolongaron un buen rato las bromas sobre el aspecto de Pinceles. Yo, mientras tanto, fingía divertirme con sus ocurrencias, envuelto en una sonrisa postiza digna del mejor actor de comedia. En mi interior, mi auténtico estado meditabundo luchaba por descifrar la visión idílica que Ángela se había formado sobre nosotros. Este tema me había absorbido hasta tal punto que no recuerdo haber escuchado ninguna otra frase hasta que Julio regresó.

Alcanzó la cazadora que había olvidado sobre la máquina de tabaco y se acercó decididamente a nuestra mesa.

—Bueno chicos, me tengo que ir. A la noche nos vemos donde siempre. ¿De acuerdo? —propuso acelerado.

—De acuerdo —asentimos todos al unísono.

Veinte minutos después de la estampida de Julio ya me encontraba en casa. Tenía tiempo de sobra antes de volver donde el resto, por lo que me vestí con ropa cómoda en mi habitación, donde aún podía percibir el afrutado olor de la fina piel de Ángela, y tomé asiento en la butaca negra de falso cuero del salón, normalmente destinada a la lectura. Observé unos segundos la tapa delantera del libro que reposaba en la mesa gris de plástico plegable situada junto al televisor y, una vez hube desgastado la portada con la mirada, decidí abrirlo por sus últimas páginas. Se trataba de un fino ejemplar de pasta blanda, coloreado en rojo y negro, cuyo título rezaba *Textos socialistas por excelencia.* En su interior se podían encontrar, entre otros, documentos como *El manifiesto comunista* de

Marx y Engels y *El Estado y la revolución* de Lenin. Su lectura en absoluto se me antojaba la más atractiva para mi esparcimiento personal, pero ante mi evidente desconocimiento sobre la temática revolucionaria (tan socorrida y mentada en mis nuevos ambientes) me sentí prácticamente obligado a consumir tantos libros o panfletos subversivos como pudiera si no quería sentirme aislado de las conversaciones grupales. Estricto con mi rutina, proseguí dedicando la mayoría de las noches (aquellas que no llegaba completamente borracho) al siempre refrescante y gratificante ritual de la lectura, normalmente acompañado por una bolsa gigante de patatas onduladas. Me costó un verdadero esfuerzo cambiar mis, hasta entonces insustituibles, novelas policíacas y de misterio por estos viejos textos ilusorios de enfoque pesimista. Pero si quería vislumbrar algo de luz en los tenues eslóganes de mis compañeros, debía hacerlo. Aquellos libros de autores normalmente fallecidos no eran sencillos de encontrar. Las librerías más grandes y comerciales de Vitoria no adquirían ese tipo de ejemplares debido a su escasa repercusión entre los lectores habituales. Por suerte, encontré una antiquísima librería de dimensiones escasas llamada Páginas, donde se podía encontrar diverso material de contenido marxista. Estaba situada en el número doce de la calle Herrería. No tenía escaparate ni rótulos anunciantes a su alrededor, tan solo una única puerta de entrada exactamente igual a la de los portales contiguos a modo de entrada. Hubiera pasado absolutamente desapercibida para mí, de no haber sido por un minúsculo y austero cartel informativo de cartón, escrito con rotulador, que colgaba sobre el derruido balcón: «Librería Páginas, lo mejor en literatura clásica». En el interior de los libros no fui capaz de hallar interés más allá del puramente histórico. Sin embargo, continué sacrificando mis horas de ocio empapándome de teoría militar e ideológica con el único fin de comprender mejor a mis amigos. A marchas forzadas fueron haciéndose familiares a mis oídos términos tales como fascismo, camaradas, bolchevique, revolución, opresión, comunismo, proletarios... Algunas de aquellas palabras eran repetidas en casi todas las conversaciones que manteníamos. Una vez consumida y analizada una buena parte de volúmenes comunistas y con base en la infinidad de textos consultados, pude constatar el total o parcial (en el mejor de los casos) desconocimiento que la inmensa mayoría de la sociedad demostraba al utilizar dicha terminología.

Aquella tarde no conseguía retener nada de lo leído, así que probé a ver una película alemana que emitían en la tele, *La metamorfosis de Merry*, cinta que trataba sobre las conquistas de una dulce y atractiva mujer, cuya perversa diversión consistía en seducir a los hombres con suma ternura para terminar arrancándoles el corazón a bocados una vez que habían sucumbido a sus encantos; un espectáculo insufrible imposible de finalizar, por lo que finalmente me entretuve observando la última hora de la televisada Guerra del Golfo, mientras mi imaginación se empeñaba en rehacer una y otra vez la imagen de Ángela revoloteando a sus anchas por casa, o mientras anunciaba públicamente nuestra supuesta relación ante la monumental sorpresa de todos. Definitivamente, Ángela acaparó por completo mis pensamientos aquella tarde de sábado.

Preparé un sándwich con los restos de comida que encontré por la cocina: una loncha de jamón, restos de una tortilla de patata, cuatro hojas resecas de lechuga y mayonesa a borbotones. No tenía demasiada hambre, pero lo comí igualmente. Con el estómago lleno, únicamente me quedaba vestirme con la ropa típica del sábado antes de salir al encuentro de mis compañeros. La indumentaria de gala únicamente difería de la de diario en los pantalones vaqueros negros que sustituían al clásico chándal azul con rayas blancas laterales; eso era todo. A decir verdad, todos en el grupo vestíamos de forma similar: botas de monte, pantalón vaquero, camiseta con algún emblema reivindicativo o de algún grupo punk conocido y sudadera oscura de capucha. Parecíamos clones, pero era nuestro particular uniforme identificativo.

Habíamos quedado en uno de los bares del «rollo» (todo lo afín a la causa *abertzale* o independentista llevaba esta etiqueta) situado en el cantón de San Francisco, entre las calles Cuchillería (sin duda el lugar más emblemático para todo *abertzale*) y Pintorería. El bar Dado era uno de los locales con mayor afluencia de jóvenes de todo el casco antiguo. Se trataba de un recinto de magnitud amazónica, recientemente pintado y reformado, donde trapicheros de toda índole llenaban su cartera cada fin de semana. Decenas de jóvenes inadaptados ansiosos por pillar material, así como numerosos traficantes de corto recorrido, acudían al Dado un idílico lugar de encuentro. Teóricamente, la droga estaba mal vista en el mundo radical independentista. Incluso se suponía perseguida. Pero la realidad era muy diferente. Las calles del casco antiguo amanecían casi a diario ensuciadas con pintadas. Algunas de estas, dedicadas a camellos y consumidores del estilo «*trapitxeroak sutara*» (los trapicheros al fuego), «camellos asesinos» o «La revolución es incompatible con la droga». Lo paradójico llegaba cuando descubrías que los mismos que cubrían estas calles y comercios con este tipo de grafitis se encargaban de distribuir la mercancía por los bares de la zona. Con este tipo de mensajes ahuyentaban a los camellos desconocidos y se libraban así de cualquier competencia. Sin duda, esta situación resultaba ser una de las pruebas más evidentes y sonrojantes de la doble moral acomodada desde siempre en este mundillo de almas confusas.

Otro sábado más, la calle Cuchillería resultó ser un incesante ir y venir de personas alternando. La temperatura era agradable y eso se notaba en la fresca vestimenta de la gente. Saludé manualmente a un compañero del trabajo que se encontraba a las puertas de uno de los primeros bares de la calle, pero no me detuve a charlar con él. La ligera lluvia que había comenzado a caer y el leve retraso que acumulaba, resultaron factores determinantes para llevar a cabo semejante desplante.

Junto a la doble puerta acristalada del Dado, dos pandillas de adolescentes medían sus fuerzas a puñetazos y patadas. Era una de tantas peleas que suceden sin motivo justificado en cualquier zona de marcha de cualquier ciudad, donde la presencia del alcohol y las drogas son tan habituales como la presencia lunar en sí. Los sorteé como pude y accedí al interior. Instintivamente me dirigí hacia el ala izquierda del bar. Un buen número de asiduos al futbolín se congregaban en esa zona, la más iluminada y limpia del local.

Di con ella al primer golpe de vista. Fue en aquel momento cuando comprendí que su presencia la tarde anterior en la taberna del Basajaun no había sido testimonial. Era consciente de lo necesario de mantener una conversación esclarecedora. Sin embargo, no la deseaba desarrollar en aquel momento y, mucho menos, en presencia de los habituales. Para ser sincero, tan solo me apetecía sentir cómo el dorado líquido de una cerveza se deslizaba por mi garganta. Necesitaba anestesiar mi mente y, en este tipo de situaciones, acostumbraba a utilizar el alcohol como placebo. Saludé con normalidad a todos los miembros del grupo. En un principio me tranquilizó comprobar que mi presencia no levantaba la misma expectación que había suscitado horas antes.

Había vuelto a llegar el último. Julio dialogaba con Ángela junto a los baños. Parecía que trataban algún tema divertido, a juzgar por la amplitud de sus sonrisas y lo distendido de sus movimientos. A un par de metros de distancia, Pinceles, Bolo, Saúl y un tipo cuellicorto con aspecto de orangután, al que nunca había visto con anterioridad, jugaban una intensa y disputada partida al futbolín. Mostraban verdadera pasión en cada giro de muñeca. La temperatura en el local era altísima, a pesar de que el aforo del bar lucía un aspecto semivacío. Detecté que Julio estaba a punto de terminar su consumición y me ofrecí voluntario para rellenarla nuevamente, aunque para ello también tuviera que acercarme a Ángela. A veces me gustaba tener este tipo de detalles con él, en agradecimiento a su desprendida actitud con mi persona. De todos modos, pretendía dirigirme a la inmensa barra a pedir un trago, por lo que no me suponía ningún esfuerzo adicional realizar este acto.

—¿Os relleno el vaso? —invité, y señalé las bebidas que ambos alojaban en sus manos.

—¡Qué gran idea, Isma! A mí, pídeme otro pacharán. Y dile a la camarera que está vez te ponga uno de mayor duración —bromeó Julio antes de colocar el recipiente vacío sobre mi mano derecha.

—Tú, Ángela, ¿quieres algo?

Era la primera vez que volvía a mirarla a los ojos después de haberla invitado amablemente a abandonar mi casa. Y su potente mirada clavándose en mí tan solo logró aportarme indiferencia. Sentí un alivio tremendo al comprobar definitivamente que Ángela ya no me atraía.

—Será mejor que te acompañe —propuso servicial—, no te veo yo a ti poses de camarero. Aguarda un segundo. —Ángela llevó su mano derecha hasta su zapato del mismo lado, mientras con su otra mano apoyaba el peso de su cuerpo sobre mi hombro. Después, reubicó el calzado de manera correcta sobre su fino pie—. ¡Ahora podré andar mucho mejor!

Ángela vestía de una forma mucho más cuidada aquella noche. Sin llegar a estar elegante, la acertada combinación entre el ceñido pantalón negro y la camisa azul pastel a juego con sus zapatos de tacón bajo le aportaban una apariencia mucho más formal y presumida de la que mi mente le había atribuido horas antes. De camino a la barra, su mano intentó tomarse la licencia de amarrarse a la mía. Disimuladamente, a la vez que firme, atusé mi flequillo con la mano amenazada; conseguí con esta maniobra derribar su directo acercamiento. No estaba dispuesto a enredarme de nuevo en calentones momentáneos que posteriormente pudieran ser transformados en peligrosos malentendidos afectuosos. Alcanzamos la inmensa barra de colores oscuros y matices *abertzales* por su parte central. El mostrador ocupaba la mayor parte del ala derecha del bar. Lamentablemente, dio la casualidad de que Sabin estaba situado a nuestro lado. Compartía charla con la camarera de mayor experiencia vital, acomodado en uno de los pocos taburetes con respaldo del lugar. Al percatarse de nuestra presencia, saludó a Ángela cortésmente mientras observaba con desprecio mi presencia. En sus ojos eran visibles las ganas de asesinarme.

—¡Más te vale portarte bien con Ángela! —advirtió mientras acercaba su aliento a mi oído para asegurarse de que solo yo captara el mensaje nítidamente—. De lo contrario, atente a las consecuencias, español.

No acompañó ningún adjetivo junto al «español»; este término ya parecía suponer suficiente desprestigio para él, sin necesidad de adornarlo con insultos. En el ambiente *abertzale*, constantemente se trataba dicha palabra de esa forma, del mismo modo en que Álvaro, aquella noche en fiestas de Cábanos, la había utilizado para referirse a Pablo en tono despectivo. Como si señalar la nacionalidad de las personas supusiera un grave insulto o una acusación. Si aquella amenaza hubiera emanado de la boca de cualquier otra persona, simplemente lo habría tomado como una forma de hablar. Sin embargo, había sido Sabin, un individuo que nunca hacía bromas. «Me acaba de amenazar», pensé. Aquella noche había dado un importante salto al pasar de la burla y de los desprecios habituales a la amenaza directa. Solo me tranquilizaba saber que nunca se atrevería a cumplir esa amenaza mientras Julio siguiera actuando como mi particular ángel de la guarda.

Inmediatamente giré mi figura ciento ochenta grados y le di la espalda para centrarme de nuevo en el tema: Ángela. Ella, mientras yo soportaba el aliento y la mala baba de Sabin en mi cogote, había pedido las bebidas al camarero escuálido de melena interminable. Acercó la cerveza de importación hasta mis dominios y reservó en su parcela las otras dos consumiciones. Tenía sed, pero me daba pereza comenzar a beber. Mi estómago aún no se había repuesto de la noche anterior y sabía que si empezaba con esa cerveza acabaría la noche alcoholizado por completo. Desde que empecé a salir con Julio y compañía, todos los sábados eran iguales. El primer cacharro caía en el Dado, acompañado de unas cuantas partidas de futbolín. Después iríamos al siguiente. Más tarde pasaríamos a otro y a otro después. Y así hasta siete u ocho bares más de la zona (todos del rollo) donde degustaría el repertorio alcohólico que cada local pudiera ofrecer a nuestro conformista paladar. El final siempre era el mismo, un fin de semana tras otro: tumbado en la cama a la mañana siguiente, con una resaca de espanto y la voz destruida de haber canturreado a pleno pulmón cada uno de los tan conocidos y gastados estribillos que pinchaban en cada bar. Ese era el momento de repasar las decenas de confusas y patéticas imágenes de la noche recién concluida, en las cuales el desafortunado y penoso protagonista siempre era yo.

—Supongo que debemos aclarar cómo queda nuestra situación después de lo que sucedió anoche —dije, tragué saliva y tomé el primer trago de la noche, ahora sí, sin contemplaciones, antes de continuar—. ¿No crees?

Tras esa frase me sentí trascendental. No tenía ni idea de cómo continuar con la conversación, pero al menos ya estaba iniciada. Esperé a que Ángela encendiera el cigarrillo que acababa de colocarse tímidamente entre los labios y aprovechara el turno de palabra que mi escrupuloso silencio le otorgaba. Durante esos segundos pensé en Pablo y en qué habría sido de su vida durante todo este tiempo. Quizás él ya habría pasado por alguna confusión sentimental semejante a esta y seguro que algún día nos reiríamos recordándolas.

—Ayer nos conocimos. Nos gustamos. Lo hicimos. Pasamos la noche juntos —expulsó el humo de su boca—. Y hoy por lo que puedo leer en tus ojos, me abandonas. ¿He acertado con la secuencia completa? —supuso Ángela confiada.

—Para poder dejar algo, antes ha tenido que existir. —Me arrepentí de aquella frase antes, incluso, de que la última palabra saliera de mi garganta—. Quiero decir, que ayer nos lo pasamos bien y los dos, de mutuo acuerdo, decidimos pasar un rato juntos. Pero no creo recordar que acordáramos compromiso de ningún tipo. ¿Acaso estoy equivocado?

—Entiendo. —Su cara reflejaba un claro descontento a raíz de mi anterior exposición—. Si te refieres a que no acordamos por escrito o mediante un pacto de sangre que, finalizado el coito, tú y yo automáticamente pasábamos a ser oficialmente pareja, tienes razón —ironizó, no sin cierta gracia—. Pero las cosas no son así, Isma —puntualizó en tono menos apasionado—. Si yo ayer me fui a la cama contigo es porque pensé que tú eras diferente. Me dejé llevar por mi instinto, aunque ya veo que no lo tengo muy desarrollado. Solo eres un cerdo egocéntrico que se aprovecha de los sentimientos nobles de las mujeres para llevárselas a la cama.

—¡Para el carro! —corté la improvisada y fantástica película que Ángela comenzaba a convertir en realidad dentro de su cabeza—. Perdona si mi interpretación fue errónea, pero creí que los dos pensábamos de la misma forma. No pensé en ningún momento que tú pretendieras una relación seria conmigo. De lo contrario, jamás hubiera aceptado acostarme contigo.

El volumen de la música comenzó a aumentar al inicio de la siguiente canción de The Doors. Cada vez nos escuchábamos más lejanos, así que coloqué mi cuerpo a un palmo de distancia del suyo. Noté cierta repulsión en su cara al sentirme tan cerca. Parecía realmente resentida.

—Dices «aceptado» como si te hubiera suplicado una noche de sexo. ¿Sabes qué? Esta conversación se ha acabado, no soporto ni un segundo más tanta estupidez.

—¡Lo siento, Ángela! —lamenté mientras la sujetaba por el antebrazo. No quería acabar la conversación de esa manera—. ¡No pretendo jugar con tus sentimientos, créeme! De haberlo sabido...

Ángela soltó mi brazo mediante una enérgica sacudida. Estaba decidida a marcharse y mi intento de retenerla tan solo había logado enfurecerla más.

—No digas sentirlo en vano. Ya te llegará el momento en que te arrepientas de verdad —amenazó con rostro inalterable—. El revertir las situaciones dolorosas es sin duda una de mis mayores habilidades. Y te aseguro que pondré todo mi empeño en dar la vuelta a este sufrimiento.

Se despidió de su primo apresuradamente y se ausentó del bar en cuestión de segundos. Su desaparición esa noche fue tan enigmática como lo había sido su aparición la tarde anterior.

Permanecí en la barra hasta haber acabado, tanto mi cerveza, como la ginebra que Ángela había dejado por la mitad.

—¿Te encuentras bien? —consultó Julio.

—¡Sí, claro! —exclamé con mayor entusiasmo del que pretendía mostrar—. Me encuentro perfectamente.

—Me alegro —zanjó—. Me gustaría que me acompañaras a visitar a un buen amigo.

—Está bien.

—He quedado con él en la *herriko taberna* en cinco minutos y no me gustaría llegar tarde.

Julio era estrictamente puntual; tanto, que llegué a pensar que se trataba de un esclavo del tiempo. A la salida del Dado comprobé que el resto de los muchachos no habían salido del bar junto con nosotros ni tenían intención de hacerlo próximamente. La ligera lluvia se había convertido en diluvio. Tardamos cuatro minutos en llegar a la *herriko*. El corto trayecto entre ambos bares no impidió que alcanzáramos nuestro destino calados hasta los huesos. Julio se dirigió hacia el camarero nada más entrar. Se saludaron educadamente e, inmediatamente después, el joven sirviente señaló con un movimiento de cabeza el fondo del local. Atravesamos el bar de principio a fin y detuvimos nuestros cuerpos frente a una puerta roja metálica situada entre el lavabo de hombres y el de mujeres. Julio la golpeó discretamente con los nudillos en un par de ocasiones y, tras unos pocos segundos, la puerta se abrió desde dentro. Accedimos al interior de una pequeña sala de paredes blancas inmaculadas. Una vez dentro, el tipo cuellicorto que minutos antes jugaba al futbolín con Saúl y compañía cerró la puerta con llave. El interior de la sala olía vagamente a una sustancia mentolada que no supe adivinar. Un hombre permanecía sentado en un largo banco de madera, en el lado opuesto a la puerta. Por encima de su cabeza colgaba una gigantesca *ikurriña* que presidía la sala. El hombre tendría unos treinta y cinco años y una barba de larga vida. Su aspecto era algo descuidado y su ropa parecía desfasada en el tiempo. Julio saludó a los presentes y anunció mi presencia: «Este es Ismael, el chico del que os hablé». El tipo cuellicorto comenzó a enredar con los pasquines y pegatinas reivindicativas que cubrían la mesa ubicada junto a la puerta. Julio y el hombre mayor trataron temas intrascendentes como el fútbol y el tiempo durante los primeros minutos. A pesar de lo tenso que me hacía sentir la presencia de aquél señor y el desconocimiento del papel que representaba yo en aquel lugar, todo parecía ir más o menos bien, hasta que la conversación tomó un giro inesperado.

—Al grano, Julio —sugirió el tipo de más experiencia vital.

Julio sentó su figura en el banco de madera, enfrente de mi posición. El muchacho cuellicorto terminó de revolver en los panfletos y se apoyó cómodamente sobre la puerta. La incertidumbre se apoderó de mí de inmediato.

—Isma, estás aquí porque este señor y yo queríamos proponerte un asunto. No te preocupes, no se trata de nada serio. Simplemente nos gustaría conocer de primera mano cuál es tu implicación real con la causa. —Julio estaba nervioso cuando alcanzó mis ojos con su mirada. Tanto esfuerzo le debió costar encontrarse con mi mirada que el labio inferior le empezó a temblarle a partir de ese momento—. ¿Hasta dónde estarías dispuesto a llegar?

—Lo siento, pero tendrás que ser más explícito si quieres que te entienda. —Un movimiento intestinal inesperado amenazaba con hacérmelo encima de los pantalones si no intervenía con urgencia—. ¿A qué te refieres? —proseguí con perfecto disimulo.

Noté cómo el peso de sus miradas se clavaban en mis ojos mientras aguardaba una respuesta que aclarara la situación. Tuve la sensación de haberme vuelto muy pequeñito, casi imperceptible. Julio y el hombre de barba negra continuaron sentados en el banco. Del individuo cuellicorto había perdido la referencia visual.

—Julio me ha hablado muy bien de ti —anunció el hombre desconocido, y alzó su figura—. También me ha dicho que podemos confiar en tu discreción, ¿es así? —consultó sereno.

—Supongo —contesté desconcertado.

—Entiendo que al ser amigo de Julio estarás al tanto de la situación de excepción que vive nuestro pueblo. —El hombre de la barba se encendió un cigarrillo sin apartar ni un segundo la vista de mi cara—. Y también entiendo que serás consciente de que los ciudadanos comprometidos de este país no debemos, ni podemos, quedarnos impasibles al observar cómo las fuerzas de ocupación nos destruyen. —Hizo una leve pausa para dar otra chupada al cigarro. Julio asentía automáticamente a todo lo que él decía, mientras que yo esperaba impaciente el final de su discurso para poder ir al baño—. Bien, partiendo del razonamiento que acabas de escuchar, Álvaro y yo nos preguntábamos si podríamos contar con tu importante ayuda. Para ti no significaría ningún esfuerzo. En cambio, piensa en todo lo que estarías aportando al futuro de tu país.

Hubiera deseado salir corriendo de aquella habitación o haberle respondido con un rotundo «no», pero no pude. Nunca he sido valiente y enfrentarme a mi nuevo entorno, la misma noche que había sido amenazado por partida doble, me parecía una temeridad. En las anteriores ocasiones que el tema político vasco había salido a relucir en el grupo, siempre acababa recurriendo a la mentira para ocultar mi verdadero parecer. Nunca he estado de acuerdo con el uso de la violencia para defender ideas políticas. Me parecía de moralidad repugnante tratar de resolver los problemas por medio de la fuerza. Pero de haber destapado mi verdadero parecer, mis pensamientos hubieran dado al traste con mis nuevas amistades, así que me limité a seguir el juego a mis compañeros y aceptar, como propias, sus violentas y descabelladas ideas sobre la liberación de la nación vasca; un juego que nunca pensé que llegaría tan lejos. Según el tiempo avanzaba, mi farsa inicial se iba agrandando más y más, como una gran bola de nieve, hasta llegar a aquel momento en el que me encontraba a punto de ser aplastado, sin piedad, por la misma pelota que yo había alimentado. Ni siquiera podía imaginar cuál hubiera sido la reacción de los presentes en aquella sala de haber descubierto mi verdadero parecer.

—Los demás muchachos ya están al tanto. Solo quedas tú —apuntó Julio—. Confía en mí, Isma. Yo me encargaré de que todo salga bien.

La decisión debía ser personal, aunque yo no lo percibí de aquella forma. Una presión asfixiante atenazaba todo mi cuerpo cuando Julio solicitó mi confianza. O aceptaba a ciegas sus propuestas o saldría de esa sala sin amistades y sin saber exactamente las posibles represalias que podrían tomar contra mí. Poco a poco, mi alma iba envenenándose cada vez más con la ponzoña de sus ansiosas miradas, hasta el punto en que esta dejó de escuchar por completo la protectora voz de mi conciencia. Para entonces, mi voluntad ya estaba arrinconada y mi libre capacidad de decisión, anulada. Fue en aquel momento cuando acepté. Sin duda, la tenaz mirada del hombre de barba había influido mucho más en mi precipitada decisión final que los razonamientos pobremente documentados expuestos anteriormente por él mismo.

—¡Muy bien, Isma, has hecho lo correcto! —celebró Julio con semblante satisfecho—. Ya te informaré más adelante en qué consiste tu pequeña ayuda.

Salí de aquella encerrona acompañado por Julio. No estaba dispuesto a soportar su presencia después de lo ocurrido, así que me libré de él al inventar un inverosímil asunto urgente que requería mi atención a primera hora de la mañana siguiente y desaparecí. Hubiera sido demasiado embarazoso continuar la noche como si nada hubiera sucedido.

Eché a andar sin rumbo fijo bajo una intensa lluvia que apenas sentía sobre mi cabeza. Caminé durante horas con el único propósito de cansar mi cuerpo al máximo. El esfuerzo físico haría disminuir mi actividad mental y eso era exactamente lo que necesitaba: intentar olvidar por qué acababa de hipotecar mi vida y mi alma en el censurable banco de la violencia injustificada.

CAPÍTULO 9

1, 2, 3, FUEGO

Mi madre debió percibir algo extraño en mi forma de actuar, por lo que decidió dedicar buena parte de la comida a interesarse por mi estado anímico. «Todo está bien», le contesté una y otra vez en vano. Supongo que mi rostro debía aparentar inquietud, y a mamá esos detalles nunca se le pasaban por alto.

Horas antes de conocer los pormenores de la acción que supondría mi iniciación en el mundo violento, evitaría la tensión del momento previo de la única manera que no concebía lograrlo: mediante una placentera e inesperada cabezada exprés. Entre lo poco acostumbrado que estaba al repose postalimenticio y lo inesperado del hecho en sí, me sorprendió gratamente lo rápido que hallé acomodo en el confortable sofá biplaza del salón, una vez que mi madre se hubo marchado. Ni mucho menos era mi intención quedarme amodorrado tanto tiempo, pero por aquel entonces mi mente acostumbraba a actuar de manera independiente a mi cuerpo en la mayoría de las ocasiones. Me encontraba inmerso en un placentero sueño, cuando Noelia se presentó en casa y fulminó de un portazo la apabullante calma anidada en mi mente. Noe, recién salida del trabajo, vestía su habitual uniforme laboral: pantalón y americana azul pastel, camisa blanca de manga larga y hombreras tipo jugador de *rugby*, así como zapatos oscuros de tacón plano. A mi parecer, este atuendo le otorgaba un aspecto un tanto ridículo. Pero, por lo visto, para vender seguros a puerta fría, o como yo decía, «sin anestesia», era necesario disfrazarse de esta guisa. En claro contraste con mi estado semihipnótico, Noelia atravesó la puerta con actitud acelerada. Avanzó unos metros y enseguida se libró del peso físico de su americana. Por su gesto serio y hosco deduje que su día no habría sido mejor que cualquier otro.

Desapareció unos segundos de la sala sin siquiera saludar, para aparecer instantes más tarde con un refresco de cola entre sus manos y un insulso «hola» descolgado de sus labios. A su vuelta, Noelia aprovechó su insultante elasticidad para acoplar su ligera silueta junto a mí, en el aterciopelado sofá, que mi cuerpo extenuado había acaparado para sí en exclusiva. Antes de apartar repulsivamente mis piernas de un manotazo, Noe encendió el televisor, consciente de que mi presumible escasa verborrea no le sería de suficiente distracción.

—¡Aparta las piernas, vago! ¿Hace mucho que mamá se ha ido?

—Supongo que me hallo en paz desde hará una media hora. Aunque tampoco estoy demasiado seguro, no la he escuchado salir —ofrecí. Después reubiqué mi entumecida silueta en el sofá—. Hacía muchísimo tiempo que no disfrutaba de una siesta tan placentera, ¡qué gozada! —celebré, al tiempo que avivaba mi cuerpo adormecido y estiraba cada músculo de mis extremidades.

—Antes de que se me olvide, hoy trabajando he conocido a una chica que sabía que eras mi hermano y me ha preguntado por ti. Incomprensiblemente quería saber qué tal te iba en el trabajo y todo eso. Pero como yo tampoco le he sabido dar demasiados detalles de tu vida, me ha dado su número de teléfono y me ha sugerido que la llamaras si querías quedar para charlar o tomar algo. Este es su número.

Noe me lanzó una bola de papel arrugada, ilegible a simple vista, con tanta fuerza que impactó en mi rostro con cierta violencia. La atrapé antes de que cayera al suelo y me hice el desinteresado, pero la guardé en mi bolsillo trasero del pantalón para, con un simple «gracias», zanjar el asunto.

Era el último miércoles de febrero de 1991 y, en ese momento, el presidente de los Estados Unidos, George Bush, anunciaba por televisión el fin de la Guerra del Golfo. En circunstancias normales hubiera saltado de alegría al escuchar aquella noticia tan anhelada y positiva para la humanidad. En cambio, aquella tarde no estaba para sucesos relevantes. Cuando percibí el anuncio del cese definitivo de la intervención militar en Iraq y Kuwait, apenas lo encontré trascendental. Ni qué decir tiene, que cuando uno se encuentra sumido en plena batalla personal contra su entorno y contra sí mismo, el resto de las contiendas se convierten en triviales pujas entre desconocidos. Pasamos largos minutos pendientes del discurso del presidente norteamericano y de las consecuencias inmediatas que este acto conllevaba. Como era de esperar, la noticia del fin de la guerra había movilizado el interés de todo el mundo. Tanto era así, que incluso Noe parecía sensible a tal suceso, o al menos eso transmitía con su gesto meditabundo. Una vez finalizado el camuflado discurso de victoria del presidente yanqui, me acerqué al baño para acicalarme lo necesario. En escasos minutos debía acudir al encuentro con mis amigos (aliados, compañeros de calle o lo que fueran) y necesitaba un refrescante lavado de cara que espoleara inmediatamente mi insuficiente disposición al diálogo. Sabía que la relación con mis habituales no se trataba de amistad verdadera. No me tenía por un gran experto en lo que a relaciones se refiere, pero sí lo suficiente como para saber que esta se fundamenta en un buen número de valores completamente inexistentes en nuestro vínculo. A pesar de ello, me resultaba complaciente la mera existencia de alguien a quien poder llamar «amigo». Todos deseamos tener seres cercanos, más o menos afines a nuestro carácter, con quienes poder desarrollar nuestra personalidad plenamente. Como ya escribió Aristóteles hace más de dos mil años, «Mas no solo la amistad es algo hermoso, sino necesario», me solía recordar a mí mismo.

Julio no había especificado el tema a tratar en la próxima reunión, pero de su actitud oculta y misteriosa era fácil deducir que se trataba de algo serio.

Una vez más llegué el último al encuentro. Obviamente, el cálculo de la duración del trayecto no había resultado demasiado acertado por mi parte. Tal vez influyó en mi demora el hecho de haber paralizado mi marcha nada más salir de casa de mi madre para comprobar la identidad de la misteriosa propietaria del número de teléfono interesada en mi vida. Me desconcertó tanto el hecho de encontrar el nombre de Irene junto a un número de teléfono y ser yo el destinatario de esa información, que no pude evitar ralentizar mi paso para interrogarme mínimamente sobre la conveniencia de quedar, o no, con mi amor platónico en un momento tan caótico en lo personal.

A mi llegada encontré al grupo al completo junto al inmóvil vagón calcinado de aspecto fantasmagórico donde nos reunimos por primera vez. El lugar exhibía un aspecto mucho más descuidado e impuro que en anteriores ocasiones. Los botes de pintura vacíos y los cascos de botellas de vidrio, algunas de ellas convertidas en cientos de diminutos cristales, habían multiplicado su presencia notablemente. En nuestro último encuentro, estos desperdicios se apilaban mayoritariamente en una de las esquinas del lugar y evitaban así que cualquiera pudiera tropezar y caer sobre un peligroso lecho de afilados vidrios. En cambio, esta vez, toda la porquería derivada del rutinario e insano disfrute de los grupos de jóvenes asiduos al lugar terminaba esparcida anárquicamente sobre la total superficie de aquella plaza de construcción inacabada y aspecto ruinoso. Ojeando los combativos murales que las jóvenes promesas del dibujo plasmaban en cada pared de la plaza, reparé en la existencia de una pintada de antigüedad reciente sobre uno de los muros, cuyo texto llamó especialmente mi atención debido a lo abstracto de su mensaje: «El sol de la mañana hace que el frío de la luna me dé igual». Me resultaron fascinantes las múltiples interpretaciones posibles que se podían desprender de aquella simple unión de palabras.

Me detuve frente a Julio y saludé tímidamente. La mayoría correspondieron a mi «buenas» con un gesto horizontal de cabeza, de recorrido corto y energía mínima. Para empezar, Julio propuso que nos acomodáramos, en la medida de lo posible, en los escuálidos asientos del interior del vagón. Aquellos ennegrecidos butacones apenas mantenían adherido a su esqueleto de hierros gélidos y oxidados una finísima capa de apestosa espuma putrefacta. Sabin, Saúl y yo nos colocamos en el asiento de la izquierda, el más acolchado, mientras que Pinceles y Bolo se instalaron en el derecho. Julio permaneció en todo momento frente a nuestra posición, anclado como un asiento más, en el pasillo central.

—Dinos, Julio, ¿por qué nos has hecho venir hasta aquí? —cuestionó Bolo—. ¿No hubiera sido mejor habernos citado en el Basajaun?

—Este lugar es idóneo para tratar temas confidenciales. Aquí nadie nos puede escuchar. Estamos completamente solos. ¿Satisfecho con la explicación? Además, en este sitio distraerse con algo es casi imposible, con lo cual me aseguro vuestra plena atención.

Julio adentró su mano izquierda en el bolsillo trasero de su pantalón vaquero y extrajo del interior una hoja de papel rugoso doblada a conciencia. Alisó cuanto pudo el folio de amplio tamaño y comenzó la exposición:

—Antes de nada, me gustaría recordaros que nunca, bajo ningún concepto, debéis desvelar a nadie algo de lo que aquí se comente o proponga —anunció Julio al mismo tiempo que repasaba fugazmente nuestros intrigados rostros—. ¿Entendido?

Todos asentimos sinceramente. Hubiera apostado el cuello a que en aquel momento ninguno de los presentes tenía la menor intención de revelar a alguien ajeno al grupo lo que allí estaba a punto de acordarse. Si aún albergaba alguna duda de quién sería el cerebro de esta operación, ese enigma me quedó disipado en aquella breve advertencia. A decir verdad, me tranquilizó saber que Julio sería el auténtico motor de todo.

—De acuerdo, pues vayamos al grano. Se trata de realizar un sabotaje contra la futura comisaría de la Policía Nacional que están construyendo en la zona norte de la ciudad —destapó Julio. Instantes después se arrodilló frente a nosotros y desplegó una lámina de un papel acartonado sobre la parte menos descuidada del suelo del vagón. Se trataba de un plano detallado de la comisaría y sus alrededores—. Este esbozo nos será de gran utilidad para organizarnos antes del momento de la verdad.

El mapa tenía un sello azulado altamente apreciable en la parte inferior del papel. Me tomó algo de tiempo reconocer aquella marca tan familiar a simple vista como la del Ayuntamiento de Vitoria. En concreto resultó ser un plano de la oficina de urbanismo. Quienquiera que le hubiera proporcionado aquel plano, debía trabajar en el mismísimo consistorio, o bien tendría buenos contactos dentro del propio ayuntamiento. «¡Como para fiarse de los funcionarios!», pensé.

—El objetivo primordial de esta acción es mostrar un rechazo total a la construcción de un nuevo palacio de la tortura en nuestra ciudad. Además, con los destrozos que ocasionemos en la estructura del edificio, así como en la maquinaria de obra, lograremos ralentizar su inauguración en, al menos, un par de meses. De esta forma conseguiremos repercusión en los medios de comunicación. Asimismo, la movilización social en contra de la nueva comisaría se multiplicará considerablemente.

Tras desvelar cuál sería el objeto directo del ataque, los rostros de mis compañeros se iluminaron al unísono para mostrar a las claras lo acertado del plan marcado.

—Los objetivos están claros —interrumpió Sabin—. Pero, ¿vas a explicarnos de una vez en qué consiste el sabotaje? —demandó con expresión impaciente y comprometida, mientras el resto nos limitábamos a escuchar atentamente.

—Cada uno de vosotros tendrá una participación específica y muy concreta en esta acción. ¡Eso sí —enfatizó Julio—, antes de continuar con la planificación de la operación que yo mismo he denominado como «A tomar por culo el cuartelillo» —matizó con sorna. Las carcajadas del resto no tardaron en aparecer—, he de demandaros una total y absoluta obediencia hacia las pautas preestablecidas para que todo salga bien. Si cada cual se limita a cumplir con su parte, sin improvisaciones de última hora ni actuaciones de cosecha propia, no tendremos ningún problema. De lo contrario, ni yo, ni nadie, podrá garantizaros el éxito.

—¿Para cuándo está prevista la acción? —consultó Saúl.

—Para mañana por la noche —resolvió Julio. Tras conocer la fecha de la acción, los murmullos entre los presentes se hicieron cada vez más notorios—. Pero antes de que me acribilléis a preguntas, dejadme aclararos en qué consiste el acto en sí, cómo lo llevaremos a cabo y qué papel he reservado a cada cual.

Julio fijó su atención en el plano y rozó el papel con las yemas de sus dedos. El tacto de la hoja parecía áspero y frío. Alzó la mirada progresivamente para captar nuestra atención. Unos cortos segundos de silencio se apoderaron del ambiente. Más tarde, y con la ayuda del plano y un pequeño alambre recién capturado de la descuidada superficie del vagón, Julio descubrió a ritmo pausado sus delictivas intenciones de la forma más gráfica que supo.

—La silueta del futuro edificio está prácticamente levantada por completo. Lo ideal sería echar abajo la estructura en sí. Pero con los medios que disponemos, esto no es posible. Así que lo que haremos será atacar la maquinaria de construcción, ennegrecer paredes y techo con un pequeño incendio y reivindicar la acción por medio de unas pintadas en los muros exteriores —descubrió Julio de manera convincente—. Tú, Pinceles —personalizó el mensaje—, te encargarás de saturar las paredes exteriores del edificio de pintadas reivindicativas, mientras el resto realizamos las tareas más físicas. Deberás insistir en mensajes cortos y directos del estilo: «Policía asesina», «ETA, mátalos» o «Fuera las fuerzas de ocupación». Recuerda que las pintadas tienen que ser lo más legibles posibles y que al menos la mitad han de ser escritas en euskera, aunque no tengamos ni puta idea de hablarlo.

—¡Eso es pan comido! —celebró Pinceles.

En aquel punto, Julio apartó la vista de Pinceles. Nunca antes lo había observado tan concentrado como aquella tarde. Ni siquiera en la época de exámenes del instituto mostraba un interés similar. Daba la sensación de que Julio se jugaba mucho en esta operación. Antes de centrarse en las tareas destinadas al siguiente miembro del grupo, tragó saliva acentuadamente y chasqueó los huesos de sus hombros con un movimiento brusco hacia el cielo.

—Sabin, tú tendrás un papel especialmente destacado en esta acción: serás el sufrido vigilante. Llevarás un comunicador inalámbrico de larga distancia con el cual me avisarás personalmente de cualquier posible imprevisto. En un principio, quiero que ocupes este lugar —señaló en el mapa un punto aparentemente lejano al edificio— veinte minutos antes de que la acción tenga lugar. Se trata de la única carretera que conduce hasta la comisaría. Es de sentido único, así que, si controlamos su acceso, una vez iniciada la acción tendremos la huida prácticamente garantizada. Días atrás me he encargado de medir el tiempo de respuesta de la policía hasta llegar a este punto y, como mínimo, dispondremos de diez minutos para llevar a cabo nuestros objetivos; os aseguro que es tiempo más que suficiente. Una última cuestión —añadió decidido—, segundos antes de la huida, sería una buena idea que volcaras sobre la carretera un pequeño contenedor de basura que encontrarás próximo a tu situación y le prendieras fuego. De esta manera estaremos cortando definitivamente cualquier posible progresión de los coches patrulla. ¿Crees que serás capaz, Sabin?

—¡Por supuesto! —aseveró, no sin cierto orgullo.

Mi semblante se tornaba cada vez más confuso e intranquilo, según el plan ideado por Julio iba tomando forma en mi mente. Se notaba que no era una situación cogida por los pelos. Cada uno de los detalles de la acción parecía haber sido estudiado hasta el límite. «Mientras Julio esté al mando, nada puede salir mal», pensé.

—Es tu turno, Bela. —Julio reparó durante un breve instante en la tremenda legaña que Saúl lucía adherida en la zona lacrimal—. ¡Con lo seca y pegada que debes de tener esa legaña, seguro que necesitarás la ayuda de una espátula para desalojarla de tu cara! ¡Madre mía, menudo bicho! —Saúl respondió rápidamente con una rápida y certera incursión de su dedo índice en el ojo, para librarse de tan antiestética figura—. ¡Tú serás el chico de la gasolina!

—¡Es un honor!

—En primer lugar, rociarás de gasolina la maquinaria pesada que encuentres en la parte exterior del edificio. Una vez la hayas empapado de líquido, pasarás al interior de la obra y harás lo mismo en este punto y en este otro de aquí. —Posó su dedo índice sobre el plano, en los lugares donde estaban situadas las escaleras y el hueco del ascensor respectivamente—. Si a tu paso encuentras sacos con escombros o cualquier material que actué de acelerador del fuego, colócalos en los puntos que te acabo de señalar, nos será de gran ayuda —añadió sobre la marcha—. Y por último, abandona los bidones de gasolina vacíos junto a la entrada principal. ¿Entendido?

—Claro —asintió confiado Saúl.

Tan solo quedábamos Bolo y yo pendientes de instrucciones. Al contrario que mis compañeros, yo no estaba acostumbrado a momentos de tanta tensión y supuse que mi atropellada respiración no estaría pasando inadvertida para el resto de los muchachos. Suspiré profundamente en secreto unas cuantas veces más y aguardé mi turno expectante. En el momento que Julio optó por fijar su mirada en el lado derecho del vagón, comprendí que me había reservado para el último lugar.

—Bolo, tú te encargarás de que las máquinas se enciendan sin necesidad de accionar el motor, ¿comprendes?

—¡Hecho! —zanjó Bolo, visiblemente alterado. Incluso me atrevería a decir que parecía haberse desprendido por unos instantes de su habitual concentración volátil.

Se notaba que Bolo estaba bien adoctrinado. Julio ni siquiera tuvo que explicarle cómo llevar a cabo su papel. Su aparente conocimiento sobre estas prácticas violentas no era de extrañar conociendo la obsesión que este sentía con llegar a formar parte de la «lucha real y activa» (así era como Bolo llamaba al terrorismo de ETA). En numerosas ocasiones contaba estar predestinado a morir o matar por la *causa vasca*. Una vez, preparando un sabotaje de apoyo a la banda de similar factura al que nos ocupaba en aquel instante, confesó sentirse desaprovechado dedicando tanto tiempo y esfuerzo a estos actos de escasa relevancia. Incluso llegó a comunicarnos que se veía a sí mismo como un pura sangre enviado a pastar.

—En cuanto a ti, Isma... —Mi corazón desbocado bombeaba más apresuradamente que de costumbre—. Para tu debut te he reservado la parte más espectacular de todas: la traca final —apreció con grandes aspavientos en sus extremidades superiores, cuyo movimiento pretendía emular el propio de los fuegos artificiales al extender su colorido dibujo por el firmamento—. Tan solo tendrás que arrojar tres artefactos que te proporcionaré en su debido momento. ¿Sencillo, no? El primero debe impactar en esta parte. —Señaló sobre el plano la escalera más alejada de la entrada—. El segundo, en este otro punto —deslizó su dedo hasta alcanzar el hueco del ascensor—. Y el último lo estamparás en la misma entrada del edificio, donde Bela habrá colocado los bidones de gasolina semivacíos. Estos puntos son los lugares clave para provocar una rápida expansión del fuego por toda la primera planta. Recuerda que cada vez que lances un cóctel debes estar a una distancia prudencial del objetivo. Asegúrate, antes de arrojarlo, de que no haya gasolina a tu alrededor. De lo contrario, las llamas podrían alcanzarte y, créeme, eso no te gustaría en absoluto —recomendó sinceramente—. Si los «cocos» impactan en los emplazamientos adecuados, la gasolina y el viento harán que el fuego se propague por todo el edificio con suma celeridad —Julio llevó la mano derecha a su barbilla en un claro gesto de concentración. Daba la sensación de querer recordar algo importante. Segundos más tarde prosiguió con actitud enérgica—. En el momento que veamos que Isma lanza el último cóctel, todos debéis haber subido ya al coche por las puertas traseras. Entonces, Isma se acomodará en el asiento del copiloto para desaparecer del lugar antes de que aparezca la policía.

El plan no era complicado en su ejecución; por el contrario, era rápido y sencillo. Intimidado por lo violento del propósito, pasé los siguientes segundos observando en silencio la expresión entusiasta que Julio había interiorizado. Se mostraba realmente cómodo en el papel de protagonista principal de la obra. Se me antojaba imposible imaginarlo en otras tareas delictivas de menor relevancia. Representaba a la perfección la labor del vivaz corazón dentro del grupo. Era nuestro particular motor de arranque: preciso, seguro y fuerte; el perfecto órgano impulsor que todo lo mueve sin apenas esfuerzo, mientras el resto nos limitábamos a reproducir sus órdenes como obedientes arterias incrustadas en un mismo organismo; meros enlaces entre el líquido vital y el órgano principal. Aunque eso sí, imprescindibles para el correcto funcionamiento del sistema.

—Pasaré a recogeros en mi coche. A todos excepto a ti, Sabin. Recordad que toda precaución es poca. Una diminuta mancha de gasolina podría delatarnos irremediablemente. Así que sed minuciosos en la ejecución. Lo importante es cumplir con el objetivo sin que ninguno de nosotros tenga que lamentarse por nada. Si cae uno, caemos todos. ¡Descansad esta noche, que mañana os necesito frescos!

No pegué ojo en toda la noche. Hasta en cuatro ocasiones desfilé al cuarto de baño para aliviar mis riñones a causa de la impulsiva ingesta de líquido durante la cena. Estaba sumamente inquieto y notaba la garganta reseca en todo momento. Desvelado en la cama, los minutos caían especialmente lentos aquella noche. Basta que necesites dormir y descansar para que ambas acciones se conviertan en las únicas imposibles. A eso de las cuatro y media de la madrugada asumí el insomnio como una derrota personal y me levanté. Las persianas del salón se movían violentamente debido al fuerte viento que soplaba en la calle. A los cinco minutos de haberme levantado, el sueño quiso apoderarse de mi ser, pero ya no tenía sentido volver a la cama para el poco tiempo que podía aprovecharme de él. Conecté la radio y, al ritmo de la variopinta música de Radio Llanada, limpié a fondo la cocina y el salón. Cuando la desesperación o la apatía me alcanzaban a horas intempestivas acababa sucumbiendo al acicalamiento exhaustivo de las zonas más descuidadas del hogar. Dos horas después de haberme levantado, ya lo había limpiado todo. Incluido mi cuerpo adormilado. Entonces desayuné y me dirigí a ritmo pausado hacia el trabajo.

La mañana en la que mi carrera como terrorista callejero echó a andar, apenas pude prestar atención en el tajo. Supongo que el actuar de manera natural cuando uno es consciente de sus futuras malas intenciones, es algo reservado para profesionales del delito o para gente sin alma. Entre el lógico cansancio físico producido por la falta de sueño y el agotamiento mental debido al estrés predelictivo, no pude concentrarme ni un solo segundo en mis labores. Mi estado de humor variaba constantemente, lo que me convertía en un completo chalado ante las miradas atónitas de mis compañeros. Lo mismo sonreía histéricamente que caía en el desánimo más absoluto sin motivo aparente. Como consecuencia de mi evidente estado inestable, reclamé para mí la tarea de limpieza y mantenimiento de las instalaciones (la de menor concentración necesaria); para ello, alegué falta de sueño.

El reloj digital incrustado en el salpicadero reflejaba las diez en punto cuando Pinceles se montó en el coche. El atípico rastafari era el último en subir. Antes, ya lo habíamos hecho Saúl y Bolo, quienes ocupaban junto a Pinceles los asientos traseros, y yo, que por ser el primero en subirme había acaparado para mí el asiento del copiloto. El ambiente era sumamente frío en el multiusos Renault Once gris de Julio. Caras largas, gestos tensos, miradas esquivas; supongo que cada cual llevaba a su forma la tensión del momento previo. Únicamente el rostro de Bolo aparentaba serenidad, quien con expresión inalterable contemplaba el oscuro paisaje a través de la ventanilla como si nada fuera de lo normal estuviera por acontecer. Julio conducía cautelosamente sin apartar la vista de la carretera para evitar levantar sospechas innecesarias antes de tiempo. Saúl ataba y desataba compulsivamente los cordones de sus zapatillas deportivas, como si de un ritual o de una extraña superstición se tratara. Pinceles, cuyo semblante atolondrado parecía indicar que estaba sumido en sus propios pensamientos, aprovechó el camino para recoger su abultado pelo en una aparatosa coleta. Yo, mientras tanto, exprimí hasta el último metro del trayecto para repasar mentalmente las instrucciones que Julio nos había indicado la tarde anterior. Necesitaba asegurar que el miedo escénico no me había provocado amnesia selectiva.

Casi al final del trayecto, un vehículo familiar de color granate a punto estuvo de alcanzar la parte trasera de nuestro coche en un semáforo cercano a la posición que Sabin debía de estar ocupando. Afortunadamente, el viejo conductor de aquel turismo de largura infinita frenó a fondo en el último instante y evitó, en el suspiro final, el inminente impacto de manera milagrosa. Recuerdo que fue al reanudar la marcha cuando reparé en que todos habíamos obedecido a Julio en cuestión de vestimenta. Como no podía ser de otra forma, tanto los muchachos como yo nos habíamos presentado embutidos en nuestra mejor y más cómoda ropa deportiva.

El emplazamiento del edificio a atacar no podía encontrarse en un lugar más recóndito e intransitable. Debido a mi desconocimiento de la zona, no reparé en nuestra proximidad al edificio en obras hasta el momento en que advertí a Sabin, tieso como un poste, junto a un contenedor de basura ubicado en el arcén izquierdo de la carretera. Al pasar por su lado, este levantó los pulgares. Como más tarde nos relató él mismo, había realizado un concienzudo reconocimiento zonal anterior a nuestra aparición, sin detectar contratiempo alguno. Aquel gesto de normalidad pareció tranquilizar a Julio. Continuamos unos metros más y reducimos la velocidad hasta el punto de convertirla en inapreciable. Aquella noche la luna había ido poco a poco abandonando su posición. Probablemente no quería ser testigo de nuestra reprobable actuación y, con su ausencia como castigo, permitió que la oscuridad más absoluta se proyectara sobre nuestras cabezas con una rotundidad aplastante. La reducida luminosidad que percibimos durante los últimos metros de trayecto únicamente provenía de la iluminación de unas cuantas farolas de pobre intensidad acostadas a ambos lados de la carretera.

El coche se detuvo a unos diez pies de las vallas de cerramiento que nos separaban de la zona de obra. Julio apagó el motor pero mantuvo encendidas las luces de corto alcance. «Así veréis mejor», aclaró. La descripción que Julio nos había aportado sobre el lugar, difícilmente podía haberse ajustado más a la realidad. En los alrededores del fantasmagórico edificio simplemente se hallaba el silencio y la inexistencia. En un principio dudé por qué aquel lugar se me antojaba familiar, pero más tarde caí en la cuenta de que el inmueble en cuestión ocupaba el lugar exacto donde años atrás se solía albergar, cada año a principios de junio, una importante feria de coches antiguos a la que alguna vez había asistido con mi padre en mi infancia. «Si ahora me viera papá…», pensé avergonzado.

La nueva construcción contaba con tres plantas, cada una de igual superficie que las demás. En la parte trasera del edificio parecían estar levantando otra edificación, más pequeña y baja que la que nos ocupaba. Sospeché que se trataría del futuro garaje de la comisaría. Me extrañó el hecho de que aquel dato se le hubiera pasado por alto a Julio. El esqueleto del edificio principal se encontraba prácticamente finalizado.

Tan solo una mínima sección del tejado se apreciaba incompleta a simple vista.

—Estar tenso es normal en una situación como esta. No es malo percibir esta sensación de inquietud, ya que los nervios consiguen mantenernos alerta en todo momento. Pero no dejéis, bajo ningún concepto, que la excitación del instante os domine. Sois vosotros los que debéis controlar la situación y no al revés —recomendó Julio en actitud protectora, casi paternal—. Por último, no olvidéis que cada uno tenemos nuestro papel y que entre todos podemos llevar a cabo todo lo previsto.

La inmediatez de la acción me produjo una importante falta de aire en aquel instante. Ordené a mis pulmones abrirse y ensancharse lo máximo posible, pero parece ser que el miedo es libre e incontrolable, y no atendieron a mi razonable mandato, lo que en ese momento me provocó una leve y reversible disnea. Bajamos del coche todos al mismo tiempo. Pinceles y Julio alcanzaron la valla más cercana a nuestra posición con la intención de abrir paso con la mayor discreción posible. Mientras, Saúl, Bolo y yo retirábamos del maletero el material incendiario. Los primeros desencajaron hábilmente la base de la valla del pie de hormigón al cual permanecía fijo y Pinceles accedió al interior de la obra, armado con un bote de *spray* en cada mano. Resultaba curioso el hecho de que Pinceles no abandonara sus inclinaciones artísticas, ni siquiera en tan comprometidos momentos. Saúl, con aire despreocupado, tomó en su poder los dos bidones de gasolina y penetró en la zona cercada con la mayor celeridad. Bolo destapó la tapa superior de una caja de cartón y sacó de su interior seis botellines de cristal de medio litro, rellenados previamente con gasolina. Se deshizo de los tapones y encajó un pequeño trapo en cada casco, manteniendo un pedazo de tela en el exterior de la botella, cuya utilidad sería la propia de una mecha. Sacó de un bolsillo del pantalón un encendedor y me lo ofreció antes de desaparecer con la mitad de los cócteles. «No nos falles, novato», mascullό antes de perderse en la oscuridad. Agarré enérgicamente los cócteles que quedaban en el suelo y me sumergí, como el resto, en lo íntimo de la zona a arrasar. Las ráfagas de viento frío y húmedo destrozaban el silencio con sacudidas violentas sobre las vallas metálicas que rodeaban la obra. Para cuando Bolo alcanzó la parte trasera de la edificación, Saúl ya había rociado con gasolina los asientos y las ruedas de una carretilla elevadora y de un compresor, aparcados ambos en aquella zona. Pinceles se encaramó a lo alto de un andamio colocado junto a la fachada principal y escribió en letras gigantescas «*Txakurrak alde hemendik*» (perros, fuera de aquí). Pinceles, con un desparpajo y habilidad envidiables, bajó del andamio y continuó con su labor en las zonas más bajas. Al mismo tiempo, Saúl concluía su parte abandonando los bidones de gasolina en la entrada del edificio, donde yo permanecía inmóvil desde hacía varios minutos. Entonces, los faros delanteros del coche de Julio se apagaron durante un par de segundos. Era la señal. El momento de encender la noche con luz artificial había llegado. Mi corazón bombeaba a pleno ritmo cuando los faros volvieron a alumbrar la oscuridad. En cuestión de segundos las llamas se apoderaron de todo espacio alcanzable con la vista. El contraste resultaba espectacular. Pasamos de la oscuridad más absoluta, al abrasador colorido del fuego. No pude ver cómo Bolo llevó a cabo el incendio de la maquinaria, pero por la fuerte explosión que captaron mis oídos supuse que las llamas habrían alcanzado el tanque de gasolina de alguna de las máquinas. A unos doscientos metros de nuestra posición, un contenedor de basuras ardía y cortaba la carretera principal. Todos habían cumplido con su misión. Todos, excepto yo. Aquellos segundos se convirtieron en una eternidad para mí. Las gotas de sudor poblaban mi frente. El calor era tan intenso que pensé que iba a derretirme allí mismo. El pánico había logrado atenazar mis movimientos, a la vez que un principio de mareo había decidido visitarme en el peor momento posible. «¡Vamos, novato!», vociferó Bolo mientras se apresuraba de vuelta al coche. Fijé la vista en su huida y algo en su forma de correr activó una señal en mi cabeza. El suelo volvió a su sitio y con ello, todo regresó a la normalidad en mi ser. Por fin sentía que podía controlar la situación y ciertamente lo hice. Uno a uno fui prendiendo y arrojando los cócteles molotov en los lugares acordados. En cuestión de segundos había creado ante mis ojos un incendio de eterno y triste recuerdo en mi memoria. De haber podido, incluso los adoquines del suelo hubieran desertado despavoridos de aquel infierno de producción casera.

Una vez lanzado el último artefacto, mi miedo se había esfumado para dejar paso a la adrenalina en estado puro. Jamás me había sentido tan vivo y culpable al mismo tiempo. Traspasé de nuevo la valla manipulada con anterioridad y eché la vista atrás para observar por última vez el aspecto que dejábamos a nuestras espaldas. Los daños materiales debían ser cuantiosos, pero no me importó ni lo más mínimo en ese momento. Incluso aquellas pérdidas millonarias se me antojaron justificables por un instante. Habíamos cumplido con los objetivos y eso era lo importante; o al menos eso quería pensar. Por un instante tuve la gratificante sensación de sentirme en completa sintonía con el resto de los muchachos. Me introduje en la parte delantera del coche a toda prisa. Una vez más era el último, aunque en esta ocasión debía de ser así. Julio arrancó inmediatamente y apagó las luces para convertir en invisibles los primeros metros de la huida. Recién puestos en marcha, percibimos el estridente sonido de las sirenas de los coches patrulla. Sentimos cerca su presencia, pero en ningún momento corrimos verdadero riesgo de ser atrapados. La ventaja que les llevábamos y la barricada en forma de contenedor ardiendo que se encontrarían de camino resultaron factores definitivos para completar la retirada de manera exitosa.

El viaje de vuelta resultó efímero. En la primera intersección giramos a la derecha. Continuamos unos quinientos metros recto, a toda velocidad, y más tarde nos desviamos nuevamente sobre nuestra derecha, hasta alcanzar la siempre concurrida avenida de Gasteiz, donde acabamos por camuflarnos entre la motorizada muchedumbre. Bastaron cinco minutos más de risas y celebraciones para llegar al Basajaun.

Nuestros rostros reflejaban gran entusiasmo cuando por fin bajamos del coche. Estábamos exultantes tras comprobar que todo había salido según lo planeado. A pesar del pronto despliegue policial nos encontrábamos a salvo, como si nada hubiera ocurrido. Sin darnos cuenta habíamos llevado a cabo uno de los primeros ataques callejeros con fines terroristas en el País Vasco (no ejecutado por terroristas, pero sí con su beneplácito y apoyo logístico) cuya denominación posterior acabaría siendo la de «*kale borroka*» o «calle luchadora».

Celebramos nuestro éxito en el local de costumbre hasta altas horas. Bebimos sin parar, brindamos efusivamente por nuestra dicha y canturreamos una vez tras otra aquella canción de The Class titulada *I fought the law*, cuyo estribillo versionado a nuestro gusto («¡Si quieres cambiar algo, lucha!») habíamos convertido en nuestro particular himno revolucionario. No teníamos ni idea de inglés y quizás en este detalle residía el secreto de aquella canción para nosotros, puesto que podíamos transformar la letra a nuestro gusto sin la menor impresión de estar arruinando su esencia natural. No obstante, de haber conocido el mensaje original de su letra, jamás la hubiéramos adoptado como propia.

Nunca sentí una conexión grupal tan fluida y auténtica como aquella noche en el Basajaun. «Ya se sabe, acabamos siendo lo que nos rodea», asumí interiormente.

CAPÍTULO 10

RUTINA

Desperté con una resaca espantosa y con la extraña percepción de que la habitación apestaba a gasolina. Olfateé como un sabueso la ropa usada la noche anterior para localizar la prenda impregnada de tal persistente líquido, pero tan solo pude percibir cierto aroma reseco a tabaco y sudor en cada prenda utilizada. Por el contrario, ni rastro de gasolina en el tejido. Pronto atribuí aquella sensación olfativa errónea como un efecto secundario de la brutal resaca anidada en mi cabeza desde el inicio del día. Por si fuera poco, el malestar que el abuso del alcohol ocasionaba en mi endeble cuerpo, así como el remordimiento más absoluto a causa del reprobable acto destructivo cometido con mis propias manos la noche anterior, no tardaron demasiado en desarrollarse en mi interior. Paseé largos minutos pasillo arriba y abajo, mientras mi mente se empeñaba en rescatar algunos de los momentos que mi atolondrada memoria a duras penas lograba rememorar. Procuré, sin éxito, recordar los momentos satisfactorios ocurridos en el Basajaun para zafarme de aquel sentimiento tan agobiante de culpabilidad. En cambio, tan solo logré vislumbrar algunas caóticas estampas en las que el fuego era el auténtico protagonista. Fuego, fuego y más fuego fue lo único que pude rescatar como cierto. Por más que busqué en lo más profundo de mi ser alguna justificación que explicara el porqué de mi actuación violenta la pasada noche, no logré hallar argumento válido alguno que consiguiera desterrar aquel profundo sentimiento de arrepentimiento y vergüenza con el que había amanecido aquella mañana. El suceso de la comisaría había significado mucho más que un simple e inocente delito juvenil para mí. Con este tipo de acciones estábamos dando cobertura directa a ETA. Inconscientemente había ayudado a un grupo terrorista en su nauseabundo objetivo de propagar el miedo por las calles de nuestra ciudad con las significaciones morales que esto conllevaba. Por si esto fuera poco, aquella vorágine de violencia organizada no había hecho más que comenzar y me aterrorizaba pensar en cuál sería el siguiente paso. Aun así, antepuse una vez más la necesidad de sentirme aceptado en aquel pernicioso núcleo de amistades adulteradas al manejable peso de mi conciencia. Me había costado tanto ser uno más, que no podía tirarlo por la borda a las primeras de cambio. No estaba dispuesto a permitir que un puñado de tachones éticos en los principios esenciales de mis amigos dieran al traste con el estilo acomodado de vida social que comenzaba a llevar, apartado de los tiempos de silencio y soledad que poco a poco quedaban atrás.

Los siguientes meses destacaron por lo rutinario de sus días. Cada noche, cuando la imperiosa necesidad de descanso y la cama como escenario imprescindible se fundían en un necesario y solitario abrazo, podía prever qué era lo que sucedería al día siguiente con la absoluta certeza de adivinar cada actividad a realizar antes de tornar nuevamente el catre. Alcohol, violencia, falsedad y altas dosis de autocomplacencia. Eso sí, todo perfectamente camuflado en un estupendo envoltorio de artificiosa camaradería.

En lo referente a la familia, ya había optado deliberadamente por iniciar una nueva etapa donde el trato comenzaría a ser mucho más distante al que hasta entonces mantenía. Las razones que motivaron el distanciamiento fueron múltiples. Quizá la más sensible a la vista fuera el cambio en mi vestimenta pero realmente solo era un motivo más. Había radicalizado tanto mi vestuario que a menudo me daba vergüenza aparecer en casa de mi madre con aquellas prendas provocativas de eslóganes amenazantes y dibujos destructivos. Pero esta solo era una de las muchas razones que me llevaron a poner tierra de por medio entre mi familia y yo. Cuanto más alejados estuviéramos, menos conscientes serían del camino autodestructivo en el que me hallaba inmerso, y eso era realmente lo primordial para mí. Además, tampoco podía depender eternamente del sustento maternal que tan gustosamente venía ofreciéndome a diario, si algún día pretendía ser independiente de verdad. Así que, armado de entusiasmo y de un par de libros de recetas caseras, emprendí en solitario el excitante e infinito camino del aprendizaje gastronómico. Al principio, la preparación de cualquier plato que evitara mi desnutrición, por muy sencillo que este fuera, resultó para mí una tarea quijotesca. Pero según avanzaba en el conocimiento del buen arte de la gastronomía, iba disfrutando de las cada vez más frecuentes incursiones en aquella estancia tan novedosa para mi sentido creativo. Tanto afectó a mi figura la recién estrenada independencia culinaria que en dos meses llegué a perder cuatro kilos. El físico no fue el único aspecto que se resintió tras convertirme por sorpresa en mi propio chef. Por razones obvias, mi vida familiar quedó automáticamente reducida a breves encuentros ocasionales, motivados por aquellas fechas especiales de obligada reunión familiar, entiéndase Navidad, cumpleaños y fiestas religiosas varias.

Por suerte para mi madre, Noelia no era del tipo de muchacha ansiosa por una pronta emancipación, sino más bien todo lo contrario. Por lo que supuse que mi ausencia quedó en buena parte paliada por su eterna presencia.

Si la relación con mamá se había distanciado en buena medida, el vínculo de unión con mi padre podría definirse como inexistente. Desde su definitiva marcha a Cábanos no había vuelto a saber de su situación. Él no se había molestado en venir a verme en ninguna ocasión, supongo que pensó que con cederme la casa para mi disfrute ya había hecho bastante y, quizás, a mí me bastara con este acto de concederme su posesión más valiosa. En cualquier caso, si él no podía alardear de ser un buen padre, yo tampoco debería de hacer lo propio. A mí tampoco se me pasó por la cabeza, ni siquiera en una ocasión, la posibilidad de hacerle una visita de cortesía a la casa del pueblo. La siguiente vez que acudiera a su encuentro sería por imperiosa necesidad.

Consideraba mi situación laboral poco menos que privilegiada. Adoraba mi labor diaria en el taller y mi asignación mensual incrementaba mes a mes, debido al histórico aumento de matriculaciones que alcanzamos a nivel regional, tanto a finales del noventa y uno como a principios del siguiente año. Todo parecía inmejorable. Incluso la relación con mis compañeros de tarea era más fluida y sincera de lo que nunca antes lo había sido, y todo gracias a la entrada de un nuevo y dicharachero compañero de sección. Cierto es que mis colosales dotes comunicativas no fueron las responsables de este cambio, pero qué importaba: mi plena integración era real por vez primera. Cuál fue mi sorpresa cuando descubrí que en el recién llegado a la plantilla se escondía un apasionado aficionado a la pelota mano. Su nombre era Aingeru, un tipo de mediana edad, aspecto fornido y de comprensión vagamente tardía, aunque de sobrada labia y comunicación excelente. Por supuesto, la coincidencia acerca de nuestros gustos deportivos provocó un inmediato e inevitable acercamiento entre ambos.

Mientras el resto de compañeros solían asociarse en pequeños grupos de tres o cuatro personas a la hora del descanso frente a la máquina de café para comentar la siempre convulsa actualidad futbolística, Aingeru y yo aprovechábamos aquellos insuficientes momentos de inactividad laboral para analizar al detalle cada partido de pelota televisado el día anterior. No había estadística obviada, ni decisión polémica alguna que pasáramos por alto. Realmente debíamos de parecer unos obsesos del juego, aunque eso sí, aún a enorme distancia de los obcecados futboleros del taller, Jorge y Paúl, quienes acostumbraban a monopolizar toda conversación en la que pudieran participar con su simple materia futbolística. «¡Aburridos entrometidos! ¿Cómo un juego tan estúpido puede dar pie a tantos comentarios?», pensaba convencido, inconsciente de estar haciendo lo propio con otro deporte. A menudo, el criterio de Aingeru acerca de ciertos pelotaris distaba del mío. En realidad, rara vez coincidíamos en algo. El tópico de «como el perro y el gato» se ajustaba a la perfección a nuestra normal comunicación. Eso sí, por mucho que discutiéramos, en lo esencial ambos estábamos de acuerdo, como no podía ser de otra forma: Retegui II continuaba siendo el rey indiscutible de este deporte.

Por desgracia, la mejoría experimentada en el ambiente laboral contrastaba de pleno con mi vida social, una vez me alejaba de estos dominios. Fuera de toda actividad profesional, mis amigos se habían convertido en mi única realidad. Mi triste y patética existencia no tenía mayor misterio: alcohol, violencia y amigos. Los interminables momentos que compartía junto al resto en el Basajaun absorbían por completo la totalidad del tiempo. El resto de actividades a las que en anteriores momentos solía dedicar parte de mi ocio, tales como la lectura, el cine, el deporte o la pura soledad, habían terminado definitivamente para mí. Eso sí, por aquel entonces, otras actividades menos apasionantes pero igual de absorbentes pasaron a formar parte de mi rutina. Por ejemplo, los chicos solían enredarse, casi a diario, en estúpidas competiciones para «ver quién es el más vasco» o «quién es el más español». El ganador del título honorable (ser más vasco que el resto) debía poseer más apellidos vascos que ninguno, unas raíces familiares vascas puras y demostrables y, por supuesto, mostrar un elevado conocimiento del idioma propio de la tierra. Ninguno cumplíamos todos los requisitos y precisamente este dato era el que convertía en divertida tal práctica. El valorar quién de nosotros debía ser el vencedor terminaba siendo objetivo imposible para un grupo de adolescentes ebrios, dispuestos a negar cualquier vínculo con España por muy evidente que este fuera. Entre risas, alcohol, drogas blandas y música a todo volumen, nos lanzábamos los unos sobre los otros acusaciones del tipo «tú qué vasco vas a ser si tu primer apellido es Sánchez» o «Pero tú adónde vas, si tus padres son extremeños», para acabar proclamando campeón de la competición a quien más afortunado hubiera estado en su argumentación. Ni qué decir tiene que yo nunca fui digno de tan honorable título. Por muy estúpido e irreal que parezca, así era como cada día perdíamos nuestro tiempo irremediablemente. Un tiempo que no regresaría jamás.

Los ataques continuaron. Sabotajes que poco a poco se fueron convirtiendo en cada vez más frecuentes. Cualquier institución, empresa o persona contraria a la idea de una Euskal Herria independiente acababa engrosando nuestra particular lista negra de objetivos prioritarios. Actuábamos al menos una vez al mes. La mayoría de las ocasiones debían coincidir con el fin de semana para asegurarnos la disponibilidad de todos los miembros del grupo. Aquellas primeras ocasiones nos conformábamos con dañar cuanto mobiliario urbano encontráramos a nuestro paso. Contenedores de basura, papeleras, buzones de correos, cabinas de teléfono... Las actuaciones eran breves, controladas e individuales. No podíamos permitir que el caos reinara en nuestra intervención, ni usar un patrón único para el conjunto de las acciones. Cada sabotaje debía ser estudiado y diseñado milimétricamente. Y para ello no podía existir nadie más capacitado que nuestro particular arquitecto especializado en destrucción callejera: Julio.

No tardamos demasiado tiempo en aburrirnos de quemar objetos insignificantes e inanimados y, a finales de aquel invierno de 1991, retomamos con éxito actuaciones de mayor riesgo y mayor repercusión mediática. Recuerdo especialmente, por lo llamativo de su envoltorio, el incendio de un coche de la policía nacional. En aquella ocasión nos fotografiamos por primera vez al cometer el delito. Cuando Julio lo propuso, en primera instancia pareció una simple enajenación transitoria. Sin embargo, al explicar en profundidad el objetivo de tal temeridad nadie pudo negarse. Convertimos las fotografías resultantes en pegatinas y las distribuimos en bares de confianza para su venta. Una pegatina, veinticinco pesetas. Aunque parezca irreal, en quince días se habían agotado las doscientas unidades que habíamos logrado imprimir clandestinamente. No podía comprender el éxito que habían cosechado, pero los resultados eran innegables. A los jóvenes radicales les interesaba, por muy extraño que parezca, observar a extraños cubiertos con capuchas de camuflaje incendiando un coche. En esta vida todo tiene su público. El dinero obtenido de las instantáneas fue recogido por Julio y jamás supe más de su paradero. Por supuesto, no fue la última vez que repetimos tan exitosa fórmula.

En los locales que habitualmente frecuentábamos se comenzaba a sospechar sobre nuestra pertenencia al mundo violento organizado. Aunque no hacía falta ser Sherlock Holmes para darse cuenta de tal obviedad, nadie se atrevería a preguntarnos o delatarnos por tal sospecha, por muy intuitivas que resultaran sus conjeturas. La consecuencia directa de tales sospechas era obvia: cada vez éramos más respetados, a la vez que temidos.

Nos sentíamos poderosos dentro de nuestra particular y robusta urna de porcelana. Teníamos la sensación de ser invencibles e inaccesibles. Intentaba con todas mis fuerzas engañarme a mí mismo, me repetía una y otra vez que solo se trataba de una forma diferente de ser joven. Una manera como otra cualquiera de pasar el tiempo. Procuraba convencerme a marchas forzadas de que más temprano que tarde, aquellas prácticas destructivas que nos diferenciaban del resto irían desapareciendo, seguramente al mismo tiempo que nuestra juventud se consumía. «Todo el mundo madura», me gustaba pensar. Sin embargo, la realidad era bien diferente. Según el tiempo avanzaba, aumentaba progresivamente la firme creencia de que las calles nos pertenecían. Cada incursión en el fanático mundo de la destrucción gratuita se saldaba con cuantiosos desperfectos de alto valor económico, lo que comenzaba a molestar profundamente a mi avergonzada y oculta conciencia.

Los días que no atacábamos intereses *españolistas* o, en su defecto, el inocente mobiliario urbano que nos pillara más a mano, la tomábamos con grupos de jóvenes ajenos a nuestro ideario político. Chicos de cualquier tipo y clase cuyo único error era ocupar un lugar y un momento equivocado. Julio no era partidario de estas prácticas tan injustificadamente violentas, puesto que las consideraba un entretenimiento del todo innecesario e incompatible con la trayectoria ilegal que nos habíamos impuesto. No le parecía correcto, pero lo permitía. «¡Que se diviertan los chavales!», solía decir. Una actitud frágil y condescendiente que era aprovechada por el resto para aplicar su propio criterio. De este modo, me acostumbré a asistir cada fin de semana a una nueva exhibición de fuerza y poder a cargo de nuestro grupo. En la mayoría de las ocasiones, Sabin, con su fuerza descomunal y su rabia innata, era quien lideraba las palizas. Aquella política de sometimiento al prójimo terminó por convertirse en una práctica más que habitual en las noches del fin de semana. Tiranizaban a su antojo y eso los hacía felices.

Bolo y Sabin no comprendían por qué me empeñaba en mantenerme al margen de aquellas humillantes y continuadas palizas y eso los enfurecía. «Yo no me pego, que soy de hueso frágil», me vi obligado a improvisar en cierta ocasión debido a la incesante insistencia por incluirme en su macabro juego. Sabin parecía saborear el desconcierto en mi rostro cada vez que uno de sus potentes derechazos alcanzaba rostro rival. Apuesto a que le hubiera encantado que fuera mi cara la que recibiera esas acometidas, en vez de cualquiera de aquellos rostros extraños con escasos méritos acumulados. Pronto resultaría evidente ante el resto que aquellas prácticas se me antojaban repugnantes.

Recuerdo la primera vez que vi a Sabin en plena reyerta; fue un viernes en la sala el Dado, a la salida de un concierto de *punk*. ¡Qué manera de propinar patadas y puñetazos! Al verlo en acción, inmediatamente vino a mi mente la figura de Alex, el ultraviolento protagonista de *La naranja mecánica.* Al igual que el afamado protagonista creado por Stanley Kubrick, Sabin tampoco aceptaba ninguna ley impuesta por otro que no fuera él. Solo la suya propia era válida. No había que ser ningún genio para darse cuenta de que inspirar terror en los demás era ciertamente imprescindible para él. Su mera presencia me repugnaba. Sabía que mi existencia no era de su agrado, pero mientras monopolizara toda su ira al someter a inocentes desconocidos, su guerra contra mi persona permanecería aparcada. Lo cual, desde un punto de vista cobarde y egoísta, me beneficiaba. Mi actitud podría ser vergonzosa y deshonrosa, pero qué otra cosa podía hacer frente a un tipo de estupidez ilimitada, sino aprender a ignorar cada palabra que emitía y a disfrutar de sus silencios.

En la calle nadie quedaba indiferente. O nos temían profundamente, o querían ser como nosotros. Triste pero cierto.

Como es lógico, esta etapa tan turbulentamente predecible afectó de una manera bien distinta a cada uno de nosotros. Aparte del mencionado salvajismo de Sabin, Bolo también había progresado a pasos agigantados en cuanto a conducta indecente se refiere. Mientras para la inmensa mayoría de los vascos cualquier relación con el mundo radical suponía una auténtica deshonra, para él suponía una obligación, además de un verdadero orgullo. Su intención obsesiva de algún día formar parte del entramado militar de ETA era tan clara y ansiada como improbable debido al incesante consumo de opiáceos de baja calidad y potentes efectos dañinos al que estaba acostumbrado. Estas sustancias habían desencadenado un severo trastorno en su carácter, y lo habían transformado en un ser paranoico e intratable de aspecto ruinoso. Todos percibíamos claramente cómo las drogas habían anulado por completo su personalidad original. En cambio, su percepción era bien distinta. La marihuana y sus derivados eran para él productos inocuos. Por todo ello, parecía evidente que, de continuar con aquellos hábitos insanos, terminaría perdiendo la cabeza definitivamente en no demasiado tiempo.

Más moderado en su actitud continuó siendo Pinceles, aunque tampoco él conseguía abstraerse por completo de la nueva situación de escalada violenta que protagonizábamos. El extravagante y coqueto artista callejero pasó en cuestión de meses de ser un tipo tímido y altamente sugestionable a ser considerado uno de los más atrevidos y desvergonzados del grupo. ¡Milagros que provoca el sentirse respetado! Parecía que el continuo riesgo asimilado en las enérgicas y continuadas acciones vividas hasta entonces había desencadenado en él un brusco despertar de ciertas emociones y sentimientos nunca antes experimentados por su parte.

Ocasional comenzaba a ser la presencia de Saúl en los alcohólicos encuentros diarios que acostumbrábamos por aquel entonces. El más divertido y genuino de los habituales por fin dejó atrás sus atípicos y extravagantes conceptos laborales para adaptarse, sin problemas, en el peculiar negocio familiar de venta de hamacas.

Todo lo contrario sucedía con mi antiguo compañero de libros. Julio se encontró por sorpresa con la quiebra de la empresa donde solía trabajar como soldador y ello le llevó a tomarse, forzosamente, el año 1992 como su particular año sabático, laboralmente hablando. Naturalmente demostró una vez más ser un tipo altamente inteligente a la hora de distribuirse el tiempo libre que se le presentaba tras la inesperada baja laboral involuntaria. A ratos planeaba fechorías con los amigos y el resto del tiempo, para socializar con el reducido sector femenino del Basajaun. Todas lo adoraban. Las chicas más hermosas del rollo le habían encumbrado al estatus de icono *abertzale* tras su inesperado y meteórico ascenso a las mismísimas altas esferas del mundo radical. De hecho, su tirón con las féminas era asunto fácil de predecir, ya que disponía de todas las cualidades necesarias para volver locas a todas las niñas de aquel ambiente: era listo, guapo, sensible cuando la ocasión lo requería y, lo más importante para todas ellas, comprometido con la causa. A veces tenía la impresión de que si Julio hubiese sido dueño de un físico infinitamente menos afortunado, hubiese sido idolatrado por el sector femenino del mismo modo. Al parecer, la importancia que otorgaba ser un líder radical parecía convertir a cualquier macho dominante *abertzale* en irresistible, por muy desagradable que su fisonomía fuera. ¡Sin duda, amor puro y verdadero!

Mención aparte merece Ángela en este breve resumen sobre la evolución personal de cada miembro del grupo. Su eterna presencia y sus infinitas ganas por disgustarme acabaron convirtiéndola en la protagonista exclusiva de mis pesadillas. Lo intentó todo con tal de desquiciarme. En un principio trató de reconquistarme, a pesar de su promesa de hacerme pagar por todo el daño sufrido, sin la menor de las suertes. Exhibía para ello su exuberante físico ante mi perplejo rostro, armada con la remota esperanza de que fuera yo quien terminara suplicando por su amor. Tal vez ese fuera el propósito final de su venganza. Cualquier hombre hubiera deseado encontrarse en mi lugar al ser agasajado un día sí y otro también por una joven de tan bella factura, que no necesitaba engalanarse sobremanera para encontrarse cautivadora. Pero yo no. Yo no podía permitirme el lujo de enredarme nuevamente en la trampa mortal de su belleza.

Los días pasaban sin que su estrategia de mostrarse apetecible y accesible obtuviera el efecto esperado, así que un buen día, sin previo aviso, optó por un nuevo cambio de tercio. Era la hora de contraatacar e ir a lo seguro, utilizar la clásica táctica de los celos. Como si de una obligación se tratara, Ángela se afanaba en vestir de carmín los labios de cualquier extraño, con el único objetivo de hacerme testigo de aquellos farsantes besos exentos de puro sentimiento. Como no podía ser de otra forma aguanté impasible a cuantos revolcones bucales presenciaron mis ojos. Por mucho empeño que pusiera en provocar algún sentimiento en mi interior, allí no había nada. Mi indiferencia más absoluta fue la única respuesta que obtuvo. Y eso le gustaba aún menos que los desprecios.

Fue a principios del año 1992 cuando Ángela culminó el camino de su particular e inversa metamorfosis. En menos de un año se había transformado de dulce mariposa a repugnante gusano. Un buen día, harta de perder el tiempo en improductivas estratagemas de eficacia imposible, optó por el ataque directo como última y definitiva opción.

Sucedió a altas horas de la madrugada de un viernes de febrero. Ya habían cerrado la mayoría de los bares habituales y, como medida innovadora, decidimos acudir a una de esas discotecas que permanecen abiertas hasta bien entrado el amanecer. El hecho de salir de nuestro ambiente habitual no fue sencillo y fue necesario consensuar la decisión antes de lanzarnos a lo desconocido. Pocas cosas resultaban más difíciles que sacar a mis amigos de nuestra habitual zona de confort.

Todo me resultó increíble a primera vista. La música, la vestimenta de la gente, la decoración del local..., todos los detalles en aquella estancia eran tan ajenos a mi costumbre que no pude sino quedar profundamente fascinado por aquel novedoso entorno. Todo el mundo parecía divertirse, ajenos a la política. Sin odios enfermizos que separaran a los unos de los otros. Parecía no importarles afinidades políticas o procedencia de nadie. Había estado tan encerrado en mi mundo que había olvidado por completo las infinitas posibilidades que ofrecía el inexplorado universo exterior. Atenazados por el temor a lo inédito, enseguida nos agrupamos en un círculo hermético e infranqueable para hacer piña y felicitarnos por la suerte que teníamos de no ser como el resto. No podíamos correr el riesgo de mezclarnos con los demás, no fueran a provocarnos alguna dolencia extraña de esas que padecen las personas «normales». Nosotros no teníamos ese problema. Ángela, ajena al resto del grupo, rondaba por las cercanías tanteando el posible mercado carnal. Todo parecía encajar dentro de la normalidad de una noche atípica, hasta que Ángela interrumpió uno de sus magreos bucales al observar que yo no estaba prestándole atención. Se acercó a mí atropelladamente. Irrumpió con fuerza en nuestro círculo de seguridad y, con una mirada intensa y directa, se introdujo a empujones en el fondo de mi alma. Al principio pensé que habría cometido algún error de manera involuntaria. Pero poco después del sonoro bofetón que me propinó, comprendí que aquella reacción venía madurándose largo tiempo atrás. «Maldecirás por siempre el día que me abandonaste. Desearás volver atrás y cambiarlo todo, pero para entonces ya será demasiado tarde», argumentó como colofón a su airado toque de rabia manual.

Ángela desapareció tan rápidamente como había aparecido y dejó una colección de ostentosas murmuraciones a mí alrededor. Entonces, Julio se acercó y discretamente me murmuró: «Yo de ti me preocuparía. Ángela te ha elegido como al culpable de todos sus males y ya no hay vuelta atrás. A partir de ahora espérate lo peor». Amagó con replegarse a su anterior posición, pero entonces rectificó su trayectoria para concluir: «Lo que la mente de esa mujer herida puede maquinar no se le ocurre a nadie por muy complejo que esta sea».

Supuse que Julio exageraba y que todo iría a mejor pasado un tiempo. Una vez más me equivoque al infravalorar la tenacidad de mi particular azote.

Semanas más tarde, Mikel Uribe, el tipo cuellicorto de cuerpo atlético y barba desaliñada que solía compartir con los chicos tantas y tantas partidas de futbolín en el Dado, se unió de manera definitiva a nuestro grupo. Su rostro me resultaba familiar, puede que gracias a su razonable parecido físico con el actor protagonista de Misery, James Coan. Mikel aparentaba ser un matón a tiempo completo. Un tipo duro de gesto frío y actitud presuntuosa que había encontrado, en nuestro seno, el lugar idóneo donde poder desarrollar una plena y fructífera carrera como abusón del tres al cuarto. A pesar de su escasa capacidad neuronal, Mikel se tenía por un tipo inteligente. Apunte curioso, sin llegar a extraño, ya que bien conocido por todos es que todo necio se tiene por sabio. En sus primeros días ya mostró, al meter la pata con suma facilidad, cuál sería su futuro patrón de conducta. Sus desafortunados comentarios acerca de los miembros de la pandilla serían durante un largo espacio de tiempo su auténtico sello personal. Los principales objetivos de sus burlas: el aspecto de Pinceles («¿Estás seguro de que tu madre no era una fregona?»), la atravesada forma de hablar de Bolo («Todavía no empieces a hablar que no me he puesto el chubasquero») y, por supuesto, mi innata pasividad («¿Y tú qué opinión tienes acerca de esto, bonsái? ¡Ah no, perdona, que tú eres el que no sabe hablar!»). Desafortunadamente, la nueva adquisición resultó desde el mismo comienzo tan inoportuno en sus comentarios como altivo en sus acciones. Por momentos, su presencia se convertía en insoportable. A nadie le agradaban aquellos desplantes con los que éramos obsequiados constantemente, pero dado el cercano parentesco que le unía con uno de los máximos dirigentes de la rama política *abertzale*, a ninguno de nosotros se nos pasaba por la cabeza revelarnos por su existencia. Lo aceptamos y punto.

Fue en aquellas semanas cuando aprendí prácticamente, gracias al bocazas de nuestro nuevo compañero de viaje, todo lo que sé sobre las organizaciones radicales vascas y su manera de pensar y actuar. Aproveché la presencia del hermano de uno de los más importantes políticos del panorama radical vasco y conseguí, tras un complicado aprendizaje, comprender todos los entresijos e interioridades que rodean el complicado laberinto vasco. Sin necesidad de preguntarle acerca de nada, él se encargaba gustosamente de mantenernos bien informados de todas las novedades. Despachaba sin ningún reparo sobre temas altamente secretos. Cuanto más alcohol consumía, más suelta resultaba tener la lengua. De no haber sido por el toque de atención que un buen día recibió por parte de Julio, su diarrea verbal no hubiera tenido fin. Tan desmesurada era su afición por relatar historias secretas que la misma tarde en que Julio decidió pararle los pies estuvo a punto de incriminar a su propio hermano en varios delitos, por los cuales nadie le había siquiera preguntado.

Solía contarnos, con orgullo desmedido, que su sueño era que todo el mundo pudiera contemplar su fotografía colgada en una pared de la *herriko taberna*, junto a la imagen de su hermano, aunque obviamente ello significara estar preso. Parecía que estar unos años privado de libertad no suponía un precio demasiado alto.

Poco a poco iban quedando atrás nuestras quedadas lúdico-alcohólicas en el Basajaun. Día tras día reducíamos a la nada nuestras habituales incursiones etílicas del pasado para transformarlas en tediosas reuniones donde la autocomplacencia era nuestro plato favorito. Todas nuestras charlas giraban en torno a nosotros y a los nuestros. Resultaba sorprendente cómo tratábamos temas delicados y éticamente juzgables en la misma mesa del bar donde antes solo despachábamos temas banales de nula repercusión con absoluta normalidad. En realidad, no teníamos nada qué temer en nuestra cueva, ya que como Julio decía, «aquí estamos a salvo junto a nuestro ejército invisible». Así solía referirse a la base afín a la izquierda *abertzale*, pero no comprometida directamente en la lucha callejera. Julio llamaba «ejército invisible» a los habituales del Basajaun ya que pensaba que, llegado el momento, la mayoría de ellos servirían si no había otro remedio como peones para la causa. Pero Mikel, por el contrario, los trataba de masa pasiva. Para él, cada votante batasuno (afín al partido radical vasco) debía estar dispuesto a ser un soldado más. Es más, debería ofrecerse voluntario.

Era una tarde fría del mes de febrero de 1992, una de esas que espanta el alma solo con imaginarla. Podía haber sido una más de tantas otras, pero ese anochecer gélido, Julio llegó a nuestro particular templo del independentismo radical con la urgente necesidad de aumentar el *talde* (grupo). Debía haber sido presionado por las altas esferas y así se notaba en la ansiedad que sus ojos inquietos transmitían. Supuse que se había reunido con altos mandos de la izquierda *abertzale* por su excepcional vestimenta de aspecto formidablemente prudente. Ni rastro de camisetas de rayas ni pantalones de montaña o riñoneras llamativas. Apenas nos había saludado cuando comenzó su discurso precipitadamente:

—Chicos, tenemos que hacer esto más grande. Hay que encontrar gente comprometida dispuesta a luchar. —Se tomó un breve descanso y saboreó un sorbo de cerveza para humedecer la garganta antes de reanudar el doméstico mitin—. Nos tenemos que centrar en adolescentes que podamos conocer. Tenemos que reclutar chavales con actitudes violentas. En principio da igual que pertenezcan al mundo *abertzale* o no. De meterles mierda en la cabeza ya me encargo yo. Al fin y al cabo, enseñar a alguien a odiar a España es la cosa más sencilla del mundo. ¡Si se odian incluso entre ellos! Hay que buscar gente hambrienta de acción cuya ambición sea sentirse parte de algo importante. —A medida que avanzaba su exposición, su voz progresaba hacia el grito del mismo modo, mientras acompañaba sus palabras con violentos aspavientos—. Tenemos que hacerles ver que van a formar parte de la historia. Y el momento es aquí y ahora. Hay que hacer soñar a estos chavales. La ideología ya vendrá después. —Sus ojos saltaban de un rostro a otro con estudiada cadencia—. Necesitamos más peones para la obra maestra. La mitad de los jóvenes de esta ciudad no terminan sus estudios, de los cuales una cuarta parte no encuentra trabajo: ¡estos son los prototipos de jóvenes que buscamos! Antes de que se conviertan en delincuentes sin mayor aspiración, démosles la oportunidad de soñar —concluyó notablemente satisfecho por su engañosa aportación altruista.

Paseé de vuelta a casa desgranando cada consigna emitida por Julio en el Basajaun. Llovía torrencialmente, pero no me detuve a esperar su cese. Con un poco de suerte caería enfermo y así tendría una excusa creíble para faltar a nuestra siguiente acción subversiva. Lo que mi amigo realmente buscaba eran prototipos de delincuentes comunes sin ideología para ser reconvertidos en la vorágine terrorista. Fríamente entendido y eludiendo toda responsabilidad moral, el plan se tornaba magistral. Incluso pensado desde el punto de vista del delincuente captado, todo eran ventajas adentrándose en una banda criminal organizada: defensa gratuita y un estatus de liberadores del pueblo. Posición social claramente mejor vista que la de simple delincuente común. Eso sí, para disfrutar de estos beneficios tendrían que asumir una absoluta obediencia ciega. Los realmente validos después de un bautismo de fuego y cristal, lleno de luz y sonido, acabarían abriéndose hueco en la estructura política más cómoda y menos arriesgada, mientras que el resto acabarían siendo los encargados del plomo. «¡Más les vale seguir fielmente los dictámenes de la banda si no quieren verse en serios problemas!», pensé. Me horrorizaba pensar qué harían si esta pandilla de demagogos sin escrúpulos algún día llegaba al poder. Lo conveniente para el pueblo no era importante para ellos. Ni siquiera les interesaba lo más mínimo la opinión de la población. En realidad, la conveniencia de ser o no independientes nunca estuvo a debate. Teníamos que serlo a cualquier precio, aunque la inmensa mayoría de la población no la deseara ni fuera beneficiosa para el pueblo.

De vuelta a casa sentí el impulso de visitar a mi cada vez más anciana madre. Así que a medio camino cambié de rumbo y fui finalmente. Aproveché que no me encontraba excesivamente borracho y que no era demasiado tarde. De paso cenaría caliente por un día. Alcancé la puerta de casa empapado como una fregona sin escurrir después de una dura jornada laboral, pero no importaba porque mamá volvería a tratarme como un niño pequeño en cuanto advirtiera mi porte congelado. Llamé a la puerta y Samuel apareció detrás de esta. Su cara descompuesta por la amargura me hizo pensar en lo peor. ¿Por qué si no estaba Samuel en mi casa con esa expresión de dolor incontrolada? Afortunadamente, la puerta se abrió por completo y pude ver a mi madre junto al recibidor de la entrada. Me invitó a pasar solemnemente mientras conducía a Samuel a la escalera. Nunca más volví a ver a aquel hombre. Me adentré en la casa e inmediatamente comencé a secarme el pelo en el baño. Me despojé del abrigo y, para cuando me dispuse a hacerme la cena, vi a mi madre aproximarse por el pasillo agitando sus brazos mientras me invitaba a dejar la sartén en su sitio.

—Yo te hago la cena, hijo, tú debes de estar agotado.

Un buen puñado de lágrimas se había asentado en sus mejillas y delataban el reciente disgusto acaecido.

—Mamá, cuéntame que sucede con Samuel —pregunté mientras guiaba mi mano a secar la huella que el fluido lamento había abandonado en su rostro.

—¡Es el país este de enfermos en el que vivimos! —lamentó en una espontánea explosión de sinceridad—. Ha venido a comunicarme que se ha visto forzado a trasladarse a vivir a Madrid, a casa de su hermana —prosiguió ya más tranquila.

—Bueno, y eso qué tiene que ver con el país en el que vivimos —cuestioné ávido de respuestas.

—Esos salvapatrias vascos le han amenazado y, si no quiere acabar como tantos otros, no le queda más remedio que hacer la maleta y abandonar la casa donde lleva viviendo toda su vida.

—No entiendo, mamá, ¿pero por qué Samuel?

—Parece ser que los jueces no están bien vistos por los criminales y creen que apartándolos van a evitar que los juzguen o algo así. Hoy mismo se ha encontrado una bala en su buzón. ¿Sabes qué? La bala llevaba grabado su nombre.

Recibí la noticia como un auténtico mazazo. Era la primera vez que el terrorismo de ETA me tocaba de cerca, como víctima, no como inconsciente verdugo, y no sabía cómo asimilar el hecho de que yo fuera uno de esos salvapatrias a los que se refería mi madre con tanto desprecio. Me sentí repugnante y sucio. Toda esta basura debía finalizar. No podía seguir dentro de ese mundo. Pero lo tenía que hacer progresivamente, de manera inteligente. De lo contrario, me convertiría en un expatriado más, en otro Samuel olvidado por la sociedad.

Cuando escuché en boca de mi madre la palabra «juez» al referirse a la profesión de Samuel lo comprendí todo. Por fin pude explicarme por qué mi vecino fue el primero en ver la peligrosa deriva que mi vida estaba tomando, ya que él trataba habitualmente con proyectos de terroristas como yo. Para él fue sencillo alinearme en ese grupo. Lo que nunca supe fue la razón por la cual nunca advirtió a mi madre de tal obviedad. Tal vez solo estaba siendo respetuoso y no quería meterse en vidas ajenas. O quizá tenía miedo de meterse en problemas si descubría a mi madre que su hijo se estaba convirtiendo en un proetarra.

Que Samuel fuera juez representaba un problema para ETA y su entorno. En realidad, todo el sistema judicial lo era. Sistemáticamente despreciaban el marco legal existente, hasta que lo pudieran usar en su beneficio. En los últimos tiempos, la banda armada había aumentado significativamente su lista de objetivos. Al ya de por sí hiriente registro de posibles víctimas, se habían incorporado grupos sociales entre los que se encontraban empresarios (a los que pedían un impuesto con el cual demostrarían su buena disposición a la lucha del pueblo, chantaje imprescindible para obtener el dinero destinado a los comandos), periodistas que mostraban la realidad eran amenazados e instigados por ser «manipuladores», jueces por llevar a su gente a la cárcel, escoltas por proteger a sus potenciales víctimas, profesores incómodos que no sabían el idioma natural del País Vasco, además de los siempre amenazados políticos y policías. Por lo que pude saber con posterioridad, esta persecución sin igual en todo el mundo obligó a más de doscientas mil personas a abandonar el País Vasco en la década de 1990. Incluso, más de dos mil profesores al año pedían el traslado a otras comunidades por amenazas o miedo a perder su trabajo por no saber la lengua que la banda criminal quería imponer como único en las aulas. Pretendían utilizar así el idioma en beneficio propio, además de como instrumento de confrontación. Todos estos grupos de ciudadanos se convirtieron de golpe y porrazo en colectivos de víctimas cuyo único pecado era no comulgar con unas ideas fanáticas que pretendían encajar a España como enemigo natural del País Vasco y, por lo tanto, culpable de todo el mal que pudiera surgir. Todo enemigo político de esta idea era automáticamente tachado de fascista. Incluso un simple saludo con algún componente de la otra parte te convertía en amigo o colaborador del fascismo.

Intenté consolar a mi madre sin demasiado éxito, hasta que el cansancio se apoderó de su débil cuerpo y la llevé a la cama. Aquella fue la primera noche que me quedé a dormir en su casa desde mi emancipación.

En esta ocasión, Julio nos había citado en un local situado en un bajo de uno de los edificios más antiguos del centro de la ciudad, el cual ahora hacía las veces de la Asociación de Viudas Cristianas de Álava. A simple vista podía parecer un almacén dedicado en exclusiva al acopio de trastos de cualquier signo, o tal vez se tratara de una de tantas sociedades gastronómicas donde los vitorianos de toda índole y clase social acostumbraban a reunirse para cocinar las recetas más tradicionales de la cocina vasca y comer en abundancia en buena compañía.

Ya en la puerta del local, un pequeño cartel que rezaba «Colectivo ciudadano en apoyo a los presos políticos vascos» me recordó tajante el ambiente que allí me esperaba. Había llegado a la cita acompañado por Sabin y Bolo. El resto del grupo ya debía de estar dentro. A Julio no le gustaba que llegáramos de manera escalonada a estos mítines y por eso empujé con cierta ansiedad la fría puerta metálica de peso y tamaño exagerados. Unas décimas de segundo más tarde nos encontrábamos en el interior. Se trataba de una única estancia amplia de capacidad limitada a doscientas personas. En un lateral de la sala destacaba, a simple vista, un antiquísimo atril de plástico transparente donde Julio, al abrigo de su gente, ya comenzaba a desgranar su discurso. Enfrente de él decenas de personas se mostraban entusiasmadas ante su oratoria. Al reparar con más detenimiento en la decoración de las paredes del salón pude darme cuenta de que nos encontrábamos en un auténtico santuario dedicado a ETA. Se trataba del tercer mitin al que acudíamos en apenas quince días y el hastío al que me enfrentaba en estas charlas amenazaba con ser difícilmente disimulado. Aunque me intentara plantear cada mitin como si de un nuevo espectáculo circense se tratara, la verdad es que no conseguía evitar el aburrimiento implícito que ello conllevaba.

Llegada la primavera del año 1992 y ante el *año español* por excelencia en el que nos hallábamos inmersos, el movimiento independentista vasco quería dar repercusión internacional a sus objetivos, más si cabe después del primer gran golpe a la cúpula de ETA, que ese mismo año tuvo lugar en la localidad francesa de Bidart. La exposición universal de Sevilla y, sobre todo, las olimpiadas de Barcelona, suponían un escaparate demasiado jugoso como para obviarlo. Por ello, con el objetivo de recabar ideas y especialmente fondos, se empezaron a organizar este tipo de asambleas vecinales. Se organizaron multitud de encuentros, en los cuales Julio siempre resultaba ser elegido como único ponente. Ya a nadie le pasaba desapercibido su liderazgo natural, así que lo acabaron convirtiendo con celeridad estelar en un eficaz agitador de masas, capaz de moldear hasta al más reacio receptor a su antojo. Todo el mundo acababa por cuadrarse ante su aplastante verborrea.

—Tenemos que trasladar al exterior una imagen de un País Vasco oprimido por España. Y lo tenemos que hacer de una forma pacífica y original. Algo que haga al resto del mundo empatizar con nuestra causa. Del tema armado ya se encargan otros —anunció Julio, visiblemente concentrado mientras apoyaba la espalda en la pared más alejada del atril, junto al resto de mi *talde.*

Los altos mandos sabían que la imagen de asesinatos y atentados reprochables no ayudaría demasiado a la hora de trasladar una imagen de victimismo del pueblo al resto del mundo.

—Hay que extender este conflicto tan desigual entre un imperio, el español, y nuestro pueblo oprimido. —Julio bebió un pequeño sorbo de agua de la botella que siempre lo acompañaba en estos encuentros y continuó su exposición en un tono más pausado—. Debemos dejar claro que la represión no es el camino.

Ni qué decir tiene que dicha frase obtuvo una respuesta inmediata en forma de proclamas y aplausos. «*Errepresioa ez da bidea*» (la represión no es el camino), comenzaron a proclamar de forma coral los allí presentes.

El discurso de Julio prosiguió varios minutos más dirigiendo tópicos independentistas, uno tras otro, sin apenas despeinarse: «hay que alzarse en defensa de la tierra que pisas, ya que esta no se puede defender por sí sola» o «no nos dejan otro remedio que la lucha; no tenemos otra salida digna que el combate». Cuanto más populistas los mensajes, mucho más aplaudidos eran.

A medida que su tono de voz aumentaba y sus movimientos se volvían más y más incontrolados, la atención del público también se incrementaba. Incluso mi cuadrilla al completo parecía venirse arriba con cada eslogan, a pesar de conocer de memoria cada parte del monólogo y haber escuchado cientos de veces las mismas sandeces prefabricadas. «No acataremos decisiones impuestas desde Madrid ni desde París. Y tampoco permitáis que la propaganda españolista, encabezada por los medios de comunicación, hagan mella en nuestra moral. No les creáis. Oír hablar a un español del tema vasco es como ser hombre y ginecólogo. Ninguno de los dos podrán sentir jamás en sus carnes nada de lo que se pasa el día entero hablando. Personas sin conocimiento pleno, que debido a su trabajo se ven obligadas a hablar del mismo tema una y otra vez. No os olvidéis que estamos en guerra —enfatizó— y la estrategia es sencilla: desgastar al estado planteándole tantos frentes como nos sea posible. Madrid no sabrá de dónde le vienen los golpes: ¡Ni un respiro! Hay que aprovechar sus bondades democráticas para después tratar de aniquilarla con total contundencia».

Los receptores del mensaje asumían como inmejorables cada una de las palabras de Julio y las ovaciones se repetían a un ritmo casi tan elevado como mis bostezos abandonaban mi boca.

El momento de mi limitada intervención había llegado y lo supe por la mirada inquisidora que Bolo me obsequió. Acomodé en mis manos una bolsa negra de tela que previamente había sacado de mi bolsillo del pantalón. Sacudí la bolsa, la agité al aire y comencé a pasar entre los asistentes esperando que la llenaran de dinero. La reacción de prácticamente todo el mundo al verme pasar solía ser muy parecida. Primero valoraban la conveniencia o no de colaborar económicamente con la causa, para un poco más tarde, y solo cuando reparaban en el anagrama de ETA que figuraba en el mismo centro del pequeño saco, todos, sin excepción, se ofrecían de una manera exquisita y voluntaria a cooperar desinteresadamente; cosas del *marketing*. Recaudé todo el dinero que pude sin mostrar gran entusiasmo en la tarea mientras el discurso se aproximaba al final: «No hay amor mayor que el que debéis tener a vuestro pueblo, ya que ni vuestra familia, ni amigos, ni nadie os ama y necesita tanto como él», aseveró en clara alusión al necesario desapego familiar que habría que practicar en el hipotético caso de que tus parientes no apoyaran suficientemente la causa. Al mismo tiempo, Saúl y Sabin se aproximaron al atril debidamente encapuchados portando una bandera española en sus manos, dispuestos a quemarla entre la algarabía generalizada. A su vez, Pinceles comenzó a entonar en tono solemne el *Eusko Gudariak* (himno dedicado al soldado vasco, que se usaba como broche en este tipo de encuentros patrióticos). El cierre del espectáculo parecía haber sido del agrado de los asistentes por el nivel de ruido que en la sala se podía percibir. Objetivo conseguido.

El gentío era más denso que de costumbre y tardé más tiempo de lo habitual en la recaudación. Puede que fuera el efecto de otro agotador discurso o cualquier otra razón que escapara a mi entendimiento, pero aquella tarde solo pensaba salir de esa sala repleta de cabezas huecas y disfrutar de la soledad. Si llegaba a escuchar una vez más la palabra «libertad» utilizada con tanta ligereza moral me hubiera dado un vahído. Nunca dejó de resultarme irónico que los alentadores de los asesinos más despiadados que España haya conocido estuvieran enamorados de esta palabra. Mientras cada día se me hacían más insufribles ese conjunto de ideas y pensamientos, parecía que el resto del mundo recorría al revés ese mismo camino ideológico y reafirmaban tales principios toda vez que los mismos argumentos sonaban más y más convincentes a fuerza de ser repetidos una y otra vez.

Empapado de populismo y triunfalismo ambientado a conciencia para la ocasión y con algo de humo aún presente en el ambiente a causa de las banderas ya reducidas a cenizas, Julio despegó su cuerpo del atril e interiorizó inmediatamente el papel de anfitrión sin el menor esfuerzo, acompañando siempre a cada saludo la mejor de sus sonrisas. Alguien abrió las puertas del local y el aire fresco espoleó fuertemente a los allí congregados; se les recordó a los asistentes que el mundo esperaba fuera y quizá ya era hora de abandonar el recinto. Allí, sujetando la puerta con su natural expresión de odio innata, se encontraba Mikel, quien trataba de desalojar la sala en tiempo récord a base de miradas no amistosas. El último activo en incorporarse a la cuadrilla ya era una pieza importante en nuestro organigrama. La sorpresa monumental llegó a mis cansados ojos cuando visualicé aquel beso sin previo aviso. Ángela alcanzó la puerta como por necesidad de salir del local antes que nadie. Entonces propinó a Mikel uno de esos besos que las parejas se dan casi por inercia. Un simple roce de labios, donde el amor apenas se hace perceptible pero que evidencia una relación estable. ¿Lo habría vuelto a hacer? ¿Pretendería de nuevo darme celos, o esta vez el inicio de la relación con Mikel no habría tenido nada que ver con el despecho? ¿Se trataría de amor verdadero? Sea como fuere, mi saturada mente no estaba para conjeturas. De tal modo y sin preaviso ni despedida de ningún tipo, desaparecí entre la multitud.

Hallé la soledad deseada acompañado de un montón de perfectos extraños en un bar bastante moderno en lo referente a edificación, pero de un estilo demasiado clásico para mi gusto. «Cuán feliz podría vivir apartado de odio y batallas políticas», imaginé inocentemente al sentarme en un taburete. Mi reloj marcaba las siete y diez de la tarde y en la calle el día era frío y lluvioso. Rescaté el periódico de un cesto de mimbre que apenas se apreciaba con claridad en el fondo de la barra. Pedí un refresco de cola para despejarme y un pequeño bocadillo de jamón. De pie en la barra ojeé las primeras páginas del noticiario mientras esperaba ser despachado. Presté especial atención a una divertida noticia de un oso domesticado por el dueño de un circo cuyo único interés parecía ser tomar el sol y darse largos baños en la piscina de su dueño. Pagué y me acomodé en una de las mesas y sillas de madera que dibujaban un cuadrado casi perfecto en el salón del bar retro. Volví a abrir el periódico por una página al azar y allí encontré la fatal noticia que ocupaba la totalidad de la página. Mi expresión varió de la incredulidad más absoluta a la tristeza en un solo segundo. Suspiré profundamente. Cerré los ojos con fuerza unas décimas de segundo y releí el titular, confiando que esta vez mis torpes ojos apreciaran una realidad diferente: «El cuerpo de un ilustre juez vitoriano es hallado en su despacho de Madrid. Las primeras hipótesis apuntan a un suicidio», rezaba el titular. Ya en letras más pequeñas se mencionaba el hecho de que el magistrado había denunciado recientemente presiones y amenazas por parte de la banda terrorista ETA. Y al parecer, esta coacción continuada podría haber destruido por completo la paciencia y ganas de vivir de Samuel Ortiz. En el desarrollo de la noticia explicaba que las amenazas terroristas lo habían llevado a trasladar su bufete de abogados de la capital vasca a la capital de España. Fue entonces cuando cayó en una profunda depresión de la que supuestamente no pudo salir. También se mencionaban diferentes casos similares al de Samuel. Al resto, aunque suene cruel, no presté atención alguna. No los conocía. Por lo tanto, no existían. «¿Cómo podía haberle sucedido esto al bueno de Samuel?», me repetía de manera continuada y un tanto obsesiva. «¡No es posible!». Pensé en mi madre, en cómo se iba a tomar la noticia y en qué situación iba a enterarse en el hipotético caso de que no la conociera ya. «Se lo tengo que decir yo», concluí.

Este suceso iluminó mi mente, o más bien la despejó, y me hizo comprender como ningún acontecimiento anterior lo que había hecho, la magnitud de mi actual posición en el *talde* y en la vida en general. En mi interior se comenzó a librar una batalla de emociones negativas tales como la vergüenza, tristeza, repugnancia, disgusto..., todas a la vez y todas justificables. Ya no podía negar mi culpa por más tiempo. Desde mi posición de palmero consciente, había jaleado directa o indirectamente actos como el sucedido a Samuel. «Mi silencio me ha convertido en cómplice», pensé con lágrimas en los ojos.

El hambre había desaparecido por completo, así que ni probé el bocadillo. El refresco tampoco era necesario para reactivarme. La fatídica noticia había eliminado de un plumazo cualquier necesidad básica. Eso sí, la falta de apetito no había conseguido aplacar el maremágnum de incertidumbres en el que mi pensamiento se hallaba sin remedio. «¿Quién está más loco, el loco o el que lo sigue?», continué torturando mi inocencia. Era consciente de que había tocado fondo, pero tenía que tener la suficiente fuerza para no seguir arrastrándome por el suelo si no quería quedarme a vivir en él. ¡Era hora del cambio! Mi nueva visión encajaba al mundo en el que me movía como un mundo de terroristas de tintes mafiosos. Ya no se trataba de una lucha revolucionaria entre David y Goliat, más bien la sentía como una lucha invisible e incesante para el atacado, provocada por asesinos sin escrúpulos demasiado cobardes como para mostrar su rostro y asumir su autoría de forma individualizada. Me encontraba a un pequeño paso de caer en una espiral autodestructiva sin precedentes a mis veintidós años, pero al menos me negaba a admitir que ser un cómplice de los asesinos iba a ser el lugar que me había tocado ocupar en esta vida. Mi revolución había comenzado.

Me levanté como una exhalación. Una fuerza interna como nunca había sentido hasta entonces me condujo a paso acelerado al Basajaun. No importaba el frío ni la lluvia, tenía que hablar con Julio. A medida que la distancia a la taberna se acortaba, la incertidumbre acerca de qué pasaría en breves instantes me abrumaba. No tenía ni idea de qué iba a trasmitirle. Solo sabía qué es lo que quería conseguir: acabar mi relación con todos ellos. Mi mente aprovechó el camino para continuar con continuos reproches hacia mí mismo. Parecía que el autoperdón aún quedaba lejos. Al paso por un escaparate de cristal reparé en mi rostro fugazmente, tiempo más que suficiente para no reconocerme en absoluto en aquel extraño en el que me había convertido. Me horrorizó verme a mí mismo como un auténtico maleante. Repasé imágenes mentales donde recaudaba dinero para causas ilícitas, prendía fuego a una comisaría en obras, alentaba a la violencia, era cómplice en palizas injustificables...

Me apenó profundamente comprobar que, a fin de cuentas, podía no ser tan diferente de la calaña que me rodeaba. Al fin y al cabo, nadie me había obligado a permanecer en ese entorno. Tan solo la necesidad de encajar en un grupo había apegado mi persona a tales compañías.

Asomé mi inquieta aunque decidida silueta por la puerta del Basajaun y allí encontré lo que estaba seguro que iba a hallar. El grupo casi al completo, a falta de Ángela, ocupaba cómodamente la mesa habitual. Era un día más para todos ellos. Cervezas, hachís, música a todo volumen: el pan nuestro de cada día. Julio se encontraba en el centro y, a sus lados, Saúl, Bela, Sabin, Pinceles, Bolo y Mikel completaban el dibujo. Sentí una vez más que encajaba tanto en ese ambiente como una pantera en un acuario. En ese momento, sin ser aún avistado por ninguno de ellos, viendo sus orgullosos y felices rostros, comprendí que no cambiarían jamás de entorno. No serían nadie apartados de lo que los hacía completamente felices. También pensé por primera vez en que se sentirían insultados ante mi deseo de salir de su trampa paradisíaca.

Julio me guio hasta el único punto del bar en el que podríamos hablar sin ser molestados. Había captado al instante mi expresión de urgencia. Los síntomas de alarma en mi rostro debían de ser numerosos y no podía permitirse ningún cabo suelto en su plan perfecto hacia la cúpula. Antes de iniciar la conversación, se acercó a la camarera y con estas sutiles palabras consiguió disminuir el volumen del local: «Ahora mismo vas a bajar la música o me empiezo a cargar a todo humano que me encuentre en este garito como si esto fuese un instituto de Texas y yo, un niño inadaptado».

—No puedo más —lamenté mientras reposaba mi trasero en el taburete más cercano a los pestilentes baños.

—¿A qué te refieres? —preguntó Julio, ciertamente aturdido por mi afirmación.

—Quiero acabar con toda esta mierda —argumenté mientras masajeaba suavemente mi frente con las yemas de mis dedos.

—¿Qué ha pasado? Ha tenido que suceder algo que desconozco para este cambio en tu actitud. Explícamelo, por favor. Seguro que podemos arreglar lo que haya ocurrido.

Julio acercó su mano derecha a mi hombro contrario y lo posó amigablemente.

—Seguro que es el agotamiento de estas últimas semanas el que habla por tu boca —se apresuró a introducir—. Necesitas descansar. Vete a casa, duerme y mañana hablamos de todo lo que quieras. Han sido unos días muy intensos y hay momentos en los que todos nos venimos abajo.

Con una intensa sacudida logré zafarme de su terapéutica caricia y negando firmemente con mi cabeza proseguí:

—No, Julio, se acabó. Hoy ha sido la última vez que colaboro con vosotros. Esta ya no es mi causa. En realidad, nunca lo fue. No quiero verme en unos meses en la cárcel o, peor aún, apuntando a la nuca de un inocente con una pistola tan solo por complacerte —zanjé pleno de valor y contundencia.

Los siguientes segundos llegaron envueltos en un riguroso silencio lleno de incertidumbre. Sentía que incluso mi respiración se había cortado a la espera de la reacción del líder.

—Deberías saber que el único método de lucha efectiva de verdad es aquel que te lleva a la victoria final. Y si para ello has de matar, matarás —replicó violentamente—. Claro que hay bajas en esta guerra, como en todas. Pero son necesarias para lograr las metas que nuestra sociedad reclama. —Su tono de voz cambió a uno más pausado. En realidad no estaba sino dando otro mitin con el objetivo de encauzarme nuevamente al redil—. Somos la única defensa que el pueblo vasco tiene. ¡No lo olvides nunca! Además, esas víctimas —pausó notablemente su discurso— no lo son tanto. Son enemigos del pueblo vasco. A nadie le ponen una bomba si no ha hecho nada.

—Pero, ¿qué me estas contando? ¿Piensas que soy uno de esos adolescentes a los que intentas engatusar con frases huecas y promesas vacías? Solo pretendo comunicarte que no quiero seguir con esto. No quiero juzgarte. Ni a ti, ni a nadie. Pero yo me bajo del tren en esta parada. Es una decisión personal y espero que la respetes: acéptalo —supliqué desesperado.

—De acuerdo. Entendido. Solo una cosa más —sugirió en tono amable—. ¿Cuál ha sido el detonante? ¿Qué ha pasado para que te pases al lado de los opresores?

Alcé mi figura delicadamente y me aproximé a Julio con la intención de susurrarle al oído mis últimas palabras. Deseaba que mi despedida se produjera lo más en secreto posible.

—No quiero que el odio dirija mi vida ni un minuto más —aseveré cauteloso mirando directamente a sus ojos—. Despídeme del resto de la forma que creas más conveniente —concluí antes de perderme en mi particular huida hacia el abismo.

Empleé las siguientes horas en olvidar lo sucedido. O mejor dicho, en emborracharme hasta conseguir este propósito. Deambulé de bar en bar como única distracción. Abrazaba cada botellín de cerveza que acudía a mi auxilio como si fuera el primero que tomaba tras una larga travesía por el desierto. Solo esperaba que el sol se mostrara en algún momento ante mis ojos para pedirle a la cara algo de luz a mi nueva vida.

Entre trago y trago, la escasa lucidez mental que aún conservaba me permitía observar situaciones completamente novedosas para mí. Me asombraban cosas tan ordinarias como las asociaciones que las personas de mi edad solían hacer por otros motivos bien distintos a los que hasta ahora a mí me habían mantenido vinculado con mi cuadrilla. A los demás parecían unirles lazos como la amistad, la diversión, el cortejo hacia el sexo opuesto, gustos afines... ¡Incluso el amor! ¡Existía el amor entre semejantes! Lo podía reconocer en sus rostros y expresiones. Sí, definitivamente era amor. A pesar de encontrarme completamente ebrio lo podía afirmar categóricamente: existía el amor allí fuera. Y eso era exactamente lo que quería para mí. Mi vida iba a cambiar. Estaba decidido por fin. Sí, lo haría por el bueno de Samuel. Ya no había marcha atrás.

CAPÍTULO 11

CONTACTO DIVINO

Al entrar en casa tuve la sensación de que algo había ocurrido en el interior durante mi ausencia. La puerta de la entrada no estaba cerrada con llave, situación nada habitual en una persona ciertamente obsesionada con la seguridad, como yo lo era. Siempre solía recordar cerrar a cal y canto el acceso a mi domicilio al salir y era la primera vez en años que me encontraba en esta situación. Revisé la vivienda concienzudamente y comprobé que los escasos objetos de valor que en ella almacenaba seguían estando en su lugar. Y allí estaban el dinero, el ordenador, la televisión, los relojes... Nada de cierto valor económico había sido sustraído. Aunque me pareció encontrar algunos de mis objetos movidos de sitio, no le di ninguna importancia. No se antojaba probable que alguien se hubiera tomado las molestias de entrar en mi casa simplemente para desordenarla.

Por fin estaba decidido a hablar con ella. Venía madurando la idea desde que Noe me pasó su teléfono aquella tarde en casa de mamá, pero hasta haber formalizado la ruptura con mi anterior vida no me armé del valor necesario. Cogí el teléfono y marqué su número decididamente. Ya no estaba dispuesto a permitir que unos cuantos miedos inciertos se opusieran por más tiempo a mis deseos más íntimos: el amor. «La vida es demasiado corta como para andar perdiendo el tiempo», reflexioné.

—¿Sí?, ¿quién es?

Sentí el impulso de colgar. Al escucharla pensé automáticamente que, si apenas era capaz de reconocer su voz, ¿cómo iba a poder proponerle una cita? Las dudas iniciales me generaron una innegable ansiedad. Hacía tres años que no la veía. Precisamente esos años en los que todo cuerpo se transforma en tiempo récord. Tal vez ni siquiera pudiera reconocerla físicamente si me la encontrara por la calle.

—¿Irene? —respondí al preguntar tras un comprometedor y mantenido silencio.

—Sí, soy yo. ¿Quién pregunta?

—Soy Isma —anuncié tímidamente—, me comentó mi hermana que había estado contigo y... aprovechando que le diste tu número de teléfono, pues aquí estoy llamándote —anuncié completamente ruborizado.

—¡Qué bueno! Al fin te decidiste a llamar. Pensaba que seguirías igual de tímido e indeciso que en el instituto y entonces ya podía esperar bien cómoda tu llamada —argumentó jocosamente.

O era mi inquieta imaginación la que me hacía interpretar erróneamente sus palabras, o no solo mi llamada le había agradado, sino que había recibido el contacto con suficiente grado de ansiedad como para hacerme ilusiones.

—Tienes toda la razón. He tardado mucho en llamarte y no ha sido por falta de ganas. Pero ya sabes, problemas en el trabajo, me cambiaron el horario... Además, ya conoces el dicho de que lo bueno se hace esperar. —Traté de parecer interesante, aunque mucho me temo que solo conseguí sonar arrogante—. Pero bueno, lo importante es que ya estamos hablando. —Hice una leve pausa y continué con la conversación—. Cuéntame, ¿qué es de tu vida?, ¿qué has hecho en todo este tiempo?

—¡Bufff! —resopló abrumada—. No te parece mejor que hablemos de todo esto cara a cara. ¿Qué te parece si cenamos juntos este viernes? —propuso por sorpresa—. Tratar estas cosas por teléfono me parece muy impersonal. Si te apetece, nos podemos contar nuestras vivencias y novedades mientras nos miramos a los ojos y degustamos una buena comida.

—¡Por supuesto, sería fantástico! Conozco un buen sitio enfrente del parque del Prado. Es un restaurante griego donde seguro que podremos charlar cómodamente.

—Sí, lo conozco. Entonces allí nos vemos. Un besito. ¡*Ciao!*

Acabada la conversación, me fascinó evidenciar que la duración de la llamada telefónica con Irene había sido la más larga de todas las conversaciones que había tenido con ella desde que nos conocíamos.

Apenas habían transcurrido dos o tres minutos cuando el teléfono comenzó a sonar. Seguro que se lo ha pensado mejor y quiere anular la cita —pensé—. Sí, ¿es que cómo iba a querer quedar conmigo? —asumí derrotado—. Al cuarto tono descolgué y contesté en tono irónico:

—No te acordabas que ese día tenías que cuidar de tu abuela, ¿verdad?

—¿Isma? ¿Eres tú? ¿Qué mierdas dices de mi abuela?

—¡Ah! Perdona, Julio, pensaba que eras otra persona —me justifiqué sin dar más explicaciones—. Dime, ¿qué quieres?

—Quería comunicarte que Bela se marcha a vivir a Italia. Sus padres le han buscado un trabajo en el norte de Italia por medio de unos familiares, ya sabes, uno de esos trabajos a los que la gente aspira, con sueldo a final de mes y seguridad laboral..., vamos, como el tuyo —interpretó con sorna— y en unas semanas ya se habrá marchado.

Recibí la noticia con entusiasmo. Me alegraba que por fin Bela tuviera una excusa magnífica para salir del pozo de la radicalidad.

—Ha sido él mismo quien ha insistido para que te llame y te invite a una última juerga de despedida este mismo sábado. Recordaremos los viejos tiempos todos juntos ahora que estamos cerrando un ciclo en la cuadrilla. Como bien sabes, Bela te considera un buen amigo y le encantaría contar con tu presencia.

—¿Y qué hay del resto? ¿Cómo se lo han tomado? —consulté intrigado.

—Todos respetan y comprenden tu decisión como no podía ser de otra forma. Entonces, ¿confirmo al grupo que te unirás a la despedida de Bela?

Al comprobar que mi decisión de abandono no había desatado la ira de los chicos, accedí al encuentro sin demasiado entusiasmo. Al fin y al cabo, nuestra relación no tenía por qué terminar de manera negativa. Mi postura acerca de no volver al *talde* era firme, meditada e inamovible. Pero, habíamos vivido muchas experiencias y muy intensas todos juntos y sería una buena oportunidad para explicar mi punto de vista mientras despedíamos a Bela por todo lo alto. Tomaría algo con ellos y, sin dramas ni reproches, volvería a salir del círculo. Como solía decir mi padre: «El que tiene mucho apego a un rebaño es que tiene algo de borrego» y yo ya no me sentía como un pequeño corderito pendiente de la constante aprobación del resto.

La noche del viernes llegó como todas lo hacen y, como no podía ser de otra manera, resultó ser la velada más maravillosa de mi existencia. El listón no estaba muy alto por aquel entonces, pero lo sucedido durante la cita se vio superado con creces por las mediocres expectativas que mi derrotista mentalidad había generado especialmente para la ocasión.

Llegué al restaurante puntual. El aspecto de este había cambiado bastante desde la última vez que estuve comiendo con Noe y mi madre, unos meses antes. Lo que más me llamó la atención de este cambio de imagen fue que se hubieran desprendido del halo tradicional griego que antes rezumaba por todo el local, para adoptar como propio un aire mucho más desenfadado y actual. No había perdido esa esencia mediterránea, pero se había quedado muy cerca de hacerlo.

Mi corazón bombeaba a ritmo extremo cuando alcancé el viejo portón de madera que daba acceso al vestíbulo del restaurante. El reencuentro era inminente y, aunque había estado pensando en la cita a lo largo de la semana más de lo que estaba dispuesto a reconocer, en ningún momento previo había sentido tanta ansiedad.

Simplemente por su estilo y su pose sentí la seguridad de estar ante una mujer culta y educada, muy lejos de la niña atractiva y pizpireta que años atrás había llamado mi atención. Allí se encontraba de pie, de espaldas a mí, a una distancia de diez o doce pasos, entregándole su elegante abrigo al joven trabajador del local encargado de tal tarea. Pude sentir su fina y agradable voz al agradecer el servicio al gentil trabajador. Aún sin que ella se percatara de mi presencia, logré aproximarme a una distancia olfativa. Fue entonces cuando multitud de recuerdos del instituto me invadieron. En la mayoría de estas memorias ancladas en mi parte subconsciente, la timidez solía ser la principal causante de que nunca llegara a acercarme a una distancia menor a la que me encontraba en ese momento, a pesar de que suspiraba por ella mucho más que por ninguna otra cosa. «No es momento de pensar en el pasado, ya no somos niños. ¡Piensa en positivo, Isma!», zanjé al instante. Me resultó fascinante comprobar cómo mis pensamientos se alineaban a mi favor en esta ocasión y continué con la aproximación moderadamente decidido, hasta alcanzar sin remedio su esbelta figura.

—¡Irene! —proclamé rebosante de ilusión.

Ella se giró al instante. Al ver su cara después de tanto tiempo, supe que el destino me había guardado para aquella noche todas las delicias de las cuales, hasta entonces, me había mantenido alejado. Tuve que hacer un serio ejercicio de contención para no besarla en ese primer instante. Pero si de mí hubiera dependido, aquel primer impulso fogoso se hubiera llevado a cabo con total naturalidad. Me seguía pareciendo la mujer perfecta. Eso significaba que continuaba enamorado de aquella joven de belleza innata y sencillez cautivadora.

—¡Isma, qué alegría tan grande verte de nuevo! —anunció mientras acariciaba mi mano con la suya a modo de saludo, a la vez que me dedicaba gentilmente la primera sonrisa de la noche.

Ese primer gesto parecía ser sincero. ¡Estaba feliz de verme! No dejaba de resultar curioso cómo una simple sonrisa podía haber vuelto a hechizar mi alma por completo. No obstante, su rostro angelical sonriendo bajo la potente y densa luz blanca del foco principal del vestíbulo del restaurante ya había quedado automáticamente grabado en mi memoria para siempre.

Aprovechando que ya estábamos juntos, el joven camarero de figura espigada y tez pálida nos condujo pausadamente hasta nuestra mesa. La ubicación resultó perfecta. Las vistas eran privilegiadas. No todos los días cenaba hechizado por la iluminación nocturna del parque del Prado, la cual prometía contribuir en buena parte al ideal transcurrir de la velada. Nos acomodamos en las características sillas de mimbre, aleatoriamente pintadas en azul y blanco con motivo de la bandera griega. Al sujetar la silla a Irene para que tomara postura en ella, resaltó en mí la imagen de los altos zapatos de tacón que había decidido vestir para la ocasión. Le hacían unas piernas interminables. Para ser sincero, no las recordaba del mismo modo en nuestra etapa estudiantil. Si no era perfecta, se acercaba tanto a la perfección que apenas era capaz de atisbar defecto alguno en su persona por pequeño que este fuera.

Una vez acomodados y a la espera de recibir la carta, nos analizamos mutuamente de manera automática sin haberlo premeditado anteriormente. Fueron unos interminables segundos. El modo escáner alcanzó su nivel máximo al darme cuenta de que éramos incapaces de articular palabra hasta haber finalizado la tarea por completo. Nuestras miradas intentaban captar cualquier dato apreciable a simple vista que nos aportara la suficiente información para etiquetar al otro, seguramente de manera desacertada. Cualquier detalle podría ser importante para permitir a la imaginación forjarse una primera impresión del extraño que se sentaba enfrente. Para mí resulto un momento tenso, incómodo e interminable y supongo que para ella también, aunque nunca volvimos a hablar de tal anecdótico suceso. Afortunadamente, una gran mueca de aprobación puso punto y final al chequeo.

—Aquí tienen la carta, señores —interrumpió el camarero.

A pesar de no tenerme por un erudito en motivos estéticos, albergaba la sensación de que Irene había acudido a la peluquería para la cita. Además, por el olor a nuevo que desprendía su vestido negro hasta la rodilla y de escote redondo, hubiera apostado a que iba de estreno. De ser así, se trataba de dos buenas señales *a priori*. Aunque, ¿cómo saberlo con certeza al ser un completo desconocedor de las prendas que su fondo de armario escondía?

—Me han dicho que la *musaka* la preparan de manera excepcional. Si te parece bien, podríamos compartir un plato para probarla los dos —propuso en tanto su mano acariciaba instintiva y enérgicamente uno de sus descomunales pendientes en forma de aro. Aunque suene excesivamente infantil, estuve toda la cena tentado en lanzar una bola de miga de pan, con el objetivo de encestar en aquellas argollas de plata de tamaño exagerado. Menos mal que mi lado más serio y racional valoró acertadamente lo inoportuno de gastar una broma en ese momento. Seguramente demostraría más sentido común presentándole mi estupidez poco a poco. En pequeñas dosis y apenas sin ser consciente de ello, tal y como lo hacen todas las parejas.

—Claro —contesté hipnotizado aún por sus adornos auriculares—, a mí me encanta la salsa *tzatziki*. ¿Te apetece probarla?

Irene asintió sin mucho convencimiento a la vez que su mirada me penetraba de manera profunda. No era la primera vez que tenía la sensación de que mi futura pareja era dueña de una mirada tan dulce que por fuerza tenía que empachar si la mantenía fija por largo tiempo.

Sacié mi curiosidad por conocer detalles de su vida al transmitirle directamente mis inquietudes:

—Cuéntame, ¿qué has hecho en este tiempo desde que el instituto se acaba y te pierdo el rastro?

—Creo que te haré un resumen para ponerte en antecedentes y seguro que ya irán saliendo anécdotas y detalles nuevos durante la noche.

Me pareció inquieta ante mi notable inclinación por saber acerca de ella. Tal vez algo en su pasado no le hacía sentir muy orgullosa. O a lo mejor, simplemente no le apetecía contar sus propias experiencias tan pronto. Fuera como fuese, suspiró marcadamente antes de dar un trago al espumoso vino blanco que nos habían servido minutos antes.

—Al terminar el instituto tenía muy claro cuál quería que fuera mi futuro, así que fue sencillo. Tan solo me lancé decidida hacia él. He de decirte que el hecho de tener el incondicional apoyo de tus padres te pone las cosas mucho más fácil. No puedes fallar en tus deseos si la gente que te quiere es uno contigo. ¿No te parece?

A pesar de no tener ni la más remota idea de a qué se refería exactamente, le mostré mi más insincera conformidad al asentir decididamente.

—Prácticamente desde que tengo uso de razón, el mundo del diseño ha sido una obsesión para mí. La moda en general siempre ha ocupado un lugar prioritario en mi día a día. Si no estaba estudiando los modelos que llevaba cualquier persona por la calle, empezaba a dibujar sencillos bocetos en mi cuarto con los escasos medios que tenía. Ya ves, aquella niña que conociste en el instituto tenía una pasión oculta.

—Auténtica vocación —apunté admirado.

Ahora que conocía su pasión, imaginé que habría analizado en profundidad el *look* que lucía aquella noche. Me sentía disfrazado de esa guisa pero no podía presentarme a la primera cita con el habitual aspecto de montañés que acostumbraba. No supuso una decisión fácil la elección del sorprendente atuendo que vestía. Supongo que siempre es complicado elegir qué vestir en una cita importante. Por un momento pensé en vestir de traje y corbata, lo cual descarté en cuestión de segundos al valorar que no me sentiría yo mismo en toda la noche embutido en un disfraz de tipo elegante. Así que compré ropa para la ocasión. Indumentaria que jamás hubiese contemplado unos días antes. Pero el nuevo Isma no tenía miedo a ser libre. Esa misma mañana fui de excursión al casco antiguo de Vitoria para agenciarme en tiempo récord, diez minutos me bastaron en una única tienda, todas las prendas de ropa que vestía en ese momento: zapatillas negras semideportivas, pantalones vaqueros ajustados, un cinturón con la hebilla más grande que jamás había visto y una camisa de algodón azul oscura con finas rayas blancas. Creo que esta fue mi forma de derribar los bastiones de mi yo anterior que aún se mantenían en pie.

—Hice la maleta y me fui a Barcelona a estudiar diseño y alta costura. También tuve mucha suerte con mi residencia. Mis tíos Ernesto y Aymé viven allí desde hace quince años y estuvieron encantados de darme alojamiento mientras estudiaba. Permanecí en Barcelona durante dos años completos. Al principio aprendí mucho, sobre todo teoría —matizó al mostrar cierto disgusto—. Por supuesto, cada uno de esos conocimientos resultan imprescindibles; materiales, modelos, técnicas… En fin, es imprescindible conocer todas las herramientas que finalmente usarás en tu día a día para crear —enfatizó especialmente este verbo—. El segundo año me di cuenta, más pronto que tarde, que había tocado techo académicamente. Ya no aprendía nada nuevo sobre las técnicas que podía usar para innovar en mis propias creaciones. Me encontraba limitada, analizando siempre modelos de otros. ¿Me entiendes? Por lo tanto, en vez de continuar encerrada en un aula escuchando lo que los demás ya habían diseñado y llenar mi cabeza con ideas y modelos ya existentes, decidí regresar a Vitoria. No quería ser una imitadora, ni siquiera si se trataba de ser la mejor imitadora compensaría enterrar mi sueño de innovar en el mundo de la moda —justificó a modo de excusa—. A mi regreso busqué un trabajo en el sector para ahorrar dinero, siempre con la meta clara de montar mi propio taller lo antes posible.

El camarero sirvió los entrantes.

—Es una historia muy bonita. Me fascina la nitidez con la que visualizas tu meta. ¿Ahora en qué punto te encuentras? ¿Encontraste trabajo o ya has montado tu propio negocio?

—Ja, ja, ja —sonrió apurada—. Me costó grandes esfuerzos encontrar un trabajo en este campo. Como puedes imaginar, Vitoria no es París y, por desgracia, no se encuentra entre las grandes capitales de la moda. La búsqueda resultó limitada y frustrante en un principio. Ahora llevo tres meses trabajando en una tienda especializada en vestidos de novia. Mis ahorros, de momento, no son suficientes para embarcarme en una aventura en solitario. —Irene tomó de nuevo la copa, bebió hasta vaciarla y prosiguió entusiasmada—. Todo llegará, de eso no tengo ninguna duda.

Su historia me había conmovido. Tenía un sueño y estaba segura de cumplirlo. Me resultó admirable. No obstante, aunque me esforzara en aparentar una plena concentración en su apasionado discurso, mientras ella se emocionaba abriendo su corazón a un casi extraño, yo fantaseaba con ver sus pechos desnudos. «¿Por qué no maduras un poco?», me repliqué a mí mismo. «...Pero de tamaño le han crecido muchísimo», continué fantaseando inevitablemente.

—Entonces, casualmente me topé con tu hermana. Estaba recién llegada a la ciudad y al verla pensé: «¿Por qué no quedar con Isma?». Al fin y al cabo, siempre te he tenido un cariño especial, a pesar de que nunca hayamos tenido nada en concreto.

Al acabar la frase la noté ruborizada. Parecía que se sentía violenta tratando de justificar su interés en tener una cita conmigo.

—Ahora es tu turno —sugirió, y cambió el semblante avergonzado por uno mucho más amable—. Ahora cuéntame tú cómo te ha ido en este tiempo, por favor. Yo ya he hablado bastante por ahora —admitió finalmente con aire desenfadado.

Cada mirada seductora que Irene lanzaba me reafirmaba en la necesidad de contactar más íntimamente con ella esa noche, o de al menos intentarlo. No podía dejar pasar la magnífica oportunidad que el destino me regalaba.

—¡Claro, es mi turno! Ya te avanzo que mi historia no es tan completa como la tuya. No hay sueños que perseguir ni proyectos a largo plazo por los qué pelear. Solo situaciones normales de un chico de mi edad. —Tomé un trago más del vino blanco que habíamos pedido y, mientras nos servían los entrantes, avancé mi relato del modo más edulcorado que supe—. Una vez que salimos del instituto no me sentía con demasiadas ganas de continuar estudiando. Así como tú tenías claro tu futuro, yo lo único que veía con cierta claridad era que la vía educativa se había terminado para mí. Busqué una salida profesional que se ajustara lo más posible a mis gustos y posibilidades y allí sigo... Sinceramente, creo que no me puedo quejar: me gano la vida de manera cómoda y no estoy mal pagado. Tampoco es que me apasione mi trabajo, pero no me aburro en él, lo cual ya es demasiado decir en los tiempos que corren. Además, me siento valorado por mis jefes. En definitiva, creo que acerté en la elección. —Al contar mis bondades y las de mi empleo me percibí a mí mismo como uno de esos pájaros que para aparearse sacan a relucir el plumaje que les diferencia del resto. Me sentí completamente ridículo al verme en tal labor comercial: «¿Me compras, Irene?», pensé decir para concluir la transacción.

—Pero aún no me has dicho en qué trabajas —dijo impaciente.

—Je, je, je —sonreí para demorar aún más la respuesta—, es cierto, disculpa. Trabajo en un concesionario de coches. Y en cuanto a mi labor exacta no sabría cómo resumirla. Digamos que hago lo que haya que hacer en cada momento. Arreglo lo que esté estropeado, asesoro a posibles compradores e, incluso, soy el probador oficial de los coches que llegan a nuestra planta. Como ves, aburrirme, no me aburro —repliqué orgulloso.

A medida que los platos se vaciaban y el vino amenazaba con evaporarse, su sonrisa parecía convertirse en una extensión de su mismísima sexualidad. Para entonces, la atracción que su persona provocaba en mí era similar al apego que un faro ejerce sobre el perdido barco que navega por alta mar, ansioso por hallar finalmente el apacible y definitivo descanso.

Probablemente fuera mi percepción personal, pero después de beber el último trago, advertí en sus ojos que no quería pasar la noche sola. En mi mente comenzaron a sonar frases del estilo «la noche no ha hecho más que comenzar» o «me gustaría verte al despertar» puestas en su boca. Sin embargo, con la llegada de los postres, también llegaría el momento más tenso y desagradable de toda la cita. Desde el otro extremo del restaurante, un sujeto se acercó decididamente para encontrarse con nosotros. Por el simple hecho de no apartar su mirada de Irene, debía de tratarse de un conocido suyo. Su aspecto era el de un niño bien, recién salido del cascarón de la pubertad. Granos a miles, pelo graso, proyecto de bigote sobre su labio; todo un desafío estético. Irene, al descubrir su figura junto a nuestra mesa se incorporó y besó sus purulentas mejillas cordialmente. No mostró un gran entusiasmo, así que supuse que no debía ser una persona demasiado importante para ella. Traté de saludarlo pero, al no encontrar su mirada, di el intento por fallido. No pude escuchar el inicio de la conversación a pesar de mis esfuerzos auditivos, pero una vez que mi faceta curiosa echó a andar como solo ella sabe hacer, conecté con su dialogo disimuladamente. «Yo ya te lo he advertido: tu amiguito es un etarra de mucho cuidado, de los de quemar cosas y pegar a gente. Luego no digas que nadie te avisó», censuró el tipo de dudoso gusto estético vehementemente.

Me enfureció sobremanera comprobar la opinión que la gente se había formado de mí sin saber apenas nada de mi vida. Temí que el conocimiento de ese cretino acerca de mis supuestas posturas ideológicas significara verme estigmatizado de por vida. Me quedé literalmente paralizado tras este hipotético razonamiento.

Se despidió cortésmente besando ambas mejillas sonoramente y desapareció por donde había venido. La fugaz y entrometida visita del conocido de Irene me había molestado, o más bien enfurecido. Pero mi nuevo yo ya no se rendía por imprevistos insignificantes. Yo ya no era el etarra ese de mucho cuidado al que había hecho alusión hace unos segundos. Yo era mucho más que un pasado turbulento. Pagué la cuenta y salimos del local sin saber si allí nos separábamos o continuábamos juntos después de la cena, desoyendo así los consejos de su conocido.

—Si te apetece, podría enseñarte mi lugar de trabajo. Estamos prácticamente al lado. Casualmente, hoy he tenido que cerrar yo y tengo aquí las llaves. Así te harás más a la idea de cómo es mi día a día —propuso entrecortada por el frío.

—¡Genial! —ofrecí disimulando una normalidad fingida—. Me parece una idea estupenda.

Quería ponerme a saltar de alegría allí mismo. «¡Esto marcha!», pensé eufórico. Mientras tanto, el sol había escondido su imponente aspecto hacía ya un buen rato y hasta el cielo había decidido vestirse romántico para nuestra cita al pintar centenares de estrellas a lo largo y ancho del infinito, formando así un escenario incomparable sobre nuestras sobreexcitadas cabezas. Este marco trajo a mi mente cierta curiosidad por cómo se estaría viendo desde allí arriba este nuestro primer acto.

A pesar de que lo intenté decididamente, no alcancé a recordar una noche tan bonita; ni siquiera de manera parcial. A cada paso que dábamos, tanto literal como metafórico, la cita se tornaba más y más interesante e imprevisible. En una palabra: perfecta.

Me dejé dirigir obedientemente todo el camino. Tampoco tenía otra opción, ya que no conocía la ubicación exacta a la cual nos dirigíamos. Anduvimos cinco o seis minutos en línea recta hasta llegar a un cruce donde tuvimos que elegir entre dos caminos y tomamos una callejuela de aspecto mucho más sombrío que la gran avenida que abandonábamos. Esta pequeña calle moría en un inmenso edificio de hormigón al cual parecíamos dirigirnos. Por el paso ligero de Irene sospeché que se encontraba ansiosa por llegar. Alcanzamos el bloque de construcción sencilla y aspecto recio y nos detuvimos delante de uno de los múltiples bajos comerciales que se extendían a lo ancho del vasto edificio; era un comercio bastante elegante, casi exclusivo. Varios pasos antes de llegar había sacado un manojo de llaves de su diminuto bolso de mano. Abrió, con cierta celeridad, la puerta de madera noble situada inmediatamente a la derecha del gran escaparate de cristal. No miré el reloj para conocer la hora exacta en la que entré al paraíso, pero más o menos sería medianoche. Inicié un amago de beso en la misma entrada al local, pero antes de que ella pudiera darse cuenta de mis intenciones, me retiré prudentemente. No debía precipitar la situación. Cerró la puerta con llave y caminamos juntos de la mano, aún a oscuras, hasta un cuadro de mandos situado a apenas diez pasos. Encendió las luces del pasillo, quitó la alarma y me condujo, sin mediar palabra, hasta una sala que se encontraba al final de un largo vestíbulo flanqueado por maniquíes desnudos. Antes de conocer la sala principal, Irene me invitó a echar un ojo a una estancia situada en el ala izquierda. Quería mostrarme, desde la distancia y sin detenerse en demasía, algunos vestidos de novia con llamativas lentejuelas y también otros ropajes de fiesta, los cuales se mezclaban en variopinta sintonía y formaban una autentica bacanal de luz, brillo y color para crear un feroz contraste con las inmaculadas paredes de la habitación; todo un espectáculo visual.

—Estos son los vestidos que ya están vendidos. Muy pronto, toda esa ropa se fundirá en la piel de aquellos que eligieron estos atuendos como sus aliados para vestirlos en uno de los momentos más especiales y bellos de sus vidas —anunció conmovida.

—Desde luego —contesté—, ¿pero no son demasiado llamativos? ¿De quién es la boda? ¿De alguien de la farándula? —bromeé sin demasiado acierto.

—Anda, no seas tonto. Cada cual tiene un gusto diferente. Además, a mí me parece perfecto que se salgan de lo común en la elección del vestido de boda.

Continuamos andando y nos adentramos finalmente en la estancia principal. En ese ambiente se podía respirar la magia desde la primera inhalación.

—Bienvenido a la sala de los espejos.

Se trataba de una amplia habitación semivacía, cuyas paredes y techo estaban cubiertos con espejos; tan solo el suelo quedaba virgen. Ni el más mínimo resquicio quedaba libre del reflejo más apabullante que jamás había visto. Hasta la puerta se encontraba forrada de cristal. La iluminación era tenue debido a los dos focos de diámetro extenso, aunque de baja intensidad, que se encontraban anclados en el centro del techo y dotaban a la sala de un halo bucólico a la vez que inimitable. El único mobiliario que se atrevía a romper con la apariencia vacía eran un perchero de pie y un sillón blanco cubierto por una fina sábana, también blanca, en el centro exacto de la habitación. Era inexplicable la intensa atracción que mis alocadas hormonas comenzaron a sentir imaginando el cuerpo de Irene desnudo sobre aquel inmaculado asiento y con todos esos espejos mostrándome las delicias de su silueta desnuda desde todo enfoque perceptible por la vista. Por desgracia, también pensé que ella podría observar del mismo modo mi cuerpo, lo cual no me supuso el mismo regocijo.

—Aquí es donde las novias se prueban su vestido. —Irene se mordió el labio inferior pícaramente—. ¿No te parece un lugar mágico?

En su reacción a la pregunta que me había formulado, había vuelto a observar en su rostro esos hoyuelos que me enamoraron años atrás. Este fantástico fenómeno tan solo era visible cuando mantenía su sonrisa congelada por unos segundos. En ese momento, al recordar la primera vez que descubrí sus hoyuelos, fue cuando decidí besarla. Antes de pasar a la acción, deslicé suavemente la yema de los dedos por sus sonrosadas mejillas. Solo cuando ella cerró sus ojos y con un movimiento híbrido de su hombro y rostro atrapó mi mano, me vi legitimado para hacerlo. Entendí que ese gesto debía significar que estábamos en la misma vibración. Pensé que a partir de ese roce todo se convertiría en imprevisible. Ambos nos encontrábamos en esa edad en la que la pasión desbordante de nuestras neuronas, mezclada con la inexperiencia propia de unos recién llegados al mundo amatorio, podían proporcionar los resultados más locos e inimaginables que se pudieran concebir. Alcancé su otra mejilla con la mano que me quedaba libre e Irene centró la posición de su rostro al mismo tiempo que anulaba el ínfimo espacio que aún quedaba entre nuestros labios con un ligero movimiento. No supe a ciencia cierta si lo que sucedió inmediatamente después fue fruto de la excitación o se trataba de un conato de gripe, pero sentí que el corazón abandonaba mi pecho por instantes. La garganta se me secó súbitamente y un molesto temblor en pies y manos completaban la sintomatología de aquel proceso. Al embarcarme en las tareas ya comenzadas, creí ser el tipo más patoso del planeta en sus labios. Aún y todo, fue el beso más intenso de mi vida. Torpe e intenso en cantidades iguales. Irene interrumpió violentamente el acto para desnudar su cuerpo de manera eléctrica apenas sin mirarme.

—Desnúdate —introdujo en tono ebrio y contundente para mi total sorpresa.

Sorprendido como nunca por su desparpajo y lo atrevido de su ropa interior, cumplí su mandato a la velocidad del sonido. Nunca una orden me pareció tan fácil de aceptar. Con toda nuestra ropa ya en un montón descansando sobre el suelo nos fundimos en un sensitivo abrazo. Cada músculo de mi cuerpo se estremeció por igual al atraer su cuerpo de diosa del pecado hacia mi mole de carne desnuda. Por su frase anterior, supuse que ella sería la que llevara las riendas esa noche y no me equivoqué. Empujó mis hombros con sus manos y dirigió mi cabeza hacia su sexo. Aún me asombraba reconocer a la mujer protagonista de mis más íntimos sueños acariciándome. Ante lo inmediato de mi entrada triunfal, humedecí mis labios tanto como pude y me entregué a ella con toda la pasión que supe. Desde luego por voluntad no podía quedar. Debido a lo incómodo de la postura, le invité a ocupar el bello sofá al cabo de unos cuantos minutos. En aquél breve trayecto contemplé atónito el dibujo de su silueta en tantos espejos como mis ojos alcanzaron a examinar en tan corto espacio de tiempo. Todavía no me podía acabar de creer mi suerte.

—Túmbate tú. Yo me quedaré encima esta vez —propuso.

Incrustó su cabeza en mi pecho y realizó una ágil maniobra de cadera fusionando así nuestros sexos sin apenas esfuerzo. Alzó su tronco y entonces comenzó la verdadera danza del amor íntimo entre Irene y yo. Con ella tomando la iniciativa, yo me limitaba a palpar sus senos sin descanso, no fuera a ser que el acto terminara de forma prematura y no hubiera tenido tiempo de acariciarlos lo suficiente. Respirábamos tan intensamente que tan solo sus gemidos y mis breves palabras cargadas de placer entrecortado mostraban a las claras que se trataba de un acto placentero en vez de uno pleno de dolor y padecimiento. Su sonrisa postcoital a la llegada de los fuegos artificiales produjo en mí un efecto de orgullo como nunca antes había sentido. «He debido cumplir sobradamente», pensé.

—Te quiero —confesé por sorpresa a la vez que Irene se acomodaba junto a mí sobre el amplio sofá y me cubría con la sabana—. Te adoro desde el primer día que te vi. Creo que nunca supe disimularlo lo suficiente.

—No, te aseguro que no supiste hacerlo. Y precisamente por eso estamos aquí hoy los dos juntos.

Pensé que Irene echaría a correr después de mi repentina declaración de amor, pero no lo hizo. Por el contrario, apegó su rostro al mío y me llevó el sabor de su boca una vez más. Tras ese gesto cariñoso, se atusó el pelo y comentó en voz alta: «Debo de estar horrorosa».

—¿Bromeas? —repliqué automáticamente—. Nunca te había visto tan hermosa como en este momento.

—Gracias por el intento… —murmuró incrédula—. ¿Qué te parece si descansamos un par de horas antes de recoger todo esto y marchar? Mañana comienzo temprano y esto tiene que tener un aspecto inmaculado. Tenemos que preparar dos bodas y en esta misma sala, en unas horas, habrá decenas de personas ignorantes de lo que estaba cociéndose unas horas antes.

—¡A tus órdenes!

Durante los siguientes minutos Irene y yo despachamos sobre temas intrascendentes mientras tratábamos de introducirnos en las garras de Morfeo.

Desperté, pero mi sueño no había concluido: ¡todo seguía siendo real! Ella continuaba a mi lado. Me sentía el tipo más afortunado del mundo. De todos los chicos me había elegido a mí, al tímido e inseguro de clase, a aquel que se tuvo que alinear con los violentos para sentirse parte de un algo ya que individualmente no se creía nadie. Si de mí dependía, esa recién iniciada historia no terminaría jamás.

Al parecer, Irene me observaba desde hacía rato en silencio.

—¿Te gusta? —preguntó señalando la parte bordada de la sabana que ahora tan solo cubría mi estómago.

—¿Es un nudo?

—Sí, ¿te gusta?

—¡Claro! No debe ser nada fácil hacer un nudo en una sábana sin haberme despertado al maniobrar con ella.

Irene había entrelazado la parte superior de la sabana para crear un nudo decorativo, el cual posó de manera intencionada sobre mi vientre.

—Cuando era pequeña y me despertaba por la noche, solía sentirme sola y comenzaba a llorar. Hasta que un buen día, desperté en mitad de la noche y vi un nudo igual que este en mi sábana. Extrañada llamé a mi padre y él me explicó que lo había hecho para mí, para que sintiera que él había estado allí mientras dormía. «Este nudo será el medio de comunicación entre nosotros. Cuando despiertes y lo sientas, sabrás que papá estuvo aquí y eso te hará sentir más segura». Eso fue lo que me dijo mi padre. Claro que él solo quería evitar excursiones de medianoche a mi cuarto para calmarme, pero a mí me pareció un gesto amoroso de proporciones gigantescas. Tal vez no lo creas, o te parezca muy tonto, pero a partir de esa noche comencé a dormir sin problemas hasta el amanecer.

Aunque me negué a reconocerlo de primeras, el gesto de compartir algo tan íntimo conmigo me emocionó. Y más aún el hecho de haberlo escenificado en nuestra primera noche.

—También podría convertirse en nuestro medio de comunicación para cuando durmamos separados —ofrecí sin temor al rechazo.

—Buena idea —asintió antes de fundirnos en un último abrazo.

Para mi gozo, en la despedida Irene descubrió su deseo de volver a verme de manera continuada, justo antes del apasionado beso final.

¿¡Cómo podía ser real todo lo bueno que me había sucedido en una sola noche!?

CAPÍTULO 12

DIRECTO AL ALMA

Sería la última vez que ponía los pies en el Basajaun. O al menos, la última que entraba como el viejo Isma. Tal y como lo hacen los grandes valientes o los mayores inconscientes, llegué a nuestra guarida habitual con rigurosa puntualidad, henchido de falsa confianza. De no ser real la buena aceptación de mi marcha por el grupo, podría intuir el ambiente hostil hacia mi persona que allí se respirase. A pesar de ello, no valoré en ningún instante el no acudir a mi cita, tal y como había anunciado. Puede que la recién estrenada relación con Irene me hubiera proporcionado la valentía necesaria para comunicar oficialmente el carácter definitivo de mi decisión de abandonar el grupo, para así convertirme en uno más del resto. A partir de esa noche, nuestros caminos se separarían de manera concluyente y definitiva, sin rencores ni reproches. Tan solo nos unirían infinidad de recuerdos alojados en nuestra memoria colectiva, memorias que pervivirían en el tiempo con mayor o menor gloria para según quien o, al menos, eso me obligaba a pensar en los momentos de duda y miedo inevitable.

Nuestra situación era la habitual, sentados en el clásico círculo que formaban las banquetas bajas de madera alrededor de la tosca mesa que solíamos ocupar prácticamente a diario. Justo a mi lado derecho se hallaba sentado Saúl (Bela), al cual aún ni siquiera había tenido la oportunidad de dar la enhorabuena por su nuevo trabajo en Italia, ya que desde mi llegada no había cesado ni un instante de conversar con Sabin, ubicado este a su inmediata derecha. Enfrente mío estaba Julio, parapetado por Pinceles y Bolo. A mi lado izquierdo, Mikel no paraba de iniciar temas irrelevantes e inusuales a la escasa conversación grupal, tales como el tiempo de los últimos días o la nueva vajilla del bar. Los primeros minutos en su compañía transcurrieron sin apenas trato directo con ninguno de los miembros de la pandilla en particular. Traté de descifrar los sentimientos que sus rostros podían ocultar acerca de mí, pero se trataba de un juego tan ambiguo como estéril. Tal fue mi obsesión analítica en esos primeros compases de la noche que ningún gesto ni mirada pasaba inadvertida a mi extrema atención. Sus miradas esquivas comenzaban a quemar mi piel. Notaba lo enrarecido del ambiente creciendo por momentos. Percibía más camaradería de lo normal y eso me pareció extraño por el carácter inhabitual del hecho en sí. Procuraban mantenerse en charlas banales el total del tiempo a fin de no comenzar un conato de diálogo conmigo. Especialmente me llamaba la atención la actitud de Julio, quien a pesar de no estar manteniendo ninguna conversación, se limitaba a observarme en aquellos momentos en los que pensaba que yo no me percataría de su atención. Ciertamente llegó a inquietarme su continuado proceder. Tanto es así, que por un momento sentí que podría saber mis pensamientos si de verdad se lo proponía. Para evitar perpetuarme en aquella incomodidad, hice coincidir nuestras miradas confiado en encontrar por fin una palabra o gesto que me sacara de mi creciente sensación de sentirme apartado del grupo.

Así continuó todo hasta que Ángela apareció para captar el pleno de nuestra atención. Noté en mis entrañas cómo me desafiaba con su primera mirada, pero no quería estar seguro de sus intenciones. Justo antes de tomar asiento se dirigió a mí en tono conciliador y me dijo: «Enhorabuena, tu novia es preciosa. Seguro que vais a ser muy felices juntos». Carraspeó notoriamente y se sentó en un taburete situado junto a Mikel, a quien estaba a punto de colmar de atenciones.

Un escalofrío recorrió mi espalda de inmediato. No percibí ironía ni doble lectura en sus palabras, pero, ¿por qué lo sabía? ¡Si solo habían pasado unas horas desde mi primer encuentro con Irene! ¿Y por qué se mostraba plácida con una situación que en principio debía molestarla? ¿Era todo fachada? Sin duda la noche comenzaba con sorpresas. Me resultó imposible evitar que mi mente se asomara sin remedio al abismo de la total incomprensión. Me había preparado un sencillo discurso para explicar mi decisión de abandonar el grupo lo menos traumáticamente posible, pero tras la aparición de Ángela supuse que no sacar ningún tema susceptible de empeorar la situación sería la mejor opción. Seguro que el devenir alcohólico de la propia noche iría mostrándome sin proponérselo el momento más adecuado de actuar tal y como había escrito en mi guion mental.

Proseguí, sin remedio, atento a cada conversación que, ajena a mí, se iba generando en la mesa hasta que Mikel consultó su reloj automáticamente y anunció, algo precipitado, lo oportuno de salir del Basajaun para cambiar de ambiente. Quería ir a «ese nuevo bar que han abierto aquí al lado». Aun cuando varios miembros de la cuadrilla no habían finalizado siquiera sus bebidas, nadie discutió su decisión y, en dos minutos, ya nos encontrábamos en la calle. Julio se posicionó junto a mí en el trayecto y al fin se lanzó a hablar conmigo sobre las maravillas del nuevo destino que le esperaba a Saúl. Eran las once y cuarto de la noche y unas nubes oscuras y densas ocultaban la claridad de la luna casi por completo. No tenía ni la más remota idea de la dirección concreta que nuestros cuerpos llevaban, así que una vez más me dejé llevar. El grupo lo encabezaban Mikel y Ángela, adelantados en varios pasos a Sabin y Saúl, quienes iban a su vez delante del coche escoba formado por Julio y por mí. Las calles del sector más antiguo de la ciudad presentaban un aspecto abarrotado de pandillas de jóvenes ansiosos por hidratarse etílicamente un sábado más. Simplemente nos limitamos a esquivarlos. Como era habitual, ni siquiera reparábamos en su presencia a conciencia, no fuera a ser que por el mero hecho de coincidir en alguna mirada nos fueran a contagiar algo de su españolidad o de su falta de implicación política... Pero esa noche fue diferente. De repente saltaron todas las alarmas al detener Ángela y Mikel su progresión al unísono y señalar eléctricamente a un joven que se encontraba a unos cinco metros de sus amenazadores índices.

Se trataba de un tipo bajito de complexión media tirando a fuerte, cuya forma de moverse le adjudicaba una imagen arrogante. Caminaba dando pasitos muy cortos, con el mentón mirando al cielo. Enseguida sus andares me recordaron a los de un militar en pleno desfile. Ángela se acercaba cada vez más, mientras el resto seguíamos su estela, tal y como siempre hacíamos cuando uno de los componentes del grupo se alejaba de la manada, cada vez acortando más la distancia que nos separaba. Fue entonces cuando lo reconocí. Vestía unos vaqueros anchos y desgastados, una camiseta gris de manga larga y unas deportivas blancas con el logotipo de una conocidísima marca de zapatillas en color negro. Su pelo seguía siendo corto y moreno, tal y como lo recordaba. Al ver su rostro comprobé que este tampoco había modificado mucho su fisonomía. Tan solo una barba de dos o tres días había provocado una ligera trasformación de su total. De nuevo ciertas dudas amenazaban con intranquilizarme: ¿qué hacía ahí? Y más importante aún, ¿por qué Ángela se estaba acercando a él en actitud amenazante?

El tiempo se me echó encima sin remedio y, para cuando me di cuenta de que se trataba de Pablo, Ángela y Mikel ya lo habían abordado violentamente.

La tierra ardía bajo mis pies como nunca sospeché que lo pudiera hacer. Busqué inmediatamente una explicación en el rostro de Julio, aún sin desvelar mi amistad con Pablo, pero no obtuve ninguna aclaración. Por primera vez desde que lo conocía, apartó la mirada intencionadamente y fue incapaz de mirarme directamente a los ojos. Entonces comprendí que nada quedaría atrás esa noche. La venganza que Ángela y compañía me tenían reservada había dado comienzo y, desgraciadamente, me habían guardado asientos de primera clase para la función.

—¡Este español de mierda se ha metido con los presos! —anunció Ángela al alcanzarlo, tratando de legitimar sus futuros actos con tal falsedad.

Pablo negó con la cabeza tantas veces como pudo antes de ser golpeado por primera vez por Ángela. Se le veía atemorizado. Desde la distancia que nos separaba se podía intuir en su rostro la gravedad de la situación.

Decidí detenerme a una distancia prudencial para no ser descubierto por Pablo e intentar pasar inadvertido. Sucediera lo que sucediera, a partir de ese momento no debía acercarme más o pondría en riesgo mi propia integridad física. Mi presencia no le salvaría de nada, al igual que mi ausencia tampoco le sería beneficiosa en ningún caso; la suerte estaba echada y esta vez no caería de mi lado ni del de mi amigo más veterano. Si en ese momento me hubiese armado de valor y me hubiera enfrentado a mis antiguos compañeros, hubiera sido como echar gasolina al fuego y a buen seguro los dos hubiéramos terminado en el hospital. Por lo tanto, la idea de limitarme a contemplar lo que sucedía desde la distancia se me antojó como inmejorable. Nunca antes había experimentado un estado de pánico paralizante de tal magnitud y mucho menos una situación así de frustrante al intuir la paliza que mi amigo de la infancia iba a recibir, presumiblemente por mi culpa.

Mikel tardó una fracción de segundo más que Ángela en alcanzarlo. Pero al contrario que ella, él no llegó simplemente en tono amenazador y directamente arrojó un certero puñetazo a la mandíbula de mi enjuto amigo de Cábanos. El impacto le desestabilizó por completo. Una vez que Pablo tocó suelo con la espalda, los golpes se sucedieron uno tras otro de una manera tan rítmica y cadenciosa como lo suelen hacer las baquetas de percusión al impactar en la batería. Para entonces, la totalidad del grupo, excepto Julio, que se mantenía congelado como un témpano de hielo junto a mi figura incrédula, se habían añadido a la fiesta de violencia, vergüenza y humillación a la que Pablo era sometido.

Sabin se arrodilló rápidamente con el objetivo de conectar más certeramente sus golpes en la cara de su oponente, mientras Bolo de pie, desde arriba, le obsequiaba contundentes patadas en el bajo vientre. Pinceles, a su vez, le pateaba el costado izquierdo al mismo tiempo que Ángela le escupía desde la distancia con tremenda rabia. Su rostro representaba fielmente la maldad hecha persona. En ese preciso momento, la imagen que mis ojos captaron me resultó dantesca: cuerpos enredados, puñetazos, patadas, sangre a raudales… Tan solo dejaban de castigarlo cuando alguno de los expertos atacantes sentía en su propia piel altas dosis de cansancio físico.

En medio de aquella encerrona y mientras mi mente aún no alcanzaba a comprender con claridad qué era exactamente lo que estaba presenciando, Pablo emitió un ahogado quejido solicitando el cese de la hostilidad para con él y mediante un hilo de voz tan aturdido como apagado me pareció escucharle implorar mi ayuda: «¡Isma, ayuda!». Lamentablemente no estaba seguro de lo que escuché debido al fino tono de su súplica y al tremendo ruido que se había formado a su alrededor. El bullicio propio de un sábado por la noche en un lugar típico de alterne juvenil tampoco ayudó demasiado a aclararlo. Tal y como yo actué, o mejor dicho como no lo hice, el resto de transeúntes me tomaron como ejemplo y nadie hizo nada. Sabían que interceder por el débil les podía salir caro. Había que tener en cuenta que Mikel, Sabin y compañía eran gente acostumbrada a las peleas callejeras. Daban y recibían golpes con una soltura y naturalidad impropia de gente amateur de deportes de contacto.

Por otra parte, he de reconocer que me llamó la atención especialmente la actitud de Pablo al ser castigado. No actuaba como cualquier otra víctima de agresión, cuya reacción lógica hubiera sido la de intentar huir al sentir el primer golpe para acabar con el sufrimiento lo antes posible. Me daba la sensación de que se encontraba resignado y esperaba a que todo acabara cuanto antes, para poder volver de una pieza a lo que fuera que había venido a hacer a Vitoria.

Un golpe de suerte hizo que el ataque cesara por completo. La razón: una sirena de policía se hacía cada vez más presente. Realmente no se podía adivinar a ciencia cierta si se trataba de la policía, de bomberos o de una ambulancia. Ni siquiera se podía asegurar si se dirigían al auxilio de Pablo o era cualquier otro el motivo que los ocupaba. En cualquier caso, los agresores se alejaron, permitiéndome, sin querer, retener dos imágenes que me acompañarían por el resto de mi vida. La primera era la resquebrajada camiseta de Pablo completamente decorada con su propia sangre y la otra estampa era la de Ángela, o más bien la de sus ojos. Se hallaban plenos de esa orgullosa sensación de éxito absoluto, la cual solamente una victoria te proporciona. Al ver esa mirada ya no tenía ninguna duda, la acción que acababa de acontecer tenía su firma personalizada. La rúbrica de mi particular azote iba impronta en este acto. Puede que el tiempo transcurriera como si nada hubiera ocurrido, pero ya nada volvería a ser igual. Esa noche no se podría borrar fácilmente de mi memoria. A esas alturas estaba seguro de que, más que una desafortunada casualidad, parecía ser uno de los múltiples pagos a plazos que aún adeudaba a Ángela por mi osadía de no haberla amado cuando realmente pude. Su amenaza, «Maldecirás por siempre este día», retumbaba en mi mente con especial fuerza.

Hui disimuladamente como un cobarde. Me sentía un monstruo al alejarme y, para contrarrestar ese sentimiento, resolví llamar a una ambulancia por si el destino de aquella sirena no fuera el de socorrer a mi amigo.

Colgué el teléfono y ni siquiera esperé a que la ambulancia apareciera. Avancé ligero en dirección contraria al lugar de los hechos y al alzar la cabeza avisté a Julio esperándome a escasos metros de distancia. Era imposible de precisar su procedencia y si me había visto llamar a la ambulancia o no. Al verlo, giré ciento ochenta grados mi orientación y eché a andar hacia el otro lado. No podía afrontar la realidad. Solo quería desaparecer y castigarme en solitario por mi supuesta responsabilidad en el terrible suceso que acababa de acontecer.

Me refugié en un bar de ambiente gay. Creo que se trataba del único de este tipo que se podía encontrar en la ciudad. Sabía que allí nunca se les ocurriría buscarme. Ni la música ni la estética predominante iban acorde a sus gustos. Resultó un lugar perfecto donde obcecarme en conjeturas maquiavélicas y traiciones siniestras entre cerveza y cerveza. La idea de que Pablo no estuviera en Vitoria de forma casual y de que la semilla de ese reciente acto deleznable y cobarde se había plantado varios meses atrás tomaba cada vez más cuerpo a medida que los botellines de cerveza se vaciaban. Sentía una inmensa culpabilidad mezclada a partes iguales con arrepentimiento, sin saber muy bien por qué. «En realidad, yo no había quedado con Pablo y tampoco podía haber parado la pelea», me justificaba continuamente. No había modo de escapar a lo que supuse haber provocado de manera involuntaria.

No pude evitar explotar en lágrimas al aferrarme a mis entrañables recuerdos con Pablo. Había sido la única amistad pura, desinteresada y verdadera que había tenido hasta entonces. Desde el inicio nos aceptamos tal y como éramos. Nos acoplábamos a la perfección a pesar de nuestras diferencias. Nos divertíamos con las imperfecciones del otro. Y sobre todo, superamos los obstáculos que el resto de los niños del pueblo nos iban poniendo para que no fuéramos amigos. Repasé por cientos los recuerdos que vinieron a mi mente al rescatar del olvido nuestra bonita amistad: los partidos de pelota mano, las ruinas, las charlas con Matías, los paseos en bici, las fiestas del pueblo... Pero una frase en especial me torturó sobremanera antes de desvanecerme y perder el conocimiento. «Siempre te protegeré», no había dudado en prometerle años atrás, ante los continuados ataques de los futboleros de Cábanos. Pablo confió en mi palabra y años después así se lo había pagado.

Me sentía el mayor traidor de la historia, muy por encima de Brutus o Judas Iscariote. No merecía perdón alguno.

Amanecí con el cuerpo dolorido y postrado en una cama ajena de dimensiones enormes anclada en una habitación extraña para mí. Por la luz que se colaba por los huecos de la persiana intuí que era de día desde hacía ya varias horas. No se escuchaba ningún ruido en las cercanías. Completamente desnudo me puse en pie y, aturdido por lo extraño de la situación, comprobé que el intenso dolor que mi cabeza percibía no era el habitual de una resaca. Me sentía como una máquina desengrasada incapaz de carburar sin ayuda. Mi cuerpo se encontraba limpio a conciencia. Era como si alguien lo hubiera lavado de arriba a abajo momentos antes. Atónito, al mirar a ambos lados de la cama, no pude sino asumir que no me encontraba en un hotel. Por la atrevida decoración, las paredes cubiertas con afiches de mujeres desnudas y las lámparas de colores supuse que más bien debía estar en una casa de citas o algo parecido. Consciente de la imprudencia que suponía permanecer en aquel lugar desconocido por más tiempo, recogí mi ropa del suelo y me vestí rápidamente. No pretendía inspeccionar el terreno minuciosamente, pero para salir de allí debía atravesar esa puerta y qué era lo que habría tras ella suponía un misterio para mí.

El resto de la casa era como la habitación donde desperté enigmáticamente: atrevida, antigua y lujosa. Un pasillo estrecho y solemne me dirigía directo a otras estancias de mayor envergadura. Al menos había otras cuatro habitaciones más en el piso. El suelo de madera delataba mis pasos crujiendo a su antojo. La primera estancia que encontré a mi lado derecho parecía ser un salón donde una lámpara victoriana destacaba justo encima de una estatua de alrededor de un metro de alto, de lo que yo supuse que representaba a algún antiguo dios griego, uno de esos que siempre muestran desnudos en los museos. Las demás habitaciones también se encontraban abiertas, aunque no quise entrar en ninguna de ellas. «Vista una, vistas todas», pensé. Pero, al contemplarlas atropelladamente desde la distancia, todas las pruebas visuales (luces fluorescentes, fotos de desnudos colgadas en las paredes, colores vivos por todos lados) sugerían que me encontraba en un prostíbulo. Finalmente pude salir sin ser visto mientras las hipnóticas y vigorosas olas del confuso mar de la desinformación más absoluta me arrastraban inexplicablemente hacia la calle. Tal vez haber permanecido más tiempo en el interior del lupanar hubiese supuesto averiguar detalles tan significativos como cuándo y cómo llegué allí, si alguien me llevó y en qué condiciones aparecí, pero el miedo a lo inexplorado y la ansiedad propia del momento superaron aplastantemente la curiosidad.

Durante el frío camino de regreso al hogar intenté encontrar esa trampilla, tantas veces inaccesible, de entrada a mi memoria a corto plazo. Necesitaba, como fuera, vislumbrar algo de luz en la inmensa oscuridad que me había llevado a acabar la noche en aquel piso de citas. Pronto comprobé que esta tarea no iba a ser empresa sencilla. La lucidez no iba a aparecer por arte de magia, así que asumí como buena la hipótesis de que alguna bebida me había sentado peor de lo habitual y había desatado en mí efectos reprobables. Inevitablemente, el resto del camino continué pensando acerca del suceso realmente importante que tuvo lugar la noche anterior y prometía desestabilizar mi vida de manera irreversible. Traté de sintetizar cronológicamente los hechos desde mi llegada al Basajaun hasta el fatal hallazgo de Pablo. Tal vez de este modo mi mente comenzara a abrir las puertas cerradas de mi memoria. Aunque solo fuera un detalle relevante habría merecido la pena. Un cúmulo de conversaciones inconexas e ilógicas en el Basajaun, la felicitación de Ángela por mi noviazgo... Cuando de repente cierta claridad asaltó mi cabeza. ¡Claro! Habían estado toda la noche hablando de forma subliminal utilizando el doble sentido. Desmenuzando nuevamente los entresijos de sus palabras, encontré conversaciones acerca de películas, novelas y enseres varios, todos coincidentes con artículos que faltaban de mi casa desde aquel día en que sentí extraordinario que la puerta de mi casa no estuviera cerrada con llave. Entre las conversaciones que ellos habían mantenido en el Basajaun se encontraban charlas sobre el manifiesto comunista, la película de 1984, lo hortera que había que ser para escuchar pop español. Entre la tensión del momento y lo artificial de la situación no me di cuenta de que sus comentarios coincidían con aspectos de mi vida que ellos habían decidido acaparar para sí, con el desleal objetivo de mostrar su fuerza y avergonzarme al mismo tiempo. Las piezas comenzaban a encajar. La simultaneidad de ambos hechos, el pequeño robo en mí casa y sus comentarios en el Basajaun me otorgaban poderosas razones para sospechar que tantas coincidencias no podían ser fruto de lo casual.

De manera inesperada me alcanzó vagamente el recuerdo de haber estado discutiendo acaloradamente con Mikel durante alguna parte de la noche. No recordaba ni el lugar ni el motivo exacto de la disputa, pero estaba seguro de que esta se había materializado horas después del incidente con Pablo, lo que me situaba nuevamente con mis examigos después de perder el conocimiento en el bar de ambiente.

A esas alturas no podía sino dudar de todo. Las sospechas de haber sido víctima de mi propio grupo de «amigos» me aterraban. Pensé incluso que Bela no se marcharía nunca a Italia ni a ningún otro sitio. Probablemente habían inventado una excusa para atraerme al redil. Un cepo bien hilado para invitarme a mi propia «despedida de vasco», no a la suya, como Julio inicialmente había anunciado.

Alcancé una cabina de teléfono y marqué el número de la casa de Julio. Objetivo: chequear su reacción al escuchar mi voz tras todo lo ocurrido. Antes de telefonearle, aproveché las monedas sueltas que tenía en mi cartera para interesarme por la suerte que Pablo había corrido llamando a todos los hospitales de la ciudad. No hubo suerte. Ningún joven con ese nombre, ni siquiera nadie con esa apariencia física, había sido ingresado en las últimas doce horas. «¿¡Cómo podía ser que Pablo no pasara la noche en un hospital!?», pensé meditabundo. O había encontrado un método alternativo para curar sus heridas o habría corrido peor suerte. Durante breves segundos albergué realmente esperanzado la opción de haber soñado la tremenda paliza a mi amigo. Procuré imaginarme un guion completamente distinto al que llevaba todo el camino planteándome. Uno lleno de casualidades y coincidencias del cual me reiría en un tiempo futuro. Un conjunto de ideas que, entrelazadas entre sí, me resultaran sencillas de asimilar y evitar así caer en la locura más insondable. Necesitaba autoengañarme, ya que de ser cierto que todo lo sucedido pertenecía a un plan en mi contra, me faltaría el valor necesario para soportar lo que me venía encima.

Julio no contestó hasta el cuarto tono. Estaba tan ansioso por saber, como temeroso por conocer. Era perfectamente consciente de que Julio jamás admitiría ningún abuso conmigo. No lo imaginaba confesando que me habían drogado para tal o cual propósito, o que habían abordado y golpeado a Pablo hasta la extenuación tan solo por ser mi amigo, y les encajaba para vengarse de mi persona. No esperaba ninguna confesión inculpatoria ni mucho menos. Sabía con quién iba a hablar. Pero quizás al escuchar su tono de voz sería capaz de hacerme una idea de sus intenciones e, incluso, pudiera que llegara a ayudarme, sin pretenderlo, a esclarecer algo acerca de tan sorprendentes acontecimientos.

—¿Sí, quién llama? —preguntó aletargado.

—Soy Isma —anuncié tímidamente.

Un silencio prolongado por más de un minuto hizo saltar todas las alarmas. Pensé que había colgado. Tras ese inquietante parón procedí a escuchar las últimas palabras que iba a escuchar de su boca.

—¡No tengas la osadía de volver a llamar a mi casa, amigo de los españoles! ¡Ya tendrás noticias nuestras cuando llegue el momento, traidor! —zanjó en tono marcadamente violento.

Julio había destapado su cara más dura y revelado, de ese modo, todos y cada uno de mis peores temores. Mis augurios más negativos se acababan de materializar escondidos en aquellas palabras. Me negué a pensar de inmediato qué era lo que las frases amenazantes de mi antiguo compañero de batallas suponían. Pero una cosa era obvia: tenía miedo, mucho miedo. Por lo tanto, me controlaban y poseían. Estaba donde ellos querían. Julio era conocedor del poder que el miedo ejerce sobre las personas. «El miedo es la forma más poderosa de control», solía recodar continuamente a la hora de justificar cada salvaje atentado.

Maldije mi suerte sin descanso. ¡Qué duro es comprenderlo todo cuando ya nada se puede cambiar! Tras aquella llamada comprendí que mi juventud se había desvanecido por completo en cuestión de segundos. Había traspasado la delgada línea enemiga con ambos pies. Era un traidor amigo de los españoles y ya era demasiado tarde para regresar a una posición neutral que me permitiera vivir cómodo y observar la trinchera desde una distancia prudencial. Había saltado al terreno de juego, obligado a mano armada por el rival. Mi futuro cercano me aterraba incluso más, por el hecho de haber permanecido en sus filas hasta hacía unas semanas. Desgraciadamente sabía mejor que nadie lo que me esperaba por la deserción. Entendía que ahora estaban obligados a mostrarse especialmente duros conmigo, tal y como en ese entorno acostumbraban a hacer con los arrepentidos. No podían permitirse el lujo de que hubiera algún joven miembro de la mal denominada izquierda *abertzale* que pretendiera seguir mi ejemplo.

No había duda, lo más prudente por mi parte sería no volver a dar señales de vida. Desaparecer o, al menos, simular que lo hacía sería lo más inteligente. No me quedaba otra opción que esperar paciente a que su respuesta fuera lo más tibia posible. Al fin y al cabo, ya habían tenido suficiente resarcimiento, a mi modo de entender, con la paliza a Pablo y el supuesto allanamiento de mi casa. Disponía de más información de la que debiera acerca de futuros sabotajes, planes concretos de recaudación ilegal de dinero o los modos de comunicarse con los enlaces de la banda terrorista, y esto podría suponerme un problema añadido. No solo era un traidor, sino que además disponía de información sensible. «¡Claro, por eso entraron en mi casa y la registraron minuciosamente! Para comprobar *in situ* si preservaba conmigo pruebas físicas de alguno de los sabotajes que habíamos perpetrado y podía inculparles. Seguro que al no encontrar nada se conformaron con tomar ciertos artículos sin valor, solo para darme un susto», pensé.

A pesar de todo lo desfavorable que la escena aparentaba, la vida tenía que continuar. Siempre lo hace. De ahora en adelante convertiría a Irene en mi bastión improvisado. ¿Qué mejor que apoyarme en mi inédita y deslumbrante relación de pareja para olvidarme de todo lo sucedido en aquella fatídica noche de mi despedida? Mi nueva vida había comenzado de una vez por todas y, en mi memoria, la figura de Samuel me recordaba latentemente cómo no debían acabar mis días, por mucha presión que pudiera recibir a partir de este momento.

CAPÍTULO 13

MÁS MADERA

Parecía haber pasado toda una vida desde la enigmática y fugaz aparición de Pablo en mi convulsa realidad. Bueno, en realidad habían sido solo ocho meses, pero sin duda alguna se trataba del tiempo más feliz de mi existencia.

Aquella mañana de domingo, ya que habíamos madrugado más de lo habitual sin pretenderlo, nos pusimos pronto en marcha. El reloj marcaba las nueve menos cinco de la mañana y ya nos encontrábamos inmersos en nuestra excursión favorita, «el paseo de los sueños», como nosotros mismos acabamos denominándola. Al menos una vez por semana, normalmente durante el fin de semana, recorríamos los caminos y calles que enlazaban el céntrico barrio donde vivíamos con la zona más acomodada de la ciudad, situada al sur de la misma. El objeto de estos largos paseos, además del obvio de estirar las anquilosadas piernas por la falta de ejercicio con el plus de hacerlo en un entorno visualmente más que amable, no era otro sino soñar despiertos, rodeados de tanta abundancia arquitectónica. Nos gustaba fantasear con una vida de lujo, la misma que pensábamos que deberían llevar los dueños de esas casonas y palacetes que se ubicaban en el paseo de Fray Francisco, el más lujoso y bello de la ciudad. Solíamos parar a deleitarnos con los lujosos detalles de las mansiones situadas en la calle donde el mismísimo presidente autonómico vasco (*lehendakari*) residía en un coqueto palacete de estilo neovasco construido en 1920. Esa mañana del 24 de mayo de 1998 se presentaba despejada y calurosa sin llegar al bochorno. Como disponíamos de tiempo suficiente antes de comer, decidimos no darnos la vuelta en el monumento de Fray Francisco y nos encaminamos hacia el pueblo de Armentia, otro de los lugares elegidos por los autóctonos más pudientes para residir cómodamente en familia. Allí nos detuvimos maravillados junto a una moderna villa de dos pisos. La colosal vivienda tenía una imponente terraza en la segunda planta decorada como un gigante solárium, donde Irene y yo nos imaginamos descansando bajo los rayos del sol con todo lujo de detalles.

—Así se debe sentir una en el cielo —comentó antes de suspirar vagamente.

—¿No íbamos a pasarlo bien tú y yo ahí, eh? —introduje en tono pícaro.

—¡Siempre piensas en lo mismo! —exclamó para amonestar rápidamente mi salida de tono.

Nos acercamos un poco más a la zona ajardinada. En total serían unos trescientos metros cuadrados de jardín, separado en dos mitades prácticamente exactas por un camino empedrado que comunicaba elegantemente la entrada de la vivienda con el vallado acceso donde nos encontrábamos.

—Lo primero que haría sería quitar ese camino. Creo que mata el jardín al dividirlo de esa manera —opinó.

—¡En ningún caso! Es lo más bonito de la casa. Eso sí, yo allí —apunté hacia la parte izquierda del jardín— construiría una fuente. Una de esas cascadas que iluminan el agua desde abajo.

—Comprendo… Tú lo que quieres es un jardín zen, no una casa digna de una pareja joven y moderna como la que yo merezco —sostuvo irónica, al borde de la carcajada.

Los dos teníamos claro que nos gustaría vivir en una casa con amplio terreno donde poder tomar el sol o donde nuestros futuros hijos pudieran ubicar sus más fantasiosos juegos, pero en cuanto al posible diseño de los espacios al aire libre manteníamos serias discrepancias. Yo optaba por estilos clásicos donde la luz tenue tuviera especial relevancia en zonas exteriores, mientras que por su parte la iluminación del jardín se le hacía insoportable y pretendía ocupar esos espacios con otros elementos menos decorativos y más prácticos para el día a día. Como más de una vez me indicó: «No me gustaría montar una especie de circo galáctico en mi propio terreno».

—Allí ubicaría los columpios para Suiza —dijo, y señaló el mismo punto al que me había referido segundos antes.

—Sabes que lo de los nombres es un tema que no está cerrado. Igual sería conveniente seguir dándole un par de vueltas al asunto.

—Sí claro, tendremos que discutirlo. Supongo que tantas veces como sea necesario hasta que asuma mi derrota y cambie de opinión, ¿verdad?

—¡Eso espero! —lancé enérgicamente antes de abrazarla para evitar así un conato de berrinche.

Irene se había empeñado en llamar a nuestros futuros hijos, si algún día el porvenir nos obsequiaba con el milagro de la procreación, como países. No ocultaba su preferencia por los territorios europeos, tales como Suiza, Dinamarca o Bélgica, aunque tampoco hacía ascos a naciones más exóticas como Zaire o Burkina.

—Y si es niño, ¿cómo pretendes llamarlo: ¿Portugal, Marruecos?

—¡No seas tonto! —censuró mimosa instantes antes de besarme—. No te preocupes, ya se me ocurrirá algo si se diera el caso.

Dejamos de contemplar la espectacular residencia y nos dirigimos a paso ligero hacia el bosque de Armentia, mi rincón favorito de la ciudad. Allí, en la copa de uno de los miles de árboles, habíamos marcado nuestros nombres junto a un breve mensaje: «por siempre juntos». Desde que lo marcáramos, haría cinco meses, en nuestra primera incursión juntos en el bosque, acostumbrábamos a volver siempre que teníamos el tiempo y las ganas suficientes. Cada vez que nos deteníamos junto a la inscripción, Irene me obligaba a repasarla con el objetivo de que continuara perfectamente legible, así que en esta ocasión también saqué la llave del portal de casa, la más afilada de todas las que llevaba, para contentarla una vez más. Decía que era un símbolo de nuestra relación y que no podíamos dejar que se mimetizara de tal manera que quedara ilegible. Sinceramente, me parecía una completa estupidez el hecho de que mi nombre permaneciera junto al de Irene en un árbol, pero en cierto modo me emocionaba ver cómo cualquier emblema con un leve tinte sentimental se le antojaba tan importante. Y si a ella le parecía importante enmarcar nuestro amor en un árbol, así se haría… Puestos a elegir un modo de plasmar nuestro orgullo de pareja, y si de mí hubiera dependido, hubiera preferido hacerlo público de una manera mucho más ostentosa, como dar a conocer a todo el mundo sin discriminación ninguna, la inmensa felicidad que sentía por el hecho de estar emparejado con la mujer más maravillosa del mundo al alquilar una avioneta que sobrevolara Vitoria durante una mañana entera con algún mensaje de amor personalizado adherido a su cola. Pero ese no era el estilo de Irene.

Nuestros nombres se mantenían exactamente igual que la última vez. Aun así, Irene insistió:

—Tu nombre está un poco más apagado. ¿No ves la I cómo quiere esconderse en el árbol?

—Claro mi amor, ahora mismo —consentí mientras realizaba una reverencia indulgente.

—Parece que fue ayer cuando entre besos apasionados y caricias varias se nos ocurrió la brillante idea de escribir un mensaje eterno en este lugar.

—Pues ya ha pasado casi medio año desde entonces —recordé oportuno para otorgar más importancia al tiempo pasado juntos que al hecho del detalle en sí.

—¿Y qué te parece?

—Que se conserva en buen estado. Habrá que ver cuando llegue el otoño qué tal se comporta.

—¡No, tonto! Me refiero al tiempo que llevamos juntos.

—¿Quieres una valoración? ¿Un resumen? ¿Ambas?

—Exactamente eso es lo que quiero: un resumen de cada día que hemos pasado juntos. A doble cara y me lo entregas mañana antes de las doce —ironizó.

Su divertido comentario hizo que pasáramos un buen momento entre risas y abrazos a la sombra de la copa de nuestro árbol, en esta ocasión levemente agitada por un suave viento que parecía ir a más.

—Creo que nos encontramos en esa fase en la que cada vez estamos mejor el uno con el otro. Todo lo que introducimos en la relación funciona y además resulta enriquecedor. No puedo ser más positivo si imagino un futuro en común. Cada momento a tu lado es infinitamente mejor que el instante anterior. Para serte sincero, jamás soñé tan siquiera con tener una vida ni la mitad de feliz de la que ahora tengo y todo te lo debo a ti. ¡Simplemente haces que mi vida sea perfecta! —transmití sinceramente.

Sentía un profundo e indomable sentimiento de amor por Irene que debía ser a todas luces notorio. Aun así, y gracias a mi veraz resumen, conseguí ablandarla inesperadamente.

—Pienso exactamente lo mismo, Isma. Yo tampoco pensé que me resultara tan sencillo amoldarme a la vida en pareja tan pronto. No sabía que el amor podía ser tan exquisito. A veces pienso qué sería de mí sin tu amor y no logro imaginar que la vida pudiera llegar a tener sentido de ese modo. Tanto es así, que a veces considero que vivo contigo una relación tan adictiva como la que pueden tener otros al juego o al café, por poner algún ejemplo. La vida anterior a ti queda vacía de contenido. No consigo recordar cómo se vivía sin tus acalorados besos, ni sin disfrutar en exclusiva de cada centímetro de tu piel.

Irene se había vaciado como nunca. Mi lado más empático, normalmente aletargado sin remedio, supuso que era el momento de abrazarla y besarla, y acerté. ¡Y vaya si acerté! Apoyados y parcialmente ocultos tras el robusto tronco del árbol marcado con nuestro amor, nos dejamos llevar por la pasión salvajemente.

Por fin, la suerte ya no me era esquiva y me sentía tan afortunado, o más, que cualquier agraciado con el primer premio de la lotería. Estaba exultante y este estado me llevó a atreverme a fantasear con cómo perpetuar este periodo de felicidad, inconsciente de que los sueños no están hechos para los malditos. Las fantasías deben ser de un material tan frágil que mis ásperas manos solo los pueden mantener sin romper por un tiempo limitado, el justo para saborearlo y digerirlo, pero no para asimilarlo. Al fin y al cabo, ¿cómo alguien con mi pasado iba a poder mantener algo tan valioso de forma vitalicia? Me había esmerado sin descanso en eliminar de mi mente la parte más oscura de mi *curriculum vitae*. Pero, en el fondo de mí, sabía que este regresaría cuando menos lo esperara. En los brazos de Irene había dejado de ser un alma en pena, inseguro y dependiente, para convertirme en una persona mucho más optimista y segura de sí misma. Para lograr ese cambio había utilizado una técnica, la cual me funcionó a las mil maravillas: concentrar toda mi atención en ella. En cada momento y lugar donde la negatividad o la duda querían apoderarse de mí, yo me obligaba a pensar únicamente en Irene. Del mismo modo que los perros mordisquean un hueso concienzudamente sin importarle lo que ocurra en el resto del planeta; atención plena pura y dura. Así, al tener mi mente de mi lado por primera vez en mi vida, pronto me acostumbré a la apacible percepción de estar continuamente remando con el viento a favor. Ya no encadenaba intrigas improductivas ni dolorosos sinsabores, a los cuales acostumbraba en mi desafortunada pasada peripecia vital. Simplemente había cambiado aquellos pensamientos negativos por amor. ¡Qué sencillo es todo cuando lo único que te mueve es el más dulce de los sentimientos!

Segundos antes de llegar a casa de mi padre, algunas miles de veces más modesta que las pretendidas minutos antes, Irene me lanzó una mirada tierna acompañada de un ladeo de cabeza un tanto victimista. Del mismo modo mantuvo unos segundos una caída de ojos digna de un inocente niño y finalmente anunció con voz infantil: «Se me han olvidado las llaves». «No pasa nada, cielo», respondí condescendiente. Por fin, tres días antes, me había decidido por cambiar la cerradura, consciente de que cualquier día algún intruso podría autoinvitarse, tal y como ya lo hiciera meses atrás cuando me encontré claras señales de haber sido asaltado.

A ninguno de los dos nos supuso ningún esfuerzo adaptarnos a la vida en común. La sencilla y amable amistad que nos profesábamos, unido a un reparto equitativo de las tareas del hogar, lo hizo todo mucho más sencillo. Desde un inicio nos tomamos el ir a vivir juntos como un puente entre el noviazgo informal y el compromiso más serio que supone formar una familia. Y a tenor de los resultados que arrojaban los primeros meses de convivencia, el final del puente parecía atisbarse en el horizonte, ya podía verme con un par de churumbeles en un tiempo no muy lejano.

—Podríamos aprovechar que aún nos queda un rato largo para comer para ver la película que alquilamos anoche.

—Me parece muy buena idea —resolví mientras abría la cerradura con un magistral giro de muñeca digno del mismísimo Pete Sampras.

Irene y yo compartíamos afición por el cine y cada viernes por la tarde, después de la jornada laboral, acudíamos a nuestra cita con el videoclub para alquilar una película de nuestro gusto, mayormente *thrillers* americanos o películas europeas de directores tan profundos y metódicos como desconocidos para el gran público, las cuales disfrutábamos en el momento de mayor paz del fin de semana. Aunque suene vergonzoso, fue ella la que me introdujo en el mundo del arte. No solo en el del cine, también lo hizo en el teatro, música y pintura. Con ella aprendí conceptos artísticos que jamás había escuchado con anterioridad. En esos meses inicié una apertura sin complejos hacia una expresión cultural diversa y amplia, todo lo contrario de mi anterior etapa radical en la que, si el arte no estaba relacionado con el mundo violento o el consabido monotema vasco, se le tachaba de antemano de «arte comercial» y se evitaba así su difusión. En este nuevo marco, sentía que por primera vez podía sacar mi verdadera opinión sin temor a ser juzgado: ¡qué divina sensación la de poder decir que me gustaba una canción sin tener que justificar su mensaje al no tener nada que ver con luchas de pueblos! Si en mi anterior etapa me hubiera quedado enganchado con una novela, hubiera sido tachado automáticamente de «blando» por el resto. ¡Cuánta libertad se podía respirar en este nuevo contexto civilizado y qué agradable resultaba experimentar sensaciones nuevas cada día gracias al arte que comenzaba a apreciar!

Irene entró acelerada debido a la imperiosa necesidad de alcanzar el baño en el mínimo tiempo posible. Venía orinándose el último tramo del paseo y, afortunadamente, esa prisa evitó que se percatara de la presencia de un sobre blanco en el suelo de la entrada. Se encontraba a dos o tres pasos de la puerta, por lo que supuse que lo habrían deslizado por debajo de esta. Alcancé la carta y la olfateé sin saber muy bien por qué. Olía a una indefinible mezcla entre humo estancado y colonia barata de hombre de avanzada edad. Abrir el sobre no me supuso un gran esfuerzo. La pegatina se encontraba a medio cerrar, lo que me indicó la inmediatez de su cierre.

—Voy a ponerme el pijama —anunció Irene sin entrar en mi espacio visual.

Aproveché la intimidad que oportunamente Irene me regalaba y extraje del interior de la carta las dos cuartillas que en su interior descansaban. Lo primero que vi fue una fotografía del mismo tamaño del sobre y un folio doblado en dos. La fotografía era casera, una de esas instantáneas que algunas cámaras de fotos tenían la capacidad de ofrecer a los pocos segundos de haber sido tomada. En la imagen se me apreciaba nítidamente de pie sobre una moqueta verde, completamente desnudo, siendo objeto pasivo de una cálida y placentera mamada o, al menos, eso se podía interpretar al ver el expresivo rostro de placer que la instantánea mostraba. De la hacedora de tal deliciosa maniobra bucal solo se podía apreciar una larga y fina melena morena y el perfil de una nariz de largura y grosor estándar. Enseguida pude reconocer la cómoda en la cual apoyaba mis brazos: se trataba de la extraña habitación en la que desperté desorientado y semiamnésico medio año atrás. Tal y como era de esperar, me la habían jugado. Guardé la foto en el sobre nuevamente y deshice el doblez del segundo componente de la carta para leer lo que allí había escrito. Comencé a leerla con una sensación de completa seguridad de saber lo que estaba a punto de descifrar:

«Las traiciones se pagan. Tenemos la secuencia completa de tu pecaminosa noche y sería una pena que este material llegara a Carmen y a Irene. Vete a España y tanto tu seguridad como la de los tuyos estarán garantizadas».

Me imaginé que media ciudad ya sería consciente de mi provocado desliz y la otra mitad lo sería si no cumplía la demanda que explícitamente me hacían: marcharme del País Vasco.

—¿No vienes a cambiarte, cielo? —preguntó extrañada por mi inexcusable demora.

Devolví también el papel escrito a su envoltorio original y lo guardé en uno de los cajones del antiquísimo mueble del salón para acudir rápidamente a su llamada.

—Perdona, me había entretenido mirando lo que echaban en la tele.

—¿En la tele? Pero, ¿no íbamos a ver la película?

—Sí, claro… —continué dubitativo— Era solo por asegurarme que no ponían nada interesante. Ya sabes, el video lo podríamos poner en otro momento.

Tras haber quedado como un auténtico imbécil destapando la excusa más inútil posible, reparé en el inusual aspecto de Irene. En esta ocasión, extraño en ella, habituada a vestir escrupulosamente coqueta incluso para ir a la cama, había escogido como camisón una de mis camisetas de andar por casa y, como pantalón de pijama, uno de esos culotes que conservaba por si algún día retomaba la actividad deportiva. Parecía una Diosa embutida en mis harapos.

—Voy preparando algo de picar mientras te pones el pijama.

—¡Gracias, amor!

Nos besamos antes de separarnos, como si fuéramos a estar alejados el uno del otro por una larga temporada. Para cuando llegué al sofá, Irene ya había cumplido con su parte y descansaba tumbada, envuelta hasta el pecho en una fina sábana. Me resultó divertido comprobar que en uno de los extremos de la tela que le cubría aún se podía intuir el nudo que había armado días atrás antes de marcharme a trabajar, siguiendo así con el juego que tanto valoraba desde su etapa de niñez y el cual ya se había convertido en una más de nuestras costumbres.

—¡Alcánzame el aperitivo, por favor! —dijo, y señaló la mesita de té que quedaba a medio camino entre el sofá y el televisor—. Es lo único que he encontrado.

Me aproximé hasta la mesa y aparté de un manotazo una lata de refresco vacía que se interponía en mi camino para alcanzar el bol de plástico blanco que hacía las veces, en esta ocasión, de sufrido contenedor de unas cuantas olivas. Me detuve unos segundos a observar el mueble de la entrada donde había aparcado la amenazante nota anónima. En ese fugaz vistazo, decidí no intoxicarme con sus coacciones y seguir con mi vida. ¿Qué otra postura podía adoptar diferente a esta? ¿Abandonarlo todo: a Irene, mi trabajo, mi familia? «Deberán esmerarse más si me quieren obligar a poner tierra de por medio», pensé envalentonado.

La vida continuó en el mismo tono rosa al que ya me había malacostumbrado. Pero tan solo durante un corto periodo de tiempo más: exactamente tres semanas. Fue entonces, el veintitrés de abril, cuando todo comenzó a desmoronarse. La vida, sin detenerse nunca, ni siquiera para descansar, me volvía a ofrecer ciertos acontecimientos encadenados capaces de tumbar, o al menos hacer tambalearse, al más sólido y cabal de todos los hombres.

Aquella mañana acudí puntual al trabajo, tal y como siempre venía haciéndolo. Pero en esta ocasión, tan pronto como mostré mi silueta por la puerta, recibí el primer e inesperado golpe del día. Aitor, el joven encargado e hijo del jefe, me invitó amablemente a pasar a la sala donde solíamos cerrar las ventas. Allí, inesperadamente, también me estaba esperando una mujer de mediana edad y vestimenta estricta, sentada en una de las cómodas sillas de aquella fría estancia de uso limitado. Al comprobar la seriedad en el rostro de aquella mujer, comprendí que algo importante se estaba cociendo en la empresa, pero en ningún caso pensé que yo iba a ser el único invitado a aquella solemne reunión. Enseguida, la mujer de aspecto estirado me saludó fríamente con un apretón de manos para, acto seguido, pasar sin preámbulos a proporcionarme una hoja de papel escrita a máquina, con el sello de la empresa bien visible en la parte inferior del documento para darle así validez al escrito. Estuve tentado de leerla antes incluso de tomar asiento, pero entonces Aitor me invitó a sentarme y leerla desde la comodidad de una silla mientras en el ambiente tan solo se respiraba un escrupuloso silencio.

> «Debido al descenso de matriculaciones en el primer semestre del año y teniendo en cuenta el futuro inmediato de la compañía, nos vemos en la obligación de reducir gastos, así como el número de integrantes de la plantilla actual de trabajadores.
>
> De este modo, la dirección ha decidido prescindir de los servicios del empleado Ismael Korta , hasta hoy trabajador a jornada completa de la empresa.
>
> En agradecimiento por los servicios prestados en todos estos años de entrega y dedicación a la empresa, se le ofrece una compensación económica de doscientas cincuenta mil pesetas, así como una carta de recomendación, la cual esperamos contribuya positivamente a la hora de encontrar un nuevo empleo en el menor tiempo posible, donde el sujeto pueda desarrollar toda su valía.
>
> Firmado: La Gerencia».

Adherido mediante un clip al documento se encontraba un cheque con la cantidad anticipada en el escrito.

—Si estás de acuerdo con recibir esta cantidad, firma aquí y también en esta otra parte —dijo la señora al señalar el cheque y la carta de despido.

Por unos segundos estuve tentado de romper en mil pedazos el cheque y exigir la razón real de mi despido, aunque sabía que no iba a obtener la respuesta que buscaba; por eso firmé. En la empresa había al menos cinco empleados valorados por todos como prescindibles y solo yo iba a ser despachado; no parecía demasiado lógico. Tampoco se antojaba natural la manera en la que lo habían llevado a cabo, sin previo aviso. Inmerso una vez más en un sentimiento de injusticia e incomprensión, traspasé la puerta de la sala primero y del pabellón después, maldiciendo mi suerte por primera vez en esa mañana.

De camino al banco con el objetivo de ingresar el talón, la idea de contárselo a Irene esa misma noche se hizo fuerte en mi cabeza. Se lo anunciaría de la manera más positiva que se me ocurriera y, por supuesto, en un ambiente distendido. No pretendía afrontarlo como un drama, sino como una oportunidad de avanzar hacia algo nuevo. Para ello, antes de nada, me acerqué al supermercado y compré todo lo necesario para preparar una cena romántica y, sobre todo, casera (eso siempre puntúa doble), donde poder introducir la nefasta noticia de mi despido sin dramatizar.

Gasté más de lo habitual ya que la ocasión lo merecía: jamón ibérico, una buena pieza de lubina y algo de marisco para picar. Repartí el peso de las bolsas en ambas manos y unos pasos más adelante sentí una ligera y fría palmada en la espalda. Me giré y allí estaba él. Al ver su rostro fui plenamente consciente de que en los siguientes minutos las cosas iban a tornarse un tanto complicadas. Bela había modificado su envoltorio físico de manera más que evidente. Había dejado atrás su clásica postal de macarra de barrio marginal para adoptar un aspecto mucho más casual, serio y respetable. Supuse que Julio habría tenido mucho que ver en la trasformación. Con base en su nuevo aspecto, cabría pensar en una posible moderación, también en otros aspectos, pero nada más alejado de la realidad. Al cruzarnos las miradas por primera vez, enseguida optó por obsequiarme su mejor cara de circunstancias, esa que ensayan los jugadores habilidosos de póker para comunicar con la mirada a su rival la mala noticia de que no tienen nada qué hacer, o sí, al mismo tiempo. El palpable desprecio recibido en aquel momento pretendía degradarme al instante de simple ser vivo a basura españolista.

—¿Cómo te va, Bela? Te suponía en Italia.

Aún sin abandonar el establecimiento, me alivié momentáneamente del peso de la compra apoyando las bolsas en el suelo.

—¿Qué te parece si charlamos fuera? —invitó a la vez que recogía del suelo parte del lastre abandonado por mí segundos antes.

Traté de arrebatarle las bolsas de sus manos, pero ni se inmutó ante mi intento de ayuda y prosiguió decidido su camino a la calle.

—¿No serás tan estúpido como para seguir pensando que alguna vez existió la posibilidad real de ir a Italia? Tengo que admitir que me sorprende lo ingenuo que puedes llegar a ser —soltó mostrando su carente empatía.

Al percatarme de su violenta actitud percibí que el pandémico virus de la estupidez y la arrogancia, tan habitual en el entorno radical, finalmente se había posado también en su persona. «Qué pena, este chico podía haber salido de esta mierda con un poco de ayuda familiar», pensé.

—¿Para qué me has parado? ¿Para insultarme? ¿O tienes algo que contarme?

—Es el momento, Isma. Te tienes que marchar de aquí. Te has convertido en un tipo molesto y no tienes opción. No es optativo. No se trata de una elección que puedas tomar libremente o consultar con la almohada. Márchate y cuanto antes.

No sé si me provocó más repulsión lo que acababa de escuchar o el hilo de saliva vertical que le cubría la comisura de los labios, el cual se extendía irrompible cada vez que movía la boca.

—¿Queréis que me marche? ¿Qué arreglaría mi marcha? ¿A quién iba a beneficiar? ¿Por qué os resulto tan incómodo? —pregunté aturdido.

—No vamos a permitir que andes por ahí mostrando tu acomodada felicidad como si nada. Todo el entorno sabe que nos has dejado en la estacada y tu ejemplo es todo lo contrario a lo que pretendemos mostrar a los nuevos fichajes. Tu desplante hacia nosotros no puede convertirse en exitoso a ojos de nadie. Con tu expulsión mostraremos al resto qué caminos están prohibidos.

Hizo una pausa para encender un cigarrillo. Por sus muecas y su mirada cargada de triunfalismo, se le podía intuir orgulloso de ser él el encargado de trasmitirme mi defunción social. Me apenaba sobremanera apreciar el negativo cambio que había ocurrido con Bela respecto a mi persona, habiéndose convertido en un personaje oscuro y cruel.

—Un cambio de aires será lo mejor para todos —insistió.

—¿Qué quieres decir con un cambio de aires? ¿Os creéis con derecho a decidir sobre los designios del resto como si se tratara de un juego? ¡Se trata de mi vida! —expuse visiblemente alterado—. Pretendéis apartarme tan solo para serviros de ejemplo ante los demás. Solo para aparentar firmeza.

Eso es inhumano. Estáis enfermos —zanjé armado de una valentía desconocida por mí.

—Haberlo pensado antes —se limitó a decir antes de perder por completo los nervios y elevar su tono a niveles acústicos impropios de una conversación matutina a la salida de un comercio, situación que atrajo las miradas de algunos de los compradores que en ese momento salían del recinto—. Nadie te obligó a abandonar el grupo dando lecciones de moral. Me dais asco la gente que, como tú, acostumbráis a pensar que sois mejores que los demás solo porque os desvinculáis de la violencia como método de acción. Además, ¿sabes que hay gente a la que tu destrucción personal se le ha metido entre ceja y ceja? —apuntó esbozando una amplia sonrisa.

—¿Ángela?

—Principalmente, aunque no la única. Al saber que iba a ser yo el encargado de charlar contigo no quiso dejar pasar la oportunidad de darme un mensaje para ti. Bueno, más que un mensaje, se trata de una sencilla pregunta: «¿Sigo siendo la protagonista de tus pesadillas?».

Su actitud déspota comenzaba a desesperarme y sentí el impulso de echar a correr en ese mismo instante. Pero no estaba en disposición de retirarme de la conversación unilateralmente hasta que Bela hubiera acabado con su exposición. Necesitaba saber hasta dónde pretendían llegar para obligarme a hacer algo tan drástico como abandonar mi casa por un simple capricho.

—Dile a Ángela que ella gana. Me humillaré tanto como sea necesario para que su honorabilidad quede reparada. Pero ni hablar de marcharme de mi tierra. Tiene que haber otra alternativa que os satisfaga. Seguro que hay otro modo de arreglar todo esto —sugerí rozando la súplica.

—Isma, llegados a este punto —Bela expulsó tanto humo que dio la impresión de haberlo ido acumulando durante horas—, creo que deberías valorar más la tranquilidad y seguridad de los tuyos antes de tomar una decisión inapropiada. Sabes de lo que somos capaces. Hoy ha sido tu trabajo, pero mañana podrías ser tú, Carmen o Noelia. Amenazar a las familias suponía un arma incomparablemente poderosa. No existía réplica posible a esa coacción. Podía asumir mis propios errores en mí, pero no podía arrastrar conmigo a mis seres queridos. Definitivamente habían ganado con ese golpe maestro—. Yo que tú, no tardaría demasiado tiempo en desaparecer. Eres joven y puedes rehacer tu vida fuera del País Vasco. —Estas palabras sonaron en su boca como si en el fondo me estuviera haciendo un gran favor—. ¡No lo pienses más! La vida del héroe es muy ingrata —advirtió antes de desaparecer con la misma intensidad que el humo de su maloliente tabaco.

De camino a casa solo pude pensar en Irene. La noticia de mi despido se había quedado muy pequeña ahora que debía proponerle un «cambio de aires». «Desde luego, la velada se presenta más que interesante», pensé.

La niebla existente se había ido acomodando poco a poco durante toda la mañana y, sin pretenderlo, este efecto meteorológico propició el hallazgo fortuito del último descubrimiento traumático de la jornada. Sucedió justo antes de alcanzar el portal de casa. Me separaban unos diez metros de la acera de enfrente, una distancia visual en ningún caso insalvable, a pesar de la niebla. Allí me llamó poderosamente la atención aparcado un coche negro, tipo todoterreno, debido a que sus fluorescentes luces delanteras se encontraban accionadas a pesar de hallarse estacionado y con el motor desconectado.

Todo hubiera quedado en una anécdota sin importancia de no ser por la imagen que estaba a punto de contemplar. La puerta del conductor se abrió mientras yo me encontraba a punto de entrar en el portal y cuál fue mi sorpresa cuando del interior del vehículo observo salir a Mikel. No era un día especialmente caluroso, pero el híper musculado novio de Ángela tapaba su pecho en exclusiva con una camiseta de tirantes que dejaba claramente a la vista su trabajado cuerpo de gimnasio. Al verlo, sin saber aún por qué, mi instinto de supervivencia me invitó a refugiarme en el portal. Desde allí podría observar lo que iba a suceder sin ser visto, a no ser que Mikel desapareciera de mi radio de visión. Dejé la compra junto al ascensor y pegué mi cara al cristal de la puerta que me separaba de la calle para no perderme detalle. El terrible presentimiento de que algo malo, de magnitudes insospechadas, iba a ocurrir me invadió nueva e irremediablemente. Por un instante, Mikel desapareció de mi campo visual, para volver a aparecer segundos después en el otro lado del coche, justo en la puerta del copiloto. Giró la cabeza delicadamente hacia ambos lados, para comprobar que nadie lo vigilaba, y abrió la puerta lateral del vehículo. Supuse que se disponía a sacar algún objeto de su interior o tal vez un nuevo actor estaba a punto de entrar en escena. Desafortunadamente resultó ser una actriz la que iría a protagonizar junto a Mikel la siguiente secuencia. Quise salir corriendo hacia ellos y pedirles una explicación, pero prudentemente continué contemplando el cuadro animado desde el anonimato. Esperaba que desde la distancia pudiera captar la mayor cantidad de información sin montar un incómodo y probablemente peligroso numerito. Comenzaba a intrigarme de manera casi dolorosa saber si se trataba de su primer encuentro o cuándo este se había producido en el pasado. ¿Cuántas veces habrían intercambiado impresiones a mis espaldas? ¿Cuál sería el propósito de tal traición? Fuera cual fuese la respuesta, la imagen de Irene bajando del coche me heló el corazón. Esta representación había desenterrado todos los fantasmas que mantenía encerrados en el fondo de mí.

Se mantuvieron de pie el uno frente al otro varios minutos, charlando sin demasiada pasión visible en sus muecas y movimientos. No me atrevería a afirmar que se trataba de una charla amable, aunque la ausencia de gestos incómodos tampoco me indicara lo contrario. Tras unos minutos interminables, finalmente Irene tomó la iniciativa y, acercándose hasta la posición que Mikel había conservado inmóvil, le plantó dos besos a modo de despedida. Sentí un ardor extremo en mejillas y orejas al presenciar tan amable separación. Me apresuré a recoger rápidamente la compra y subí a casa sin mayor demora. Pretendía dar la impresión de haber llegado con suficiente anterioridad a la suya. Quería fingir no haberlos visto para, de este modo, observar su reacción sin que se sintiera presionada por la suposición de haber sido descubierta.

Me encontraba sacando la compra en la cocina cuando escuché la puerta cerrarse.

—¿Irene? —pregunté.

—Sí. Ya estoy aquí.

Salí a su encuentro y aparenté absoluta normalidad. Al besarla, la noté distante y enseguida comprobé que a sus ojos no les arropaba su habitual brillo. No pude evitar tener la sensación de que por un instante Irene me pareciera una completa extraña.

—Cariño, por favor, siéntate aquí —invité al tiempo que señalaba el viejo sofá de la sala de estar.

—¡Claro! Aunque estoy tan cansada que si me acomodo demasiado no te prometo que pueda evitar dormirme. Igual hoy te toca cocinar a ti.

Acompañé a Irene hasta el sofá y, una vez se encontraba aposentada en su lugar favorito, me desplomé abruptamente en el sitio que permanecía libre entre su inmediata izquierda y el durísimo reposa brazos. Inspeccioné nuevamente su mirada con la esperanza de hallar a la Irene de siempre, pero en sus ojos no encontré complicidad. Este hecho, unido a su fría reacción al llegar a casa, me hizo albergar sensaciones poco halagüeñas antes de comenzar la charla definitiva. Tomé sus manos con suficiente fuerza como para hacerla entender la importancia del tema a tratar y comencé con el discurso que había estado preparando por el camino, antes de toparme con la sorprendente escena que acababa de presenciar.

—¿Qué te parecería si… —dudé si continuar o tratar primero lo de su relación con Mikel— si… te propusiera comenzar una nueva vida en otra ciudad? ¡Juntos, claro! —me apresuré a aclarar—. Antes de que contestes, por favor, déjame exponerte mi idea más en profundidad.

Irene mantenía una sonrisa nerviosa que mantendría durante casi toda mi argumentación, lo cual no suponía una buena señal, ya que por mi experiencia, cuando sonreía de esta forma, solía ser debido a vergüenza extrema o para disimular su verdadera opinión sobre algo.

—En una relación como la nuestra, no debería suponer ningún problema el nombre de la ciudad que presencia nuestro amor o la casa en la que decidamos asentarnos. Lo verdaderamente importante, lo que realmente importa, es despertar cada día al lado de la persona a la que amas y tener la absoluta certeza de que, pase lo que pase, el otro siempre estará ahí para apoyarte. ¿No es así?

—¡Para, Isma! —cortó tajante y llevó su mano derecha a mis labios—. Antes de que te pongas más trascendente aún, permíteme comentarte algo que llevo tiempo queriendo decirte y no he encontrado el momento oportuno de hacerlo.

—¿Sobre qué quieres hablar, Irene?

—Es sobre nuestro futuro.

—Y esto que me quieres contar, ¿no tendrá nada que ver con Mikel? —descubrí inesperadamente.

—En ningún caso —resolvió mientras negaba con la cabeza—. Mikel se me presentó como un buen amigo tuyo a la salida del trabajo y se ofreció amablemente a traerme hasta casa. Eso es todo —concluyó reacia a proporcionarme más explicaciones acerca de Mikel y su inverosímil exposición; a juzgar por la rígida expresión de su inquieto rostro y por el dubitativo hilo de su tono de voz, aquella excusa no se me antojaba sincera.

—De acuerdo entonces. Por favor, dime qué es aquello que llevas tanto tiempo queriendo decirme.

A partir de ese momento, y a medida que su exposición avanzaba, mi expresión corporal se vio limitada a asentir en los pocos momentos que sus ojos se encontraban con los míos.

—Resulta obvio que hemos pasado un tiempo estupendo juntos y que eres una persona maravillosa capaz de hacer feliz a cualquier mujer. En un alarde de confianza sin igual me abriste las puertas de tu casa apenas sin conocerme. Apostaste por lo nuestro a ciegas y te lo agradezco. Siempre estás atento a cualquier cosa que pueda necesitar, por mínima que esta sea. Siempre tienes una sonrisa y la palabra de ánimo adecuada cuando algo no marcha bien en mi trabajo... Y todo esto me parece precioso. Pero...

Fue entonces cuando me vino a la memoria una frase que alguien me dijo una vez: «Nada de lo que se diga antes de la palabra "pero" significa nada. Esta primera parte solo pretende adornar la verdad que se está a punto de decir». Irene meditó unos eternos segundos antes de proseguir acelerada. Las palabras que salían de su boca sonaban atropelladas. Parecía tener prisa por terminar de hablar. Como si el trago que estaba pasando fuera demasiado amargo como para digerirlo lentamente.

—¿Qué me dirías si te pidiera un tiempo? Me refiero a un tiempo para reflexionar sobre nuestro futuro. Un tiempo separados —se apresuró a aclarar sin mediar mirada alguna.

—Pues te diría que te has vuelto loca —lancé calmado—. ¿A qué viene todo esto?

Tal proposición me desarmó por completo. Intenté, con la cabeza gacha mirando sin cesar los cordones de mis zapatillas deportivas, encontrar alguna solución inmediata que me permitiera salir de aquel embrollo lo más airoso posible. Tenía la certeza de que eso del tiempo era una idea completamente descabellada. «¿¡Tiempo para qué!? Eso nunca sale bien», pensé.

—Primero dices que soy una joya como pareja para dejarme a los pocos segundos —cerré los ojos por un instante y tragué saliva forzosamente—. Ayer mismo pasamos el día fantaseando con los nombres de nuestros futuros hijos. ¿Qué ha sucedido en las últimas 24 horas? Y no me digas que llevabas tiempo barruntándolo porque no me lo creo. No eres tan buena actriz...

Irene se levantó del sofá. Necesitaba espacio para soltar la dolorosa afirmación que tenía preparada:

—Necesito saber si te quiero de verdad. Todo ha ido muy rápido y necesito estar segura de querer seguir con esto.

Mi ego jamás había encajado una bofetada tan cruel. No daba crédito al contenido de sus palabras.

—Mira —dije perdiendo definitivamente las formas—, no puedo creer que en nuestra primera discusión de pareja me estés abandonando. ¿¡Estás loca!? Echas por tierra algo tan bonito como esta relación por unas supuestas dudas. ¡Ayer querías tener descendencia y hoy te vas de casa!

—Isma, tranquilízate. Expresar las dudas que pueda tener acerca de mis sentimientos no es discutir. Además, créeme, en el fondo lo hago por ti —resolvió, y clavó esta vez su mirada en la mía.

Asentí irónicamente mientras escondía tormentosamente en mi interior unas ganas locas de besar sus labios por última vez.

—No rebatiré ese estúpido argumento irracional. Lárgate si es lo que quieres, pero al menos no insultes mi inteligencia. Ya has evidenciado claramente cuáles son tus sentimientos por mí y tu decisión parece irrevocable, ¿no?

—Sí, Isma. Serás más feliz sin mí. Ya lo verás —zanjó convencida, y me obsequió en esta última intervención una prueba inequívoca de la intemporalidad de la ruptura.

Sentí que esta conversación suponía el último clavo en mi ataúd. Nada que escuchara a partir de ese momento podría destrozar más mi corazón de lo que ya estaba.

Me tomé en silencio el suficiente tiempo para asumir mi derrota. Supuse que Irene también lo estaría pasando mal, por muy injusta que pudiera parecerme la ruptura, así que decidí no seguir con una discusión convertida desde el mismo principio en cuestión irresoluble.

Alcé mi figura del asiento delicadamente. Al alcanzar la verticalidad casi por completo, sus brazos me arroparon. Me atrajo hacia sí e incrustó mi cabeza en su pecho y, sin articular ninguna palabra, me besó dulcemente la nuca. Sentí que mi corazón se deshacía. Me pareció sentir un gimoteo disimulado proveniente de su rostro. Su latido se sentía excesivamente acelerado y la respiración, entrecortada. Nos mantuvimos de este modo entre uno y dos minutos antes de liberarme. Después, se secó los ojos y se decidió a abandonar el que aún continuaba siendo nuestro refugio de amor, sin mirar a atrás.

Gentilmente, y aunque profundamente resignado, quise ahorrarle el esfuerzo de volver a por sus cosas: le ofrecí mi ayuda para recoger todas sus pertenencias para posteriormente trasladarlas a casa de sus padres. Por un momento dudé si el hecho de prestarle ayuda se trataba realmente de caballerosidad o era más bien una manera de rebañar conscientemente los escasos segundos que me pudieran quedar a su lado.

El silencio en casa, en esta nueva situación sin Irene, prometía volverme loco. Cada mañana confiaba en abrir los ojos y encontrarla a mi lado. Pero ella ya no volvería. Dicen que los finales felices son tan solo historias inacabadas: ¡maldita realidad! Sin ella en casa, el vacío había ocupado cada rincón y convertía en un solar lo que con ella había sido un hogar. Cada mañana al despertar, me sentía tan vulnerable a la depresión que me obligaba a mí mismo a realizar pequeñas actividades con el único objetivo de poner la mente en otro lugar. No conseguía acostumbrarme a su ausencia y tan solo lograba separarme de la cama recorriendo en forzosa soledad cada lugar que en alguna ocasión había sido nuestro. Tal vez no se trataba de la mejor de las técnicas para olvidarla, pero al menos me servía para mover mis cada vez más voluminosas posaderas. Ya nada me quedaba de ella salvo los desgastados paseos que me ocupaban diariamente y una angustiosa sensación de haberla perdido sin haber podido hacer nada por evitarlo. A menudo pensaba si es realmente cierto que las personas necesitan vivir situaciones traumáticas para trascender. De ser así, yo ya debía estar a punto de conocer la verdadera esencia de la vida.

Tras unos meses de felicidad plena, mi corazón derretido como si se tratara de un trozo de hielo expuesto a la luz solar durante días, había vuelto a su aparcada espiral descendente, la cual me conducía una vez más y sin remedio hacia la eterna y tal vez merecida soledad. Tan solo me mantenía en pie el extraño orgullo de existir y la firme esperanza de que el sufrimiento pasado no fuera gratis. A veces me sentía tentado por la idea de entregarme a mis enemigos para que toda esta locura terminara. Soportaría estoicamente cualquier castigo que el destino me deparara y me sometería voluntariamente al amañado juicio de todos y cada uno de mis enfurecidos opuestos. Lamentablemente, la estrategia de ignorarlos no había sido suficiente para lograr que se olvidaran de mí. Hasta el hallazgo de la fotografía en la que se me veía en pose comprometida con aquella señorita ligera de ropa había conseguido su olvido, pero a partir de ese instante todo comenzó a precipitarse como lo hace un castillo de naipes en medio de un tornado: el despido en el trabajo, la amenaza de Bela, el encuentro de Mikel con Irene, la ruptura… La mofa que debía recorrer cualquier rincón del mundo *abertzale* a mi costa debía ser de campeonato. No me resultaba demasiado molesto el hecho de que hubieran empequeñecido mi figura a los ojos de los demás con falacias y opiniones manipuladas de mi persona. Lo peor era que no contentos con humillarme públicamente, ahora les tocaba acabar de rematarme apartándome de mi familia y de mi tierra.

Permanecí varios días más postrado en la cama antes de tomar la decisión definitiva. ¡Ellos ganan, abandono el País Vasco, abandono mi tierra o, mejor dicho, me echan de mi pueblo! Si desapareces del mapa y no haces ruido, sobrevives; era así de sencillo. Y resultaba que yo quería seguir viviendo. Construiría una nueva vida edificada sobre los escombros de la anterior. Pero, ¿dónde? ¡Claro, comenzaría por Cábanos! ¿A dónde podría ir, si no? Al menos temporalmente. Sería el refugio perfecto donde poder buscar soluciones desde la frialdad de la distancia. Iría al pueblo, tomaría aire fresco y reafirmaría mi compromiso de seguir viviendo. Lo tenía claro, me encogería y desaparecería de aquí sin dejar rastro. Sería como cuando la nieve borra el rastro de las pisadas. Me haría una bola y rodaría sigilosamente hasta la casa de mi padre. «Esta es la única solución», concluí. Necesitaba aferrarme a mi sentido común o a lo poco que quedaba de él.

Obviamente no quería marcharme, pero nada puede ser más triste que no poder mantener bajo protección a tus seres queridos, sobre todo al saber que tú eres el único responsable de tal situación de indefensión. No abandonar la ciudad que me había visto nacer y crecer hubiera sido como poner precio a la apacible vida de mis seres queridos y exponer gratuitamente a mi familia no era algo que me pudiera permitir.

Antes de alejarme definitivamente de Vitoria, elevándome como una nube en el cielo para desaparecer en la siguiente ráfaga de viento, debía despedirme de mi madre y Noelia. Al mismo tiempo que les comunicaba mi nuevo destino, disfrazaba la triste realidad lo mejor posible para evitar así sufrimientos innecesarios.

Al entrar en casa de mamá y ver su rostro de cerca, comprobé, apenado, que en el fondo de mi ser aún la culpaba en secreto por haberme empujado a la amistad con Julio con tal de no ver a su hijo triste y solo deambulando por la vida en plena adolescencia. Encontré a Noelia más guapa que nunca. Mi renovada hermana me contó que había vuelto a estudiar, harta de mendigar trabajos mal considerados y peor remunerados. Al parecer, se había empeñado en ser la única de la familia en convertirse en alguien de provecho o, al menos, ser la única con los suficientes arrestos como para intentarlo.

Las reuní en la sala de estar. Las invité a sentarse y, con un discurso improvisado de principio a fin, las informé de las novedades:

—Mamá, Noelia... —introduje solemne—, Irene y yo hemos decidido dejarlo. O mejor dicho, nos vamos a dar un tiempo.

Las caras de ambas ya apuntaban al drama sin conocer que lo realmente impactante aún estaba por llegar.

—¿Estás bien, hijo?

—¿Y por qué lo habéis dejado, bueno, o como dices tú, os habéis tomado un tiempo? —matizó prudente Noe—. Se os veía tan enamorados...

—Bueno, ya sabéis cómo es esto. No es oro todo lo que reluce y, cuando menos te lo esperas, surgen roces en la convivencia. Además, para desconectar de la ruptura, he decidido irme unos días al pueblo con papá. ¿Qué mejor sitio que Cábanos para olvidarme de todo y recargar las pilas?

—¿¡Cábanos!? ¿Y qué hay de tu trabajo? —preguntó mi madre, visiblemente alarmada.

Al escuchar aquella lógica pregunta comprobé en mis propias carnes las desventajas de la improvisación como método de comunicación, sobre todo si de mentir se trata: ¡Cómo podía no haber pensado en ello: menudo fallo!

—No hay ningún problema con el trabajo, madre. He pedido una excedencia voluntaria de tres meses y lo han aceptado de buen grado. Se han limitado a decirme: «¡Lo que necesites!».

—Hijo, si crees que marchar un tiempo a Cábanos es lo mejor para ti, adelante. Pero quiero que sepas que las puertas de esta casa estarán siempre abiertas para tu regreso.

Tras la comprensible y esperada invitación de mi madre a quedarme en su casa como alivio a mis males, esta entró en la cocina, no sin antes plantarme un abrazo de tipo analgésico, y comenzó a prepararme uno de sus fabulosos platos de cuchara.

—Noe, por favor, échame una mano con la comida, así acabamos antes. Anda, pon a remojo esas patatas y deja a tu hermano que descanse un rato, que tiene cara de no haber dormido demasiado bien últimamente.

—¡Claro! —aceptó Noe antes de copiar a mamá y abrazarme sentidamente para después desaparecer por el pasillo rumbo a la cocina.

Desde la ruptura con Irene no había vuelto a comer caliente y solo de pensar en el guiso que me estaba a punto de meter entre pecho y espalda comencé a salivar. Para matar el tiempo y distraer a mi hambriento estómago, opté por encender la caja tonta y abandonarme por unos instantes al menos exigente de todos los entretenimientos: ver y escuchar vidas ajenas con el objetivo de olvidar la mía propia. ¡Qué sencillo resulta, a veces, abandonarse por completo, apalancado en un sofá, y dejar que sean otros los que te aporten entretenimiento en vez de ser tú el responsable de administrártelo! De los siete canales que podía elegir, opté por el autonómico por la sencilla razón de que era el único que estaba emitiendo informativos.

Escuché la noticia en solitario, por lo que pude prestar atención plena sin ser molestado. La información se presentó como de alta relevancia y fue difundida con extrema alegría por el habitual presentador del noticiario:

«Esta madrugada, en torno a las seis de la mañana, ha sido detenido por la Guardia Civil, en su domicilio de la capital alavesa, Julio Roa, presunto miembro del recientemente reorganizado comando Araba. —En ese instante la imagen pasó a ser la del portal de Julio. Tan solo pude intuir que se trataba de su casa debido a la oscuridad de la imagen—. Julio, de 25 años y natural de Vitoria, está acusado, además, de participar y organizar diversos actos de *kale borroka* durante los últimos meses en la capital vasca. Fuentes policiales aseguran haber hallado artefactos explosivos en su vivienda, aunque aún desconocemos los detalles del registro. Estas mismas fuentes consideran que el detenido, desde su ingreso en ETA, habría participado en el atentado mediante coche bomba que acabaría costando la vida de dos guardias civiles en la localidad alavesa de Llodio».

Me sentí triste y aliviado a partes iguales. Incluso los asesinos más despiadados sufren en ciertos momentos y los próximos cinco días incomunicado que le esperaban en dependencias policiales eran como para sentir compasión por él. De esos cinco días, tres los pasaría en la comisaría de la Guardia Civil en Vitoria, donde tratarían de presionarlo al máximo para obtener una confesión antes de trasladarlo a la Audiencia Nacional de Madrid; última parada antes de desembarcar en la cárcel. El sentimiento de alivio provenía de saber que mi antiguo amigo y líder absoluto del grupo que mantenía amenazas contra mí, ingresaría en prisión al haber sido implicado en un atentado con final fatal, lo que en teoría supondría una tregua hacia mi persona mientras se centraban en asuntos más importantes e inmediatos. Con la detención de Julio, la dedicación del resto del *talde* para con mi causa quedaría olvidada o, al menos, aparcada por un largo tiempo. Ahora les correspondía mostrar al estado una respuesta inmediata. Ninguna operación policial contra ETA o su entorno quedaba sin respuesta. Imaginé a Bela, Sabin, Mikel, Bolo, Pinceles y, por supuesto, a la lideresa absoluta, Ángela, reunidos de urgencia en el Basajaun mientras trataban de exprimir sus iracundos cerebros en busca de venganza. Por un instante, pensé en quién sería el sustituto natural de Julio en la banda y con tan solo imaginar que uno de estos descerebrados pudiera acceder a un puesto en ETA comencé a temblar. Por todos era sabido que, por cada militante detenido, otro de menor rango y nula experiencia debía ocupar su lugar más pronto que tarde. No hay tiempo que perder en el mundo del terror…

«Los tiburones no se conforman con comer sardinas», recordé repentinamente como una de las frases célebres de Julio. Sin duda su ambición desmedida y autoridad indiscutible le habían hecho tocar suelo con este suceso. Ya era todo un *gudari* por derecho propio. Había dado su libertad y sus mejores años «luchando» por la libertad del pueblo y, a partir de ahora, su foto colgaría de los bares radicales de todo Vitoria, como si de un héroe de guerra caído en combate se tratara. Su mayor anhelo fue siempre hacerse un hueco en la organización y ya lo había conseguido. «Misión cumplida, Julio», lancé en voz alta.

Tal como lo hace la sangre animal en los buitres, la noticia del arresto de Julio había despertado en mí un hambre feroz; en mí caso, un apetito voraz por saberlo todo acerca de lo ocurrido. Me sorprendió negativamente reconocerme como un *yonki* del cotilleo, pero algo en mi interior necesitaba conocer los entresijos de todo. Mi faceta de sádica maruja salió a relucir como nunca antes lo había hecho, sin poder contenerla a pesar de tratar de frenarla en su inicio. Tal vez se vio impulsada por el hecho de encontrarme apartado de toda información acerca de lo que en mi antiguo entorno se había estado cociendo en las últimas fechas.

Entró Noe con el primero de los platos de la esperada comida casera. Entonces, me vino a la cabeza un posible modo de saciar la curiosidad que me mantenía en vilo. Me levanté del sofá como si el asiento hubiera comenzado a quemar de repente y me despedí de mi madre y Noelia ante su tremenda cara de incomprensión. «Acabo de recordar que tenía que hacer un recado», argumenté aturullado.

Atravesé media ciudad hasta llegar a una de las pocas bibliotecas municipales que permiten el acceso a internet libremente a los ciudadanos, con el mero requisito de presentar el carnet de socio de las instalaciones municipales.

Hubo suerte y encontré un ordenador libre al principio de la sala. Tecleé en el buscador el nombre del servicio de mensajería electrónica más popular y accedí a la cuenta de correo electrónico que meses antes Julio me había confiado en uno de sus escasos arrebatos de confianza absoluta en mi persona. El servicio consistía en comunicarse directamente con un miembro de la cúpula de ETA, del cual desconocía su identidad y marcaba las directrices desde la distancia sobre todas y cada una de las acciones o iniciativas que debíamos emprender. Iba a ser la primera vez que accediera a la cuenta en la intimidad. Solo la vez que Julio insistió en mostrarme uno de sus secretos innombrables había observado, siempre desde la distante y pasiva figura del acompañante impresionado, cómo acceder a ella. Introduje la contraseña, «1959» (año de fundación de la banda) y, ¡zas!, ya estaba dentro. Me sorprendió comprobar que no hubieran cambiado la contraseña tras mi marcha. Supuse que la razón podría ser que Julio no quiso asumir ante sus mandos superiores el irresponsable descuido que había cometido al contarle a un compañero (ahora un traidor perseguido) la existencia del medio de comunicación entre él y la banda. No parecía muy propio de Julio asumir un error tan infantil como este ante un líder de ETA: «Es que tenéis que cambiar la contraseña del *email* porque... puede que la sepa un antiguo colaborador de mi *talde*, el cual ahora nos ha dejado tirados y a quien se lo dije tan solo por presumir». Sinceramente, no lo veía como muy probable. El primer vistazo a la pantalla resultó frustrante. No encontré ningún mensaje en la bandeja de entrada ni en la de salida y la papelera también permanecía inmaculada. Estuve tentado en cerrar sesión y asumir mi derrota, pero entonces recordé con pulcra exactitud las palabras de Julio: «No se puede enviar ningún email bajo ningún concepto. Todo lo que circula por la red es susceptible de ser analizado, así que toda la información ha de quedar escrita en la única carpeta estática del correo: la bandeja de borradores. Al no ser enviados, su información es imposible de rastrear». No tenía ni idea si esos datos eran ciertos o no, pero me parecía lógico. De este modo, para que las partes interesadas en la comunicación pudieran conectarse, tan solo debían conocer la dirección del correo electrónico y su contraseña.

Pinché en borradores y allí encontré un inmenso mensaje a dos colores. Presumiblemente quien escribía en negro era Julio y el que lo hacía en rojo era un componente de la cúpula. Debido al lugar en el que me encontraba, no iba a disponer del suficiente tiempo como para leer el texto al completo, así que dirigí mi atención directamente hasta los párrafos finales donde supuse estaría la clave de su detención. Acertadamente, allí se encontraba el nudo del acto que lo llevaría a ocupar una celda en uno de los penales de máxima seguridad del Estado. Encontré un archivo adjunto titulado «DOCU». Quería saber de qué se trataba por lo que cliqué dos veces en él. Se trataba de la imagen de un DNI con la cara de Julio pero el nombre de otra persona, un tal Mikel Gonzalo García. Obviamente se trataba de un documento de identidad falso. Cerré el archivo sin mayor dilación y me entretuve con el pedazo de texto seleccionado:

«No puede haber mejor manera de comenzar nuestra colaboración que hacer volar a esos hijos de puta picoletos. Aunque, si aún no estás preparado, lo comprendemos. No todo el mundo es capaz de entregar su vida por completo a una causa donde uno mismo no es el benefactor principal y absoluto. ¡Piénsalo detenidamente y, en el plazo de una semana, espero tu respuesta!».

Sin duda con este mensaje, el anónimo miembro de la banda pretendía testear su lealtad a la organización de un modo muy poco sutil.

«No albergues ninguna duda de mi compromiso para con el pueblo vasco y su movimiento de liberación nacional. ¡Gora ETA! Estoy listo y espero que, con este, mi bautizo de sangre y venganza, cualquier atisbo de interrogante acerca de mi compromiso quede finalmente superado. Espero recibir pronto detalles de la operación. Estoy ansioso por actuar».

Había sido él. Una parte de mí quería pensar que Julio había sido víctima de uno de esos complots político-policiales que pregonan desde la izquierda *abertzale* para vender la inocencia de los suyos, pero no. Delante de mí tenía la evidente prueba de que Julio había dado el fatal paso de asesinar. Aún en *shock*, continué leyendo hasta que mis quince minutos de derecho a internet gratis acabaron, al mismo tiempo que un obeso quinceañero reclamaba su puesto en el ordenador dispuesto a matar a todos los marcianos que pudiera encontrar en la pantalla de aquella deslucida computadora.

«Me alegra leer tus ganas por ayudar. El coche bomba ya se encuentra listo. Tú solo tendrás que coger el coche en el lugar indicado y conducirlo, con el máximo cuidado del que puedas presumir, hasta las inmediaciones de la casa cuartel de Llodio. Allí lo aparcas sin levantar sospechas. Una vez aparcado, bajas del coche y te postras enfrente del vehículo a una distancia de unos doscientos metros, esperas a que una patrulla de la Guardia Civil se acerque al coche y aprietas el botón del detonador. ¡*BOOM!* La huida será sencilla ya que ante el desconcierto generado por la explosión no te será complicado llegar hasta la casa de uno de nuestros colaboradores, donde te alojarás unos días hasta que todo se calme y puedas regresar a casa. ¡*Gora Euskadi ta askatasuna!*».

«Gracias por confiar en mí y darme esta oportunidad en una acción tan importante. No os defraudaré. Envíame dirección y fecha de la acción. La siguiente vez que te escriba, ya habrá algún hijo de puta menos por el mundo. JO TA KE».

PARTE TERCERA

CAPÍTULO 14

ORIGEN

Cábanos me dio la bienvenida con una desagradable sorpresa. Y es que, por razones ajenas a mi conocimiento, las calles más céntricas del pueblo habían sido cerradas al tráfico, lo que me obligó a aparcar el coche algo alejado de casa. De paseo hasta la casa de mi padre pude comprobar, altamente sorprendido, lo mucho que Cábanos había crecido desde mi marcha. A primera vista tuve la impresión de que a alguien se le había ido la mano y había mandado edificar sin demasiado criterio por las afueras del pueblo. «¿Cómo puede haber tanta demanda de vivienda nueva en un pueblo sin ninguna atracción en particular?», pensé.

No tardé demasiado tiempo en ser reconocido por los pocos lugareños que se apostaban en las puertas de sus casas y lucían sus rostros más amables a mi paso, mientras disfrutaban, como de costumbre, del saludable y nada fácil de practicar arte de «no ocuparse en nada». Algunos se limitaban a emitir sonidos sordos procedentes de sus gargantas a modo de saludo. Otros, lucían silenciosas sonrisas al verme. Mientras los más indiscretos, cuchicheaban frases del tipo «ese debe ser el de Carmen» o «cuánto tiempo hacía que este chaval no venía por aquí». Sea como fuere, todos ellos, sin pretenderlo, me obsequiaron a su modo con una cálida y genuina bienvenida. ¡Qué alegría me produjo comprobar que, al fin y al cabo, seguía siendo uno más del pueblo: el hijo de, el que ya no iba nunca, el amigo de…! Allí, nadie tenía nada que recriminarme.

Ni era el desalmado proetarra de convicciones amorales que apoyaba a crueles asesinos, ni tampoco era el traidor al que mejor rehuir, por si acaso. Volvía a ser yo: Ismael Korta, uno más entre tantos otros.

Mi decisión en la elección del lugar de reclusión parecía haber sido acertada. Un sitio seguro donde cobijarme. ¿Qué más podía pedir?, un ambiente donde los radicalismos políticos no formaban parte del sino habitual. Justo antes de alcanzar el frontón, quedé maravillado al toparme de frente con el racimo de oro (el símbolo más apreciado y distinguido de las fiestas). Estaba colgado, especialmente acondicionado para la ocasión en lo alto de una farola, en una de las calles colindantes a la plaza. He de reconocer que un potente sentimiento nostálgico se apoderó de mí al captar aquella imagen tan característica. Al llegar a la plaza ya pude avistar en plenitud mi lugar predilecto: el frontón. Allá donde cualquier otro en mi lugar hubiera prestado atención a las múltiples novedades que esta zona presentaba (iluminación, asientos renovados, pavimento recién asfaltado, nueva generación de abuelos) mis ojos no podían apartar la mirada del pequeño frontón multiusos donde tantas horas había invertido. Al fijarme más detenidamente en sus características sentí la certeza de que se trataba del único elemento que no había sido modificado en todos estos años de ausencia. Probablemente suene extraño, pero al ver esas dos robustas paredes de piedra, solo me vino a la cabeza una persona y no se trataba de Pablo. Ella volvía a estar en mi mente. Tantas veces le había descrito en la intimidad aquella estampa que hubiera hecho prácticamente cualquier cosa por haber compartido ese momento con Irene y haberle podido decir: «Este es el famoso frontón donde crecí». Afortunadamente, pronto superé este puntual bajón de defensas afectivas y continué unos cuantos minutos más contemplando embobado cómo las nuevas generaciones de niños y niñas continuaban haciendo de este lugar el centro neurálgico de sus juegos favoritos; eso sí, ninguno de ellos relacionados con la pelota mano. En cualquier caso, estos niños también parecían felices, incluso más que los de mi generación, provistos de enormes pistolas y globos de agua como artículos estrella para su recreo.

Esta retrospectiva me hizo darme cuenta de que ya nada quedaba de ese renacuajo inocente, incapaz de comprender la mera existencia del mal. Estos recuerdos me situaron emocionalmente en un inexplorado espacio a caballo entre la añoranza de tiempos pasados y la simple alegría por poder estar allí reviviendo unos momentos tan especiales, tan solo por el mero hecho de haber visualizado un trozo de cemento: «¡Qué simple debo ser!», asumí. Entonces comprendí que a veces es necesario morir para volver a nacer; y yo ya estaba muerto. Solo la libertad que te puede proporcionar dejar de existir te puede otorgar también la opción de renacer libre. En este nuevo y programado aflorar personal, Cábanos haría la función de paritorio concertado. Más adelante ya concentraría mis esfuerzos en encontrar otro lugar donde echar raíces.

Parecía vislumbrar el final de mi tristeza a la salida del túnel. Era obvio que mi estancia en el pueblo tan solo respondía a la necesidad de superar un conflicto lleno de sufrimiento y soledad forzosa que amenazaba con enquistarse. Pero, gracias a este efímero oasis, aprendí lecciones tan importantes como no permitir que todo mi ser se consumiera por muy compleja que fuera la situación vital que hasta allí me había empujado.

Antes de llegar a casa y reencontrarme por fin con mi padre, el plan de viaje me obligaba a pasar por casa de Gloria, a menos que quisiera rodearla y perder de ese modo un buen puñado de minutos. Al ver esa imagen no pude sentir sino tristeza y pena por partes iguales. Sin poder evitarlo, el primer recuerdo que se presentó en mi mente, tan nítido como si de una fotografía perfectamente enfocada se tratara, fue el de su cuerpo inerte. Al parecer, era imposible olvidar aquella estampa tan profundamente dolorosa. Me pregunté si a todos los que allí estuvimos presentes aquella tarde les sucedería lo mismo y seguirían impactados por lo vivido.

El exterior de la casa lucía un aspecto lamentable. Daba la sensación de haberse convertido en un improvisado estercolero donde los vecinos aprovechaban para deshacerse de la más variopinta basura los días que los contenedores del pueblo se llenaban. El olor a basura y las numerosas bolsas de desperdicios allí alojadas postulaban a hacer desaparecer cualquier huella de la existencia de Gloria y su familia en Cábanos. Decidido, sorteé excrementos varios, así como una miscelánea de residuos, para alcanzar la entrada de la vivienda. Resultaba improbable que Pablo se encontrara en su interior. Nadie en su sano juicio debía tener los arrestos necesarios para cruzar semejante cantidad de basura varias veces al día con el fin de entrar y salir de allí. La puerta estaba entreabierta. Apenas unos centímetros, pero la luz que se adentraba por la ligera apertura del acceso porticado desde el exterior la delataban. Toqué el timbre con insistencia, pero no hubo respuesta. Me sentí tentado de inspeccionar con calma el antiguo hogar de Pablo, pero de manera sensata mi mente recurrió a la responsabilidad: mi padre me esperaba. «Tal vez otro día con más tiempo», justifiqué para aplazar el allanamiento.

Papá había convertido el Jardín de Carmen en su cochera. Supuse que esta zona exterior de la casa habría quedado en desuso tras la ruptura entre ambos y la idea de reconvertir el pequeño espacio de mi madre en algo más útil me pareció tremendamente lógica. Días más tarde terminé por enterarme de que la única pretensión de papá había sido la de terminar de un plumazo con la huella de su exmujer, al menos en casa. La habitación de Noe ahora era un pequeño trastero donde apilaba cachivaches diversos sin ningún orden aparente. Lo único que conservaba una mínima coherencia de colocación eran unas cuantas cajas, más de quince, repletas de botellas de vino con el consiguiente olor etílico que tales recipientes ofrecían al lugar. Descubrí entonces que el envolvente aroma del licor de uva resultó, para mí, ser el más potente evocador de recuerdos: «¡Hogar, dulce hogar!».

¿También mi habitación habría sido objeto de radicales transformaciones? La duda me corroía momentos antes de comprobarlo. La sala de estar se hallaba decorada de forma similar a cuando toda la familia habitaba unida. Aprecié algunos ligeros cambios decorativos que le otorgaban un aspecto más funcional y menos familiar, tales como un viejo prensador de uva de tamaño reducido sobre una de las baldas del armario o un gran reloj de pared clásico colocado enfrente.

Allí se encontraba, completamente abandonado en el sofá. Haría unos dos años de la última vez que nos vimos. Su bigote, mucho más amarillento gracias a la nicotina, y su piel apreciablemente más arrugada fueron a simple vista los únicos rasgos que realmente me hicieron pensar en un deterioro físico de mi padre. Se incorporó en cuanto se percató de mi presencia. O estaba perdiendo oído o yo debía haber sido especialmente sigiloso desde mi entrada, ya que se mostró sorprendido por mi aparición. Alzó su cada vez más obesa figura tan ágilmente como pudo y acudió a mi abrazo sin demasiado entusiasmo.

Tras el saludo, me condujo a mi habitación o al lugar donde solía ubicarse. En cierto modo me sorprendió la ausencia de preguntas acerca de la razón real de mi visita. Seguramente no le interesaba ni lo más mínimo la respuesta o, como yo quería suponer, pensaría que justo al poner los pies en sus dominios no era el momento más idóneo para importunarme con intromisiones de tal calibre.

La habitación estaba tal y como la recordaba. Debía haberle preguntado por qué mi habitación permanecía ajena a la alteración general, pero temía forzar una respuesta amable por su parte. Especial ilusión me hizo encontrar mis fotos de la infancia sobre el escritorio. Las mismas imágenes en el mismo lugar donde llevaban años descansando. A decir verdad, creo que se trataba del único recuerdo familiar que aún mantenía vivo en toda la casa. Parecía como si le hiriese en lo más profundo de su corazón conservar cualquier viejo recuerdo que le hiciera tener presente unos tiempos ya consumidos y agotados. Dentro del lógico orgullo que sentía ante el trato de favor que me había dispensado al mantener mi habitación intacta, me encontraba realmente incómodo por el mismo motivo. De haber tenido con él otro tipo de relación, una más dialogante e implicada, hubiera sido honesto y sincero con él en ese mismo momento. Hubiera destapado mis secretos y contado toda la realidad del porqué de mi llegada a Cábanos después de tantos años de ausencia. Pero, ¿para qué lo iba a hacer?, ¿realmente era algo positivo contarle la verdad? Papá disfrutaba en soledad de una vida amable, alejada de problemas existenciales. ¿Tenía derecho a cambiar esa tendencia de paz y tranquilidad para hacerle el regalo envenenado de la preocupación por su hijo? Al fin y al cabo, mi historia de terrorismo callejero, violencia, acoso, amenazas, despidos, etcétera, no era fácil de digerir para alguien ajeno al mundo radical. Podría sonarle a ciencia ficción. La mayoría de la gente no está preparada para asimilar según que noticias; así que no diría nada y simplemente limitaría la estancia con mi padre a «estar». Mis secretos continuarían a buen recaudo en la soledad de mi mente hasta poder compartirlos con Matías, la única persona a la cual quería confiar todas y cada una de mis andanzas y designios.

Aunque la forma de ser de mi padre distaba mucho de ser afectuosa conmigo, su respaldo, aunque distante y seco, me hacía estar especialmente cómodo a su lado. Incluso comencé a apreciar desde esos primeros instantes juntos su escasa verborrea. Sentirme arropado por alguien después de todos los desprecios a los que había sido sometido me parecía algo de otro mundo, algo no alcanzable para un ser convertido en maldito como yo. Por fin parecía que iba a tener paz, aunque esta resultara tan efímera como mi estancia en Cábanos.

Y de repente, papá introdujo una inesperada bomba informativa:

—Hijo, en el primer cajón de tu cómoda tienes una carta que Pablo me dejó para ti —soltó antes de asestar un leve golpe al cajón en cuestión—. Estuvo por el pueblo unos días y, al no encontrarte por aquí, decidió dármela en mano para que te la entregara el día que coincidiéramos. Ya le advertí que podían pasar meses, pero no le importó. Ese chaval no ha vuelto a ser el mismo desde lo de su madre. Perdóname, quizá debería haberte llamado para decírtelo, pero con el tiempo se me fue olvidando. Ya sabes cómo tengo la cabeza, hijo.

—No te preocupes, papá —interrumpí deseoso por leerla.

—Por cierto, vacía la maleta y acomódate. Estás en tu casa.

—Lo sé. En cuanto coloque todo en su sitio bajo a cenar.

—¡Se me olvidaba! —anunció precipitadamente—. Matías, al enterarse de tu llegada, mostró mucho interés en verte. Creo que deberías hacerle una visita.

Allí me encontraba, nuevamente, tumbado en aquel viejo colchón que tantas tardes de soledad había soportado, leyendo una vez más noticias procedentes de la familia de Paqui. Aunque esta vez sí que era yo el destinatario de la misiva, no como la anterior ocasión, cuando de manera altamente reprochable conseguí acaparar para mí uno de aquellos ejemplares únicos y originales que Gloria había escrito a su madre con la intención de darle a conocer la identidad del padre de Pablo y las circunstancias del traumático suceso que finalmente culminó con su nacimiento.

Me intrigaba tanto el contenido de las palabras escritas por Pablo, que me puse a leerla antes, incluso, de deshacer la maleta.

Su letra era diminuta, redondeada y perfectamente legible, siempre que tus ojos se encontraran a no más de veinte o treinta centímetros del papel. Con tal microscópica caligrafía, el escrito tan solo llenaba una de las caras de una cuartilla cuadriculada. No empleé más de dos minutos en leerla.

Hola, Isma:

Al no encontrarte en casa de tu padre, he decidido escribirte para, al menos, hacerte saber de mi paradero actual y mi intención de saber de ti y de tu progreso vital en todo este tiempo sin noticias tuyas. Había pensado que sería bonito retomar el contacto de nuevo, a pesar de la distancia que nos separa. En realidad, no he venido al pueblo para reencontrarme contigo. El auténtico motivo es algo más triste. Hace unas semanas tuve una profunda crisis de iden-

tidad provocada por temas que ahora no vienen al caso, pero que espero poder confiarte en otro momento con más tiempo; dicha crisis me llevó a pensar en mi madre casi obsesivamente. Me di cuenta de que había olvidado su voz. Por mucho que me esforzaba, me era imposible recordar su tono exacto. «¡Qué vergonzoso!», dirás. Así que pensé que visitar los lugares donde más tiempo solíamos pasar juntos me ayudaría a recordarla. Mi ocurrente cerebro contempló como primera opción Cábanos, por los muchos recuerdos felices que de aquí tengo con ella. Parecía lógico que desde una visión serena y regresiva fuera capaz de escucharla de nuevo en mi imaginación, pero nada.

En fin, no quiero aburrirte con mis tristezas con esta carta, si no invitarte a que nos veamos, si a ti te parece buena idea, en el momento que mejor te venga.

Aquí te dejo escrito mi número de teléfono y mi dirección:

Calle Los Álamos, 37, Madrid

912376434

Tu amigo, Pablo.

Los amaneceres en Cábanos no se parecían en nada a los de Vitoria. Puede ser que en la ciudad no tuviera el tiempo que me sobraba en el pueblo, pero jamás había visto un sol tan cercano y tan intenso como el que pude apreciar la mayoría de los días que allí gasté. Habiendo dormido nueve horas seguidas, casi el doble de lo habitual en mí, me sentía pletórico de ánimo y con una energía inusual para afrontar mi primer día completo fuera de la urbe. Desayuné y preparé el desayuno para mi padre. Lo primero que quería hacer, sin duda, era visitar a Matías. Ya lo tenía pensado antes de llegar al pueblo, pero sabiendo que él también había mostrado interés por verme, precipitaría el encuentro al máximo. Sin embargo, la calma más sincera y el celestial cantar de los pájaros se presentaban como única compañía aquella mañana. Bueno, en realidad no era la única. También me crucé con un abuelo y sus dos nietos que iban de camino a la huerta.

Estaba ansioso por verlo. No podía imaginar que otra figura pudiera ayudarme más que él en la difícil tarea de poner en orden mis pensamientos o encontrar la mejor opción para mi futuro. No solo pretendía hallar consuelo en sus anestésicas palabras de mensajero de Dios, tal y como hacen el resto de fieles que acuden a Jesús, a la iglesia o al cura de turno en busca de un refugio o esperanza de difícil hallazgo; sino que yo, además, buscaba ayuda real y tangible de alguien de confianza y de carne y hueso. Por mucho que creyera, a mi forma, en lo divino, esta vez necesitaba unos ojos que me miraran a la cara y me dijeran «Te comprendo. No te preocupes, juntos buscaremos una solución». Ya había eliminado la mayor parte consciente de basura ideológica de mi cerebro. Seguro que aún quedaban restos tóxicos grabados en el inconsciente pero no era momento de preocuparse por ellos. Ya habría tiempo de eliminarlos poco a poco. Ahora lo que tocaba era reordenar mi vida. Empezar de cero, sin resentimientos ni animadversiones de ninguna clase.

Supuestamente debía estar en la capilla. O al menos a esas horas hubiera sido lo normal. Me asomé primero por su pequeño despacho, pero allí no había ni rastro de Matías. Cabía la posibilidad de que no se encontrará en el pueblo y que mi padre no tuviera conocimiento de ello debido al nulo apego que tenía por los curas en particular y por la religión en general. Rezando frente al Cristo crucificado encontré a un pueblerino de mediana edad, cuyo tic repetitivo consistía en ajustarse el cinturón impulsivamente cada medido minuto. Aproveché el primer cruce de miradas para preguntarle por Matías, a lo que me respondió: «Muchacho, ¿no sabes que tuvo que salir a un seminario y no va a estar en el pueblo en dos semanas?».

Catorce días se me antojaban demasiado tiempo de espera, lo que me llevó a hundirme momentáneamente. Regresé sobre mis pasos, aunque a los pocos metros de la puerta de la iglesia decidí hacer una breve incursión en el bar para hidratarme antes de que el calor comenzara a ser insoportable.

En el mismo instante de mostrar mi silueta en el interior recibí todas las miradas posibles. No faltó ninguna. Me alegró ver que nada había cambiado y que una cara nueva seguía suponiendo algo extraordinariamente interesante y digno de ser observado hasta el descaro.

Seguía siendo la misma tasca de siempre: ambiente húmedo y lleno de humo, atestado de carteles de marcas comerciales de vinos (la mayoría de ellos ya fuera del mercado). Me dirigí directo a la barra tras realizar un saludo general de «buenas». El mero hecho de encontrarme allí me llenó de nostalgia.

Atendiendo en la barra se encontraba el viejo Adolfo, a quien encontré excesivamente descuidado. Pedí mi refresco y escaneé disimuladamente los demás rostros que allí se encontraban. Más que destacar la presencia de alguien en concreto, fue una ausencia en particular la que me llamó poderosamente la atención. Loren no estaba en su puesto de trabajo.

—Toma tu bebida. Te he puesto hasta una rodaja de limón como hacen en la ciudad. ¡Para que te quejes!

Adolfo, un tipo que no se caracterizaba precisamente por su simpatía, intentaba ser amable conmigo. No se me ocurría cómo continuar la conversación y aproveché su arranque cordial para preguntar por el gran ausente.

—Adolfo, ¿cómo es que no veo a Loren por aquí? ¿Le has dado fiesta?

El bar enmudeció. En un primer momento el aviejado dueño de la tasca pareció aniquilar su gesto amable tras mi cuestión. La pregunta le había molestado.

—Al no encontrarlo tras la barra —me apresuré a aclarar, esperanzado en eliminar el molesto silencio generado—, me he visto obligado a preguntarte por él. Creo que es la primera vez que vengo al bar y no lo veo por ningún lado.

Pasaron unos segundos inciertos en los que caí en la cuenta de que algo debía haberle ocurrido al habitual camarero de virtudes hosteleras limitadas. Adolfo se acercó hasta sentir su aliento en mi cara. Apoyó sus brazos en la barra y me dijo en tono suave:

—¿Acaso no lo sabes, majo?

Negué con la cabeza para mostrar claramente mi desconocimiento total y profundo de su paradero, mientras enumeraba en silencio las situaciones relevantes que mi padre había obviado contarme acerca del devenir de Cábanos.

—Hará un mes que decidió suicidarse —apuntó sin demasiado énfasis.

Quedé estupefacto ante la pésima noticia que acababa de recibir. Por todos era bien sabido que Loren era un enfermo psíquico. Pero a pesar de ser un tipo de carácter impredecible, parecía vivir en un estado de permanente paz y felicidad.

—Lo siento. No tenía ni idea. Mi padre no me dijo nada —lamenté mientras me encogía de hombros—. No pretendía hacerte revivir un momento así de duro.

Me giré para contemplar la reacción del resto de parroquianos del bar y lo único que mi vista fue capaz de recoger fueron unas cuantas expresiones de indiferencia. Parecía como si ya hubieran pasado el luto hacía tiempo. Supuse que habrían hablado tanto del tema que lo habrían terminado por desgastar por completo, vaciándolo así de interés. Aun así, quería conocer algún detalle más del suceso, a riesgo de ser tachado de morboso.

—¿Y cómo se suicidó? —pregunté, confiado en que la práctica del concepto «mantener en secreto» continuara siendo inexistente entre los lugareños.

—Pues en alguien tan fantasioso y propenso al drama como lo era Loren es muy difícil saber qué le paso por la cabeza para hacer lo que hizo. Por mucho que su salud mental fuera, digamos, «delicada», conocía perfectamente el contenido de aquellas botellas y lo que le iba a pasar si las bebía.

—Deduzco que se envenenó con algún producto químico.

—Claro, hijo. Tomó tanta cantidad del mismo fertilizante con el que se mató Gloria, que su corazón y su respiración se apagaron en un suspiro. ¡Maldito chiflado!

La repetición de los hechos se me antojó llamativa. Seguramente decidió imitarla al ver la efectividad del método empleado por la madre de Pablo. Al menos, esa parecía una opción lógica a simple vista. Aunque, viniendo de Loren, no acababa de encajarme esa manera tan calculada y precisa de actuar. Un hombre tan limitado como él hubiera cometido algún error. ¿Podría haber una relación directa entre ambos suicidios? A lo mejor sí la había y nadie había visto el nexo de unión entre ambos casos…, o puede ser que ya viera conspiraciones en todos los sitios. Lo que parecía evidente era que los habitantes de Cábanos aceptaban como buena la versión oficial del suicidio del tonto del pueblo. Tal y como escuché una vez en boca de Samuel: «Los que quieren creer, no necesitan pruebas adicionales a su fe inquebrantable; en cambio, a los escépticos ninguna evidencia les sirve para cambiar su punto de vista».

Aquellos días, el bar me sirvió como vía de escape a la única compañía que frecuentaba, la de mi padre. Con papá había conseguido compensar sus momentos de agrio carácter con otros de agradables charlas de padre e hijo. Aun así, convivir en solitario con él me resultaba un tanto forzado. Aunque sus pasiones y visiones de la vida no tenían nada qué ver con las de un chico de veintitrés años, llegamos a congeniar bastante bien. Nos respetábamos e, incluso a veces, llegábamos a disfrutar el uno del otro.

Podría haberme acostumbrado a ese asfixiantemente relajado estilo de vida o al menos haber prolongado mi estancia algunas semanas más. Me despertaba tarde, había dejado de soñar con mis momentáneamente aparcados problemas, comía sano, apenas gastaba dinero… Pero esa misma mañana del veinte de octubre se me ocurrió descolgar el teléfono y llamarlo. Ya iba siendo hora de afrontar cuentas pendientes. Hice acopio de valor y afronté, sin pensar demasiado, una situación incómoda pero ineludible. Pablo entregó la carta a mi padre días antes de la fatídica noche en Vitoria, por lo que su primera reacción al escucharme sería especialmente clarificadora.

Cierto es que aún me embargaba en silencio el arrepentimiento, la culpa y la vergüenza de lo sucedido. Pero la parte de mi mente más egocéntrica y autoprotectora había asumido un cambio oportunista en los hechos de aquella noche, en donde yo quedaba más en el papel de víctima que en el de verdugo. Ya en ningún caso me sentía responsable directo de la paliza. Esa nueva versión hablaba de la imposibilidad de haber actuado en defensa de Pablo por la tremenda rapidez de los hechos y la incapacidad real de socorrerlo debido a que, de haber destapado que era mi amigo, la paliza hubiera sido aún mayor.

La voz que contestó rápidamente al otro lado no se me hizo familiar de primeras. Permanecí callado unos segundos más, ligeramente desubicado, hasta que decidí romper el silencio con un tímido saludo.

—Hola, soy Ismael Korta, preguntaba por Pablo. No sé si he marcado mal o tengo mal el número...

—¡Isma, soy yo! ¿Tanto me ha cambiado la voz que ni siquiera tú me reconoces? —contestó en tono amable.

Pablo pareció alegrarse al escucharme, actitud que me desconcertó por completo. Realmente estaba más preparado para un desplante del tipo: «¿Y tienes el valor de llamar después de lo sucedido?». No había valorado demasiado la opción de que Pablo no me viera aquella noche fatal, de tal modo que no había preparado qué era exactamente lo que quería transmitir con mi llamada.

—¿Qué tal, Pablo? —pregunté con los ojos cerrados y el gesto contraído como cuando esperas recibir un bofetón después de alguna pregunta indiscreta, aún temeroso de una respuesta incendiaria por su parte—. ¡Me alegro mucho de escucharte después de tanto tiempo!

—Créeme, a mí me alegra aún más —anunció precipitado—. Llevo mucho tiempo intentando contactar contigo y justo cuando había perdido toda esperanza de conseguirlo... ¡BOOM! ¡Llamada sorpresa!

—Perdona por no haberte llamado antes, pero no suelo venir a menudo al pueblo y mi padre...

—No te excuses —interrumpió nuevamente atropellado—, supongo que si no has llamado a un viejo amigo antes has de tener tus razones. Lo importante es que finalmente has dado el paso.

—Claro. En fin, ¿qué tal te va la vida?

—Buf, hay tanto que contar y el teléfono es tan impersonal... Podría pasarme horas hablando y apenas habría empezado a contarte mi experiencia en el internado. Pero, ¿por qué no te vienes a Madrid unos días y nos ponemos al día cara a cara? ¡Será divertido!

—Bueno.... —Traté de improvisar una excusa, sin saber aún muy bien si en realidad estaba preparado para ver su mirada frente a la mía después de lo ocurrido.

—No me digas que no, Isma. Algo de tiempo podrás sacar para ver a un viejo amigo ansioso por verte de nuevo. ¿Recuerdas aquello que nos dijimos en las ruinas aquella asfixiante tarde de verano en la que nos despedimos?

Esa frase consiguió conmoverme. De aquella manera tan directa al corazón, Pablo evocaba premeditadamente los buenos momentos de la infancia y, más en concreto, a la incumplida promesa que nos hicimos sobre ser amigos y protegernos siempre, sin importar las circunstancias que nos envolvieran.

Nuestro dialogo se centró por varios minutos en un desfile de recuerdos comunes. El modo tan pasional que tenía a la hora de revivirlos me hizo pensar que Pablo podría encontrarse aferrado a esas memorias de un modo casi enfermizo.

Hablaba de ellos como si no hubiera pasado el tiempo. Rememoraba sin descanso cómo matábamos el tiempo con nuestros inocuos juegos, casi siempre vinculados a la pelota o aquellas interminables charlas mientras paseábamos en bici. Las palabras fluían y parecía que nuestra amistad gozaba de buena salud, a pesar de todo el tiempo transcurrido. Entonces, una vez que consiguió incluirme en el juego recordatorio de experiencias vividas, ya me parecía menos enfermiza la pasión con la que él había comenzado la charla. Al fin y al cabo, ¿de qué otra cosa podían charlar dos viejos amigos, si no era de sus vivencias juntos?

—¿Qué te parece este fin de semana? —lanzó por sorpresa para cambiar la deriva de la conversación.

—¿Cómo dices?, ¿este fin de semana qué?

—Podrías venir a Madrid este fin de semana. Así coincides con la final del manomanista. Podrías pasarte por aquí y lo vemos juntos. Conozco un bar donde retransmiten todos los partidos de pelota.

—¡Estupendo! Será divertido comentar las jugadas tal y como lo hacíamos por aquel entonces... Como bien sabrás, Retegui sigue jugando y no solo juega, sino que es uno de los finalistas.

La pelota mano nos había vuelto a unir, tal y como lo había hecho en nuestra infancia con la inestimable ayuda de Matías. El mismo noble deporte que en su día tanto nos ayudó se había encargado nuevamente de proporcionarnos la excusa necesaria para vernos de nuevo.

Equivocado o no, quedé completamente convencido por la sinceridad que transmitía su tono de voz. Me había dejado llevar por la emoción del momento al aceptar, sin apenas meditarlo, un nuevo encuentro. Estaba ansioso por reparar todo el mal que involuntariamente le pudiera haber provocado y recuperar su amistad se me presentaba como una opción inmejorable de hacerlo. El desconcertante hecho de que no hubiera dicho ni palabra del singular acontecimiento ocurrido en Vitoria había supuesto, sin duda, un elemento decisivo a la hora de decidir verlo de nuevo. Asimismo, me tranquilizó profundamente la idea de que, aunque supiera de mi presencia en la paliza que le propinaron aquellas bestias, este hecho no le hubiera supuesto un odio hacia mí. Cualesquiera que fueran sus intenciones debían ser buenas. Se trataba del mismo tipo que, tremendamente ilusionado, mandó a su madre hacer unas camisetas de nuestro pelotari favorito, tan solo para sorprenderme.

CAPÍTULO 15

CONFESIÓN

8 de junio de 1998

Faltaban solo unas horas para el reencuentro con Pablo y no podía predecir cuál sería mi reacción al ver su cara de nuevo. Llevaba mucho tiempo pensando cómo enmendar mi error y el tiempo no iba a continuar hasta haber purgado mis pecados.

Desde aquel día, mi vida había cambiado por completo. Recuperar esa bonita amistad se había convertido en mi único anhelo.

Quizás este propósito no fuera tan difícil como mi imaginación había supuesto. A lo mejor, ni siquiera se había dado cuenta de mi presencia aquella maldita noche. A pesar de no obtener ninguna aclaración a estas y otras cuestiones relacionadas, el bombardeo incesante de preguntas prometía robarme el sueño una vez más. Todas las hipótesis posibles se me antojaban verosímiles.

Ya extenuado por tanta conjetura de ida y vuelta, decidí dejar de pensar en ello y dormir unas pocas horas. Al día siguiente la reunión con Pablo sería temprano y no quería vestir la cara de zombi insomne que acostumbraba.

Hubo suerte y, tras cinco horas de sueño profundo y placentero, mucho más de lo habitual, y una ducha de agua fría revitalizadora, me sentí con fuerzas renovadas para afrontar el ansiado día. Abandoné la insalubre habitación en la que me había hospedado esa noche y me dispuse a encontrar una cafetería cercana que haría calmar el feroz alboroto instalado en mi estómago a causa del hambre. Mi desconocimiento de la ciudad y lo temprano de la hora convertían en tarea prácticamente imposible la localización de un café abierto. No era la primera vez que estaba en Madrid, pero estas grandes ciudades, con sus kilométricas avenidas y sus calles de trazado imposible, tenían por costumbre atropellar mi orientación hasta anular casi por completo mi brújula interna. Tras un largo paseo, por fin localicé un local dispuesto a saciar mi apetito. Eran las siete de la mañana. Aún faltaban tres horas para la cita con Pablo y mi ansiedad aumentaba según el tiempo disminuía.

Antes de entrar, me acerqué a una parada de autobuses situada enfrente del bar con el propósito de informarme sobre la ubicación exacta de mi futuro encuentro. Tan solo dos jóvenes de aspecto asolado descansaban en el incómodo banco de plástico duro y sin respaldo de la parada. Esperaban de manera paciente el medio de transporte que los acercara a casa después de una larga noche de juerga. Uno de los muchachos, el joven de largas patillas y ojeras más pronunciadas, me informó, tan amable y pausadamente como su estado catatónico le permitió hacerlo, de la proximidad del lugar donde nos reencontraríamos: estaba a apenas diez minutos a pie. Ahora sí, tranquilizado con su respuesta, decidí tomarme con calma el desayuno.

El local no era muy acogedor, pero sí lo suficiente como para ofrecerme un café con leche y unas tostadas aceptables. Una vez que me acostumbré a aquel ambiente repleto de humo estancado, me acomodé en uno de los taburetes altos de madera próximos a la barra, donde permanecí unos minutos anclado mientras esperaba ser atendido. El suelo estaba cubierto de serrín que, a buen seguro, tapaba la falta de higiene provocada por la suciedad aún no resuelta de la jornada precedente. Yo era el primer cliente del día, de eso no había duda. Habrían pasado al menos seis horas desde su cierre la noche anterior pero, aun así, el humo continuaba allí y amenazaba con no dejar respirar a mis atolondrados pulmones. Un hombre salió entonces de la puerta del baño y, ruborizado ante mi presencia, enseguida me preguntó: «¿Qué deseas tomar?». El camarero parecía un buen tipo y mi concepto de aquel bar cambió en cuanto lo vi. Unos cuarenta años, corpulento y con una entrañable cara de niño recién levantado. Desorientado aún por lo temprano de la hora, se demoró unos minutos en traerme su producto estrella: el desayuno castizo, como él mismo denominó a mi chocolate con porras. Pasamos la siguiente media hora charlando sobre los diversos temas que se le iban ocurriendo al simpático tabernero: deportes, cultura, el tiempo y, sobre todo, las nuevas tecnologías; sin duda, este era su tema estrella. Por supuesto, como el noventa y nueve por ciento de la gente mayor de cuarenta , el tasquero estaba en contra de internet y del nuevo espacio que estos novedosos artilugios amenazaban con ocupar en la vida del hombre. «Lo de la película esa de *Terminator* no lo veo yo tan lejano; el día menos pensado tenemos sublevada a esa nueva inteligencia artificial», aventuró con tono serio y voz desgastada. Una vez digerido el desayuno y analizadas las desventajas que nos proporcionaba el nuevo mundo, la seca garganta de mi reciente amistad se tomó un respiro y comenzó a limpiar una pila de vasos que había acumulado en el fregadero, momento que aproveché para mirar el reloj de pared que tenía a mi espalda. Antes de que el tiempo se me echara encima y me marchara de aquel palacio de la sabiduría, pregunté por la dirección de mi cita al camarero y este me explicó, esta vez con todo lujo de detalles, cuál debía ser mi itinerario. Había quedado con Pablo en la puerta de unos grandes almacenes y, al parecer, solo cuatro manzanas me separaban de él. Pagué mi desayuno y dejé una buena propina.

Recorrí las céntricas calles de Madrid y sorteé cientos de transeúntes que comenzaban a poblar el corazón de la ciudad en un sábado soleado y cálido desde su inicio. El acelerado paso de la multitud me llevó a mi cita con sobrada puntualidad y, cuando apenas cincuenta metros me separaban de aquel coloso del consumismo, avisté su inconfundible figura entre la gente.

Era él. Tan solo unos segundos me bastaron para reconocerlo. Estaba anclado como un témpano de hielo en el lateral izquierdo de la puerta central, esperando inmóvil a que yo apareciese. Por sus gestos parecía impaciente. Seguía teniendo la misma cara que cuando lo conocí con diez años. Esta primera imagen provocó altas dosis de nerviosismo en mi interior. Los viejos fantasmas y los malos recuerdos de aquella fatídica noche regresaron a mi mente en el peor momento posible.

Conseguí reponerme sin apenas espacio por delante y, al avanzar a su encuentro, nuestras miradas se cruzaron. Una sonrisa en su rostro me trajo de nuevo la tranquilidad y la calma que necesitaba.

No podía saber nada, de eso estaba seguro, ¿por qué, si no, habría aceptado acudir a la cita vistiendo su cara con una sonrisa tan abrumadora a modo de bienvenida?

No pude reprimir la emoción al verlo de nuevo. Como era previsible, una mezcla de sentimientos nostálgicos y de culpabilidad se apoderaron de mí irremediablemente. Tanto tiempo preguntándome por este momento y ya había llegado. Su primera mirada contenía altas dosis de amabilidad y ternura, pero en cuestión de décimas de segundo su rostro parecía haberse secado y adoptó un gesto más sereno y distante. ¿A qué se debía ese cambio de actitud? Tal vez solo se trataba de su gesto habitual. Un rictus que podía venir desde la trágica e inesperada muerte de Gloria, y que a buen seguro el internado habría terminado por perpetuar. En cualquier caso, continué unos breves instantes examinando su escaso catálogo de gestos y muecas con la ridícula esperanza de encontrar alguna justificación a la frialdad que su mirada ofrecía. Tras un primer análisis me llamó poderosamente la atención el colgante en forma de lágrima que colgaba de su cuello y se acomodaba sobre su camiseta. Hubiera jurado que se trataba del mismo colgante que Gloria solía lucir o, al menos, de una réplica exacta.

—¡Qué bien te veo! —proclamé con la intención de cortar aquel frío ambiente, a la vez que iniciaba un tímido acercamiento físico en forma de palmada en la espalda.

—Tanto como se puede —contestó.

—Y, cuéntame, ¿qué plan tienes para hoy? Ardo en deseos de saber qué me tienes preparado.

—Nada especial. Espero que no te hayas generado demasiadas expectativas. Con encontrar a mi mejor amigo después de tanto tiempo y poder compartir un buen partido de pelota con él, para mí ya es más que suficiente —aclaró algo forzado.

Las palabras no fluían por su boca del mismo modo que lo habían hecho días atrás en la conversación telefónica que mantuvimos. Aun así, para mi tranquilidad, asumí que esta distante forma de expresión no sería más que un lapsus dentro de la efusiva conducta mostrada días atrás por teléfono.

—Ahora me tengo que ir. Nos vemos un rato antes del partido —lanzó por sorpresa.

Supuse que bromeaba, pero no.

—Tengo que cerrar unos asuntos que me han surgido a última hora. Lo siento, pero no he podido aplazar estos compromisos laborales —aclaró sin aportar ningún detalle extra a su escueta explicación.

—De acuerdo, si no hay otro remedio… —repliqué resignado.

—Antes de que nos separemos me gustaría darte esto —introdujo pudoroso al acercar una bolsa de plástico que mantenía agarrada en su mano izquierda.

Acepté su ofrecimiento amablemente, aún sin conocer su contenido. Abrí la bolsa delante de él y descubrí en su interior una camiseta deportiva. Quedé gratamente sorprendido con el detalle. ¡Se trataba de una camiseta profesional de pelota mano! Era de color rojo tal como la que acostumbraba a lucir Retegui en las grandes finales. Aún en su presencia, giré la camiseta para ver el reverso y allí estaba serigrafiado mi nombre en la zona alta de la espalda. El regalo me tocó la fibra sensible.

—Parece de mejor calidad que la camiseta que te regalé aquel verano en Cábanos, ¿verdad? —apreció amablemente.

Agradecí su regalo de la única forma que supe; con un escueto «gracias» para, acto seguido, besar levemente una de sus mejillas.

—Yo tengo otra exactamente igual que la tuya, pero con mi nombre —continuó—. ¡Póntela para la final! —propuso.

Pablo introdujo entonces una de sus manos en su pantalón y sacó una tarjeta de uno de sus bolsillos.

—Quedamos en este bar a las siete de la tarde, ¿te parece?

—Claro, allí estaré —contesté al tiempo que tomaba la tarjeta de su mano.

Lo perdí de vista calle abajo. A esas horas, Madrid comenzaba a mostrar su apariencia más bulliciosa. La calle hervía al ser pisada sin descanso y el aliento de las alcantarillas turbaba mi ya de por sí hiperactivo y sensible olfato. Me bastaron unos pocos minutos para comprobar que las grandes ciudades no estaban hechas para mí.

La impuntualidad me hacía sentir incomodo, por lo que adelanté la llegada al punto de encuentro en veinte minutos. Ya ataviado con el uniforme *pelotazale* que tan gustosamente Pablo había adquirido para ver el gran evento deportivo, iría entonándome con una cerveza bien fría mientras le daba tiempo a llegar.

El bar reposaba en los bajos de un bloque antiguo de viviendas en pleno centro. Enfrente suyo se extendía un campo desolado y tétrico, el cual supuse que no tardaría mucho tiempo en ser explotado con fines comerciales o urbanísticos por algún ávido constructor. El local no era más grande que el salón de la casa de mi padre. Las paredes de piedra falsa soportaban fotografías enmarcadas de cervezas de importación, así como alguna que otra instantánea de míticas bandas de *rock* de los años ochenta, como Guns N' Roses. La iluminación no destacaba por su potencia, sino por todo lo contrario, ya que unos polvorientos focos de tamaño insuficiente, incrustados en un falso techo de pladur encima de la barra junto con una antiquísima lámpara de araña anclada en el techo del local, conformaban la pobre iluminación del lugar. Una luz que iba a tono con la música tenue que flotaba en el ambiente en ese momento.

Me acerqué a la barra y pedí una cerveza al camarero. El barman era un hombre que se encontraba en esa edad en la cual solo te juntas con tus amigos en entierros y funerales. Sin preguntarme nada, me sirvió un botellín de tercio. Sentí un fuerte impulso de preguntarle acerca de sus intenciones ante el inminente inicio de la emisión del partido de pelota. Se me antojaba bastante extraño que la cochambrosa y polvorienta televisión que reposaba apagada sobre una balda descolorida de falsa madera, en una de las esquinas del local, tuviera la capacidad real de encenderse y mostrar entretenimiento alguno. Pero entonces, una inesperada llamada a mi recién estrenado teléfono móvil, me alejó de tal intriga.

El bajo volumen de la música me permitió permanecer en el interior del establecimiento mientras contestaba la llamada y entablaba la conversación sin problemas.

—Sí, ¿quién es?

—¿Isma?

—Sí, soy yo. ¿Quién llama? —repetí al no conseguir reconocer la voz del otro lado de la línea.

—Soy Matías, ¡el cura del pueblo! —aclaró sin necesidad.

—No conozco ningún otro Matías —introduje con una sonrisa en mi rostro—; me alegro de escucharte después de tanto tiempo.

—¿Estás con Pablo? —preguntó atropelladamente.

—Aún no ha llegado. Pero debe de estar a punto. ¿Por qué? ¿Quieres hablar con él? —supuse—. ¿Y cómo sabes que voy a reunirme con él?

—Tu padre me lo dijo. Debes regresar ahora mismo al pueblo. Pablo es peligroso. No puedo decirte más, pero confía en mí y márchate inmediatamente.

Percibí una creciente alarma en su tono de voz, a la vez que su mensaje se tornaba más misterioso y desesperado. Mi rostro se quedó helado al escuchar su recomendación.

—¿¡Qué dices!? Conoces a Pablo igual que yo y sabes que es la persona con menos malicia que existe en la faz de la tierra. ¿Por qué quieres que huya de él? ¿Es que te has vuelto loco?

—No te dejes llevar por la compasión y escúchame atentamente: ¡Lo sé todo!

—Continúa, por favor —invité ansioso por destapar sus conocimientos.

Matías, por alguna razón que escapaba a mi entendimiento, parecía no estar preparado para desvelar ese «todo» y se tomó unos instantes en silencio para revelarme aquello que lo había mantenido en permanente ansiedad durante las últimas fechas y que, al parecer, solo me podía contar a mí. Pero finalmente, tras unos largos segundos, todo se precipitó.

—¡Que Dios me perdone!

—Seguro que lo hace, no te preocupes por eso y dispara, por favor.

—Isma, contándote esto estoy atentando contra el código que nos impide desvelar los secretos de confesión que los feligreses nos confían conscientes de que tales secretos jamás serán desvelados. Nuestro sigilo debería ser inviolable. Me estoy jugando la excomunión, pero no me queda más remedio.

La tensión me paralizó el habla y solo ansiaba que su secreto alcanzara de una vez por todas el pequeño altavoz de mi celular.

—Hará más o menos un mes, Pablo aterrizó por la iglesia sin previo aviso. No lo veía desde el entierro de Gloria y me hizo mucha ilusión volver a verlo de nuevo por Cábanos.

Lo invité a pasar a mi despacho inmediatamente para poder hablar con él tranquilamente. Parecía apurado y, para mi sorpresa, declinó mi invitación sin pensárselo dos veces. Sin moverse ni un ápice de su posición, me dijo que solo buscaba el perdón de Dios y para ello debía confesarse. En el confesionario comenzó a contármelo todo detalladamente: «En una de mis escasas salidas del internado, escarbando en los pocos recuerdos físicos que mantengo de mi madre, encontré una caja de zapatos repleta de viejas cartas. En ellas, mi madre le explicaba a mi abuela, muy detalladamente, quién era mi padre y cómo este la había violado hasta tres veces el fatídico día en el que quedó embarazada. Solo buscaba una comprensión que nunca llegó. No pude reprimir un intenso deseo de venganza y vine al pueblo en busca de Loren. En un principio, solo quería preguntarle su versión de lo ocurrido y comprobar mirándolo a los ojos si lo que aquellas cartas revelaban era cierto. Pero el otro día lo encontré con el colgante que Gloria siempre vestía. Para mí significó la prueba definitiva. Ya no necesitaba ninguna aclaración por su parte. La mañana que murió Gloria vestía ese colgante y cuando encontraron su cadáver ya no lo tenía en su cuello. Entonces, decidí tomarme el tiempo necesario para prepararlo todo a conciencia y asesinarlo. Antes de saltar al circo romano y acabar con su vida tenía que preparar bien la arena».

Que Loren hubiera acabado con la vida de Gloria comenzaba a cobrar sentido en mi cabeza. Aquella mañana, el excéntrico camarero no acudió al bar tal y como era costumbre en él y también era cierto que cuando llegamos a la casa de Pablo atraídos por el letal sonido de la ambulancia, allí se encontraba, junto a la casa de la difunta, engalanado como nunca lo había visto antes y en una actitud excesivamente dolorosa. Con los nuevos datos que aportaba Matías, pensé que Loren se habría presentado en casa de Gloria con el fin de agasajarla y la preciosa madre de Pablo lo habría rechazado. Ese acto terminaría por desequilibrar al camarero, quien no supo asimilar el desplante. A pesar de haber hilado un relato lógico, me revelé ante él y repliqué vehementemente.

—¡Eso es ridículo! Solo porque Loren tuviera el colgante de Gloria no quiere decir que fuera su asesino. Pudo ser el primero en descubrir su cuerpo sin vida y apropiarse de él...

—Pablo me confirmó que Loren confesó todo instantes antes de obligarlo a tomar el mismo veneno que acabó con la vida de su madre. Le contó que intentó cortejarla y fue rechazado. Que estaba enamorado de ella desde hacía veinticinco años. Según su versión, mantuvieron una hermosa relación cuando eran muy jóvenes. La mañana de su muerte lo intentó otra vez. Quería revivir lo que, según él, un día tuvieron. Gloria lo amenazó con llamar a la policía si no dejaba de acosarla, así que Loren le propinó un golpe en la cabeza que la dejó inconsciente. Después, la desnudó y la ató. Al despertar conmocionada comenzó a chillar y, entonces, Loren entró en pánico y la obligó a tomar un pesticida que encontró en la cocina, hasta que su hermoso cuerpo desnudo dejó de dar señales de vida. Pablo, al escuchar su confesión, quiso recrear el momento en que murió su madre con toda la frialdad que supo. Tan solo cambiaría el protagonista.

Matías estaba empeñado en mostrarme a un Pablo vengativo, frío, insensible y calculador, hecho de una pasta completamente diferente al que yo conocí. Pero, si es cierto que la personalidad de las personas se cuaja en la infancia, mi amigo tenía que seguir siendo el mismo tipo generoso y noble que yo recordaba. No podía ser el autor confeso de unos hechos tan terribles. Traté de imaginarme al bueno de Pablo golpeando a

Loren mientras lo obligaba a tomar el veneno; difícil de creer a pesar de que todas las pruebas indicaban la certeza del relato.

—Isma, Pablo ya no es aquel niño tímido e inocente que recuerdas. La pérdida de su madre, el internado, sus tíos y, finalmente, el descubrimiento de que Loren no solo era su padre, sino también el asesino de su madre, son los únicos culpables del violento cambio de su conducta, hasta el extremo de convertirlo en un asesino. ¡Ya no hay cordura en esa cabeza!

Matías no era sospechoso de inventos ni embustes. No me quedaba otra opción que tomar su historia como cierta y avanzar en la conversación.

—Pero, ¿y por qué tengo que marcharme inmediatamente de aquí? Tal vez Pablo solo quiera sincerarse conmigo y contarme lo sucedido para sentirse más liberado.

—Creo que hay algo oscuro en el hecho de que Pablo esté tan interesado en verte. La forma en la que preguntaba por ti en su estancia en Cábanos parecía enfermiza. A pesar de saber que no aparecerías por el pueblo, cada día acudía al frontón y preguntaba por ti de manera obsesiva. ¡Por favor, mantente alejado de él! Estoy seguro de que no busca nada bueno en este reencuentro.

—Si ahora me marcho no tendré cómo saber el valor real de nuestra amistad. Aunque fuera verdad que ha llevado a cabo una siniestra venganza al asesinar a su propio padre, eso no tiene nada qué ver conmigo. No te preocupes, Matías. Gracias por llamarme. En unos días estaré de vuelta en Cábanos y charlaremos más tranquilamente.

—Insisto, Isma. ¡Pablo no es de fiar!

—Ahora necesita un amigo más que nunca y no le puedo fallar… Otra vez no —sentencié antes de colgar.

CAPÍTULO 16

PARTIDO DE VUELTA

Mojé mis labios de cerveza y eché un vistazo al reloj. Eran las siete en punto cuando hicieron su aparición estelar. Debía haber sido Pablo quién apareciera por la puerta, pero no era él. Lo que mis ojos observaban me parecía irreal a todas luces. Se asemejaba a un fotomontaje de una película antigua, como de otra época. Aunque por desgracia lo que tenía delante no era ninguna adaptación teatral: una decena de miembros de ultraderecha habían tomado el bar. Por desgracia, no me costó demasiado esfuerzo identificarlos. Conocía muy bien ese tipo de ambientes. Sabía de la existencia de este tipo de ultras y de su forma extremadamente violenta de actuar. Pero tenerlos delante me produjo una sensación de pánico e indefensión similar al momento en el que observé impasible cómo Pablo iba a ser atacado por «mis» ultras. Iban perfectamente pertrechados en sus uniformes paramilitares. Tres de ellos llevaban el pelo afeitado al máximo, mientras que los otros cuatro lo conservaban corto. Vestían polos oscuros, ajustados y llenos de parches identificativos, además de unas botas altas de cuero que se unían a sus estrechos y acortados pantalones vaqueros. Desde su aparición hicieron percibir su cólera. Se les notaba furiosos, como llenos de odio.

Obviamente su llegada desestabilizó de un plumazo la paz reinante hasta entonces en el local. Al echar un vistazo al bar, parecía claro que estos acérrimos defensores y protectores de la patria, de los valores tradicionales y de la supremacía blanca, me tomarían como blanco fácil de toda su ira. Solo era cuestión de tiempo que descubrieran en mi camiseta mi punto débil. Si prestaban atención a mi vestimenta, enseguida adivinarían mi procedencia y entonces sí que comenzaría su fiesta de verdad. Para demorar lo máximo posible el hallazgo de mi estupenda elástica deportiva giré el taburete donde me sentaba y me situé frente a la barra, en espera de una oportunidad para escapar en el momento oportuno. Estos grupos siempre actúan en bloque, conscientes de la fuerza que les aporta la unidad. Así que esperaba que algún acontecimiento inesperado los entretuviera el tiempo necesario para permitirme pasar inadvertido en mi huida.

No podía creer que volviera a estar involucrado, esta vez de manera involuntaria, en otro acto contaminado por violencia política y racial. De nuevo me veía rodeado por cabezas llenas de odio. Un odio sustentado en acontecimientos que ni siquiera sus defensores conocen realmente.

La tensión flotaba en el ambiente. Los pocos clientes que aún permanecían en el local apuraron sus tragos y se marcharon escalonadamente. Me dejaron solo con el camarero, mientras los ultras se movían a sus anchas por el bar. Bebían los restos de alcohol que abandonaban los clientes precipitadamente antes de huir y lanzaban proclamas racistas tales como «¡Negro, vuelve a la selva!» o «Nacionalistas terroristas».

Giré la cabeza en un movimiento rápido e instintivo y descubrí a un joven rapado señalándome con el dedo índice. Susurraba palabras que escapaban a mi audición. Un escalofrío recorrió mi espalda desde los glúteos hasta la nuca, tan rápido como un rayo alcanza la tierra. Alrededor de este joven se agolpó el resto en cuestión de segundos. Sus gestos y expresiones atrofiadas delataban rabia, violencia, incomprensión e incluso cierto desequilibrio mental. Mi rostro debía ser un poema.

—¡Mirad, un guarro! —anunció una voz grave a mi espalda—. ¡Hoy es nuestro día de suerte!

Traté de no sentirme aludido, a pesar de que el apelativo «guarro» iba dirigido a mi persona. Este término era frecuentemente utilizado por la extrema derecha para referirse a independentistas vascos, anarquistas, republicanos o demás contrarios a sus ideas. De inmediato, el grupo neonazi se separó y abarcó todo el local. Uno de ellos se postró en la puerta para evitar el inoportuno acceso de algún cliente.

—Mirad esa camiseta de proetarra —escuché a mi espalda.

Los insultos y provocaciones comenzaron a ser cada vez más frecuentes. Trataban, sin éxito, de provocar algún tipo de reacción en mí y eso los enfurecía aún más. Se veían eufóricos ante una inminente agresión, mientras yo, preso del pánico, aguardaba pacientemente en la barra del bar a que llegara mi hora, agarrado a mi botellín de cerveza. Acumulaba tanta experiencia en estas lides que sabía a la perfección lo que me esperaba, a no ser que un milagro estuviera a punto de ocurrir. Sus pruebas a mi resistencia continuaron unos minutos más, con frecuentes muestras de desprecio hacia mi persona: «vasco de mierda», «separatista», «asesino». Cada uno de los insultos que me dedicaban eran claramente políticos. Preso de un pánico absoluto, traté de ignorar los insultos e hice acopio de todo el valor temerario que pude acaparar en mi interior. Me levanté de la banqueta, me giré lentamente, pero, al ponerme en pie, comprobé que mis piernas flaqueaban. Confiaba en alcanzar la puerta y salir de aquel particular infierno de una pieza. Al fin y al cabo, ninguno de ellos tenía por qué conocer mi pasado y aquella situación podía quedar en una simple humillación verbal.

Era consciente de que mi plan era arriesgado. De hecho, sucedió lo obvio; no funcionó. A partir de ese momento la situación se volvería incontrolable. Los dos tipos más cercanos a mí, y casualmente los más corpulentos, detuvieron mi avance mientras el resto del grupo rodeaban mi posición. El lado más inocente de mi cerebro aún mantenía la esperanza de que los gorilas que tenía enfrente se desplomaran milagrosamente para poder tener una salida.

Azorado por la multitud y completamente arrinconado, traté de convencerlos mediante la palabra de que me dejaran salir de aquella hermética urna de cristal que habían diseñado para mí en exclusiva.

—Por favor, ¿me podríais dejar salir? —expuse con voz quebrada sin mirar a ningún punto fijo, pues sabía que si su respuesta era negativa acabaría hecho pedazos en no demasiado tiempo.

—¡No te muevas ni un centímetro! —amenazó el ultra más cercano a mí entre las risas del resto.

Permanecí inmóvil, tal y como el neonazi me había solicitado tan amablemente. Ser desobediente no parecía ser una opción muy inteligente y ni la contemplé en aquel momento.

El tipo extremadamente tatuado que se encontraba a mi derecha hizo una señal con la cabeza a uno de sus colegas, quien debía encontrarse a mi espalda, instantes antes de que un fuerte ruido llamara poderosamente mi atención. Alguien había roto en mil pedazos una botella de cristal. Un único movimiento fue suficiente para que el infierno terminara de acomodarse en aquel tugurio donde no vería la final del manomanista. Encajé el primer golpe lo mejor que pude. Me resultó imposible saber con qué objeto golpearon mi nuca, pero tras este primer mazazo tuve la sensación de que sería un tipo afortunado si sobrevivía para ver amanecer un nuevo día. El fuerte impacto me hizo hincar las rodillas en las frías y pegajosas baldosas del suelo donde una base de cristales rotos me esperaba impaciente. Los golpes iban y venían sin descanso. No tenía fuerzas para repeler ninguno de los ataques, que me llegaban sin respiro. Todos y cada uno de ellos terminaban por alcanzarme. A medida que el volumen de agresiones aumentaba, mientras escuchaba sin cesar eslóganes fascistas como «España: una, grande y libre» o «*Heil Hitler*», notaba cómo mi sangre huía de mi cuerpo a marchas forzadas. Solo quería perder el conocimiento cuanto antes y que el desenlace de aquella sangrienta noche no me cogiera consciente. Afortunadamente, debido a la sangría y a un certero derechazo en mi sien, lo que ocurrió *a posteriori* no lo recuerdo con claridad.

Debía encontrarme dentro de una ambulancia. Aún conservaba el sentido del tacto. Lo comprobé al sentir el frío de una incómoda y estrecha camilla bajo mi dolorido cuerpo encorsetado y semidesnudo. No escuchaba nada y tampoco era capaz de abrir los ojos. Nunca había imaginado que se pudiera soportar semejante dolor físico. Tuve la certeza de que no estaba muerto ya que el corazón palpitaba intensamente. Resultaba extraño sentir cómo, mientras el cuerpo languidecía, la cabeza carburaba con una frescura inusual. No sabía si se trataba de la sabida claridad mental que precede a la muerte o si era un truco de mi mente para evitar que mi alma exhalara un último aliento al reunir en mi cerebro las suficientes fuerzas como para analizar la situación que me había llevado hasta aquella ambulancia. Involuntariamente comencé a soñar. Un sueño en el cual se desmenuzaban los entresijos de todo lo ocurrido esa misma noche con una clarividencia aterradora. Era tan real, que incluso podía sentir nuevamente cada golpe recibido uno a uno. Notaba cómo el aliento de mis asaltantes me atacaba sin remedio. ¡Toda una delicia! Parecía estar siendo premiado con una guía del laberinto sin salida donde me encontraba inmerso. Estaba viviendo una historia pasada en tiempo real, en la que yo era el protagonista y también el dios omnisciente que todo lo ve. Una profunda regresión en la que comprendí el propósito de mi viaje a Madrid.

Matías tenía razón. Pablo se había convertido en un espíritu atormentado y consumido por la venganza. Loren fue el primero en recibir su merecido y ahora era yo el que jugaba el partido de vuelta. Su venganza había caído sobre mí como un jarro de agua helada. La aparición de los ultras violentos en el mismo lugar donde había quedado con Pablo no había sido fruto de la casualidad, sino que este encuentro había sido organizado por él. Su implicación quedaba patente en los diálogos que, en mi sueño, mi «mejor amigo» mantenía con los agresores: «Llevará una camiseta roja. Es un proetarra. Todo lo que le hagáis será poco», apuntaba Pablo. «¿Y tú qué ganas con todo esto?», preguntó el más corpulento de mis atacantes. «Justicia. Es un traidor y lo tiene que pagar», respondió Pablo. Mi inocente y apreciado amigo había pasado de ser un niño con ansias de mejorar el mundo a ser un asesino. ¡Madre mía, mis dos amigos íntimos son unos asesinos! ¡Está claro que algo malo he tenido que hacer con mi vida! Las visiones acerca de la traición de Pablo continuaban aclarándome aquel desenlace fatal con imágenes cada vez más nítidas y demoledoras. No veía a Pablo como un ente integrado en el grupo neonazi responsable de la agresión, sino como al niño bueno que un día se convierte en el chivato de los abusones de la clase para que dejen de maltratarle.

Tal vez vivía el final que merecía. Siempre pensé que mis vivencias debían ir en paralelo con mis actos. Pero este último suceso me dejaba claro que los hechos que los demás hacían en mi nombre también contaban en el cómputo global de mi haber.

Mi última imagen fue la de Pablo mirándome directamente a los ojos. Su sonrisa burlona parecía no necesitar decir nada. Pero, al cabo de unos segundos, su boca se abría casi por completo para sentenciar: «Quien a hierro mata, a hierro muere».

CAPÍTULO 17

PARIAS

¿Cuántos días llevaría allí? Por la barba que poblaba mi cara no debía llevar más de diez días, pero tampoco menos de una semana. ¿Habría estado solo todo este tiempo? Pese a sentirme relativamente cómodo sobre la esponjosa almohada y en la confortable cama articulada donde descansaba mi dolorido cuerpo, me empeñé en intentar levantarme. Resultó imposible inclinar mi tronco más de quince grados de mi horizontal. Mi estado físico era tan lamentable que incluso realizar tareas tan simples como respirar o tragar saliva me suponían un enorme esfuerzo. Bajo aquel dolor penetrante y deprimente, maldije mi suerte y lloré mi soledad tanto como pude, hasta que me di cuenta de que aquellas lágrimas y aquel insoportable dolor significaban la mayor de las certezas de que estaba vivo. Me encontraba, una vez más, desubicado, desconcertado y resignado, pero no había corrido la peor de las suertes. Mantenerme con vida era una noticia maravillosa tal y como la noche del reencuentro con Pablo había comenzado. Volver a ver la luz del día, aunque fuera postrado en la cama de un hospital, no era una situación tan dramática como había valorado inicialmente al comprobar mi estado físico.

Me dispuse a llamar a la enfermera de turno con el fin de hacerle saber mi vuelta al mundo de los vivos y para obtener información acerca de mi ubicación y de mi estado de salud. Localicé una pequeña mesita blanca situada a mi izquierda donde supuse hallaría el pulsador de contacto con enfermería. Pero antes de ver el artilugio anhelado, encontré sobre la mesa un periódico doblado por la mitad con una nota amarilla adherida en una de las páginas del interior. A pesar de la intensidad del dolor en mis cervicales debido a su extrema rigidez, atraje hacia mí el noticiario. El mensaje escrito en la nota, con una preciosa caligrafía, era escueto: «Página 48. Te espero en el pueblo. Matías».

«¡El cura ha estado aquí junto a mí!», celebré. Pensé que al no aceptar su consejo de abandonar Madrid estaría enfadado conmigo, pero no parecía haber tenido en cuenta mi desplante. «¿Cómo lo hace para enterarse de todo?», me interrogué. Antes de ir directo a la página en cuestión, comprobé lo actual del periódico. Estaba fechado dos días después de la paliza que me propinaron, por lo que automáticamente relacioné que la noticia que estaba a punto de leer hablaría del suceso de la paliza que recibí, directa o indirectamente: error. Para mi sorpresa, fue a Pablo a quien encontré en la sección de sucesos del diario local que el bueno de Matías había tenido a bien mostrarme. Debajo de una información que hablaba de un butrón en una empresa de informática y justo encima de otra que trataba el cierre de una conocida discoteca de la capital por turbios asuntos relacionados con la venta de estupefacientes, pude hallar lo que buscaba. La noticia no era demasiado detallada, pero sí lo suficientemente directa como para conocer el suceso con el que Pablo había decidido quitarse la vida:

«Muere otro joven madrileño por sobredosis», rezaba el titular.

«Un joven de veinticinco años, cuyas iniciales son P. D., natural de Madrid y sin domicilio conocido, fue hallado sin vida en el interior de un turismo registrado a su nombre. Al parecer, la noche anterior al hallazgo de su cadáver, el individuo en cuestión habría ingerido altas dosis de varias sustancias tóxicas por vía parental. Según informó a este medio la policía local, los servicios médicos solo pudieron certificar su muerte a su llegada al lugar del suceso, a eso de la 4:25 de la madrugada de ayer. En el suelo del vehículo fueron halladas varias jeringuillas junto a una nota, con la que al parecer pretendía despedirse, en la que literalmente se podía leer: "Adiós y perdona, amigo del alma"».

No supe cómo reaccionar en aquel momento de dolor y confusión. ¡Hasta dónde estaba llegando esta locura! La venganza de Pablo había caído sobre mí como una pesada losa, pero en el fondo no le deseaba ningún mal y mucho menos su muerte.

Tomé aire profundamente y, antes de que mi mente recurriera mecánicamente a la libre interpretación de lo sucedido, permití que el periódico volviera a descansar en su sitio y llamé finalmente a la enfermera. Fue entonces cuando reparé en el llamativo detalle decorativo que adornaba mi cama. A la altura de la esquina superior izquierda de mi sabana encontré un nudo atado a conciencia. La sabana se encontraba anudada en este punto tal y como Irene acostumbraba a hacer cuando me dejaba solo en la cama para ir a trabajar. Al recorrer visualmente el lateral izquierdo de la sabana, descubrí otro nudo. Esta vez más pequeño que el anterior. ¿Qué significaba esto? De no haber hallado el segundo nudo, hubiera creído que Irene habría estado allí conmigo en algún momento durante los días en los que había estado inconsciente y que había optado por abandonar deliberadamente ese detalle para que lo encontrara por si despertaba en su ausencia. Pero al haber dos nudos me incliné por pensar en alguna razón médico-funcional como posible explicación, ya que no era el *modus operandi* de Irene. Nunca antes lo había hecho de esa forma.

La puerta se abrió prudentemente. Entró sigilosamente en la habitación, de puntillas, y cerró la puerta con un imperceptible empujón. Reconocí su perfume en un abrir y cerrar de ojos.

—Siento defraudarte, Irene, pero «esto» soy yo —apunté mientras señalaba mi rostro y cuerpo magullados de arriba abajo.

Descubrí en su rostro el amor verdadero. El brillo de sus ojos al encontrarse con mi mirada solo podía esconder verdad y ternura. Su prolongada ausencia había hecho que la encontrara notablemente cambiada físicamente, sobre todo en la melena por los hombros que lucía y los kilos que parecía haber dejado atrás. Mi efusiva expresión corporal debía demandar a gritos un acercamiento físico, a lo que ella correspondió con un apasionado beso de reconciliación, acompañado de un emotivo abrazo de bienvenida. Aproveché al máximo su manifiesto interés por mí y me aferré a su presencia tan intensamente como nunca antes lo había hecho. Milagrosamente aquel infinito achuchón no me dolió ni lo más mínimo. «El amor lo cura todo», asumí.

—He estado aquí a tu lado todo este tiempo, amor mío. Ya nada nos volverá a separar —dijo al sentarse a mi lado.

—Pero, ¿cómo sabías que estaba aquí?

—Me llamó tu padre. Un tal Matías vino hasta aquí para llevarte de vuelta y fue él quien avisó a tu padre de lo ocurrido. Por lo visto, ese cura te tiene mucho aprecio. Al llegar al hospital, encontraron en tu teléfono móvil el número de Matías en el primer lugar del listado de llamadas recibidas, por lo que decidieron avisarle a él de tu ingreso en el hospital.

—¡Jodido cura, nunca falla! —presumí orgulloso de ser su amigo—. Pero, ¿y qué hay de Mikel, Saúl y toda esa gente?

Supongo que si quieres volver conmigo será afrontando todas las consecuencias, ¿no es así? —introduje tímidamente sin apenas contactar visualmente con Irene.

—Esta carta te aclarará buena parte de lo que me estás preguntando —replicó, y tomó un sobre del interior de su bolso.

—Créeme, ya he tenido suficiente lectura por hoy. ¿No me podrías hacer un resumen? Acabo de despertar después de unos días inciertos…

—Es importante, Isma —interrumpió apresurada—. Ya te la leo yo —lanzó visiblemente nerviosa al tiempo que sus manos temblorosas extraían del sobre tres pequeñas hojas manuscritas—. Si no mereciera la pena descubrir el contenido de esta carta, sabes que no te molestaría en este momento.

Reconocí la letra de Julio a distancia. El asombro al verla produjo una instantánea inflamación de mis pupilas. Me sorprendió la conexión entre Julio e Irene, hasta que recordé que habían sido compañeros de clase durante muchos años, aunque Irene no contaba con Julio entre sus favoritos ni mucho menos.

—Ya la leo yo. Muchas gracias —resolví decididamente.

Desarraigado por completo, así me encuentro. Como una planta a la que acaban de arrancar de su hábitat natural y nadie pretende, ni mucho menos, trasplantar de nuevo a sus orígenes. Apartado de todo en lo que creo, o al menos creía, te escribo desde una cárcel a más de quinientos kilómetros de mi familia. Ahora, solo, en mi celda, dispongo de todo el tiempo del mundo para hurgar en mi interior y revivir, desgraciadamente, una y otra vez infinidad de actos reprobables a todos los niveles éticos y morales de los cuales me considero profundamente responsable. Mientras que en las calles de Euskal Herria cientos de partidarios de la violencia como único camino esperan ansiosos leer mis firmes y contundentes mensajes desde prisión donde les hable de no claudicar o de la efectividad real de la lucha armada, contigo he de ser sincero. Comprende que de cara al exterior he de seguir manteniéndome como una figura respetada dentro de la organización o, de lo contrario, mis años en prisión serán un infierno. Pero a ti, a ti te debo la sinceridad más absoluta.

Ni siquiera ha transcurrido un mes desde mi detención y tristemente he de asumir mi derrota. Mi serenidad se ha esfumado y me mantiene cautivo en un estado de profundo malestar que se apodera de mí sin remedio y me impide seguir viviendo sin confesar mis más sórdidos pecados. Soy consciente de que he arrastrado conmigo a muchas personas inocentes al fango de la violencia gratuita y, por ello, doy gracias por estar aquí encerrado ya que, de no estarlo, me hubiera llevado por delante el futuro o, incluso, la vida de unas cuantas personas más. Sé que soy incapaz de cambiar el pasado, pero ya va siendo hora de asumirlo y, por lo tanto, de afrontar el futuro en paz. Y para ello, la expiación de mis pecados es absolutamente imprescindible.

Con total seguridad me esperan a la sombra entre veinte y treinta años, pero no soy el único que paga por mi suicida carrera hacia la nada. Sin ir más lejos, Sabin y Saúl se encuentran huidos del país y de la justicia, lo que hace que su futuro no sea mucho más esperanzador que el mío. Ángela y Mikel tendrán que verse en los vis a vis que les permitan las prisiones donde se encuentran tras haber hallado en un registro domiciliario material incendiario y seguimientos de posibles objetivos de la banda. Por no hablar de que a ti han estado a punto de matarte por nuestra culpa.

Con ello pretendo decirte que si aún estoy en disposición de conseguir que la única persona noble de mi entorno pueda tener un futuro digno y estable junto a las personas que le quieren de verdad, lo haré.

Lo primero y más importante que quiero comunicarte es que ya puedes volver a casa. Y puedes volver junto a tu amada Irene y sin ningún tipo de chantaje ni contrapartida por ello. Te garantizo que ya nadie te perseguirá ni amenazará. Simplemente ya no le interesas a nadie. Eres pasado. No solo porque prácticamente todas las personas que mantenían vivas amenazas contra tu persona son historia, sino también porque he conseguido que la cúpula de la banda me garantice tu integridad física a cambio de unos favores que no puedo trasmitirte ahora mismo. Así que eres libre.

Si bien pude protegerte de Ángela mientras te mantuviste en nuestro grupo, en el momento que decidiste abandonarnos unilateralmente, la protección que hasta entonces te brindaba no tenía sentido que se mantuviera a ojos del resto. A partir de entonces me dejaste sin argumentos de peso en tu defensa y con todo el dolor del mundo no pude hacer nada por cubrirte; situación que, por supuesto, tu archienemiga Ángela celebró y aprovechó para poner en marcha un maquiavélico plan ideado únicamente para hundirte. La noche de tu desliz sexual con Ángela le desvelaste la existencia de un amigo tuyo de la infancia llamado Pablo, con quien ya no mantenías trato desde que dejasteis de ir a Cábanos, y que esto le apenaba sobremanera. Este simple comentario no pasó inadvertido para ella. Lo guardó en su memoria interna y, llegado el momento de la venganza, consiguió el teléfono de tu amigo tras una fugaz excursión a tu pueblo. Como bien sabes, para conseguir información siempre ha sido la mejor. Lo convenció para que viniera a visitarte y argumentó que estabas pasando una mala época debido a una dolorosa ruptura amorosa que te mantenía sumido en una fuerte depresión y que un encuentro con su mejor amigo de la infancia ayudaría mucho a que el equilibrio tornara a tu vida.

El bueno de Pablo aceptó encantado; «lo que sea por Isma», llegó a contestar. Sincronizadamente, mientras Pablo se preparaba para sor-

prenderte, nosotros te organizamos la falsa cena de despedida de Saúl, donde te drogamos primero al suministrarte un potente opiáceo en la bebida para hacerte más dócil y manejable; después te obligamos a presenciar cómo dábamos una paliza a Pablo, para finalmente introducirte semiinconsciente en un piso de prostitución para hacerte unas fotos comprometidas con las cuales chantajearte: un plan perfecto. Optimizando tiempos, en una sola noche lográbamos arrebatártelo todo. Te dejábamos sin novia, sin amigos y, en pocos días, te obligaríamos a abandonar la ciudad. Por cierto, si todavía te preguntas si tuvimos algo qué ver en tu despido, siento decirte que Ángela también se ocupó de ello. Para cerrar debidamente el plan, tu particular demonio volvió a contactar con Pablo haciéndole saber que tú habías sido el responsable de aquella brutal paliza. Argumentó que la sorpresa que inicialmente iba a suponer tu encuentro con él te fue desvelada horas antes y, en ese tiempo, valoraste que lo mejor era darle un escarmiento. Le contó que estabas furioso con él porque, durante todo ese tiempo sin noticias el uno del otro, Pablo no había hecho nada por saber de ti. «Un español a mí no me hace tal desprecio», afirmó Ángela que dijiste.

Una vez conseguido que para Pablo fueras prácticamente un criminal sin sentimientos, le tocó el turno a Irene. Mikel, ¿cómo no?, enviado por su pareja, corrió gustoso a amenazar con «quitarte de en medio» si Irene no te abandonaba en cuestión de días. Cosa que tu pareja llevó a cabo obedientemente ese mismo día.

Hasta aquí el relato de los hechos. Respecto a los mismos he de confesar que no solo me siento arrepentido y apenado, sino también profundamente avergonzado en mi interior. Te pido perdón, aunque tal vez a estas alturas quede descartado. En mi defensa diré que solo fui completamente consciente del daño que te provocaba al entrar en prisión y repasar uno a uno cada daño colateral que mi ascenso al mundo violento había originado. Hasta entonces no comprendí la inmensa magnitud del *destrozo que mis ansias de protagonismo habían engendrado. Probablemente ni mis sentidas disculpas, ni siquiera la promesa de poder recuperar la certeza de que tú y los tuyos podáis volver a gozar de seguridad plena te alivie, pero es lo único que está en mis manos.*

Por último, he de tomarme la licencia de pedirte un favor, y es que mantengas en secreto el contenido de esta carta. Si estas líneas llegaran a ser reveladas, automáticamente quedaría como un traidor y a ninguno de los dos nos conviene que me convierta en un personaje repudiado y despreciado por la organización.

Me despido con el único deseo de que algún día seas capaz de olvidar todo el dolor que te he causado.

¡Sé feliz tú, que todavía puedes!

Julio Roa.

Cuando leí su confesión de los hechos tuve la sensación de ya saberlo todo, aunque no puedo negar que su relato me tranquilizó. Perdonar agravios tan severos como los relatados no entraba en mis planes, pero qué otra cosa podía hacer, sino abrazar el inesperado regalo que Julio me lanzaba desde su celda. Continuar con la vida como si no hubiera ocurrido nada. ¡Cuántas víctimas del terrorismo quisieran poder aferrarse a esa opción! Samuel vino a mi mente en un ataque de memoria fotográfica selectiva. Sí, tomaría el obsequio de Julio a pesar de resultarme altamente ofensivo quedar absuelto de mis pecados no independentistas por la misma persona que me había convertido en paria meses atrás. Al fin y al cabo, tal y como Saúl me dijo aquella vez a la salida del supermercado: «Ser héroe es muy ingrato».

Durante unos instantes tuve la tentación de interesarme acerca de la nueva vida de Julio en prisión. Debía de ser sumamente complicado para él, acostumbrado siempre a vivir en el papel de protagonista, adaptarse ahora a una actuación mucho más modesta y secundaria. Incluso para la misma organización debía resultar difícil poner la correa al perro una vez que ellos mismos le habían regalado una corona. ¿Cómo podrían convivir tantos egos acostumbrados a liderar la calle una vez se dan cuenta de su escasa relevancia cuando ingresan en prisión y ven que tan solo han sido utilizados para agitar las calles en favor de oscuros intereses que ni de cerca son los que ellos podían pensar? ¡Qué duro tiene que ser darte cuenta de que has sido engañado una vez que has apretado el gatillo para acabar con la vida de inocentes!

Pablo muerto, Julio en la cárcel y yo mismo postrado en la cama de un hospital formábamos la viva muestra de cómo el presente suele ser el producto del cúmulo de los hechos que sucedieron en tu vida. Cada acto deja una pequeña huella imborrable en el tiempo y ninguna decisión que tomamos hoy pasará a ser ajena en el mañana. Nuestro caso en particular era claro. Éramos tres auténticos parias. ¿En qué momento nos habíamos quedado al margen de la sociedad? Tal vez siempre lo estuvimos y era cuestión de tiempo que nuestras vidas se entrelazaran para acabar de precipitarlo todo.

—Por cierto, Irene, ¿a qué se deben los dos nudos de la sábana?

En cuestión de cinco días me recuperé por completo. No volví a pisar un hospital hasta que, seis meses más tarde, el nacimiento del pequeño Pablo me obligó a hacerlo.